神社史料研究会叢書Ⅳ

社家文事の地域史

棚町知彌・橋本政宣編

思文閣出版

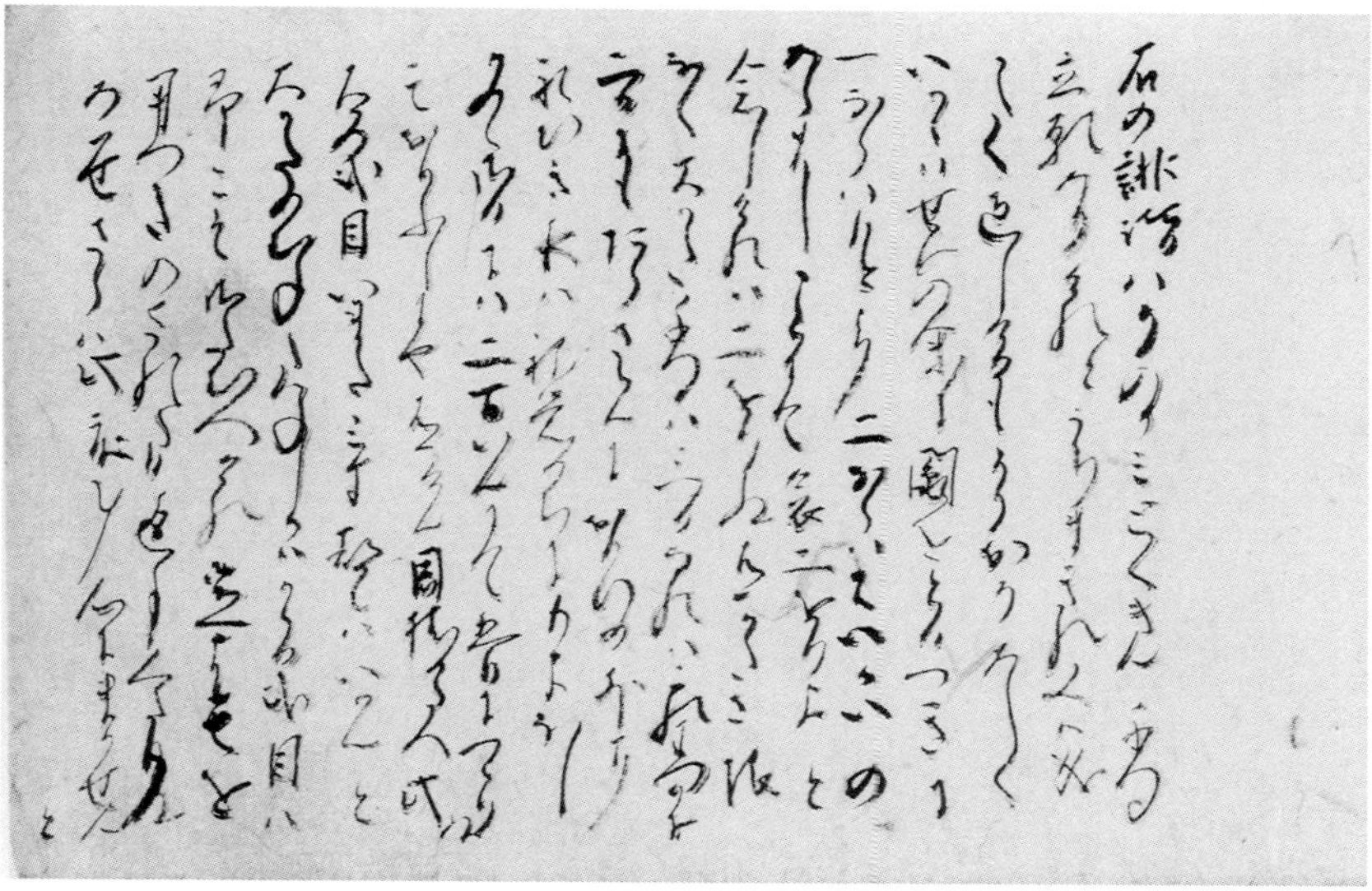

「守武千句」自筆清書本(３)跋文57丁／神宮徴古館蔵　(井上論文参照)
(神宮古典籍影印叢刊『荒木田守武集』、八木書店、1983年、59頁
飛梅千句28オより転載)

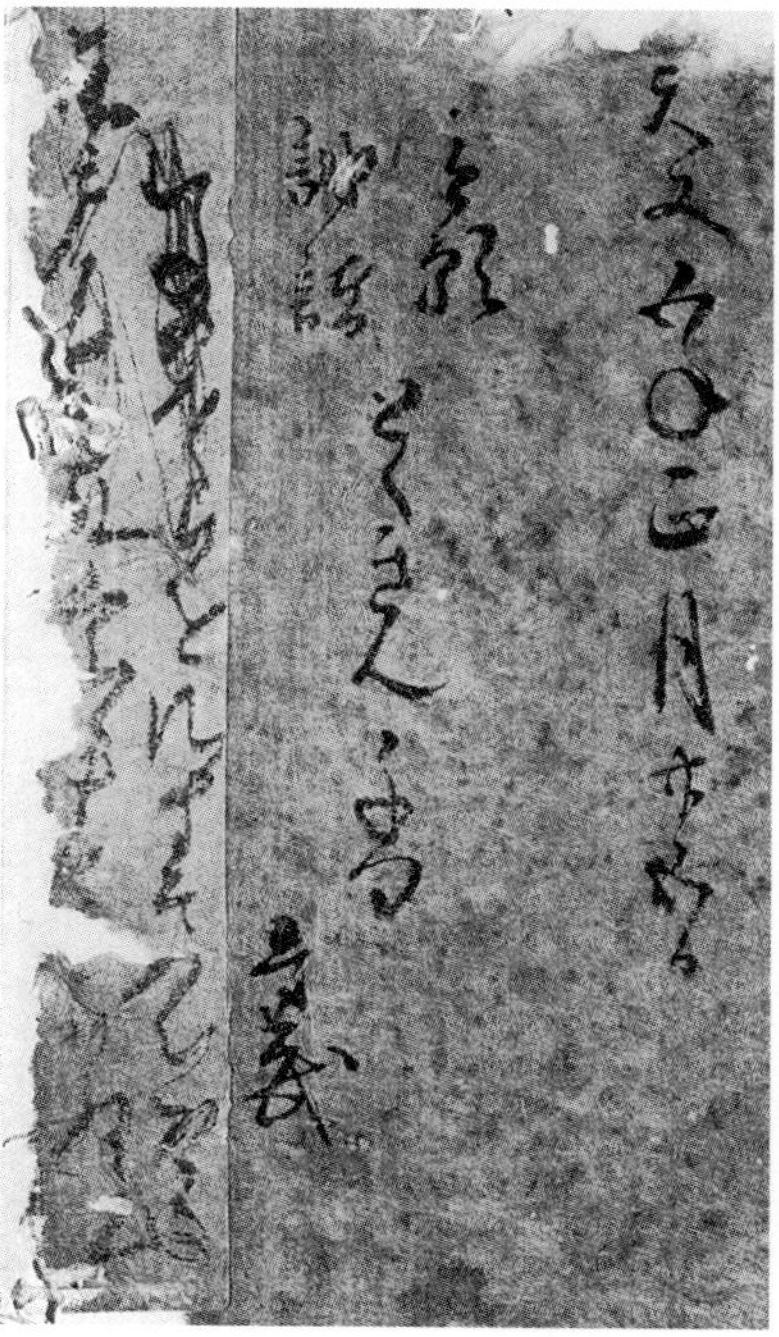

『守武千句草案』本表紙
／天理大学附属天理図書館蔵
(『天理図書館善本和書之部第二十二巻　古俳諧集』、八木書店、1969年、272頁より転載)
(井上論文参照)

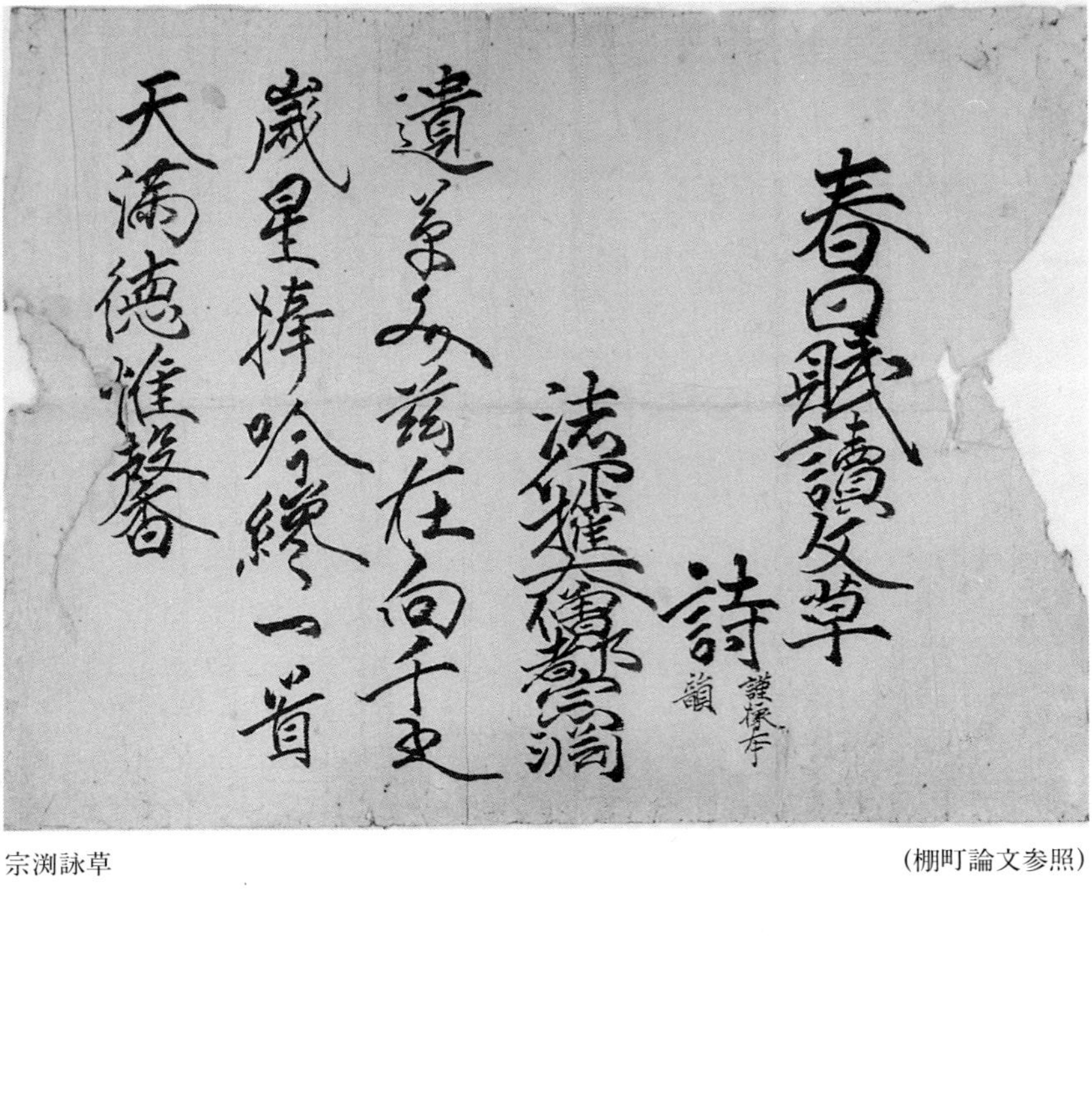

宗渕詠草　　(棚町論文参照)

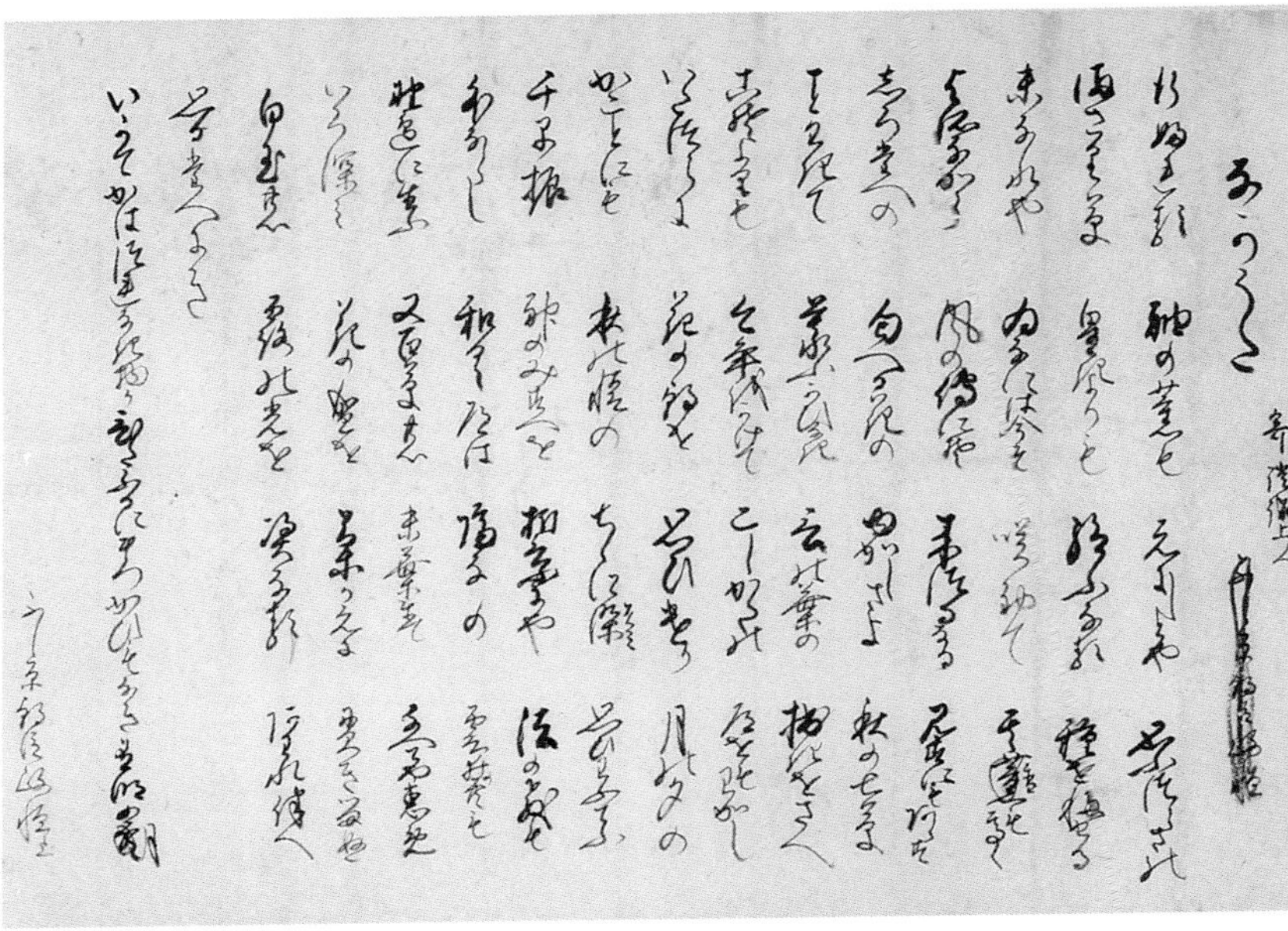

橋本政恒長歌　（橋本論文参照）

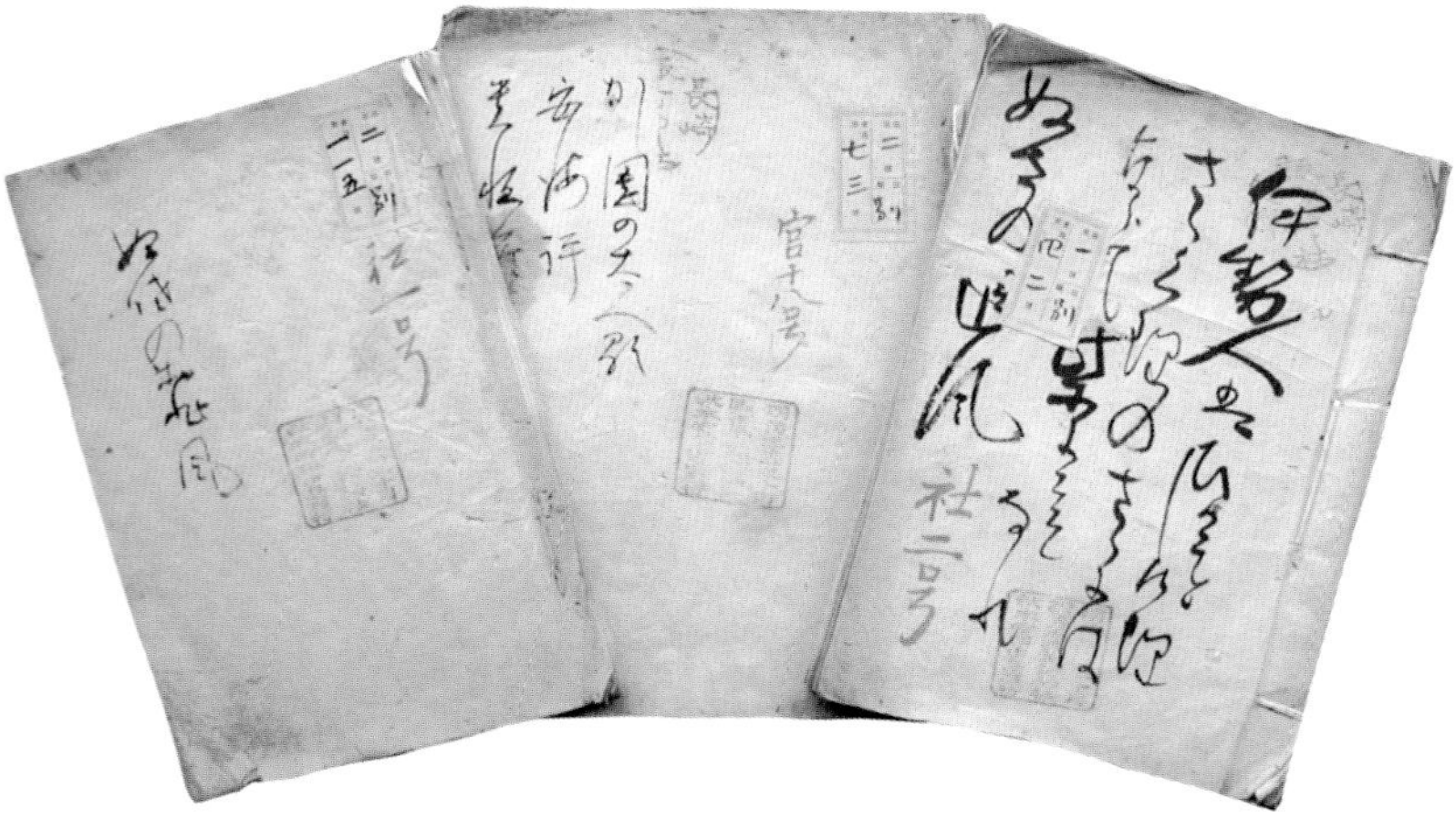

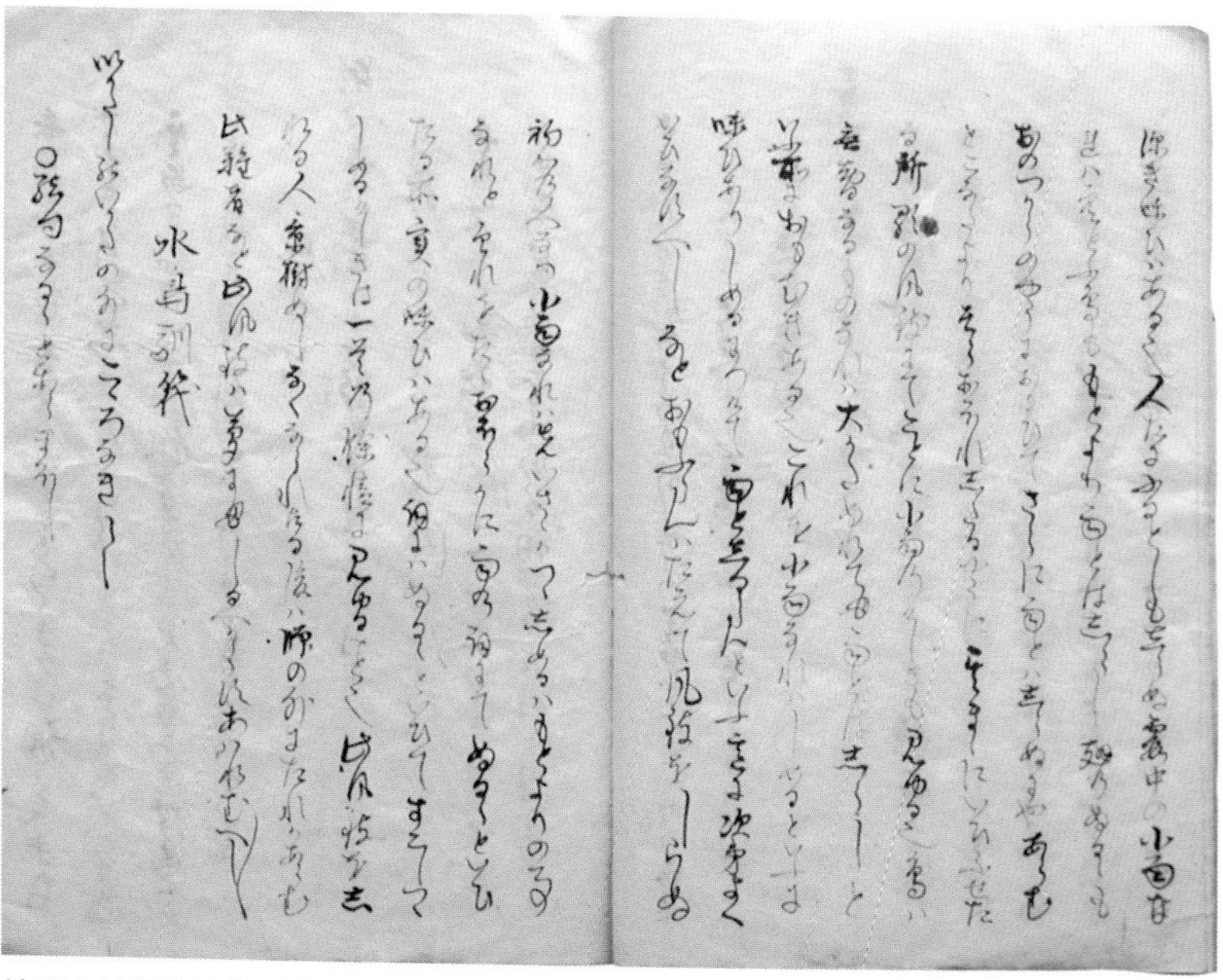

鎮西大社諏訪神社所蔵『ぬさの追風』　　(吉良第二論文参照)

はじめに

神社史料研究会叢書の第四輯として、本書の「社家文事の地域史」特集が企画されたのは平成十二年八月の第二十一回サマーセミナー、春日大社における研究会の席上であった。多くの国文学専攻者が初めて参加した十四年九月の第二十七回のサマーセミナー、鎮西大社諏訪神社に於ける研究会では、本冊に収める論考の多くが発表された。もとより当初の研究課題は、「社家の文事」であり、同研究会では、諏訪社の文庫成立についての精緻な調査研究や、同社御祭神にちなむ謡曲などの研究も発表されたが、諸般の事情により本冊への寄稿が出来なかったことを遺憾とする。結果として、近世に於ける「社家の歌学学修の実態」という課題に集中した十編を収めることとはなった。

巻頭に収めた井上敏幸「『守武千句』の時代―「跋文」の新解釈―」は、『守武千句』の出現が、俳諧史上画期的であったとされるのは、それまで言い捨てとされ、発句や付合のみが、読み伝えられていた時代に、千句という連歌の正式な形式によって俳諧作品が作られたこと、しかもそれが独吟であり、「立願」つまり「祈禱」として「神」(伊勢神宮・内宮)に献げられたことによる。本稿は、なぜこうした形で、俳諧史を真に確立した『守武千句』が成立したのか、その時代背景を探り、守武が保持した俳諧文学観がいかなるものであったかを、当代の文学情況と『守武千句』跋文の解釈を通して、その画期性と俳諧の連歌が真に独立したことの意味を、改めて考えてみたものである。

第二の、神作研一「中西信慶の歌事―『愚詠草稿』について―」は、「元禄前後の伊勢歌壇（『近世文藝』七五号）に於て伊勢歌壇の活況を論じたものを踏えたもので、その領導者中西信慶に焦点をしぼって、特にその家集『愚詠草稿』（神宮文庫蔵・写三冊）を中心に論じたものである。すなわち、その伝来、構成、成立、あるいは詞書からうかがわれる交遊の実態など、家集の性格について考察を試み、中西信慶の不断の文芸活動を追いかけた論考である。他方、平間長雅・有賀長伯ら上方地下との密なる交流を改めて確認して、広く上方地下和歌史の周縁を訪ねる一齣ともしている。

第三に配した、川平敏文「伊藤栄治・永運のこと―江戸前期島原藩における神事の周辺―」は、姫路藩主榊原忠次と肥前島原藩主松平忠房、この二人の文人大名からその学力を認められ、召し抱えられた歌学・神道学者伊藤栄治の伝を紹介した前稿を発展させ、本稿においては、『島原藩日記』を丹念に読み解き、伊勢の御師伊藤助大夫家を通して伊勢神宮との関係を維持するようになる経緯などを明らかにしている。

第四の論考、吉良史明「中島広足と本居宣長―『後の歌がたり』に見られる宣長批判の内実―」は、諏訪社の文庫調査を領導された上野洋三氏のもとで調査の中軸をつとめ、その蓄積を基に成るもので、『後の歌がたり』に見られる中島広足の宣長批判の論考である。これらは広足を中心として結成された橿園社中の台頭を告げる『さゝぐり』の成立を論ずる一本と一体のものであるが、伊勢関係ということでここに収めた。

五番目の、加藤弓枝「伊勢御師の歌道入門—名古屋大学附属図書館神宮皇学館文庫所蔵『藤谷家御教訓』解題と翻刻—」は、神宮皇学館文庫旧蔵の御師・来田家伝来の資料『藤谷家御教訓』の翻刻である。伊勢御師の歌道入門というテーマについて、きわめて具体的な基礎資料の一本を加え得たことをよろこびたい。

本特集においては、後出の菊地翻刻の詠草添削の資料にも見えるように、研究雑誌では収録できない資料の収録にあえてふみ切ったことをお断りしておく。

以上五編は、期せずして伊勢社家を総合的に考察する小特集とはなった。

第六に収める、棚町知彌「北野宮仕(中)という歌学専門職集団の組織と運営の実態(資料編)—小松へ流出した頭脳・能順「伝」の基底として—」は、多年報告してきた、能順を中心とした北野連歌史の総括のつもりで口頭発表したもの(於諏訪社)の一部で、運営の基底にある、宮仕中(あるいは北野一山社中)の財務解明の部分は、紙幅の都合もあり割愛することにした。

前記棚町の論考が、文事以前のことにとどまったことをも配慮して、七番目には、菊地明範「北野社家における歌道添削について—香川景樹門　松園坊清根の詠草を中心に—」の資料翻刻を配し、法橋清根を中心とする香川景樹門人の北野宮仕たちの景樹による添削資料（無署名の分も多く景樹点かとされる）、ややまとまった資料全点の紹介にふみきった。

八番目の、橋本政宣「近世における地方神主の文事―越前鯖江の舟津神社神主橋本政恒を中心に―」は、近世における地方神主の文事がどのようなものであり、地方文化とのかかわりが如何なるものであったかなどを考える上での一事例として、越前の鯖江にある舟津神社の神主橋本政恒をとりあげ、神道家としての一面、国学者・歌人としての側面などを考察し、政恒の著作のうち『夢のたゝち』の紹介をも行っている。

九番目に収める、吉良史明「刊本『さゝぐり』の成立―長崎櫨園社中の台頭―」は、前五編の構成する伊勢歌壇に含めた別稿と関連、本稿の解明する長崎櫨園社中の台頭により更に照射。まさに、長崎から伊勢をにらんでの論考である。編者の勝手で「中島広足と本居宣長」を更に寄稿してもらったが、これは伊勢歌壇の論に収めるのが適当と考えて五番目に収めた。

十番目には、入口敦志「連歌御由緒考―山田通孝に至るまで―」を収めた。諏訪社での研究発表題目としては、静嘉堂文庫の連歌集書のもととなった、山田通孝にいたる烏森稲荷社家の歌学をリクエストしたが、本稿はこれを含む「連歌御由緒考」として成稿したもの。山田氏の柳営連歌参入に先立つ、鶴岡八幡宮少別当大庭氏と連歌御由緒や、同宮神主大伴氏の柳営連歌参入、さらには芝神明社神主西東氏の柳営連歌参入などを、宗教界の動きと柳営連歌という解明の糸口を考察している。江戸時代文学史を総覧する場合、柳営連歌はもっと重く評価されてよいのではないか、という意見の試論として、本特集の巻軸に配することにした。

末尾になったが、本研究会に対する思文閣出版会長田中周二氏の御高配に対して、深い感謝の意を表するものである。

平成十七年八月

棚町知彌
橋本政宣

社家文事の地域史　目次

社家文事の地域史

『守武千句』の時代——「跋文」の新解釈——

井上敏幸

はじめに

一　神宮神官達の文学思想

二　俳諧の論拠とその主張

三　『守武千句』跋文新解

はじめに

『守武千句』は、その草案本の表紙に、

天文五年正月二十五日

立願俳諧どくぎん千句

守武

とあって、[1]天文五年（一五三六）正月二十五日に着手された（あるいは、この時点で草案本の完成を見たとも）ことが知られるが、成稿を見たのは、周知のごとく、この時点より五年を経た、天文九年（一五四〇）十月であった。内容は、「飛梅やかろ〴〵しくも神の春」[2]で始まる第一百韻以下第十までの百韻十巻と追加五十句、さらに守武自身の跋文を添えたものであるが、本作品の出現が、俳諧史上画期的であったとされるのは、それまで言い捨てとされ、発句や付合のみが、読み伝えられていた時代に、千句という連歌の正式な形式によって俳諧作品が作られたこと、しかもそれが独吟であり、「立願」つまり「祈禱」として「神」に献げられたものであったことによる。「神」は、いうまでもなく伊勢神宮（内宮）である。

なぜ、こうした形で、俳諧史を真に確立した『守武千句』が成立したのか、その時代背景を探り、また、そうした時代の中で、守武が保持した俳諧文学観が、いかなるものであったかを、守武が生きた時代の文学情況と『守武千句』跋文の解析を通して、その画期性と俳諧之連歌が、真に独立を得たことの意味を、改めて考えてみることにする。

一　神宮神官達の文学思想

まず、神宮の神官（守武は当時二禰宜。一禰宜、長官となったのは天文十年（一五四一）六十九歳）である荒木田守武によって、俳諧之連歌の真の独立を可能ならしめた『守武千句』が、なぜ成立しえたのか、ということを考えてみると、時代背景として、次の二つの大きな流れを考える必要があるように思う。一つは、宗祇を頂点とした連歌、いわゆる本連歌が、宗祇等の『新撰菟玖波集』の選進でもって頂点を極めた時代であり、伊勢の神宮連歌壇も同様に頂点を極めた時代だったということであり、いま一つは、『新撰菟玖波集』が、俳諧の部を立てなかったこと、つまり、本連歌のみの撰集とし、それまで同じ連歌の枠内で考えられていた俳諧を排除したことに対する反撥として、俳諧のみを集めた撰集『竹馬狂吟集』が、俳諧愛好者の間で、編まれるようになった時代であったということである。(3)

第一番目の、本連歌の隆盛を考える時に忘れてならないことは、伊勢神宮における法楽連歌の歴史とその意義づけである。このことについては、以下全て奥野純一氏の御高著『伊勢神宮神官連歌の研究』による(4)が、氏によれば、伊勢神宮法楽連歌を初めて実現したのは坂十仏であったということである。そして氏は、この初めて行われた神宮法楽連歌の意義を、一つには、「神宮神官の連歌が法楽性を獲得することによって、和歌とほぼ同様の宗教的機能を備えるにいたり」、連歌と和歌とが、ほぼ対等の位置に置かれたこと、と同時に坂十仏が、『伊勢大神宮参詣記』において、「本朝を大和の国といひ、歌道をやまと言葉といへり。国の開闢すでに当宮にあり。歌の根本、豈我神にあらずや」と述べている通り、伊勢神宮こそが、和歌ひいては連歌の根本神であるとの意識を持つようになったことが確認できる点にあると説いておられる。そしてこの法楽連歌は、百年を経て内宮の神官による千句の形式に移っていくとされ、その最初の事例として、永享七年(一四三五)の岩井田千句があることを指摘され、「連歌が千句の形式のもとに具体的な神事と関係して興行された最初で、伊勢神宮神官連歌享受の上でも、大きな位置を占めるもの」とされている。以後、伊勢の地において、内宮外宮の神官達が同座する法楽千句の興行が、きわめて盛んになり、万句連歌も行われた。そして、そうした法楽千句盛行の中で、内宮長官氏経による『法楽独吟千句』の興行がなされたことについて、氏は、独吟千句としては、宗祇の『独吟三島千句』(文明三年=一四七一)の先駆的な意義を持つものであり、また、神宮連歌の享受面において、内面性の深化が獲得されたことを強調されている。法楽独吟という形に、氏経の神宮神官としての祈念の意識、宗教意識が籠められていること、そのことが内面性の深化の獲得だと述べておられるのであるが、筆者も、大筋のところは、そうした方向で考えてよいように思う。

日本の開闢神、根本神の神威そのものであるにもかかわらず、皇室・幕府に見離され、式年遷宮も意に任せない事態が、この氏経の頃(一四七〇年頃)から守武の晩年(一五四九)までの八十年間以上続いているわけで、そうした荒廃の極に立つ神宮の長官としての公的な祈念の意識の中に、荒廃に対し、あるいは皇室・幕府に対し、さまざまな思いが、人間性そのものの発露として出てくることが多くなってきたと見て間違いないであろう。言い換えれば、神威・神慮・神徳に対して、一人の人間が人間として向きあうことが多くなってきたといってよいのではあるまいか。

例は必ずしもよくないかも知れないが、連歌師宗長の『宗長手記』(5)に、大永二年（一五二二）八月四日から八日まで伊勢で興行された法楽千句の記事がある。

八月四日よりはじめ、毎日二百韻両吟、五日にはてぬ。此千句の事、今の管領高国、江州より御入洛の刻、御法楽として立願申せし事あり。紫野大徳寺真珠庵の傍に有りし時、御芳恩。且《かつ》は、其謝とも可ㇾ申にや。

とあって、この法楽千句が、管領細川高国の依頼による宗碩との両吟であることがわかる。この記事は、法楽千句連歌の典型的な有りようを示しているといってよいが、それに続く「且《かつ》は、其謝とも可ㇾ申にや」という一文には、かつての御恩を謝する気持ちがあっての千句法楽でもありましたといっているわけで、そこには、宗長個人の気持ちが出ているといってよいであろう。一方の宗碩自身も、「このみちのおもひで」と自認していたことが知られる(6)。連歌師の職業としての法楽のための創作意識、公的祈りの中に、連歌師自身の私的な思いが、「御芳恩」「おもひで」として混入してくることは避けがたく、ある意味では、人間として当然のことだったというべきであろう。いま、連歌の宗匠達の公的な祈りの中に、私的な「おもひ」が入ってくる様子を見てみたが、この時代の武将達の軍陣における祈禱連歌に対する姿勢、自己の命運の全てをかけているその姿には、心打たれるものがある。明日をも知れない命を覚悟しているからこその神への祈禱であり、感応を願う切なる心情だといわねばならないであろう。

宗牧の『東国紀行』(7)、天文十三年（一五四四）十一月四日の条に、織田信長の父（弾正信秀）が、濃州の合戦に負けて、ただ一人帰城した「無興散々の折」にもかかわらず、一家総出で宗牧を迎え、禁裏御修理料進物に対する御礼の女房奉書と古今集を、息三郎（後の信長、この時十三歳）ともども「敗軍無興の気色もみ」せず拝領したあと、しいて連歌興行を所望し、〳〵色かへぬ世や雪の竹霜の松の発句で百韻を巻かせたのであるが、このことを、宗牧は「わが興行の外聞に、脇をば霜台(信秀)作者にと内儀有剣《けん》、つよきせい成べし」と記している。連歌「興行の外聞」(評判・宣伝)のために、脇に信秀と、自分の名前を出せといっていることに対して、宗牧は、信秀を「つよきせい」と評しているけれども、連歌興行を通して顕わになる人間の本性を見抜いている宗牧の目があるといってよいであろう。その後、宗牧は、三河・駿河・武蔵へと旅を続けるが、その旅が、敵地から敵地へと送られていく旅であることを、天文十三年閏十一月十二日・同十二月十日、天文十四年一月二十七日の各条にうかがうことができる。この戦場から戦場への旅は、一世代前の宗長の場合も同じである。『宗長手記』大永二年(一五二二)の刈谷の「折ふし俄に牟楯する事有」の条、また、江州蒲生の条には「又ここにも牟楯。軍の用意ひまもなし」とある。

いま一度『東国紀行』の宗牧に戻ると、宗牧は、天文十四年(一五四五)三月四日、江戸の城につき、遠山甲斐守に会っているが、「明後日出陣」ということで、ここでも「無理に一座」を懇望されて祈禱の連歌を興行し、六日には、大田越前守との兼約の連歌を興行している。この折、宗牧は、「すでに明日息弥太郎出陣なれば、取《とり》乱《みだし》、さぞ侍らむ。されども斟酌《しんしやく》同心有まじき執心なれば」と兼約通りの連歌を、多少の不安を感じながら興行したのであるが、結果は、「一座はとくはてたるに、盃色々、弥太郎出陣をもいはず、連歌の心だてみえたり」と記し、大田越前守の天晴《あつぱれ》なる「連歌の心だて」を賞賛し、連歌修業を通して得られた見事な「心ばへ」「心づかひ」を見届けていたといってよかったのである。

以上、軍陣における祈禱連歌の場合にも、やはり連歌興行を通して、様々な人間性が読みとれることを見てみたが、神宮の神官達の法楽・祈禱連歌の創作意識の中にも、同様に、様々な人間の心が織り込まれていたといってよく、このことを奥野氏は、「内面性の深化が得られた」と説いておられたのだと考える。

次に見てみたいことは、祈念・立願・法楽、あるいは、それらに応じる神威・神冥・神慮とは、どのような意味合いを持っていたのかということである。勿論、連歌興行に限ってのことになるが、宗牧の『東国紀行』では、

熱田神宮の神威が、

当宮は、日本武尊にておはしけるとぞ。日本紀の趣、御幼年の御時西夷をたひらげられ、其後神勅あらたにして、東夷も程なくしづめおはしまして、御帰洛の御とき、甲斐国酒折宮にて、〳〵にゐばりつくばを過ていく夜かねぬる　火ともすわらは、〳〵かゞなつく《イなべて》夜にはこゝのよ日には十日を　とつけ侍るとなん。これを連歌のはじめとは申つたへたり。軍陣の祈誓にも、第一神威あり《イる》は、か様の所謂にや。

と、熱田の宮に、連歌祈禱の「神威」があることが記されているが、残念ながら、「祈誓」あるいは「神威」とは何かということについては、何も説明はなされていない。

このことは、坂十仏の『伊勢大神宮参詣記』(8)において、明快に、「神の心」と「人間の心」に隔てがなく、両者は時に「同じる」ことができるものであることが説かれている。

(イ)諸集の教法はまち〳〵なれども、己《おのれの》心をみがきて仏性の玉をあらはす。所詮は一理也。此己《おのれの》心を釈教にをくときは仏心と号し、神事にをく時は冥慮と称す。此冥慮は、我等がをろかなる心なれども、暫《しばらく》もすなほなるときは同《どう》じ給《たまふ》頼《たより》あり。

のごとく、「我等がをろかなる心」が、しばらくの間、「すなほなる」時は、「冥慮」に同《どう》じることができると言い、また、このことは、仏教において、人間だれしもが、「仏心」を有していることに同じであると説き、別条においては、さらに、「冥慮」すなわち「神の心」と「我等がおろかなる心」とが、「同《どう》じる」ことができる理由を、

(ロ)念珠をもとらず、幣帛をもさゝげずして、心にいのる所なきを内清浄といふ。潮《うしお》をかき水をあびて、身にけがれたるところなきを外清浄といへり。内外清浄になりぬれば、神の心と我心とへだてなし。すでに、神明に同じなば、なにを望でか祈請のこゝろ有べきや。是真実の参宮なりとうけたまはりし。

のごとくに述べている。心身の「けがれ」がなくなり、「内外清浄」が実現された時、「神明に同じ」ることができると明言しているのであるが、「心にいのる所なき」が、なぜ心の「けがれ」が無くなった時のことをいっている、ということになるかということについては、この一文のみでは理解できない。「心にいのる所なき」とは、「祈請」することの意味がもはやない、ということでもあるが、そうした心の状態とは、具体的にどのような内実をいっているものだったかといえば、それは、その「祈誓」が、天地の理、「ことはり」に「もっともふかく」かなったものとなっている、ということを意味していたと考えられる。坂十仏は、このことを、

(ハ)天地七代は水気を始として月神の号あり。地神五代は火徳をつかさどりて、日神の御名まします。万物は陰陽を父母として、水火交会のことはりあり。是誠に両宮真実の習也。

と言い、さらに、

(ニ)本有常住の神体には、陰もなく陽もなし。衆生随類の垂跡には、男に現し女に現す。たとへば、玉の水火をいだすがごとし。たまには水火なけれども、日に向て火をとり、月に対しては、水をとる。これすなはち、因縁所生の水火也。故に日神は陽中に陰をふくみ、月神は陰中に陽をふくみたまへり。是一陰也。一陽也。両宮は、天地の父母として万物を出生し給けることはり、もつともふかし。

と述べている。ここで十仏が強調していることは、「日神」「月神」、即ち「両宮」は、「天地の父母として万物を出生し給けることはり」を有すること、そして、この「万物を出生する」という「ことはり」こそが、神道における「神の心」そのものであり、「冥慮」にほかならないということだったと考えられる。(ニ)の文章は、いま解釈した通りで問題はないが、(ハ)では、同じことが、「万物は陰陽を父母として、水火交会のことはりあり」と説かれていることが注目される。(ハ)の「万物は陰陽を父母とする」という考え方は、いうまでもなく宋学的な宇宙観を示しているわけで、「万物」→「陰陽」の順で、次にさかのぼっていけば、「理」→「太極」に行きつく。

十仏の神道思想の中に、宋学の論理が備わっていることが明らかであるとすれば、(ニ)の「本有常住の神体には、陰もなく陽もなし」という、「神体」の根本の説明の仕方も、宋学において、宇宙の根源を「太極」あるいは「無極」と言い、いまだに陰も陽もない空間だと説く、その説明の仕方そのものだといって間違いないように思う。この読み方が正しいとすれば、(ロ)の「神の心と我心とへだてな」く、「神明に同《どう》じ」ることができるという説き方、また、(イ)の「冥慮は、我等がをろかなる心なれども、暫もすなほなるときは、同じ給頼あり」という言い方も、宋学において、道は微《かすか》なるものであって、道を見る、あるいは道に同じることは、きわめてまれであると、説くことに重なっているといってよい。だとすれば、(ロ)「神明に同じる」、(イ)「冥慮に同じる」ために、(イ)己の「心をみがき」、(ロ)「内外清浄にな」るという言い方も、宋学において、道に達せんがために、己の心の塵俗を払い、清らかな心を保ち、「自得」の境地にいたろうとする過程と何ら変りはないといってよい。ということになれば、(イ)の「暫もすなほなるとき」の、「すなほ」の内実も、きわめて、宋学にいう「道」に近いものが考えられてよいことになる。十仏の言に従えば、それは(ニ)の「天地の父母として万物を出生し給けることはり」であり、言い換えれば「天地の条理」、即ち「天理」だったのである。ということは、(ロ)の「神の心」とは「天理」にほかならず、己の心をみがき、内清浄を得た「己の心」もまた、「天理」に達しえたの意味であり、神明・冥慮に同じるとは、結局、「天理に同じる」ことだったといってよい。宋学において、「天理」とは「天之道」にほかならず、「天之道」とは、『中庸章句』のいう「誠」であった。ここまで縷々、十仏の文章をたどってきたが、十仏の文章の背後にある思想は、『中庸章句』第二十章の一節、

誠ハ者天之道也。誠レニスルハ之ヲ者人之道ナリ也。誠ハ者不レズシテ勉《ツトメ》而中《アタル》。不レズシテ思ハ而得。従容トシテ中レルハ道ニ、聖人ナリ也。誠レニスルハ之ヲ者、擇レデ善ヲ而固ク執レレル之ヲ者ノナリ也。

に言い尽くされているといってもよかったのである。

以上のごとくに神道の根本思想を書き記した後に、十仏は、

本朝を大和の国といひ、歌道をやまと言葉といへり。国の開闢すでに当宮にあり。歌の根本、豈我神にあらずや。

と、「歌の根本」が「我神」伊勢神宮であることを述べると同時に、その和歌につらなる連歌にも、その根本につながる「誠」があることを、十五歳にもならない少年の付句を例に論じている。

わするなとかきをく文の一筆に

といふ句の侍しに、

人の涙を思ひいでけり

と垂髪のつけて侍しかば、諸人の詠吟耳を驚かし、満座の感歎腸をたつ。としひさしくこの道に心をかけたる身は、あけくれき、とりわざの、ふるき事をのみつらねて、胸のうちよりいづる誠は、さらになき物を、此垂髪の、よはひよも志学をいでじとおもふ、こゝろの底よりかゝるやさしき言の葉のきこえ侍る、ありがたさよ。　　　　　　　　　　　　　　　　　　　　　（傍線筆者）

と、少年の付句に対し感嘆しているのであるが、その感嘆は、少年の無垢さ故に、「心にいのる所なき内外清浄なる「胸のうちよりいづる誠」に対して向けられていることは、説明を加えるまでもないであろう。そして、この一条の終りに、

おほよそこの所は、天のうきはしを踏初給し神代のふみをまなぶ家々たえずして、大和言葉のひろまりけり。

と、伊勢の地が、神代よりの「大和言葉」を研究している伝統的な土地柄であることに言及していることも、注目されよう。

以上見てきたごとく、十仏は、伊勢神宮の和歌・連歌の根本思想を、三教一致の立場から、殊に、神・儒の一

致を強調する形で説くとともに、伊勢神宮に奉仕する神官達の家々が、日本古来の歌学の伝統を引継いでいることを強調していたといってよかったのである。

こうした伊勢神宮神官の家に育ち、神官独自の文学思想のただ中で人となった守武が、和歌・連歌の創作にあたって、こうした文学思想を根底に持っていたことは疑いない。とすれば、守武の俳諧にも、こうした神官の文学論に通底するものがあったことは、十分に留意しなければならないであろう。このことを、『守武千句』の跋文を読むことを通して確認することが、この本論の目的であるが、その前に、最初に設定したように、『守武千句』の時代背景を、いま一つの視点、当時の俳諧文学の視点から見ておくことにする。

二　俳諧の論拠とその主張

江戸時代から昭和三十八年まで、俳諧の祖は、天文九年（一五四〇）十二月三日満尾と推定される『守武千句』と、『守武千句』に前後して編まれたとされる『犬筑波集』と定まっていたのであるが、昭和三十八年に、明応八年（一四九九）二月序の『竹馬狂吟集』が紹介され、俳諧史は一挙に四十年さかのぼることになった。[9]周知の通り、宗鑑編とされる『犬筑波集』には序・跋などなく、時代の、あるいは編者の俳諧意識を確かめうる手懸りがなかったのであるが、新出の『竹馬狂吟集』には、有り難いことに、編者によると思われる序文があり、その当時の俳諧に対する考え方が、読みとれるのである。『竹馬狂吟集』出現の意味は、雲英末雄氏が述べられている通り、明応四年（一四九五）の『新撰菟玖波集』で俳諧が切り捨てられたことに反撥し、俳諧愛好者の一人が、あえて「俳諧撰集」を編むという行動に出たに違いないが、それが可能であったということは、「俳諧が純正化した連歌の概念に入りきらぬほどに成長したことを意味しており、俳諧は連歌に対立し、一つのジャンルを確立するまでの主張とエネルギーを持つまでになった[10]」と考えられる。とすれば問題は、『竹馬狂吟集』が持っている「主張とエネルギー」とは何だったのかということになる。いま、序文の中に、俳諧文学の存在の根拠とその価値についての主張と、人間の本質についての確かなる認識、その認識が生み出す、新しい人間的エネルギーの具体とを探ってみることにする。

序文中に、本書に『竹馬狂吟集』と名付けた理由を説いている部分がある。(11)

a もろこしにはよこしまなからん計といひ、b 日本には心のたねとやらんかけるなれば、c 清狂やう狂のたぐひとして、d 詩狂酒狂のおもむきを題として、竹馬狂吟集となづけ侍り。

この文章の中で、序者はまずa・bでもって、俳諧が詩歌につながるものであることを説く。a「もろこしにはよこしまなからん計といひ」では、

中国では『論語』にいうように、思い邪なきものでさえあれば、皆な詩だといわれているではないか。だというのなら、俳諧に邪なものはなにもないのだから、詩につながるものといえるはずではないか。

との主張がなされ、b「日本には心のたねとやらんかけるなれば」においては、

日本では『古今集』の序にいわれているごとく、人間の心を種としたものは全て歌となるといわれているではないか。というのなら、俳諧も人の心を種としたものなのだから、歌につながるものといえるはずではないか。

との主張がなされている。序者は、最も広く知られた中国の詩の本質、同じく日本の和歌の本質論を持ち出してきては、そうした詩歌の本質に通じているものとして俳諧文学が存在していることを主張していたのである。

そして、次のc・dでは、俳諧者も清狂佯狂の人々につながるものであり、詩狂酒狂の趣きを愛することにおいては、中国の詩人達に等しいものであることを主張している。cにおける「清狂佯狂」は、中国の詩人杜甫や陸游、また李白・黄山谷といった詩人達にあてはまる言葉であった。杜甫は二十四歳から八、九年間の自分を、

「放蕩タリ斉趙ノ間、裘馬頗ル清狂タリ」（壮遊）と叙し、また陸游は、落第して以来二十年間の自分を「詩酒清狂二十年」と詠じていた。「清狂」の詩人には、清廉潔白と進んで道を求める狂の思想があったことが注目されるのである。ところで杜甫は、「佯狂」の人李白を哀れみ、「敏捷詩千首　飄零酒一杯」（傍線筆者）とその詩才を讃え、「一杯の酒に憂いをやる」友人に思いを致した（不見）のであるが、陸游の「詩酒清狂」という表現に従えば、李白も「詩酒佯狂」の人だったということになろう。つまり、「清狂」「佯狂」と「詩」と「酒」とは、かくのごとくに一体のものだったのである。とりわけ「詩」と「酒」の結びつきは強く、黄山谷は「詩狂モ克《よ》ク念《おも》ヘバ酒聖ト作《な》ル」（謝二答ス聞善二兄ガ九絶句一ヲ〔二二〕と述べ、白居易は「酒狂又詩魔ヲ引キテ発シ」（酔吟二首〔二二〕と詠じている。こうした詩句の意味でもって、序文d「詩狂酒狂のおもむき」を解釈してみれば、「詩狂」は「酒聖」となり、「酒狂」は「詩魔」となるというのである。「詩魔」と「詩狂」とが同じ意味を持つとすれば、「詩狂」と「酒狂」とは、永遠の循環に陥っているわけで、ことほど左様に「詩」と「酒」とは一体だったということになろう。

ということで、cの「清狂やう狂のたぐひ」の「たぐひ」、またdの「詩狂酒狂のおもむき」の「おもむき」とは何かに留意しつつ、このc・d・eの一文を解釈してみれば、

この集の俳諧の作者たちは、清狂佯狂の詩人達と同質同種の人達だとみなし、また、この集の俳諧作品にも、詩狂・酒狂の世界、つまり酒聖と詩魔に通じる「おもむき」が確かに感じとることができるが故に、この集に『竹馬狂吟集』と名づけたのだ。

ということになる。しかして、こうした解釈が成り立つのは、この一文の背景に、『史記』滑稽伝にいう狂言戯語の文学観と、『論語』子路篇の「狂」の思想とがあったからにほかならない。

桃源瑞仙の『史記抄』は、狂言戯語について「狂言戯語ナレドモ、チヤツト微《かすか》ニ中《あた》ルコトガアレバ、以テ紛ヲ解クベキゾ」と言い、「滑稽ノ弁説モ、道ニ協フ事ノアルヲバ、棄ツベキコトデハナイゾ」のごとくに説いてい

る。(12)また、『論語』子路篇の「狂者ハ進テ取ル」に対し、朱熹は「狂者ハ志極メテ高クシテ行ヒ掩《おさめ》ズ」であるが、「其ノ志節ニ因テ激厲」すれば「以テ道ニ進」むことができると注釈を加えていた。『史記抄』の「チヤツト微ニ中ル」は、「従容トシテ中ルハレ道ニ聖人也」（『中庸章句』）に対して、「狂言戯語」の人々は、「微《かすか》」に「道」に「中《あた》」るといっていたわけであり、「狂者」が「道ニ進」むとされるのも、もともと宋学に「狂聖本《もと》同ジ」（真徳秀「思誠斎ノ箴」）という考え方があったからである。こうした「狂言戯語」と「狂者」についての考え方を考慮しつつ、c「清狂やう狂のたぐひとして」の意味を考えてみれば、「志ノ高サ」ゆえに、道への可能性を持つ清狂佯狂の人々と、ほんの微かに道に叶う所ありということで、その存在価値が認められている「狂言戯語」の人々との間に、大きな隔りはあるものの、どちらも道に叶っていることに変りはないわけで、こうした意味合において、俳諧作者も清狂佯狂の人々の「たぐひ」と認定することができるといっていたのである。続くdの「詩狂酒狂のおもむき」については、すでに触れた通りであるが、あえてそうしたものの「おもむき」とは何かといえば、それは「詩狂」のうちの「詩魔」に思いをいたすことであり、「酒狂」のなかに現れる「酒聖」に思いをいたすことだったといってよいことになる。かくて、「詩狂」と「俳狂」の「おもむき」は、全く同質のものとして重なることになるはずである。これが、序者の主張であったということになる。

　そしてc・dは、ただちに結びの文e「竹馬狂吟集となづけ侍り」に繋っていくのであるが、編者の本書への命名が、本書の俳諧作者達も、いま見てきたごとき「清狂やう狂のたぐひ」の人々であり、「詩狂酒狂のおもむき」を持っているとの認識のもとになされているとすれば、「竹馬狂吟」の意味も、従来説かれているような、「竹馬」は「『筑波』をもじると共に、初心未熟者の意を含めた(13)」といった単純なことではすまされなくなってくるように思う。「竹馬」が「筑波」の「もじり」であることはよいが、湯之上早苗氏が指摘されたごとく、単なるもじりではなく、「当てつけ」を含むことは疑う必要もないであろう。(14)また、「竹馬」に「初心未熟者」の意があることはいうまでもないが、これまた単純にそれだけだったとは考えられない。すでに引用した黄山谷の詩の一聯に、「詩狂モ克《よ》ク念《おも》ヘバ酒聖ト作《な》ル　意態ハ忽ニ年少ノ時ノゴトシ」とあるように、「詩狂」のいたれる世界としての「酒聖」の境地において、「年少ノ時」の「意態」となる、つまり、その純粋無垢・天真爛漫たる「聖」なる「おもむき」の意味もまた強かったと考えられるからである。この「年少ノ時」の「意態」、つまり、純粋無垢・天真爛漫たる「聖」なる「おもむき」は、十仏のいう垂髪の少年の「胸のうちよりいづる誠」を賛嘆してやまないイメージに、全く等しいことを見逃してはならないであろう。

三　『守武千句』跋文新解

以上、一・二節において述べてきた『守武千句』の時代性を踏まえつつ、『守武千句』跋文における解釈上の問題点について、新たな解釈を提示してみることにする。

まず、『守武千句』跋文全体を、自筆本により、五段落に分けて示せば、およそ次のごとくである。

〔一〕右の俳諧は、そのかみどくぎん千句立願ありけれど、うちまぎれ、又は成がたく過しけるも、そらおそろしく、いかゞはせんの余に、鬮をとるべきに、一ならばもとより、二ならばはいかいのあらましごとにて、哀、二をりよと念じければ、二をりぬ。有がたさ限なく、大かた千句は、三日なれば、これわづかに二日にもたらざらんに、おもひの外に永びき、夜はね覚がちにもよほし、かのえさるには、二百いんにて、五日につゞりぬ。

〔二〕其おりふしにや有けん、周桂かたへ、此道の式目いまだみず、都にはいかんと、大かたのむねたづねしかば、かゝる式目は、予こそさだむべけれ、定よ、其を用べき、のざれたる返事くだりあはせ、さらば此度計心にまかせんと、所にいひならはせる俗言、わたくしびれたる心・詞、一向はうほつ、うつゝなき事のみなれど、あまたの中なれば、うすくこく打まぜけり。

〔三〕さて、はいかいとて、みだりにし、わらはせんと計はいかん。花実をそなへ風流にして、しかも一句たゞしく、さておかしくあらんやうに、世々の好士のをしへ也。此千句は、其をもとぢめず、とくみたし度初一念計に、春秋二句結たる所も有ぬべし。されども、正風誰人の耳にも入まじきに、いさゝかもきこえん、はからざるさいはいならん哉。其うへ、ふんこつ妙句なきにしもあらず。又、さしあいも、時代によるべきにや。しいてなをさんも、しうしんいかゞ也。

〔四〕然に、はいかい、何にてもなきあとなしごとゝ、このまざるかたのことぐさなれど、何か又、世中其ならん哉。本連歌に、露かはるべからず。大事ならん歟。兼哉このみにて、心ものび他念なきとて、長座には必もよほし、庭鳥がうつぼになると夢にみせ、むこ入に一はしをわたり、宗碩は、文かよはしの自讃に、入あひのかねをこしにさし、宗かんより、たび〳〵発句などくだし侍り。近くは、宗牧一・二座忘れがたく、其らをたよりにて、おもひよる事しか也。追加五十いん、おほけれど、祇公、三嶋にて、千句二おりを、おもひいづるものならし。

〔五〕さて、古来まれなるどくぎん千句成就、松のはの正木のかづら、目出度や侍らん。

この跋文に、詳細な注解を施したものに、飯田正一氏編の『守武千句注』[15]と沢井耐三氏の『守武千句考証』[16]がある。『千句注』は、語釈を中心にしたものであるが、『考証』は語釈・解釈・口語訳と揃っており、現時点における研究の状況が摑みやすい。ということで、まずは『考証』の注解を検討した上で、新たな解釈を試みることにする。

まず第一段について『考証』は、その解説欄で、「守武の俳諧千句に対する深い関心が表明され、俳諧千句への試みが神慮に叶うものであったこと」、そしてさらに「その成就が、予想外に困難であったことが記されてい

る」と説明している。この部分については問題はないが、これに続く部分、

守武が俳諧へのやみがたい執着を持ちながら、なおかつ神慮を仰いだことは、守武自身、俳諧がいまだ文芸として高次のものと認知されておらず、単なる「あとなしごと」にしか過ぎないことを充分に承知していたからであろう。

は、大いに誤っているといわざるをえない。傍線部A・Bが、その部分である。傍線部A、即ち、守武において、「俳諧がいまだ文芸として高次のものと認知されて」いないという認識の仕方は、第二節に見たごとく、全く時代性を無視したものといわざるをえないであろう。当時の俳諧が、純正化した連歌の概念に入りきれないほどに成長し、連歌に対立する一つのジャンルを確立するまでの主張とエネルギーを持つようになっていたことは、すでに確認ずみだといってよかったからである。続く傍線Bにおいても、跋文第四段の用語「あとなしごと」を引用して、守武は、俳諧が文芸と呼ばれるに値しないものであることを充分に承知していたと述べておられるが、これは、第四段の文脈を全く取り違えた、誤読に起因するものであったといわざるをえないように思う。このことについては、改めて、第四段を問題としてとりあげる際に、詳しく検討を加えることにする。

ところで守武は、跋文冒頭第一段において、自分は、神慮を仰ぎ、幸いにも俳諧を引き当てることができたという説明文を置いているか。これは、守武の、本連歌との関連の中での俳諧に対する、やや複雑な思いを述べるために設けられた一つのレトリックだったと見るべきであろう。守武が、『俳諧独吟千句』を完成させた六年後の、天文十五年（一五四五）八月に、本連歌の独吟法楽千句『秋津洲千句』を成就していることから考えても、最初から俳諧千句をやることは、予定通りの行動だったといってよいからである。にもかかわらず、鬮を引いて神慮をうかがうというレトリックが必要であったのは、一つには、本連歌、あるいは俳諧のどちらかの千句を奉納するという神との約束を、ともかくも一つだけはすませておきます、ということを神に告げるためだったので

あり、いま一つは、本連歌を差し置いて、俳諧を先に奉納することに対する言い訳めいた気持ちからだったと考えられる。『新撰菟玖波集』が選進され、本連歌が頂点を極めている時代に、あえて俳諧を持ち出してくることへの気後れ、一種のためらいがあったといえば理解しやすいのではあるまいか。跋文冒頭第一段は、沢井氏が解釈されたような意味、A「俳諧が文芸として充分認知されていなかった」、B「俳諧が文芸と呼ばれるに値しない」といった意味は、どこにも述べられていないことを、ここに再度確認しておくことにする。

守武にとっては、神様に願をかけて、連歌でしょうか、俳諧でしょうか、どちらかといえば俳諧をお願いします、といって鬮を引くことが真意だったのではなく、伊勢神宮に俳諧でもって立願すること自体に意味を置いていたのである。それは、第一節において見たごとく、国の開闢神である伊勢神宮こそは、「やまと言葉の道」の根本神にほかならなかったからである。しかして、その和歌・連歌の道の根本神である伊勢神宮の神慮と、人間の「胸のうちよりいづる誠」の心とは、人間が内外清浄を得た折には、神慮に「同《どう》じる」ことができるとの認識が、守武生来の思想として強固にあっただろうことはいうまでもないであろう。とすれば、俳諧が「やまと言葉」そのものであり、文学として和歌・連歌に全く等しいものであるとの認識に立つ守武にとって、俳諧でもって立願することの意味は、「やまと言葉」でもって人間の「誠」の心を捧げ、神に「同じる」ことにほかならなかったということができるはずである。この跋文冒頭第一段において、守武が、てれかくしのためのレトリックを駆使しつつも、主張したかったことは、自分の俳諧の「誠」の心でもって、神に「同じる」ことができる、との信念を主張することであったというのが、最も正しい言い方であるように思う。

次の第二段は、まだ俳諧の式目といったものがないようなので、自分流の考え方だけでこの千句を作ったことをいっている一段で、いま、解釈上問題にすべき点はないが、続く第三段には、意味の通らない釈文があり、また、理解に苦しむ解説がなされているように思う。

沢井氏は、解説冒頭で、「この段の前半部は有名な〝守武の俳論〟である」と述べられているが、それに相当する部分は、(三)の冒頭文、

さて、はいかいとて、みだりにし、わらはせんと計はいかん。花実をそなへ風流にして、しかも一句たゞしく、さておかしくあらんやうに、世々の好士のをしへ也。

である。従来の俳諧史や一般的文学史は、この冒頭文を踏まえて、「戯笑を主とする犬筑波集的俳諧に対して、連句形式で和歌的情緒に接近しようとした俳諧の試みもすでに室町時代に行われていた。普通この現象については、『守武千句』が代表としてとり上げられる」といった見方(板坂元『初期俳諧』岩波講座日本文学史、昭和三十三年)や、「『守武千句』の示すような、ややまっとうな(それだけ微温的な)傾向の作品」という評価(井本農一『俳諧発生史』、明治書院俳句講座、昭和三十四年)を下していた。これに対して沢井氏は、「『犬筑波集』の哄笑的な俳諧に対して、『守武千句』の温和さを強調するとき、この部分がしばしば引用されてきた。しかし、『守武千句』という作品が、この理念を忠実に実践したものと考えるのは早計で、文脈の上では、続いて「此千句は、其をもとぢめず、とくみたしたき初一念計に、春・秋二句結びたる所も有ぬべし」とあって、むしろ、その説が否定されたところに『守武千句』を置いて考えるべきである(尾形仂『俳諧史論考』宗鑑と守武、昭和五十二年)と、「『守武千句』の温和さを強調する」説(すなわち、板坂氏の「和歌的情緒に接近しようとした俳諧」、井本氏の「ややまっとうな(それだけ微温的な)傾向の作品」という評価を、「温和さ」の一語にまとめられたものと思われる)を否定したところから考えるべきだと論じられている。そして、その論拠に尾形仂氏の論文があげられているが、尾形氏よりも、さらに強力、かつ明快に『守武千句』に対する通説を批判されたのは今栄蔵氏であったはずである。なぜ、今氏の論文に触れておられないのか、不審の念を禁じえない。今氏の論文「『守武千句』の俳諧的方法」(17)は、作品の読み方にまで立ち入った画期的なものであり、今後の研究の指針となる論文だといわねばならないか

らである。

尾形氏の論文を根拠として、通説を否定されたはずであるにもかかわらず、沢井氏の解説は、「しかしながら、逆にすべてが否定されたと考えるのもやはり行き過ぎで、守武が「粉骨・妙句なきにしもあらず」と豪語したことからもうかがわれるように、守武の内部ではそれが単なる飾りの言葉ではなく、やはり幾ばくかの現実目標たりえていたことを認めねばならないだろう」と、元の通説に戻ってしまっている。なぜ、このような混乱を含んだ論理の通らない文章になってしまったのかを考えてみると、いま、二つの要因が考えられる。一つは、今氏の論文に触れることなく、尾形氏の論文のみを論拠としていたことに端的に示されているように、守武誹諧の真の特性、尾形氏の説かれている「俳諧の自由と俗の謳歌」の意味、あるいは今氏がいわれる守武俳諧の「骨法」、「守武の狙った俳諧滑稽の基本」としての「そらごと」性の理解が充分でないことによることはいうまでもないが、このことについては、第四段において改めてとりあげることとし、ここでは省略に従っておくことにする。

いま一つの要因は、跋文の文章自体の読みが充分になされていないことである。沢井氏は、従来の通説を呼び戻す形で、「守武の内部ではそれが単なる飾りの言葉ではなく、やはり幾ばくかの現実目標たりえていたことを認めねばならない」との言説を弄されているが、この言説中の「それ」が、「花実をそなへ風流にして、しかも一句たゞしく」を指しているとすれば、沢井がいわれる「現実目標」とは、板坂氏がいわれた「和歌的情緒に接近しようとした俳諧」、あるいは井本氏がいわれた「ややまっとうな(それだけ微温的な)傾向の作品」を作ることを、実際の目標としていたということになるが、守武のこの一文は、けっしてそうしたことを述べようとしたものではかった。「花実をそなへ風流にして、しかも一句たゞしく、さておかしくあらんやうに、世々の好士のをしへ也」とは、「和歌的情緒」をたたえた句であればあるほど、「まっとうな」句であればあるほど、それらの句が、次の付句によって物の見事に滑稽に転じられた時の笑いの効果は、他のいかなる付合よりも効果的であることは明白であり、それこそが理想的な俳諧連歌である、というのが代々の俳諧愛好家達の教えだったのだ、というのが守武が言いたかったことだったのである。

　ということで、いま改めて、この第㈢段を読み直してみると、この文章は、沢井氏がいわれているごとき〃守武の俳論〃なのではなく、「世々の好士のをしへ」を、守武が引用したものであり、そうした文脈からの読み直しが必要だということになる。「世々の好士のをしへ」は、実は、二つの方法が示されていたのである。一つは、「はいかいとて、みだりにし、わらはせんと計はいかん」で説かれている、「みだりにし、わらはせる」、つまり淫乱卑猥な言葉から、跋文第㈡段でいっている「所にいひならはせる俗言」、「わたくしびれたる心・詞」までを総動員して「わらはせる」方法であり、いま一つは、「花実をそなへ風流にして、しかも一句たゞし」き句でもって「わらはせる」方法であったということになる。板坂・井本・沢井各氏の解釈は、旧来の通説に引きずられ、この文章構造を読みとらないままに、もっぱら「花実をそなへ風流にして、しかも一句たゞしく」の部分にのみ力点を置いてしまったために、あたかも守武が、この俳諧千句において「和歌的情緒に接近しようとした」、「ややまっとうな（それだけ微温的な）傾向の作品」を求めた、あるいは「温和さ」を「現実目標」としたなどといった、とんでもない誤解を導いたことになる。繰り返すことになるが、この第㈢段落の文章は、「有名な〃守武の俳論〃」だったわけではなく、「世々の好士のをしへ」だったのであり、その「をしへ」は、あくまで、どうやって俳諧にふさわしい滑稽・笑いを作りだすかを説いた文章だったわけで、「さて、おかしくあらんやうに」の「おかし」も、平安朝風の優美な「おかし」ではなく、「みだりにし、わらはせん」の「わらはせん」と全く同義だったのである。

　第㈡段冒頭部分が、以上のような構造を持つものだったことが理解できれば、これに続く文章、

　イ此千句は、其をもとぢめず、とくみたし度初一念計に、春秋二句結たる所も有ぬべし。ロされども、正風誰人

の耳にも入まじきに、いさゝかもきこえん、はからざるさいはいならん哉。

も、きわめて理解しやすいものとなる。だが、この文章ロについての沢井氏の口語訳は、「しかしながら、俳諧の正しい姿というものは誰もが知らないはずなので、そういった欠点を非難するのも道理が通らないだろう。それは、思いがけない私の幸運とでもいおうか」といったもので、全くの誤訳としかいいようのない、一種不可解な口語訳となっている。ここでもなぜ、こうした誤訳が導き出されてきたのか、ということを考えてみると、それは、「正風」という詞の誤解に起因するものだったといえる。文章ロにおける「正風」は、「誰人」と同格であって、守武の文脈に即して解釈すれば、「和歌・連歌を専らに嗜んでいる人」の意に解するのが最も妥当であろう。だとすれば、「されども、正風誰人の耳にも入まじきに」の口語訳は、「しかしながら、今回の私の俳諧千句など、和歌・連歌を専らに嗜んでいる人々で、読んでくれる人など、誰一人いないと思われるけれども」ということになる。しかしながら守武は、このあとに「いさゝかもきこえん、はからざるさいはいならん哉」と文章を続け、やや執念《しゅうね》く「少しだけでもよい。もし本当に、少しだけでも読んでくれて、私が目指している俳諧の一端でも理解してもらえたというのであれば、それは、私にとって望外の幸せというものであります」といっていたことになる。この守武のやや執念《しゅうね》き願い、「正風誰人の耳にも入まじきに、いさゝかもきこえん、はからざるさいはいならん哉」という願いが、挿入句として第三段のここに入れられた理由は、「世々の好士のをしへ」としての守武俳諧の第二の方法、「花実をそなへ風流にして、しかも一句たゞし」い句でもって、大いに笑うことのできる俳諧を、現在の時点で、私ができるところまでは、一応「とぢめ」（はたす、なし終える）たつもりである。だから、和歌・連歌を専らに嗜んでいる人々も、あるいは、この部分には共感してもらい易いのではないか、と考えている守武の強い願望があったからにほかならないであろう。「正風」の人々に対する守武の期待が強いのは、俳諧は、和歌・連歌と同じ文学であって、それら文学の本質は、結局のところ同じではないかという前提が

あったからだと思われるが、このことを端的に、俳諧文学の本質論として書いているのが、跋文第〔四〕段落の文章、

然に、はいかい、[a]何にてもなきあとなしごと丶、このまざるかたのことぐさなれど、[b]何か又、世中其ならん哉。[c]本連歌に、露かはるべからず。大事ならん歟。

であった。この文章に口語訳を施し、解説を加えているのは、沢井氏の『守武千句考証』だけである。沢井氏は、まず、

しかるに、俳諧というものは、何でもないつまらぬものとは、俳諧を好まない人の言い種であるけれど、どうしてまた、世中すべてがそういう考えでありえようか。俳諧は本連歌と少しも異なるものではない。本連歌と同様、大事というべきであろう。

と訳した上で、続けて、

この段では、守武は俳諧が連歌と同じく高い文芸価値を有するものであることを証明しようとしている。[イ]高名な連歌師も俳諧をやっているから、それは「本連歌と露かわら」ないとする論理は危うく、[ロ]この強弁はかえって俳諧が「あとなしごと」でしかない現実を浮きあがらせている。

との解説を加えられている。解説の最初に述べておられること、即ち、守武はこの段で、「俳諧が連歌と同じく高い文芸価値を有するものであることを証明しようとしている」との指摘は、いわれる通りであるが、続く解説の傍線部イ・ロは、まるで、最初に述べた見解を、沢井氏自身が否定する文章となってしまっており、氏が、何をいおうとされているのかが、全く理解できない体のものとなっている。なぜこうした記述がなされたのか、その原因を考えてみると、次の三点があげられる。

第一点は、イの文章は、守武の文意とは全く関係のないところで作られた、全くの捏《でっ》ち上《あ》げの文章であるとい

うことである。沢井氏は「高名な連歌師も俳諧をやっているから、それは「本連歌と露かわら」ないとする論理は危う」いと述べておられるが、跋文で、守武は、どこにもそうした書き方はしていない。確かに「本連歌に、露かはるべからず。大事ならん歟」と書いているが、それは、俳諧を「このまざる」人々に対する反論として書かれているのであって、「高名な連歌師も俳諧をやっているから」俳諧が「大事」である、という文脈にはなっていないのである。「高名な連歌師」達、兼載・宗碩・宗鑑からは、それぞれ自慢の俳諧作品が送られてきた。また、宗牧とは、一度ならず俳諧の席を持つことができたので、それらの作例と体験をもとに（其らをたよりにて）、こうした千句作品を作ったのである（おもひよる事しか也）、といっていたのであって、沢井氏の釈文「これら高名の連歌作者たちが俳諧をやっている例を見習って、俳諧連歌が決してつまらないものではないことを、私は思い合せているのである」のごとく、「高名な連歌師たちが俳諧をやっている」のを「見習」うことで、「俳諧連歌が決してつまらないものではないこと」に、「思い合せ」る（思い至った、の意）ことができたとは、どこにも説いていないのである。沢井氏は、釈文の次元から、すでに捏《でっ》ち上《あ》げの論理で読んでおられたといわざるをえないのである。沢井氏の解釈の混乱の原因は、結局、第(四)段の冒頭部分、

然に、はいかい、何にてもなきあとなしごと[a]、、このまざるかたのことぐさなれど、何か又、世中其ならん哉[b]。

の解釈における、次の二つの誤りによるものだったといわざるをえないのである。その一つは、傍線部aの「あとなしごと」の解釈であり、いま一つは、aをうける傍線部b「何か又、世中其ならん哉」の解釈である。沢井氏の冒頭部分の釈文は、

しかるに、俳諧というものは、何でもないつまらぬものとは[a]、俳諧を好まない人の言い種であるけれど、どうしてまた、世中すべてがそういう考えでありえようか[b]。

となっている。まず、傍線部ａ「何でもないつまらぬもの」が、「何にてもなきあとなしごと」の訳であることはいうまでもないが、「あとなしごと」という言葉に、本来的に「つまらぬもの」との意味はなかったように思う。辞書的な意味では、まずは「とりとめの無いこと」の意であり、次に「頼りないこと」、また「根拠がない」「道理にあわない」といった意味を有する語とされていて、「つまらない」という意味は見出せない。沢井氏は、俳諧を好まない連中が使った言葉だからということで、「つまらないもの」と意訳されたかと思われるが、ここに用いられている「あとなしごと」は、文脈上結びの「何か又、世中其ならん哉」と不可分に結びついた言葉であったことを見落してはならなかったのである。また、このことは文章の流れの上で、「何か又、世中其《よのなかそれ》ならん哉」の「其《それ》」が、「あとなしごと」を指していることも明白であろう。だとすれば、この「世中《よのなか》」は「あとなしごと」であるという文脈は、かの沙弥の満誓の『万葉集』の歌「世の中を何に譬へむ朝開き漕ぎ去《い》にし船の跡無《あとなき》ごとし」(三五一)によるものだったといってよいであろう。『万葉集』には、他にも「跡も無き世間《よのなか》なれば」(四六六)「跡も無き世」(三六二五)といった歌があって、既に世間無常・仮の世の中の思想が反映されていたといわれているが、守武の「何か又、世中其ならん哉」の一文も、まさにこの世間無常・仮の世の中の意味でもって、「其《それ》(あとなしごと)」なのではないかといっていたのである。したがって「何か又、世中其ならん哉」の意味は、まずは、俳諧をとりとめもないものというのであれば、「どうして、この世の中もまた、とりとめもない、頼りない仮の世の中ではないということができようか、いや、この世の中こそがもっともとりとめもないものだ、といわねばならないのだ」と、守武は抗弁していたのである。そして、「本連歌に、露かはるべからず。大事ならん歟」との反論も、同じとりとめもない仮の無常の世に住みながら、一方で俳諧をおとしめ、一方で本連歌を大事だという人々に向って、同じ人間が、同じ人間の文学を差別することの矛盾・不当性を指弾しようとする、守武の主張だったといってよかったのである。

つまり、第二節で見たごとく、『史記』の滑稽伝にいう「狂言戯語」、すなわち俳諧は、「道ニ協フ」ものであり、「以テ道ニ進」むことができるものであること、したがって、俳諧の根本にある人間の道と、聖人の道とは同じものであるという人間論、「狂-聖本《もと》同じ」(真景元「思誠斎ノ箴」)という人間論を根本理念とした主張だったと読まねばならなかったのである。守武が、こうした人間論を根底に持っていることを想定することで始めて、守武の主張、俳諧は和歌・連歌と全く同じように、人間の「誠」に通じる文学なのだという主張が理解できるはずである。

b「何か又、世中其ならん哉」の一節に、世間無常・仮の世の思想があることは、すでに述べた通りであるが、守武が生きた現実の「世の中」は、高橋美由紀氏[18]が述べられているように、伊勢内宮の禰宜達にとっては、ほとんど耐えがたい「苦難の日々」であったと考えられる。守武は、七歳年上の兄守晨とともに、永正二年(一五〇五)の火災の折には、兄弟で御神体を奉持し、宮域前の河原に避難し、正殿への延焼を防いだのであるが、その正殿は、延徳の頃(一四八九~九二)には「御神体地上に坐すこと数年」という荒廃ぶりだったといわれる。それ以来、守晨らは私力でもって造営を行っていたのであるが、永正八年(一五一一)頃には、正殿はもとより荒垣までもが破損する事態となる。両宮の禰宜達の朝廷及び幕府への訴えによって、永正十年に両宮仮殿遷宮の実施が決定するが、兄守晨は、この両宮仮殿の完成を見ることなく、永正十三年十一月七日、一禰宜長官就任後のわずか七日目に、この世を去ってしまう。その死は自殺だったといわれる。おそらく、守武にとって、これほどにつらい出来事は、その苦難の生涯においても、ほかになかったのではあるまいか。b「何か又、世中其ならん哉」の一文には、この悲痛な現実を受け入れた守武の、一種怒りにも似た思いが籠められているように思われてならない。しかもその現実の「世の中」は、厳として「跡無しごと」の「仮の世」でしかないことが分っているだけに、守武は、誰よりも強く、その現実からの脱出の一つの方便として、瞬時とはいえ、その脱出を可能ならしめる俳諧の笑いを求めたのだということができるのではあるまいか。俳諧を好まない連中も、実は自分達が愛好する和歌や連歌に、俳諧における守武同様に、現実の「世の中」における救いを求めていたのではなかったか。兼載が、「心ものび他念なき」といっているのは、まさにこの一瞬の救いのことをいっていたのだ。だから私は、c「本連歌に、露かはるべからず。大事ならん歟」と、声を大にして主張するのである、と守武は、やはりここでも、いささか語気を荒げて叫んでいるのだと読むべきだったのである。

そして守武は、この跋文を、

〔五〕さて、古来まれなるどくぎん千句成就、松のはの正木のかづら、目出度や侍らん。

と結んでいるが、この一文は、沢井氏が解釈されているとおり、自らが成就した「俳諧千句を「古来まれなる」と称揚し、『古今集』の序の讃《ほ》め言葉を引いて、後世に長く伝わることを祈念し、その成就を」言祝《ことほ》いだものであったことはいうまでもない。沢井氏はさらに、「この「古来まれなる」に、守武の誇らしい気持」をよみとっておられるが、筆者は、いま一つ、本連歌に露たがわぬ俳諧千句がここに成就されたことを強調することでもって、日本文学の中の一つのジャンルとしての俳諧文学の真の独立を、言外に宣言しようとしていたのだと読むことが可能であるように思う。また最後の一節「目出度や侍らん」には、俳諧文学の繁栄を予祝している守武の心を読みとることもできるように思う。

注

（1）天理図書館善本叢書『古俳諧集二十二』所収の『守武千句草案』本による（八木書店、昭和四十九年）。
（2）『守武千句』の本文は、以下全て、勉誠社文庫十四『守武千句』（沢井耐三解説、勉誠社、昭和五十二年）による。
（3）拙著『竹馬狂吟集　青山本』（青山歴史村、発売元・和泉書院、平成十年）解説参照。
（4）奥野純一『伊勢神宮連歌の研究』（日本学術振興会、昭和五十年）第二章第三節「連歌享受の拡大」から第五章

第三節「守武連歌壇の隆盛」までを中心に、参照させて頂いた。
(5) 引用は、島津忠夫校注『宗長日記』(岩波文庫、昭和五十年)による。
(6) 岩下紀之「伊勢千句」(『俳文学大辞典』、角川書店、平成七年)。
(7) 本文の引用は、福田秀一・井上敏幸編『桑弧』三(古典文庫658、平成十三年)所収本による。
(8) 本文の引用は、福田・井上編『桑弧』二(古典文庫656、平成十三年)所収本による。
(9) 木村三四吾「竹馬狂吟集考」(『田山方南華甲記念論文集』、昭和三十八年)。のちに、天理図書館善本叢書『古俳諧集二十二』(昭和四十九年)に収載。
(10) 『日本古典文学大辞典』第四巻「竹馬狂吟集」の項(岩波書店、昭和五十九年)。
(11) 『竹馬狂吟集』序文の引用は、前掲注(3)による。なお、以下の文章は、この拙著の解説文に重なるものであることを諒解頂きたい。
(12) 寛永三年版(古活字本)(『抄物資料集成第一巻』所収)による。
(13) 木村三四吾・井口壽『竹馬狂吟集 新撰犬筑波集』(新潮日本古典集成、新潮社、昭和六十三年)一二頁頭注。
(14) 湯之上早苗「『竹馬狂吟集』の「西八条の寺」について——付、六角堂雲林寺のこと——」(『文教国文学』九号、昭和五十五年)。
(15) 飯田正一編『守武千句注』(古川書房、昭和五十年)。
(16) 沢井耐三著『守武千句考証』(汲古書院、平成十年)。
(17) 今栄蔵「『守武千句』の俳諧的方法」(中央大学文学部『紀要』第六十七号、昭和四十八年)。のち、『初期俳諧から芭蕉時代へ』(笠間書院、平成十四年)の第一章に同じ題で収載されている。
(18) 高橋美由紀「室町時代の伊勢神道——荒木田守晨を中心として——」(『季刊日本思想史』六十四号、平成十五年)。以下の守晨・守武兄弟についての叙述は、本論文による。なお「兄弟ともに洪水に流された」の一条は『俳文学大辞典』の「守武」の項による。

中西信慶の歌事——『愚詠草稿』について——

神作研一

はじめに

一　書誌と伝来

二　構　成

三　成　立――伊藤栄治と平間長雅と――

四　交　遊

五　歌　風

おわりに

はじめに

中西信慶《のぶよし》。本姓、秦。初名、信吉。通称、清大夫・昜右衛門。寛永七年（一六三〇）生、元禄十二年（一六九九）一月十七日没。七十歳。伊勢市の大世古《おおぜこ》墓地に眠る。

その神職としての低い身分（平師職。宮掌大内人《くじようおおうちんど》）にかかわらず、度会神道の経典とされた神道五部書の注解をはじめとして非常に多くの神道書を遺し、神道学史上に確固たる足跡を刻んだ伊勢外宮の祠官中西信慶は、また、生涯にわたって熱心に和歌に親しんだ。その様子は、和歌史的に見ても、いわゆる神官が教養として和歌を嗜んだ月並みなものとは一蹴できないほどに顕著な成果を示している。

そこで本稿では、彼の文事をめぐる従来の諸論考[(1)]に導かれながら、特にその家集『愚詠草稿』（神宮文庫蔵・写三冊）を繙いて、伝来、構成、成立、あるいは詞書からうかがわれる交遊の実態、歌風など家集の性格について考察を試み、当代伊勢歌壇を領導した彼の不断の文芸活動を追いかけたいと思う。他方、平間長雅・有賀長伯らを上方地下との密なる交流を改めて確認して、広く上方地下和歌史の周縁を訪ねる一齣ともしたい。なお、信慶を含む元禄期（一六八八—一七〇四）伊勢歌壇の活況については、既に別に論じたことがある。[2]歌壇全体に関わる諸状況については、そちらを参照願いたい。

一　書誌と伝来

神宮文庫に所蔵される信慶家集『愚詠草稿』（請求番号四五八九）は、大本（縦二十六、三×横十九、四糎）三巻三冊。「上」百六十二丁、「中」四十四丁、「下」六十丁の計二百六十六丁（墨付）に、およそ四千三百首余の和歌と百句余の発句、それに若干の漢詩・狂歌・狂句を収める。添紙二葉あり。[3]内題は「中」巻に「愚詠草稿百首於内侍所御法楽千首和歌　信慶」とあるのみで、外題（本文同筆）の「愚詠草稿」を以て書名とされる。すなわち「愚詠」の「草稿」の名の通り、集中には、夥しい見せ消ちや墨消ち、あるいは合点が見出されるほか、歌題のみ掲げられて和歌本文の記されない箇所や頭書補入などもあって、まさに本書が著者信慶の自筆にかかる家集の草稿（日々の詠歌の書き留め）であると知られる。奥書や識語の類がないために成立の詳細な事情は不分明だが、承応二年（二十四歳）から元禄十二年（七十歳）までの自身の詠歌（ほとんどすべてを歌会歌が占める）をほぼ編年順に配列するので、[4]元禄十二年の成立と考えるのが穏当であろう。この期の一神官による、生涯にわたる詠歌とその詠作状況がつぶさに知られる点で、本書の価値は極めて高いと言わねばならないが、さらに、当代の伊勢歌壇史の大概をうかがうにもすこぶる貴重な資料たりえている。楮紙。毎半葉十行、おおむね、前行もしくは和歌の右肩に出詠年月日や歌会名を挙げてから歌題と和歌本文を一行書きする。全編走り書きのような自在な筆致に加えて細字も多く、虫損や破損も少なくないために、翻読にはかなりの困難を伴うが、以下順々に繙いてゆきたい。

先ずは現蔵印を含めて計五顆の印記を確認して、その伝来を辿っておこう（図I参照）。朱文方印「信／慶」

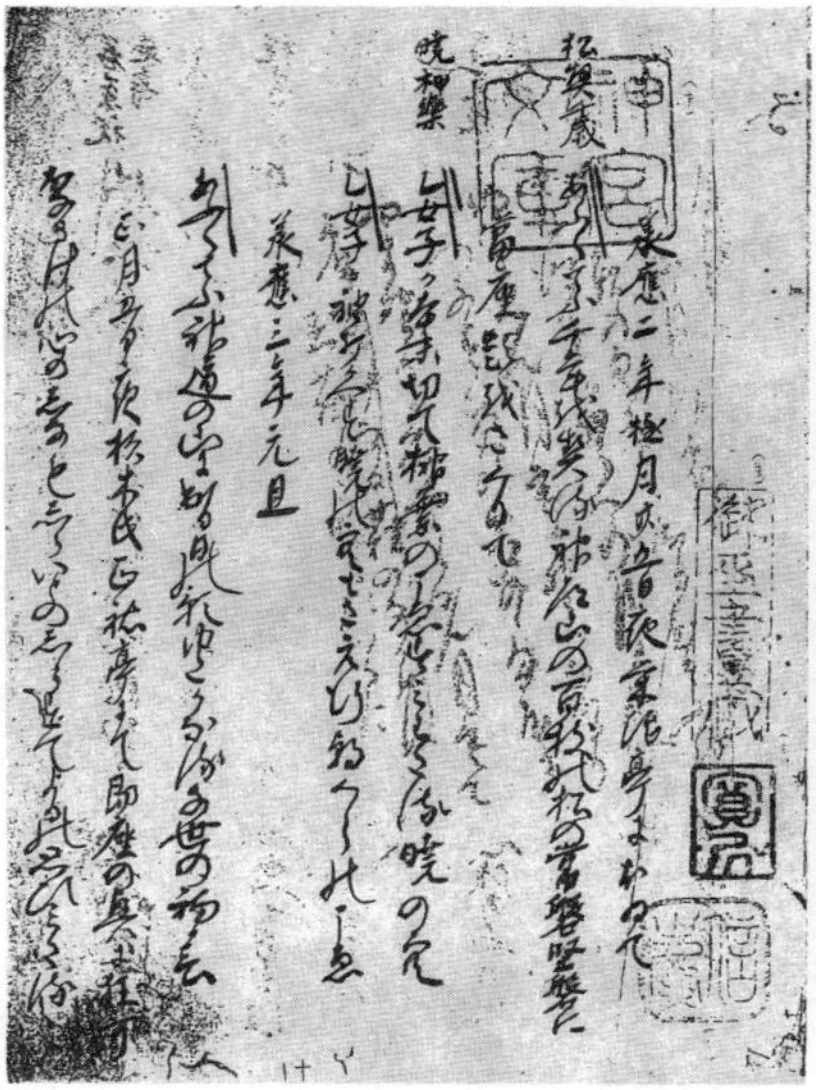

巻頭

表紙

図1

は、紛れもない信慶その人の蔵書印。(5) 著者本人のもとを離れた本書は、やがて近世後期の国学者（外宮権禰宜）足代弘訓の所蔵するところとなった。(6) 朱文長方印「寛居《ゆたい》」は、弘訓の蔵書印としてよく知られたものである。さらに次の朱文長方印「御巫書蔵」は、幕末明治の国学者（神宮権禰宜）にして弘訓門の御巫《みかんなぎ》清直の蔵書印。その清直が明治二十六年に認めた「中西信慶自筆愚詠草稿ニ就イテ」(7) には、信慶と契沖の雅交（後述）の様子が簡潔に書き留められている。そののち、清直の孫にあたる御巫清白の手を経て、神宮文庫の所蔵に帰した（朱文長方印「昭和二十年九月献納／神宮文庫　御巫清白」。朱文方印「神宮／文庫」）。いわゆる「御巫本」である。因みに、大正七年から八年にかけて神宮徴古館において開催された、神都沿革史料展覧会出品物を分類輯録した『神都沿革史料目録』(8) には、

九〇三　愚詠草稿　中西信慶自筆詠草、
承応二年乃至元禄十二年
三冊　御巫清白氏

信慶は神都国学界の先覚なり。幼名信吉と云ひ後信慶と改む。通称初め清大夫後易右衛門、寛永八年生。元禄十二年正月十七日没。歳六十九。神学歌道に通じ門人二百四十一人あり。僧契冲《ママ》等と親交ありき。

と記される（「御巫清白氏」は当時の所蔵者名）。

ところで信慶の生没に関しては、右の如く、享年を六十九歳とするものが現在も通行しているが（『国書人名辞典』『校訂伊勢度会人物誌』ほか）、かつて森繁夫氏(9)が指摘したように七十歳が正しい（従って生年は寛永七年。なお信慶墓碑には享年は刻まれない）。今は、『愚詠草稿』中にも、例えば、四五〇番の和歌（配列から万治二年の所詠）の詞書に「三十歳よめる」とか、五八九番の発句（配列から寛文十一年）の前書に「ことし四十二歳なれば、いわひ心にて」などと見出されることを添記しておく（いずれも逆算して寛永七年の生まれ）。

二　構　成

墨消歌や補入歌、さらには他人詠をも含めて巻頭から通し番号を付していくと、末尾は四四八一番に及ぶ（題のみあって本文を欠くものは数えない）。大部と言うべきであろう。その内訳を巻毎に記せば、表Iの通り。

上巻のみ厚冊。中巻の場合は、内題に「……千首和歌」と謳いつつも実際には七百七十二首しかない（末尾に歌題のみ十九を掲げる）。また全体で、二百三十八にものぼる墨消歌（含、発句一）と四首の補入歌が含まれる（さらに三十首余の他人詠あり）。巻の継ぎ目も不自然で、元禄八年分の所詠が上巻末尾と下巻巻頭に分載され、中巻には年次未詳（配列からすれば元禄八年のものか）の千首和歌が置かれるなど、どこから見てもいかにも草稿然たる表情を持っている。あるいは、

正冬にかはりてよめる、〔寄花懐旧〕

表1　巻別詠出数一覧

	漢詩	和歌	発句	狂歌	狂句
上　承応2年(24歳)〜元禄8年(66歳)	17	2438	104	9	8
中　於内侍所御法楽千首和歌(年次未詳)		772			
下　元禄8年(66歳)〜同12年(70歳)		1132	1		
	17	4342	105	9	8

総計　4481

二四二三　此春は更に忍ん年のはをかさねてふかき花の色香に　〔元禄八年〕

橋村主水〔正矩〕詠草にかはりてよめる。中院殿〔通茂〕へ遣す也。三首。暁郭公

四一〇八　短夜の名残思ふか有明の月の雲路に行ほと丶ぎす　〔元禄十年〕

などのように、しばしば代作が見出されることにも留意すべきか。他にも元禄期(信慶晩年)には、「人にかはりて」(三四六五ほか)、「久保倉盛僚にかはりて」(三七九八ほか)などの如き文言が頻繁に確認できる。その総数およそ百首。和歌史的に見れば、代作はそれほど珍しいことではあるまいが、[10]近世前期の私家集においてこれほどまでに見出される事例を他に知らない。神宮歌壇という一種の閉鎖的環境と、その歌壇における信慶の指導的立場とを象徴的に示した結果だと受け止めておこう。

さて、圧倒的に和歌が多い中にあって、和歌以外の作品が散見されることも見逃すべきではなかろう。比較的珍しい狂歌と狂句を数例ずつ抜書する。

近江国平木村にとまりて侍る比、隣家に餅つきけり。持参すべきもの約束しぬれども、あまりおそく侍り。狂歌よみて遣す

四七六　待ぞうし夜や更ぬらん餅をつくきねは聞えて足音はせじ　〔寛文元年〕

豊後国三重野外記方より青梅漬一曲到来せしを、元親へ贈りければ、よみてたまはる狂歌

二三〇八　是も又浪の色かな西の海青きをつねとみする梅漬　〔元禄八年〕

返し

二三〇九　よむ人の心の海の浪間よりあらはれ出し梅のことの葉

狂句

三八一　犬土をはしりてたつやけふの春　〔明暦四年〕

狂句

四七八　一日や行年の箭の弓初め　〔万治二年〕

〔六月二日夜、外宮一禰宜常和にいざなはれ、御池の螢を見て〕狂句

七二三　水かねは池の鏡のほたるかな　〔元禄元年〕

大半の神官が和歌にのみ専心した事実を合せ考える時、信慶が、あくまで和歌に主眼を置きつつもなおこうして多様な表現の方法を持ち得たことは注目に値する。何よりそこに宿る彼の精神の柔軟性を看取すべきだと思う。

次に、巻頭（37頁図I－参照）と巻軸を掲げよう。

承応二年極月二十五日夜、栄治亭におゐて、松契千歳

一　あふぐてふ千年を契る神道山《かみじやま》の百枝の松の常磐堅磐に

当座題をさぐりて、暁神楽

二　乙女子が本末切て榊葉のこゑすみわたる暁の空

三　乙女子が袖打かへす暁の空もさえ行朝くらのこゑ

秋野

四四八〇　咲花千草の露を色〳〵に乱れて野べの風や見すらん

雪

四四八一　神こそはまし〳〵つらん雪降ばゆふがけてけり御幣の嶋

巻頭三首は、いずれも承応二年（二十四歳）十二月の伊藤栄治亭歌会での所詠。特に巻頭歌は、歌題（組題）をそつなくこなした詠みぶりで、既にこの時点で相応の研鑽を積んでいたことを窺わせる（但し、これが現在知られる信慶和歌の初出例）。翻って巻軸の二首は、これといった特徴のない題詠歌ながら、むしろそれゆえに、四十年以上にもわたって日々歌道精進を重ねてきた歌人の手だれを思うべきだろう。

ところで、右に限らず、『愚詠草稿』中には頻繁に合点（朱墨同様あり。長点も多し）が見出される。その大半は、豊宮崎文庫での月次歌会やもろもろの歌友の亭における歌会歌に付されており、おおむね信慶自身によるものかと推測されるが、稀に、

〔八月十五日、文庫褒貶〕会終テ点取、対山待月

三六六三　長伯老点　一とせのけふを待えし夕葉山影見ぬ月に心つられて　〔元禄九年〕

の如く、別人（この場合は有賀長伯）による場合も存する。仮に『愚詠草稿』を精撰して家集が編まれたとすれば、それは、これらの合点歌を中心に再配列されたことであろう。

なお、下巻（元禄八年以降）にのみ、和歌の右肩に細字で「余分」と記されたものが頻出する。例えば、次の通りである。

四月文庫月次、兼日題二首

竹亭夏来

三五九九　軒近き竹折かけてけふよりは夏来にけりと風や待まし

三六〇〇　＼余分　春秋の同じみどりもけふよりや夏に色そふ軒の呉竹

隔遠路恋

三六〇一　＼夢ばかり通ふもつらし同じ世にありても国をへだてぬる身は

今、元禄九年の歌会資料である『宮崎文庫月次会和歌』（神宮文庫蔵・写一冊）を繙いて彼此対照させてみると、果たして第一首と第三首の二首が載せられてあった。すなわち、『愚詠草稿』はまさに日々の詠歌の書き留めなのであって、あらかじめ、それこそ「余分」に詠じておいたものの中から、適宜取捨して折々の歌会に出詠していた如くである。

三　成　立――伊藤栄治と平間長雅と――

ついで『愚詠草稿』の成立を探るべく、年次別の整理を試みる（表2参照。集中一部に配列が乱れて年次を確定しにくいところがあるので、「一覧」はあくまでも目安とされたい）。

一見してわかるように、和歌は青年期と老年期にヤマがある。壮年期に歌作が乏しいのは、その時期に神書研究において大きな成果を挙げていたこと(11)と無関係ではあるまい。では、二つのヤマはどのように理解できるだろうか。先ずは巻頭二年分の詞書をもとに、信慶の動向を摑んでみよう（＊以下には伊勢歌壇の動向を注記した）。

承応二年（一六五三）二十四歳

〇十二・二十五夜、伊藤栄治亭歌会。　＊八月、栄治は、『新葉和歌集』を校合（十月刊）。

承応三年（一六五四）二十五歳

〇一・五夜、杉木正祐亭（即座の興に狂歌）。　＊一月、栄治は、祐海法印に『和歌作法』を伝授。

〇一・七、私宅。

表2　年次別詠出数一覧

		漢詩	和歌	発句	狂歌	狂句
承応2年(1653)	24歳		3			
3年(1654)	25歳		204(3)		2	
明暦元年(1655)	26歳	7	69	1		
2年(1656)	27歳	3	13	2		
3年(1657)	28歳		72	2		
万治元年(1658)	29歳	3	54(2)	1		1
2年(1659)	30歳		22			1
3年(1660)	31歳		11	12(含、三ツ物1)		
寛文元年(1661)	32歳	1	14(1)	2	1	
2年(1662)	33歳					
3年(1663)	34歳					
4年(1664)	35歳	3	6	31(1)		2
5年(1665)	36歳		8	8		
6年(1666)	37歳		4	3		
7年(1667)	38歳			2		
8年(1668)	39歳		1	3		
9年(1669)	40歳		4	2	3	
10年(1670)	41歳		5	1		
11年(1671)	42歳		1	1		
12年(1672)	43歳		3(1)	3		
延宝元年(1673)	44歳		4	6		
2年(1674)	45歳		37	2		
3年(1675)	46歳		2	4		
4年(1676)	47歳			1		
5年(1677)	48歳			4		
6年(1678)	49歳		1			
7年(1679)	50歳		7	2		
8年(1680)	51歳			1		
天和元年(1681)	52歳					
2年(1682)	53歳					
3年(1683)	54歳					
貞享元年(1684)	55歳					
2年(1685)	56歳					
3年(1686)	57歳		5	1		
4年(1687)	58歳		4(1)	1		
元禄元年(1688)	59歳		11			1
2年(1689)	60歳		55(3)	1		
3年(1690)	61歳		82(2)	1		
4年(1691)	62歳		113(7)	2		1
5年(1692)	63歳		475(37)			
6年(1693)	64歳		401(35)	1	1	
7年(1694)	65歳		305(30)	2		
8年(1695)	66歳		642(67)	1	2	2
9年(1696)	67歳		311(17)			
10年(1697)	68歳		309(8)			
11年(1698)	69歳		305(12)	1		
12年(1699)	70歳		7(1)			
※年次未詳「於内侍所御法楽千首和歌」			772(10)			
総計　4481		17	4342(237)	105(1)	9	8

＊(　)内は墨消数。

○一・八、伊藤栄治亭（月次）。
○一・十九、伊藤栄治亭（月次）。
○一・二十五、月次。
○二・十一、月次。
○二・十七、伊藤栄治・杉木正祐・杉木光敬ら歌友と朝熊岳へ。
○二・二十一、宮詣で。
○二・二十五夜、三頭清左衛門方にて伊藤栄治講談後、歌会。
○二・二十六、和歌会。
○二・二十八、和歌会。
○月日不記、松本光嘉と五首点取。
○三・一、杉木正孝息女生誕の祝歌。
○月日不記、杉木正祐興行点取百首。
○三・二十三、和歌会。
○三・二十七、中西直方（常為）亭歌会。
○四・三夜、松木因彦亭歌会（足代弘氏出題）。
○四・五、祐海法印亭歌会。
○五・二十三、高向源左衛門（光里）方にて歌会（京師円順同座）。
○五・二十四、杉木正長と世義寺へ蓮見。
○五・二十五、杉木正則より返歌。四月歌会延引して開催。

○五・二十六、大主宗茂・高向光里と入門寺へ(円順同道。歌会)。
○五・二十七、御田祭。円順を私宅に招き、歌会。
○月日不記、江戸へ出立の大塚三郎兵衛へ餞別歌。上京する松木因彦へ餞別歌。
○六・八夜、杉木正孝亭にて伊藤栄治歌書講談後、歌会。　＊六月、栄治は、荒木田氏次に『近代秀歌』を伝授。
○六・十、慶闇庵にて歌会(円順出題)。
○六・十三、慶闇庵にて歌会。
○六・二十五、円順へ餞別歌。同日夜、祐海法印亭歌会。
○六・二十六、杉木正祐妻へ追善歌。
○月日不記、祐海法印亭歌会。
○六・三十、杉木正孝亭歌会(赤人開眼百首会)。
○月日不記、夕に歌友と宮川へ。
○月日不記、祐海法印亭歌合。野依六左衛門へ追悼歌。松井佐大夫へ追悼歌。
○七・七、私宅歌会。
○十・二、外祖父中西宗友忌日献詠。
○十・二十三、山城国中河村新講の座にて。
○十一・半ば、帰宅。利伝庵へ狂歌。
○十一・二十九、杉木正孝と贈答歌。
○十二・十六、久保倉助之丞亭歌会。

私宅及び歌友たる神宮歌人各亭での歌会が頻繁に持たれる中で、ひときわ目を引くのは伊藤栄治(生年未詳、貞享二年八月二十八日没）の存在である。もと在京で堂上歌学を身につけた彼が、信慶ら初期伊勢歌壇の指導的立場にあったこと、既に川平敏文氏[12]に説かれる如くであり、その栄治に伝を受けた天台宗の歌僧祐海法印（生年未詳、元禄二年一月十五日没）との密なる交流もまた、この頃の信慶にとって快活なものであったにちがいない。『愚詠草稿』が栄治亭歌会からおこされているのも実に象徴的と言うべきで、信慶の和歌修学は、栄治との邂逅を緒として本格的に進められていったのだと思われる。因みに、栄治同様、初期伊勢歌壇に貢献した山本正重（生年未詳、明暦四年六月二十五日没）については、『愚詠草稿』につく限り直接の交渉は認められないものの、祐海亭での追悼歌（四四四・四四五）ならびに三回忌追悼歌会（四五三―四五七）の記事が見出せることを付言しておく。

それでは晩年（元禄期）の和歌執心はどうか。これも私見では、平間長雅による元禄二年六月の伊勢来訪が機縁となって、神宮歌壇がかつてないほどの活況を呈したことと深く関係していると考える[13]。やはり端緒は上方地下歌人によって切り開かれたのであり、しかも今度は、長雅ら一門との連絡を持ちつつも、ほかならぬ信慶自身が元禄伊勢歌壇の中心的存在として存分な働きを見せたのだった。表2によれば、元禄期のみでその歌作は三千七百八十八首にものぼる（配列から推して、中巻の「於内侍所御法楽千首和歌」も元禄年間のものとして数えた）。これは、総歌数の八十七％にあたる。

今ここには、元禄伊勢和歌史の要諦とも言える、信慶と長雅ら一門との雅交のさまを『愚詠草稿』から点綴しよう[14]。

元禄二年（一六八九）六十歳〈長雅五十四歳〉

○六月六日、来勢中の長雅旅宿を訪問（堤盛尹・橋村正冬・山田大路元親同道）。「社頭納涼」和歌（六九〇・六九一）を詠ず。

○七月初、長雅所望により大麻を送る。餞別歌（七二五）あり。

元禄三年（一六九〇）六十一歳〈長雅五十五歳〉

○長雅の引付（一門の歳暮歳旦歌集）に出詠（「年内立春」七四七、「歳暮」七五〇）。

○二月十七日夜、京に長雅を訪問。和歌（七五五・七五六）あり。

元禄四年（一六九一）六十二歳〈長雅五十六歳〉

○長雅の引付に出詠（「歳暮」八二六、「元旦」八三〇）。

○一月、旧冬長雅へ遣した遷宮を寿く和歌を、後見の慰みとして書き留む（八三一―八三八）。

元禄五年（一六九二）六十三歳〈長雅五十七歳〉

○長雅の引付に出詠（「年内立春」九四一、「試筆」九四五）。

○一月、長雅新宅の祝賀歌会を豊宮崎文庫にて開催（九四九―九五一）。

○三月、百首和歌（一一一一―一三〇二まで計百九十二首あり）を詠ず。この内、春夏部を長雅へ送付。

○八月、信慶の「八月十五夜」和歌（一三四六）を長雅が批評。

○九月、信慶の和歌（一三八二）を長雅が批評。

○信昌（信慶男）も、長雅新宅の祝歌（一四〇一）を詠ず。

元禄六年（一六九三）六十四歳〈長雅五十八歳・長伯三十三歳〉

○長雅の引付に出詠（「歳暮」一四一七、「年内立春」一四一八、「試筆」一四二〇）。

○三月十五日、長香十三《（ママ）》回忌追善歌会のため、長雅へ和歌（一四三八）を送付。信昌も（一四三九）。

○十一月十六日、外宮に長伯を案内。和歌（一七六九）あり。

○十一月十七日、山田大路《ようだおおじ》元親亭にて、長伯と即興の贈答歌（一七七〇・一七七一）あり。二十二日にも、長伯に対して和歌（一七七二）あり。
○十二月二十日、長伯への餞別歌（一八一五）を詠ず。
元禄七年（一六九四）六十五歳〈長雅五十九歳・長伯三十四歳〉
○長雅の引付に出詠（「歳暮」一八二二、「試筆」一八二三）。
○信慶の代作（二〇七八）をめぐって、長雅と贈答歌（二〇七九・二〇八〇）あり。
○九月二十四日、長雅は庭前の菊を鷹司房輔に贈る。長雅和歌（二〇八三）あり。信慶は祝歌（二〇八四）を長伯に託す。
○十二月、帰京する長伯と贈答歌（二二二五・二二二六）あり。
元禄八年（一六九五）六十六歳〈長雅六十歳・長伯三十五歳〉
○長雅の引付に出詠（「年内立春」二二二七、「歳暮」二二二九、「試筆」二二三〇）。
○長雅六十賀の和歌（二二五四）を贈る。
○七月、長雅の引付に出詠（「七夕」二三六一）。
○信慶の和歌（二四三五）を長伯が添削。
○十月二日、長雅亭へ庭前の菊を見に鷹司房輔・兼熙来駕。信慶は祝歌（二五五六）を長伯に託す。
○十一月、幸福光甫（大和）亭での長伯歌会に出詠（三五一七―三五二〇）。
○十二月、幸福光甫（大和）亭での長伯歌会に出詠（三五二三―三五二六）。
○十二月、粟田山荘に閑居を思い立った長雅に和歌（三五六三）を贈る。
元禄九年（一六九六）六十七歳〈長雅六十一歳・長伯三十六歳〉
○長雅の引付に出詠（「歳暮」三五六一、「試筆」三五六二）。

○一月、幸福光甫(大和)亭での長伯歌会に出詠(三五七四・三五七五)。
○四月二十一日、粟田山荘に長雅を訪問。和歌(三五九二)あり。
○五月九日、上京中にて、長伯亭月次歌会に出詠(三五八〇・三五八二・三五九〇)。
○五月十六日、清光院(三条橋のほとり)にて、長雅門弟の月次歌会に出詠(三六〇五・三六〇七)。
●五月十九日、長伯が信慶に入門の誓紙を呈す。〈『宇治山田市史』所引足代弘訓『寛居翁遺草』〉
○五月二十一日、粟田山荘に「事の子細ありて」長雅を再訪。和歌(三六二三)あり。
○八月十五日、豊宮崎文庫褒貶歌会後に点取。「対山待月」和歌(三六六三)に長伯の点を受く。

元禄十年(一六九七)六十八歳〈長雅六十二歳・長伯三十七歳〉
○長雅の引付に出詠(「ひのえ子歳暮」三八六九、「ひのとうし試筆」三八七〇)。
○三月十五日、長孝十七回忌百首会に出詠(三九〇一—三九〇八)。
○長伯へ和歌(三九六二—三九六七)を送る。

元禄十一年(一六九八)六十九歳〈長雅六十三歳・長伯三十八歳〉
○五月九日、長伯歌会に出詠(四二六七・四二六九)。
○五月二十五日、長雅から詠草を受く。
○六月九日、長伯歌会及び清光院歌会に出詠(四三〇一—四三〇三、四四一九)。
○十月か、尾崎元知(水田長隣)勧進歌会に同座出詠(四四二〇)。
○十一月、長伯歌会に出詠(四四四六—四四五〇)。
○十二月、長伯歌会に出詠(四四五一—四四五六)。

元禄十二年(一六九九)七十歳〈長雅六十四歳・長伯三十九歳〉

○長雅の引付に出詠（「歳暮」四四七四、「試筆」四四七五）。

毎年初の長雅一門の引付への出詠にはじまって、時々の面会、歌会出詠、さらには批評・批点の受諾など、その交流の様子はまさに昵懇と評しても差し支えないものだ。さらに右以外にも、伊勢歌壇と長雅との蜜月を示した資料には事欠かない――長雅が二つの歌合（元禄八年中秋『豊宮崎文庫歌合』〈神宮文庫蔵〉、同九年『元禄九年九月盛尹神主家歌合』〈射和文庫蔵〉）の判者を務めたこと、長雅編の二書（元禄九年刊『奉納千首和歌』、宝永六年奉納『住吉社奉納千首和歌』）に多くの神宮歌人が入集すること、信慶の書写にかかる『平間長雅和歌集』（神宮文庫蔵。元禄期のみの長雅和歌の抜書抄出本。朱文方印「信／慶」あり）が存在すること等々――。糅てて加えて長伯の信慶入門（元禄九年五月）である。このことについては、既に日下氏に「長雅の隠棲と関連するか」(15)との興味深い指摘が備わっており、筆者もまたそれに従いたいが、しかし、なぜ長伯がこの時期になって伊勢の神官（歌人）へ「入門」しなければならなかったのか、依然として疑問は残る。さらに考えたい。ともあれ、信慶はあくまで一神宮歌人に過ぎないけれども、こうして上方地下和歌史の周縁に位置づけて両者の関係性を端倪することで、その双方の特徴が際立ってくることを改めて強調しておきたい。

四　交　遊

信慶には門人が甚だ多く、誓紙六十七枚に二百四十一人の名を載せる（足代弘訓『寛居翁遺草』）というが、今その事実を追認する術はない。しかしながら、『愚詠草稿』の詞書につけば、ざっと百五十人余の人名を拾い上げることができ、そこに交遊の一端を窺うことは可能である。大別して次に示そう（詞書に出る人名の整理であって、直接の交流が確認できない相手も含まれる。順不同）。

A伊勢の人々

ⓐもと在京歌人　伊藤栄治・山本正重。

ⓑ僧侶　祐海法印・恵慭禅尼・如仙禅尼・真長老。

ⓒ神官

①神宮家　中川経晨・桧垣常和・桧垣貞並・松木因彦・河崎延貞・大中臣定長。

②山田三方家《さんぼうけ》　久保倉盛僚・久保倉助之丞・久保倉但馬・久保倉主計・久保倉弘宣・堤盛員・山田大路元親・山田大路元宣・山田大路四郎左衛門・幸福光甫・幸福光任・春木孝光。

③年寄家　堤盛尹・橋村正矩・橋村正冬・出口与三次郎〔延佳〕・杉木正祐・杉木光敬〔普斎〕・杉木正孝・杉木正長・杉木正則・杉木正珍・足代弘氏。

④平師職

※信慶一族　中西宗友〔外祖父〕・松本三郎左衛門〔叔父〕・法雲尼〔叔母〕・中西信昌〔男〕・中西治右衛門・中西右京。

※一般師職（階層を特定できない）

久志本権之助・来田伯耆・中西常為〔直方〕・中村忠利・杉村光浮・橋本良政・橋本宅政・三日市秀治・三日市六部・鈴木貞恒・福嶋末貞・福嶋末明・福嶋末輔・高向光里・高向光留・山本弘則・山本正六郎・松本光嘉・松本光利・上部貞秀・上部貞芳・度会正久・大主宗茂・大主織部・孫福外記・松木□大夫・幸田宗兵衛・小林□□□・野間屋良次・岩出正兵衛・慶徳平右衛門・益右衛門・熊鶴長助・大塚三郎兵衛・三頭清左衛門・野依六左衛門・松井佐大夫・丸井宗三郎・祝又三郎・藤田又十郎・角吉大夫・吉善兵衛・田中市郎左衛門・長橋彦八郎・木下次兵衛・高田喜兵衛・藤原重行・木沢正縄・高尾利右衛門・中村六助・中村

六郎兵衛・深井如山・冨山長左衛門・赤根新右衛門・岡田清久・富岡長盈・熊谷良清・三村右京・枚清兵衛・門真久忠・伊頭弥右衛門・成秀・延行・光重・了範・光令・安但・家吉・安信・光知・範次・光任・助信隠士・慶閶庵・利伝庵・養心庵・忠光庵。

B上方の人々（一部、他地域の者も含む）

ⓐ堂上歌人　中院通茂・鷹司房輔・鷹司兼熙・良恕法親王・竹内門主・安井門跡。

ⓑ地下歌人　望月長香《ママ》・平間長雅・有賀長伯・尾崎元知〔水田長隣〕・藤村恕堅・野崎円翁〔尾張人〕。

ⓒ漢詩人　玄山子・石斎先生。

ⓓ俳人　才麿。

ⓔ僧侶　契沖・周欽《しゆきん》尼・円順・愚堂和尚・梁山法印・透玄寺上人・照海〔丹後人〕。

ⓕその他　文台屋庄左衛門・井筒屋七左・いせや十右衛門・井上平左衛門・中嶋三左衛門・下村嘉雄・妙喜庵・岡松数馬〔住吉社家〕・小梶弥左衛門〔近江人〕・西田寿伯〔近江人〕・三重野外記〔豊後人〕。

伊勢の神官が優に七割を超えるのは当然のこととして、その中では、青年期における杉木正祐ら一族との、下って老年期における山田大路元親、橋村正冬・正矩との、それぞれ緊密なる交渉が興味深い。前者の一例。

〔承応三年〕二月十七日、伊藤氏栄治、杉木氏正祐、同氏光敬そのほか数多友とする人、朝熊岳《あさまやま》へまふでけるに、間山花盛を見て

二九　分過る内外の間の山桜神代もきかぬ花のしらゆふ

文藝に由縁の深い杉木一族の中でも特に親密だったのは正祐であり、師と仰ぐ伊藤栄治も同行してのこの折の吟行は、無上至極のひとときであったにちがいない。因みに光敬は、茶人として名高いかの杉木普斎その人であ

る。(16) 彼の名が詞書に現れるのはこの一箇所だけだが、信慶が彼に茶の湯を学んだ蓋然性はやはり高いと思う。他方、信慶は、元禄二年十一月には橋村正冬・橋村正矩に（七三二―七三五）、同六年四月三日には山田大路元親に（一四三六・一四三七）、それぞれ曼殊院良恕親王流の歌書を伝授している。とりわけ元親との交誼は頻で、それが本来の身分の差（元親は山田三方家）を越えてなされていたことにも注意すべきであろう。そのほか、出口延佳亭での歌会（三三六―三四三）や久保倉盛僚（俳号路草・乙孝）との交遊、精力的な豊宮崎文庫歌会への出詠（元禄二年以降）など、触れるべき事柄も多いが省略する。

さてところで、信慶は御師《おんし》である。やや下った史料ながら、『安永六丁酉年師職檀家諸国家数帳』（神宮文庫蔵）に拠れば、信慶の「中西清大夫家」は丹後に二千七百六十軒、近江に九百二十二軒ほか、総計して五千二百六十九軒もの檀家を抱えていた。御師として檀家廻り（御祓大麻の頒布）は最も重要な仕事の一である。『愚詠草稿』にも「年毎に、冬は近江・丹後へまかでぬ」（承応三年十二月）と記される所以だが、どうやらこの檀家廻りは、情報の収集や知己の訪問といった別の役割も同時に果たしていたらしい。信慶の場合も、むしろB上方の人々の中に、留意すべき人物の名――契沖・才麿・藤村恕堅（清水谷実業門。父は茶人の藤村庸軒）・周欽尼（『清渚集』『心花集』の編者）・野崎円翁（名、正盈。香川宣阿門）――を見出すことができる。(17)

ここでは契沖と才麿について、やや詳しく述べよう。先ずは『愚詠草稿』から関連箇所を引く（図2参照）。

十日朝、伏見より舟出す。淀にて

四二七一　生茂るまこもさはらじ淀川のよどまぬ水に舟はやみなり

八ツ半に、大坂に着ぬ

十一日、於文珠庵《ママ》

四二七二　名にしおふ浦のみるめに夏ながらおられぬ波の花も咲けり

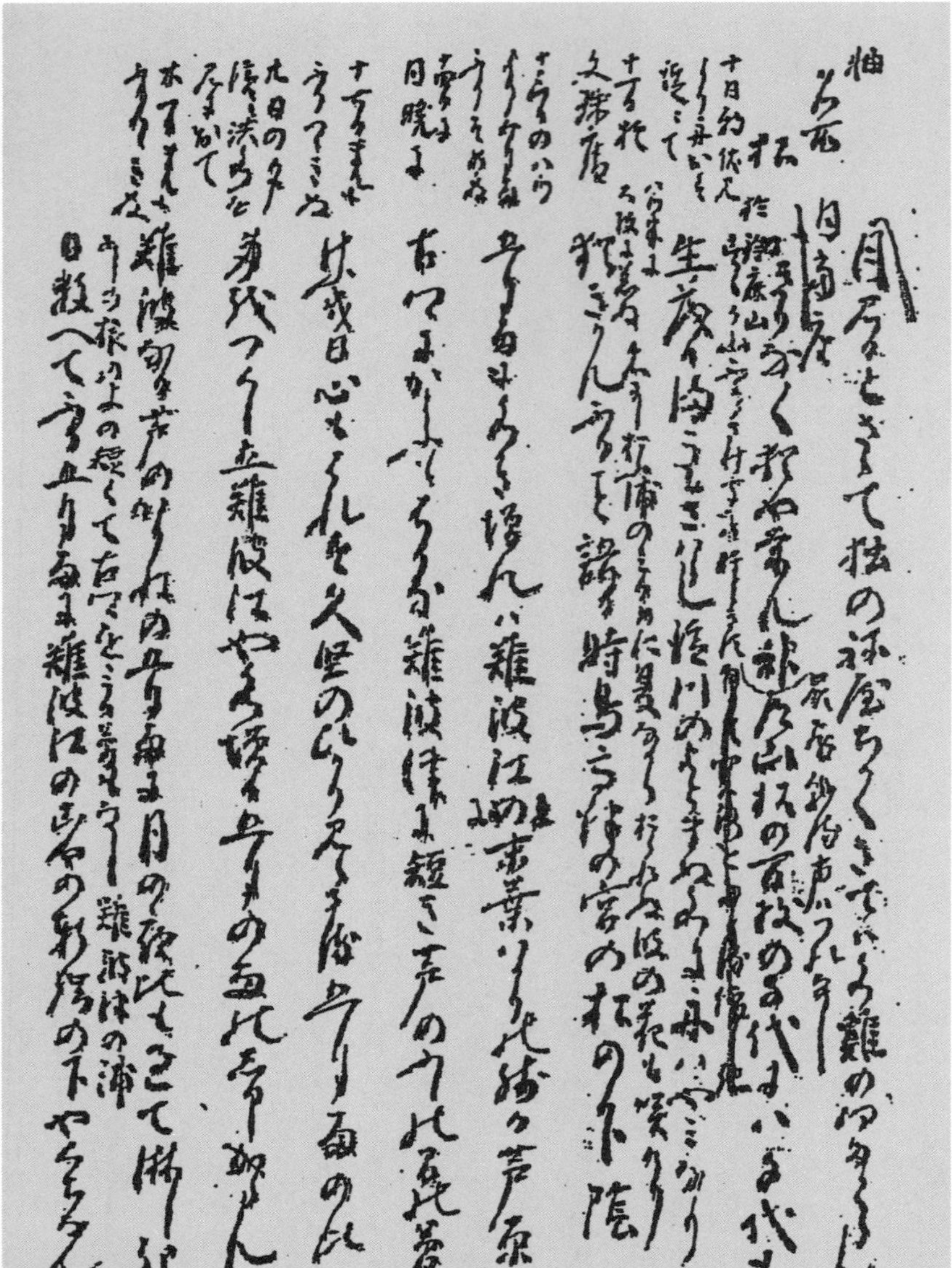

図2

四二七三　猶きかんふること語る時鳥高津の宮の松の下陰

十三日の八ツより、五月雨ふりそめぬ

四二七四　五月雨に水かさ増れば難波江の末葉ばかりの賤が芦原

十四日に、日暁に

四二七五　古郷にかよふもはかな難波津に短き芦のふしの間の夢

十七日、またもふりつづきぬ

四二七六　けふ幾日心もはれず久堅のひかり見へ(ママ)ざる五月雨の比

二十日の夕、淀に洪水を見に出て

四二七七　身をつくし立難波江や水増る五月の雨のしるし成らん

二十一日、またもふりつづきぬ

四二七八　難波なる芦のかりねの五月雨に月の夜比も過て淋しき

四二七九　あしの根のよの短くて古郷をみる夢もなし難波津の浦

四二八〇　日数へてふる五月雨に難波江のこやの軒端の下やくちなん

二十二日、雨あがりぬ。才麿にて

四二八一　芦と荻しげれかたらん夏の浦

二十三日、文珠(ママ)庵にて

四二八二　ながらへば深き思ひを難波江にみをつくしてもしるし見せまし

契沖、返し

四二八三　神代までいかでかかけん難波潟みぢかき蘆を心なる身に

中西信慶が、ふかく心を神書にいる丶をほめて

四二八四　たちかへり神代にかくる心かなわたらひ河の浪のしらゆふ

二十四日、いせや十右衛門餞別

四二八五　伴ひて行身ぞなくば玉鉾の道かたらなん名残多しも

返し

四二八六　立わかれひとり行身は玉ぼこの道かたらはで名残ものうき

四二八七　枕かる床めづらなれ難波人名残おもはゞ又やそはなん

四二八八　つの国のなには立ぬる旅衣名残を思ふ人もはづかし

二十五日朝、大坂を立て京へ出る。長雅より、詠草たまはりける。

時は、元禄十一年五月（信慶六十九歳、契沖五十九歳、才麿四十三歳）。信慶は、一週間ほどの大坂滞在中に、高津円珠庵に隠棲していた契沖を二度尋ね、その合間に才麿を尋ねた。右の件りを読む限り、契沖と才麿の間には直接的な関係を認めることはできないようだが、この信慶の足跡は私たちにさまざまのことを夢想させてくれる。

その第一は、才麿の学統の問題である。才麿が晩年『万葉集』に傾倒し、また和歌秘伝書の影響を受けていたことは既に定説であり、従来、その有力な媒介者として野田忠粛の存在が指摘されてきた。(18) それはそれで肯定しつつ、特に歌学秘伝の面において、新たに中西信慶という補助線を引けないものか。かつて（元禄二年）才麿が伊勢に詣でた時、信慶に会うことはなかったのか。――いや、信慶に万葉重視の徴証が見当たらない以上、広い意味での長雅門という事実のみを以て大胆な臆測を書き留めるのは自重しよう。ただ、二人の対面が多くの充実を齎したことだけは疑いを容れない。信慶の発句「芦〔難波の才麿〕と荻〔伊勢の信慶〕しげれかたらん夏の浦」

の持つ意味は、その挨拶性を割り引いたとしても、やはり重いと考えたい。

その第二は、契沖の伝記的な問題である。近年、当代地下二条派歌学の解明[19]が進められるにつれて、契沖と当代地下二条派歌人（長孝・長雅ら）との接点の追究は、ますます重要度が増している。信慶と契沖の交歓――初対面時の信慶の和歌「猶きかんふること語る時鳥高津の宮の松の下陰」には、念願かなって契沖に面晤し得た率直な喜びが溢れているし、再訪時の二人の贈答歌には、互いの学問を介しての凛とした厚情が感じられる。そもそも契沖は、この頃、『和字正濫要略』一巻を著して一層古学へと傾倒しており、この対面以降、『倭姫命《やまとひめのみこと》世《せい》紀鈔《きしょう》』をめぐる二人の質疑応答（〔元禄十一年〕九月二十四日付中西信慶宛契沖書翰）[20]や、契沖による信慶七十賀の連作「鶴契遐年」和歌の制作（同十二年一月十七日付中西信慶宛契沖書翰。文化十二年刊『漫吟集類題』所載）など、両者に「学」「藝」両面にわたって美しい交流が見られる[21]――は、そこに一つの可能性を与えないか。今も契沖と長雅の直接的関係が確認できない中にあって、そこに摂津久安寺の円海ら真言僧を介在想定させる信多純一氏説[22]の重要度は不変だが、より多くの同時代的状況を洗い出しておくことは有効だと思われる。

契沖短冊（架蔵）
連作「鶴契遐年」ノ内
（『漫吟集類題』5415番歌）

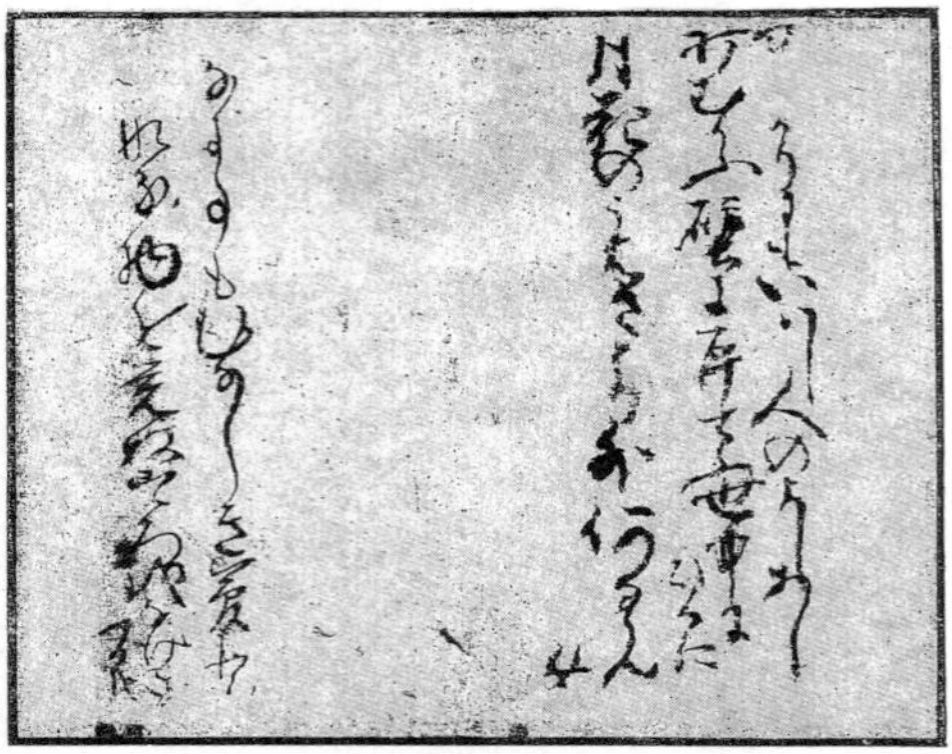
図3（右）

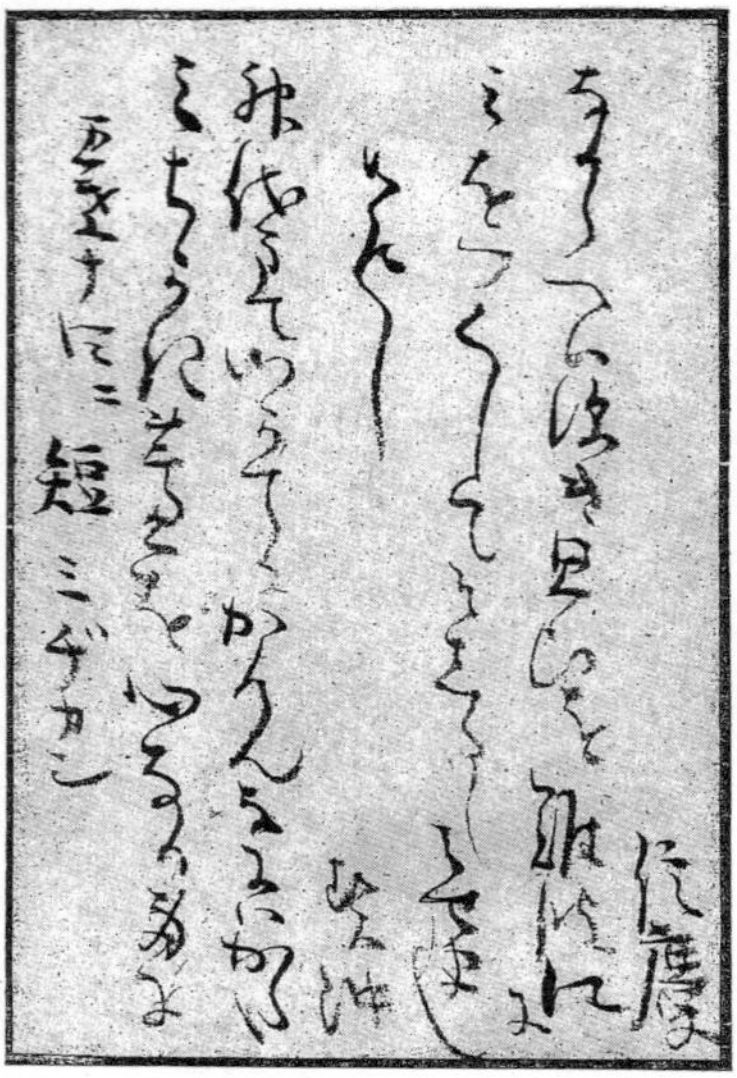
図3（左）

もう一つ、信慶と契沖に関わる新たな資料を紹介しよう。(23)
それは、「契沖・信慶・和歌」との整理書名で九州大学文学部に所蔵される一軸で、左右に二紙を貼付するもの（信慶筆か。図3参照）。

（右）かりにもいはじ人のよしあし
　打むかふ壁に耳てふ世中に
　　　いかに
月花のうはさ□外あるらん
なに事もむなしき夢と
なる物を覚ぬこゝろをなげきつる哉

（左）　　　信慶
ながらへば深き思ひを難波江に
みをつくしてもしるしみせまし
　御返し　　契沖
神代までいかでかかけんなにはがた
みぢかき蘆を心なる身に
　万葉十四ニ短ミヂカシ

（右）の前半部は出典未詳、後半部は古歌（『続古今集』八一三番歌、藤原清輔、巻八釈教、三句「きくものを」四句「こころに」である。一方、(左)は『愚詠草稿』の四二八二・四二八三番歌にあたるもの（『漫吟集類題』には未載）。
両者の雅交のさまを窺わせる、良き一軸と記憶したい。

五　歌　風

『愚詠草稿』を二読、三読しての率直な印象は、晩年の詠歌であっても、歌題の解釈に疑念のあるものやつづけがらの不自然な歌が時折見受けられるということである。が、これを以てその力量不足を論うのは信慶にやや酷と言うべきであり、むしろ、玉石混淆する全体の中から神宮歌人としての精進の様子を探るべきであろう。ついては、ここに、『愚詠草稿』から私に十首を選抜して、彼の歌風の一端を窺うよすがとしたい。

行路秋花
一〇八一　〽置露に袖しほれけり咲花の千種を分る野辺の細道　〔元禄七年〕

長雅老六十賀によみて遣す
二一五四　〽春は猶みどりぞまさる神道山岩根の松によはひことぶく　〔元禄八年〕

松経年
三三五一　〽神道山神しづまりて動なき岩根に松の幾世ふりなん　〔同　年〕

三月十四日、恕賢(ママ)・元親・正珍伴ひ、岳参によめる
三五六六　〽山高み空も色どる朝熊の峯より峯に花の盛は　〔元禄九年〕

五月十五日、今宮にて
今宮造替遷宮ありて後、まふでゝよめる
三六〇三　〽紫の野に改めて宮柱ふとしくたてば御代やさかへん　〔同　年〕

神祇

三九七〇　〽かけて祈る心も涼し神風や二つの宮の注連の内人　〔元禄十年〕

山新樹

三九九一　〽遅桜のこる片枝に若葉さしみどりそひ行夏の山の端　〔同　年〕

霜埋落葉

四一三七　〽雨と聞夜半のあらしの庭はれて木の葉音なき霜の曙　〔同　年〕

惜暮春

四四一七　〽花鳥を送りつくして春も今名残かすめる夕暮の空　〔元禄十一年〕

試筆

四四七五　〽年の端に今朝は霞て天地のいや遠ながき春は来にけり　〔元禄十二年〕

おわりに

以上、『愚詠草稿』を紹介しつつ、そこから浮かび上がる種々の問題についても考えてきた。当然、次なる課題は本文の翻印であり、機を改めて果たしたいと念じている。

最後に、契沖の言を借りて、本稿の結びとする。

外宮禰宜中西信慶ことし七十にみつ。む月はつかころにこれをよろこぶよし、いさゝかこれかれをあつめて、鶴契遐年といふ事をよましむべければ、よみておこせよとあつらふ。すなはちよみてやる。ちかくそのこ〔中西信昌〕がもとより文おこせたるをみれば、む月十七日にち、信慶なくなりぬとあるにおどろきて、とぶらひつかはす歌

こぎ出し船とはしらでいせの海のとこよの浪に人をよせつる

（元禄十二年三月十九日付微雲軒宛契沖書翰(24)）

注

（1）中西正幸氏「中西信慶」「中西信慶とその周辺」「近世の神宮歌人」（いずれも『伊勢の宮人』所収、国書刊行会、平成十年）。平間長雅研究の側から適宜丁寧に『愚詠草稿』を抜書した日下幸男氏『近世古今伝授史の研究　地下篇』（新典社、平成十年）など。

（2）拙稿「元禄前後の伊勢歌壇」（『近世文藝』七十五号、平成十四年一月）。

（3）一葉は、二月五日付中西易右衛門（信慶）宛文台屋庄左衛門書翰（注(1)日下氏著三四五頁に翻刻あり）。紙背には、元禄十年三月十五日の望月長孝十七回忌追善百首歌会の歌題がメモされる（信慶筆）。もう一葉は、和歌一首を記した紙片。

（4）信慶の自筆にかかる『中西信慶雑記』（神宮文庫蔵・写一冊）もまた、万治二年（一六五九）から三十年余にわたる備忘見聞や諸書の抜書を書き留めたもので、永年にわたって記録を遺し続けようとする信慶の精神性がよく顕れている。

（5）御巫清白の献納印を除く四顆は、日本書誌学大系『新編蔵書印譜』（青裳堂書店、平成十三年）に所載。

（6）高名な室町末期写の信慶旧蔵『和名類聚抄』（写十冊。朱文方重郭印「信／吉」あり）もまた、弘訓の手を経て神宮文庫に入ったもの。弘訓の識語（嘉永二年九月）に、「此古写本和名類聚抄八、中西清大夫信慶の家に持伝へて世にまれなる物なるを、信慶没後百四十年あまりの比、紙魚のすみかとなして匣底にうづみおきたるは、惜むべき事なり。是によりて、同志とはかりて重價を出して、彼家より乞もとめ、豊宮崎文庫に奉納し、不朽に伝ふる也（後略）」とある。

（7）神宮文庫蔵『御巫清直雑考』全六十八通ノ内、第六十三。

（8）神宮徴古館農業館編刊（大正八年）一二一頁。

（9）森繁夫氏「中西信慶と契沖・長伯・長雅」（『人物百談』所収、三宅書店、昭和十八年）。早く氏の『名家筆蹟考』

（横尾勇之助ほか発行、昭和三年）にも同様の指摘が備わる。なお、享年六十九歳との誤謬説の淵源は、私見では足代弘訓『寛居翁遺草』所載の「中西信慶略伝」と思しい。
(10) 松村雄二氏「和歌代作論」（『国文学研究資料館紀要』三十一号、平成十七年二月）。
(11) 注(1)中西氏論文参照。
(12) 川平敏文氏「伊藤栄治――ある歌学者の生涯――」（『雅俗』九号、平成十四年一月）、「伊藤栄治・永運のこと――江戸前期島原藩における神事の周辺――」（本書所収）。
(13) 注(2)拙稿参照。
(14) 既にその大半は、注(1)日下氏著の「平間長雅年譜」中に適宜本文ともども掲出される。行論の都合上とはいえ、重複の非礼を許されたい。
(15) 同右書三四〇頁。
(16) 同右書一七七頁。氏は、正祐を杉木望一の弟正友かとする。
(17) 同右書三四五―六頁（契沖・才麿）、三二三―四頁（円翁・恕堅）、三三四―五頁（周欽尼）に各々指摘言及される。
(18) 富田志津子氏「才麿の俳諧伝書――一門の作風との関わり――」（『連歌俳諧研究』七十五号、昭和六十三年七月）、「野田忠粛と俳諧師」（『大阪俳文学研究会会報』二十三号、平成元年十月）。
(19) 西田正宏氏「望月長孝『古今仰恋』の方法と達成」（『国語国文』七十三巻十二号、平成十六年十二月）。
(20) 書簡は二通とも『契沖全集』第十六巻（岩波書店、昭和五十一年）所収。
(21) 井上通泰氏『南天荘墨宝解説』（春陽堂、昭和五年）、阪本是丸氏「契沖と外宮祠官中西信慶――その交流をめぐって――」（『國學院大学日本文化研究所報』九十五、昭和五十五年六月）、注(1)前掲二書参照。
(22) 信多純一氏「阿闍梨契沖伝漫考」（『近世大阪藝文叢談』所収、中尾松泉堂ほか、昭和四十八年）、「阿闍梨契沖伝こぼればなし」（『契沖全集』第四巻「月報」十四、岩波書店、昭和五十年七月）。
(23) 川平敏文氏のご教示に拠る。請求番号は「国文　別一四〇」、貴重書である。
(24) 注(20)に同じ。

＊資料の引用に際しては、適宜濁点・句読点を付し、漢字は通行の字体に改めた。〔　〕内は神作注。

【付記】 本稿は、神社史料研究会・第八回サマーセミナー（平成十四年九月一日、於鎮西大社諏訪神社）における口頭発表に基づき、その後の調査・考証を経てまとめたものである。川平敏文氏ほか席上にて貴重なご教示を賜った方々に厚く御礼申し上げるとともに、調査閲覧にご配慮を得た神宮文庫・九州大学文学部図書室等諸機関にも鳴謝したい。

なお、成稿にあたり、平成十五年度科学研究費補助金（若手研究B）の一部を使用した。

伊藤栄治・永運のこと

――江戸前期島原藩における神事の周辺――

川平敏文

一　序言

江戸前期の肥前島原藩主松平忠房は、播磨姫路藩主榊原忠次と並んで、当時、稀代の和書収集家として名の聞こえた好学の大名であった。このうち後者、忠次が収集した和書は惜しくも散逸してしまったが、前者、忠房のそれは現在、島原市立図書館松平文庫にほぼ丸ごと保存されて、学界の至宝となっている。この二人の大名からその学力を認められた歌学・神道学者が、本稿でまずとりあげる伊藤栄治である。彼は後述のように波乱に富んだ前半生を送った人であるが、最終的には島原藩に仕官して、忠房の側近として生涯を閉じた。その伝については、拙稿「伊藤栄治——ある歌学者の生涯」(『雅俗』第九号、平成十四年——以下「前稿」と呼ぶ)に詳説したので参照されたい。(1)

栄治の没後、その家業を継いだのは子息の永運である。しかし、永運の藩内における職掌は、栄治のそれとは微妙に違っていて、必ずしも同一ではない。それは具体的にどのような相違であるのか。

また、島原藩御抱えの神道学者としての伊藤家は、実質的にはこの栄治・永運の二代で断絶してしまうのであるが、島原藩の神事と伊藤家との関係は、実は意外な場所で、江戸後期まで存続していた。それはいかなる関係であったのか。

これら二つの問題点は前稿・第三部「栄治の子孫」においても若干触れておいたが、栄治の伝記を中心とする内容のために、ごく補足的な解説とならざるを得なかった。そこで本稿では、特に『島原藩日記』(2)（以下『藩日記』と略称する）の調査によって得られた新知見を紹介しながら、前稿で十分に語り尽くせなかった右の二点を論究することとしたい。

二　栄治の島原藩仕官

まずは伊藤栄治の伝と文事について、その神道学に関する事蹟を中心に概観しておこう。

栄治の生涯は、その居住地（滞留地）の別によって、大きく六期に分けることができる。

第一期は、京都在住期（?～正保四年頃）。伊藤家の御子孫の家に伝わる『先祖書』(3)から、栄治の学問芸道の師であったとされる人物の名前を挙げ連ねてみれば、良純法親王、松永貞徳（俳諧）、里村昌琢（連歌）、中院通村（歌学）、舟橋二位（有職学）、萩原兼従（神道）のような諸芸諸学の名家が並ぶ。最初に掲げた良純法親王は知恩院初代門跡で、『先祖書』によると、栄治は幼少からこの親王に勤仕して、書道・素読など学問の基礎を学んだ。蓋しこの人物の口添えがあって、栄治は右のような名家の門を叩くことができたものと思われるが、それにしてもこれは、当時考え得る最高の学問環境といってよい。しかし寛永二十年（一六四三）、主の良純法親王が甲斐の国へ配流されるという事件が起こり、彼はついに京都を離れ、以後転々と居住地を変えて、己の学問を鬻ぐ生活を始める。

第二期は、名古屋在住期（慶安元年頃～承応元年頃）。この頃は是斎（是哉）・一楽などと号し、俳諧の点者として、名古屋・熱田神宮周辺の俳壇に迎えられていた。また承応元年（一六五二）七月、栄治は伊勢外宮豊宮崎文庫に、『栄花物語』四十巻をすべて自筆で書写して奉納しているが（神宮文庫蔵）、この頃から彼と伊勢の歌・俳壇との関係が始まったらしく、八月には伊勢の歌人山本正重らと交遊している（『両宮和歌集』写一冊／神宮文庫蔵）。

第三期は、伊勢在住期（承応二年頃～万治二年頃）。伊勢外宮権禰宜中西信慶の『愚詠草稿』（写三冊／神宮文庫蔵）によれば、栄治は承応二年頃から信慶らと交遊し、月次の歌会を自宅で催したり、歌書の講釈を請負ったりして、自らが身に付けた堂上歌学を伊勢の歌人達に伝授している。不動院僧祐海法印に宛てた『和歌作法』（写一冊）、『古今集釈義』[4]（写一冊）、内宮第八神主荒木田氏次に宛てた『近代秀歌』（写一軸）などの伝授がその例であるが（いずれも神宮文庫蔵）、彼が伊勢に卜居したのは、このように己の学問を鬻ぐためだけではなく、己の学問を研鑽させる意図もあったものらしい。『先祖書』によれば、この頃栄治は外宮の神道学者度会延佳や大宮司大中臣精長らに随って伊勢神道を学んだといい、万治元年には、『神道奥義之書』（写一冊／祐徳稲荷神社中川文庫蔵）を編述している。歌学者としてのみならず神道学者としても地歩を固めつつあったことがうかがえる。

続く第四期は、姫路藩侍読期（万治三年頃～寛文七年五月）。時の姫路藩主榊原忠次は、先述のように松平忠房と並んで蔵書家の聞こえ高く、また和歌・歌学をよくして、著作も少なからず伝わる文人大名であったが、栄治はその忠次に見出され、歌学・神道学をもって召し抱えられる。特に忠次の子息で、後に家督を相続することになる政房付きの側近として、歌学の指南役を担っていたような節が、諸資料からうかがえる。またこの時期にも依然として伊勢との関係は続いており、外宮で編まれた『文庫菅神万治年中詩歌』（写一冊）、あるいは内宮で編まれた『皇太神宮法楽詠千首和歌』（写一冊）などに和歌を出詠している（ともに神宮文庫蔵）。また寛文二年（一六六二）には、彼の神道学書としてはもっとも纏まった著述である『紅紫弁引抄』（写二冊／中川文庫蔵）を編述して、吉田・伊勢両流に学んだ神道学者としての真面目を発揮する。

こうして姫路藩に召し抱えられ、学者としての地位を揺るぎないものとしたかに見えた栄治であったが、寛文七年五月二十四日、忠次の跡目を継いだばかりの政房が、二十七歳の若さで死去するという事態が出来。そのような家中混乱の煽りを受けてか、栄治は姫路藩を致仕して、生活の糧を求めて江戸に出る。

第五期、江戸浪人期（寛文七年六月〜寛文十二年六月）がそれである。そして、この浪人栄治を時おり召し出して、『源氏物語』や『徒然草』を講釈させていたのが、当時丹波福知山藩主、のち転封で島原藩主となる松平忠房であった。その間の事情を伝えるのが、次に掲げる『藩日記』の記事である（以下、文末に年時を略記する資料は、特に断らない限り『藩日記』からの引用である。また□は虫損・破損などによる難読箇所を示す）。

一、伊東《(藤)》栄治と申。榊原刑部殿に暫被召置候。刑部殿御死去以後、牢人申候。御旗本に於□諸々講釈抔仕、或は歌・俳諧之点出し申罷在候。神書・儒書・歌書、或は記録など読申候。就夫、源氏物語・徒然草、能覚申候。於殿様ニ徒然草折々読申候。源氏物語は御姫様御望にて被仰付読申候。殊之外殿様御慰に被思召候て、嶋原へ可被召出候。殿様□被召出弐拾人扶持被下、初六月十四日御目見え申候由、……（寛文12・閏6・13）

これによれば、彼は江戸で諸大名や旗本衆に対して、和歌・俳諧の添削をしたり、彼らの求めがあればその邸宅に赴いて儒学・神道・軍書の類まで何でも講釈する、所謂「物読み」として生活をしていたことが知られる。松平忠房もまた、そのように栄治を召し出して講釈をさせていた大名の一人であったわけであるが、忠房は好学の同志として、栄治が先に仕えていた榊原忠次とも深い親交があったから、恐らくは栄治のことを以前から知悉していたのだと思われる。

そして第六期、島原藩侍読期（寛文十二年閏六月〜貞享二年八月）が始まる。寛文十二年（一六七二）閏六月、島原藩に召し抱えられた後の栄治は、己の才学を遺憾なく発揮してゆく。例えば寛文十三年（＝延宝元年）の

『藩日記』から彼の活動をうかがってみると、まずは一月から五月まで月に数回ずつ『神代巻』の講釈、四月十八日には東照宮遷宮祝として能のシテ、七月十六日より三日間は松嶋弁財天にて雨乞の連歌、八月十五日には鷹嶋権現・五社祭礼につき代参というように、実に様々な職務をこなしていたことが分かる。

また延宝三年（一六七五）には、藩内の一の宮、猛島《たけしま》神社遷宮の儀を執り行なう。猛島神社はそれまで神仏習合の鷹嶋権現として祭祀されていたのであったが、忠房は栄治に命じてこの神社の由来を考証させ、社名を改めさせると共に、神仏習合色を排した吉田・伊勢流の神道の祭儀を導入させる（『猛島神社本紀』写一冊／猛島神社蔵）(5)。これによって島原藩内に何人かの神道門人ができ、以後これらの門人たちが、子息永運の代にその右腕となって、藩内の神社整備などの働きをすることになる。

延宝七年十月七日、栄治は高齢と病気を理由に隠居し、後事を永運に託す。しかしその後も、貞享二年（一六八五）八月二十八日に死去する前年まで、彼は折にふれて忠房から召し出されており、たいへん寵遇されたことがうかがえる。栄治は上に見てきたような職務のほかにも、忠房が心血をそそいだ和書の収集、書写などにも恐らくは関与したと思われ、その意味でまさしく忠房の右腕として、その文事を支えていたのだと思われる。

三　松平家と伊勢神宮

ところで、栄治が松平家に召し抱えられた理由としては、先に見た『藩日記』（寛文12・閏6・13）は、彼が『源氏物語』や『徒然草』の講釈をよくし、それが藩主や姫君に好評であったという点を伝えている。しかしそこには別に、彼の学問のもう一つの柱である神道学の知識が、松平家にとって大いに期待されていたのではないかと思われる節がある。それは、松平忠房および彼の正室永春院が、もともと神道、ことに伊勢神宮に深い信仰心を有する人であったからである。この点に関しては、入江湑「島原藩主松平忠房の神宮崇敬」（『瑞垣』第一一五号、昭和五十三年）に導かれつつ、いくつかの具体例を紹介しておこう。

忠房は神号を中心霊神といい、先に見た猛島神社の改革に代表されるような藩内の神社改革を推進し、神仏習合の風習を努めて排除した。忠房の神道信仰、なかんずく伊勢神宮信仰は、寛文二年に『林羅山詩文集』[6]（刊六〇冊／神宮文庫蔵）、貞享元年に『古文尚書』（写一三軸／神宮徴古館蔵／重文）を伊勢神宮に奉納していることからもその一端がうかがえるが、松平家の伊勢信仰を考えるにあたって見逃してはならないのが、江戸は三田の島原藩邸にあった彼の正室、永春院の存在である。『藩日記』をはじめとする藩政史料を駆使して、明治七年（一八七四）に、旧藩士渡部政弼によって編述された紀伝体の島原藩史『深溝世紀』（写二五冊／松平文庫蔵）によれば、

　此の月（寛文八年十二月）、夫人、使を遣わして鏡径四寸一分を伊勢の神廟に納む。其の紀に曰く、「唐鏡一面を皇太神宮に奉納し、息男松平大炊頭源好房の病気平復に依り、祈願成就の寸志を奉表するものなり。寛文戊申十二月吉日、松平主殿守源忠房室、鍋島氏の女」と。（原漢文、[7]丸括弧内は筆者補注）

とある。忠房の子息好房は、藤井懶斎編『本朝孝子伝』（天和四年刊）「今世」部巻頭にその行状が記載されるほどの孝子で、将来を大いに嘱望された人物であったが、幼童の頃より病弱であった。その好房の病気平癒のために、永春院はたびたび伊勢神宮に願立てを行なった。その甲斐あってか、一時は右のように愁眉を開くこともあったが、結局好房は寛文九年に早世してしまう。それでも後々まで永春院の神宮崇敬の念が衰えなかったことは、後述の諸記録が物語るところである。

また、貞享三年（一六八六）八月五日に永春院が逝去した折、実の甥である肥前鹿島藩主鍋島直條がその葬儀の模様などを綴った随想『秋の山すみ』（『楓園家塵』第一五六巻／中川文庫蔵）は、

　なき御影は御心実やかによろづの事にくらからずおはしまして、とりわき我国の神道を信じたまひ、御葬り

　も此みちの掟たるべきよし仰おかれし。

と、永春院が自らの葬儀を神式で執り行なうよう遺言していたこと、(8)そして永春院が足嶋神霊と諡されたことを伝える。

このように忠房や永春院には、もともと神道に対する深い信仰心があったというべきであるが、特にその信仰の中枢に伊勢神宮が位置していたことは、先ほどあげた例からもうかがえるだろう。それでは、松平家が伊勢神宮と具体的にどのようにして関わっていたのかということを考えてみる時、ここに再び、伊藤栄治の存在がクローズアップされる。彼の松平家への仕官以後、松平家と伊勢神宮との間には、両者をつなぐ新たなラインが形成されるのである。それがどのようなラインであったかは、子息永運の伝記の解明とともに明らかとなってゆくであろう。

四　永運と助大夫

『藩日記』を閲してゆくと、次のような記述が見える。

一、伊藤栄治伜助大夫、初而御夢想之御歌持参。今朝御膳過、御目見仕、御祓熨斗五把……（寛文13・4・25）

ここに栄治の伜「助大夫」とあるのが永運の前名で、このとき初めて永運が「御夢想之御歌」「熨斗五把」などを持参して、忠房に目見《まみ》えたことが分かる。そしてその約二カ月後には、

一、今朝、大老中老へ御料理被下、并伊東(藤)栄治□(息カ)助大夫へ初而御料理被下候。御勝手ニ而医者衆相伴之事。（寛文13・6・15）

とあるように、永運に初めて料理が下されている。

永運が正式に島原藩に仕官するのは、先述のように栄治退隠後の延宝七年（一六七九）十月七日のことである

が、永運はそれ以前から島原藩に出入りして、祈禱などの神事を行なっていた模様である。

一、伊藤助大夫、罷帰候付而、御初尾銀子三枚被下候事。（寛文13・7・2）

一、今度奥様御寒気ニ付而、助大夫御祈□被仰付候。江戸へ被遣候付而、御祈禱料、殿様より銀子一枚被遣候。（同右）

などとある。

ところで、この資料には永運が「罷帰《まかりかえ》」るにあたって初尾銀三枚が下賜されたとあるが、永運はいったい何処に「罷帰」るのか。そして永運はどのような立場で、島原藩に出入りしていたのか。

一、伊藤永運、明日伊勢へ妻子引越ニ参候ニ付、引料銀壱貫目□□被仰付、於御居間為御暇乞、御礼申上候事。（延宝7・10・26）

一、伊藤永運、伊勢より今晩罷帰候。（延宝8・4・16）

前者は延宝七年十月、正式に島原に仕官した永運が、「伊勢」に妻子を引き連れに戻ったということを伝える記事である。とすれば、先に見た、永運が初尾銀を受け取って「罷帰」った場所というのもやはり伊勢であったと考えられ、永運はそれまで伊勢を本拠として島原藩と関わっており、仕官後にはじめて島原に移居したらしきことが分かってくる。

さて、こうして妻子ともども島原に引っ越した永運であったが、しかし彼と伊勢との関係は、これで途絶えたわけではなかった。後者の資料にあるように、永運はその後もたびたび伊勢へ戻っている。では彼は何のために伊勢・島原間を往来していたのか。次の資料にその答えが見出せる。

一、伊勢伊藤永運跡目、伊藤助大夫、若年之故、継目之御礼、名代岡田吉大夫、大紋着、御書院ニ而御目見仕。いのかい一箱、□肩衣五つ、継目之進物、御祓并熨斗三抱、例年之御祈禱、次扇子一箱、水引五百、吉大夫

自分之進物也。　（延宝8・7・1）

いわく、伊藤永運の跡目を、伊藤助大夫が相続することになったが、いまだ若年であるので、その跡目相続の御礼を、岡田吉大夫が名代として申し述べた、と。ここまで来ればもはや多言を要さぬであろう。永運はすなわち、島原藩に出入りして伊勢神宮への参拝料を仲介していた、伊勢の御師であった。そうして永運は、自らは栄治の後任として島原藩に仕官する一方、伊勢の伊藤助大夫家にも後継者を立てて、島原藩との関係を存続させた。ここに、島原の伊藤家と伊勢の伊藤家という、それぞれに後代まで連綿する二つの伊藤家が出現する。

ところで、永運が出た伊勢の伊藤家がいつ頃から存在したのかというと、それは栄治が伊勢に滞在していた承応から万治頃までの期間を、今のところ想定するしかない。恐らくはこの間に、栄治は永運を伊勢に定住させて、神道を学ばせると共に、御師伊藤助大夫として身を立てさせたものであろう。そうしてのちに島原藩へ仕官した栄治は、この伊藤助大夫（永運）の出入りを認めてくれるよう、忠房に推挙した。ここに伊藤助大夫家を中継点とする、島原藩と伊勢神宮との新たなラインが形成されたのである[9]。

それではこの伊勢の伊藤助大夫家は、その後どのように島原藩と関わっていったのか。『藩日記』から助大夫の名を探してみる。

一、勢州内宮伊藤助大夫・岡田吉大夫所へ、殿様日参料銀三百目、奥様日参料銀三百目、若殿様日参料当年半分百五拾目、奥様より申来。丹後守様、当年者参料前方二両、江戸ニて相渡候間、其残三両、爰元ニ而相渡申候様、申来候間、遣候。助大夫へも当年御初尾金、御用人方より書状相添遣候。……但、助大夫方より桂（慶）光院様へ書状遣候事。　（天和2・12・26）

一、例年之通、伊藤助大夫飛脚差越、御祓并暦、いの貝、熨斗指上ル。　（元禄元・11・26）

一、御願望之儀有之、惣御家中より片山衛門惣兵衛、江戸へ参候付、参宮申候。其節御願之儀、伊藤助大夫方

へ頼遣候。一月廿日伊勢へ着、廿一日ニ祈禱所願成就。御祓熨斗、伊藤助大夫より右之飛脚ニ差越、御前へ上ル。（同右）

一、伊藤助大夫方より御祈禱之御祓并熨斗三把来。暦一巻、いの貝一箱、差上候事。（元禄3・11・10）

一、同人方より、惣御家中日参之御祈禱御祓并のし二把、差上申候。（同右）

一、伊藤助大夫、昨日爰元着申候。是ハ永運方ニ一両年差置御断相済、依之参候事。（元禄4・8・12）

これらの資料からうかがえるように、助大夫は他の御師の檀那廻りに等しく、例年、年末近くに松平家を訪れて初尾料を徴収すると共に、御祓や暦、いの貝や熨斗などの品を献上している。また、最後に掲げた元禄四年八月十二日の条は、助大夫が永運のもとに二年ほど滞在することが許されたという内容である。その滞在の理由は分からぬものの、伊勢と島原の両伊藤家の関係が、依然として緊密に続いていたことが確認できる。

なお興味深いことに、御師伊藤助大夫の名は、肥前鹿島藩鍋島家の藩政資料である『鹿島藩日記』(10)（中川文庫蔵）にも見ることができる。

一、伊勢伊藤助太夫より、御嘉例之通、御祓熨斗・新暦以飛脚差上候ニ付、御初尾金子二百疋、右飛脚之者へ当番犬塚与右衛門相渡候。助大夫へ朝日嘉左衛門より書状遣候。（元禄11・12・17）

つまりこれは、助大夫が島原藩のみならず、近隣の鹿島藩をも檀那としていたということである。鹿島藩主鍋島直條が松平忠房の正室、永春院の実の甥であったことは先に述べた通りであったし、また助大夫の祖父栄治と直條は、歌書の伝授などを通して直接の交流もあった（前稿参照）。そのような縁故から、助大夫は鹿島藩にも出入りするようになったのであろう。

五　永運の職掌

さて、ここで話を永運の方に戻して、彼が島原藩内においてどのような立場で職務に携わっていたのか、そしてそれは、父栄治と比べてどのような違いがあったのかということを、次に考えてみたい。『藩日記』には永運の名が度々出てくるが、その中のいくつかを掲げてみる。

一、皆月(水無)之御祈禱、於御居間、伊藤永運相勤申候。御前ニ御輪を御くゞり被遊、其以後御料理之間へ出し候ハヾ、老中諸衆、医者衆、小納戸、通番、大納戸、何もくゞり申候。（天和2・6・29）

一、伊藤栄(永)運、明日小浜村劔宮遷宮ニ付、入江河内、多比良宮内召連、明日参候。永運は駕籠かき、両社人は馬出候様、……（天和3・4・19）

一、伊藤永運ニ、蒙求講尺仕候様云々。（天和3・11・13）

まず最初の条は、天和二年（一六八二）六月二十九日に島原城内で行なわれた水無月祓の記事。他にも五穀豊穣祈願、星祭、冬至など、城内の年中行事として行なわれる重要な神事、あるいは城内の地鎮（貞享3・11・18）、公方（綱吉）の大厄祓（貞享5・1・25）、雨乞（元禄3・6・30）[11]などの各種神事も、みな永運が勤めている。

二つ目の条は、天和三年四月十九日に行なわれた小浜劔宮遷宮の記事。永運は入江河内、多比良宮内など栄治の薫陶を受けた島原藩内の社人を引き連れて、このような遷宮の儀を執行している。他に温泉山四面大明神（元禄6・4・21）、愛宕宮（元禄6・12・5）などの遷宮も、これと同様に行なわれている。

父の栄治が家老衆や医者衆と共に、いわゆる御伽衆的な位置で忠房にフルタイムで陪侍し、神道講釈から歌書伝授、能のシテにいたるまで、様々な職務を勤めていたのに比べて、永運の場合、そのほとんどは右に見たような城内の神事や諸社遷宮の儀などに関するものであり、その職掌はかなり限定化・専門化しているように見える。

管見によれば一例だけ、三つ目に掲げた天和三年十一月十三日の条のように、神道とは直接関わらない、『蒙求』の講釈を仰せ付けられているが、これは例外的なものといえよう。

さらに栄治と永運の位置が大きく違うのは、永運の行動範囲が、栄治に比べてかなり広く、また自由であるということである。次の貞享四年(一六八七)三月十三日・二十六日の資料のように、永運は恐らく伊藤助大夫家との連絡、あるいは伊勢代参などのために、しばしば伊勢逗留のための暇を乞うている。そしてそのついでに、京都へも立ち寄ることがあったようである。

一、伊藤永運、伊勢へ御暇、十日程之逗留奉願候。其帰ニ京都へも立寄、五七日逗留申度由、御断申出、達御耳候処、御前相済、則申聞候。(貞享4・3・13)

一、伊藤永運、伊勢へ御暇申上、其□□□御即位之様子、見物仕度由、□御断□。彦右衛門一所ニ、明日罷立候。京都永々逗留仕候ハヾ、所々神社へ参詣仕度旨、御断申上参候。(貞享4・3・26)

二つ目の資料は虫喰いが多く大変読みづらいが、永運は京都で「御即位之様子」を見物し、また「所々神社」へも参詣したいといっている。

この記事と関連する資料が、松平文庫に所蔵される『貞享御即位記』(写四冊)である。これは、貞享四年四月二十八日に行なわれた、東山天皇即位式典の式次第、諸役の担当者名およびその配置、あるいは実際の式典の様子などを、永運がレポートしたもので、その蔵書の傾向からして歴史に強い関心があったに違いない忠房の命によって、式典資料として提出されたものではないかと推量される。奥書には、

右一巻者、貞享四丁卯年四月二十八日、御即位之次第也。于時某令参宮之序、幸致上京、有彼儀式拝覧之志。而既行事官淡路守任誘引、仮着布衣、自当日卯一点、徘徊御庭上。而所見所聞、唯孤陋之私記而已也。

伊藤氏永運

とあって、先に見た『藩日記』の記事との関連が裏付けられる。

この資料の価値、あるいは面白さは、単に式次第などが整理して書かれているだけではなく、式典の様子が、永運の目線から描かれている部分があるということである。その若干を抜書してみよう。

・一、辰の上刻に及びて、御即位拝奉るべき輩、且諸役人共、御庭上餝のまはり、日花門の内より承明門の左右、月花門の内はひしと大紋・布衣・素袍・白張又は半上下の老若、所せきなくみち〳〵たり。時に所司代土屋相模守殿、束帯にて両町奉行前田安芸守 井上志摩守同赤キ装束にて月花門より入て、御庭上の儀ども不残見めぐりて、其後南殿の椽の下に寄そひて、円座につきて有之。又、最前より半上下にて大小指たる者三四尺づゝ間を置て、東西南北に座して、右群衆の前に警固すと見えたり。

・（前略）はとりの女孺、もとの道を歴てしりぞき座にかへる下臈を先に。翳は高御座の左右にわかれて東西に三本づゝなげしによせかけたり。こゝに至りて、宸儀始て見えさせ給ふ。その時、官人警称すさきをおふ事なり。礼服の群臣、磬折す腰をかゞむる事也。上下、龍顔を拝し奉るその日、朝はくもりて、巳午の刻照かゝやく。日影に御殿の内はほのかにみゆるに、まして高御座の内は、赤き御装束の裾ばかりぞ庭上には拝奉る

前者は、式典を見物せんとする大群衆のひしめき、警護の役人たちの落ち着いた所作の淡々とした描写が、この行事の興奮と厳かさをかえってリアルに伝える箇所。また後者は、式典の進行を一挙手一投足にいたるまで克明に記録しつつ、はっきりとは見えないながらも、目前に実在しているはずの天皇の姿に目を凝らし、「その日、朝はくもりて、巳午の刻照かゝやく。日影に御殿の内はほのかにみゆるに、まして高御座《たかみくら》の内は、赤き御装束の裾ばかりぞ庭上には拝奉る」（割注部分）と、その実見したままを報告している。永運にはこの『貞享御即位記』以外、著述という著述がまったく伝えられていないが、専門である神道以外にも、有職故実に関する知識を相応に備えていたことは、これによって確かめることができよう。

それにしても、神道学者であると同時に歌学者でもあった父栄治と違って、永運の歌学に関する事蹟はほとん

ど不明で、わずかに『昌純和歌』（写一冊／中川文庫蔵）に所収される前鹿島藩主鍋島直朝六十賀の詠歌、あるいは『詠神法楽五首和歌』（写一枚／猛島神社蔵）など数首が残るのみである。[12] 栄治の職掌の広さと、永運のそれの狭さ。それを単純に力量の差とばかり断ずるのは、恐らく間違いである。心ならず何度も主家を変え、その才芸の多彩さによって身を立てた感のある栄治に比べて、永運は初めから実務派の御師として、安定した人生を歩んできた人である。そのような境遇の違いが、両者の職掌を自ずから異ならしめているのではないか。

能吏として活躍した永運であったが、元禄九年（一六九六）八月十九日、病いの床に臥す。一時、藩医玄春の薬を服用して小康を得たが、翌月二日申の下刻に、ついに帰らぬ人となった。

　内儀方より小川安兵衛を以願申候は、其身遺言ニ候間、永治（栄）塚之わきに土葬ニ仕度由、願申候付、則今朝達御耳処、願之通被仰付候付、高橋与介へ申渡候。郡奉行中合村ニ罷出候間、菅沼文五郎へ其段申渡。永治（栄）廟所は小山ニ御座候ニ付、右之段も文五郎ニ申渡候事。　（元禄9・9・2）

その遺言の通り、現在も小山には父子の墓碑二基が並び残っている。

六　その後の伊藤家

以上、江戸前期の島原藩に仕えた伊藤栄治・永運二代の神道学者が、いかなる形で仕官し、いかなる働きをしていたかを見てきたが、最後に、島原の伊藤家、そして伊勢の伊藤家が、その後どのように島原藩と関わっていったかをたどっておきたい。

まず島原の伊藤家では、永影（初名沢之助）なる人物が永運の跡目を継いで三代目となる（『先祖書』）。この人は、「一、伊藤沢之助、御星祭仕候由ニて、神酒備差上申候事」（元禄7・1・16）と見えるように、父祖以来の家業である神事を司っていたようであるが、不幸なことに生来病弱であったらしく、栄治・永運と父子二代にわたって継がれた神道学者としての家職を、守りきることができなかった。島原藩士の閲歴を記した『明細帳』(享保二十一年頃成／猛島神社蔵)には、栄治・永運の次に以下のような記述がある。

一、同(伊藤)　茂左衛門　永運倅　初沢之助

元禄五申十一月十五日御目見、同九子十月十五日永運相果候付、五人扶持被下。同十二卯七月十五日、御扶持方被下候へ共、何ぞ勤候儀無之、如何様之御番成共被仰付度願ニ付、大納戸余物役申付候様。同十四巳正月三日、茂左衛門ト改。宝永八卯正月二十七日、病気ニ付御扶持給差上、晴雲寺旦那寺ニ候間、当分引籠養生之上、病気少快気候ハゞ、勢州一家方へ罷越度願之通被仰付候共、無縁ものニ付、右之間弐人扶持被下。

ここには、永影が五人扶持を下されるも、あまりに病弱でほとんど何の勤めも果たすことができず、宝永八年(＝正徳元年)にはとうとう扶持も召し上げられてしまったこと、そして当分の間、旦那寺の晴雲寺で養生し、快復次第、伊勢の伊藤家へ身を寄せようと願っているが、ともかく島原では「無縁もの」であるので、暫くの間は二人扶持を下されることになったこと、などが伝えられる。

永影は寛延二年(一七四九)四月七日病死、その跡目は「宇右衛門」なる人物が、島原藩の封地「豊州」(国東か宇佐のいずれか)から養子として迎えられて継ぎ(『先祖書』)、以後は父祖の家職とは全く関係のない一般の藩士として、明治まで連綿してゆく。したがって、神道学者としての島原の伊藤家は、実質的には二代永運までで途絶えたといってよいであろう。

一方、伊勢の伊藤家と島原藩との関係がいつ頃まで続いたのかというと、『神宮御師資料――内宮編――』(皇学館大学史料編纂所編、昭和五十五年)に収められた江戸末期から明治初期にかけての御師職の名簿類には、伊藤大夫(助大夫に同じ)の名が以下のように見えている。

(a)『旧内宮御師名』(安政二年)

岡田吉大夫

啓光院家来　役人（中略）

伊藤大夫

(b)『宇治師職名帳』（慶応三年）

師職組慶光院殿家　岡田吉大夫引受　伊藤大夫

師職組絶家　棡千大夫引受　伊藤大夫

(c)『旧師職総人名其他取調帳』（明治十二年）

山口大夫

一、配札国郡（中略）

伊勢国　鈴鹿郡亀山　町方

右、伊藤大夫銘ニテ配付　但、明和二年、伊藤大夫ヨリ譲受

岡田吉大夫　引受家銘　伊藤大夫

一、配札ノ国郡（中略）

肥後国鳥来郡嶋原

右、伊藤大夫銘配□（ムシ）　譲受年月ハ不詳

まず(a)、安政二年の『旧内宮御師名』には、「啓光院家来」として、「岡田吉大夫」「伊藤大夫」の名が見える。「岡田吉大夫」は、永運の跡目を継いだばかりの若い助大夫の名代として、島原へ挨拶に来ていた人物の子孫。「啓光院」は、豊臣家や徳川家の庇護を受けた伊勢の尼寺、慶光院のこと。慶光院の名は、本稿第四節に引いた天和二年（一六八二）十二月二十六日の条にも出ており、伊藤助大夫や岡田吉大夫が代々、この寺院に所属

する御師であったことが分かる。

ところが(b)、慶応三年（一八六七）の『宇治師職名帳』になると、「師職組慶光院殿家」として、「岡田吉大夫引受　伊藤大夫」の記事があり、また「師職組絶家」として、「棡千大夫引受　伊藤大夫」の記事が見える。「引受」とは、ある御師が絶家した場合に、その御師が擁していた檀那を引き継ぐことで、伊藤助大夫が慶応三年までに絶家し、岡本吉大夫・棡千大夫にその権利が引き渡されていたことが分かる。

さらに(c)、明治十二年（一八七九）の『旧師職総人名其他取調帳』では、「山口大夫」の「配札国郡」、すなわち檀那のうち、伊勢国鈴鹿郡亀山の町方は、伊藤助大夫の名義で配札が行なわれながらも、実質的には明和二年（一七六五）に山口大夫へ、その権利が譲渡された檀那であったことが分かる。また「岡田吉大夫」の項目には、まず「引受家銘」として伊藤助大夫の名があり、その譲渡を受けた「配札国郡」の中に、「肥後国鳥来郡（高来郡の誤——筆者注）嶋原」の記述が見える。こちらは「譲受年月ハ不詳」との注記があるが、先の山口大夫の例から見れば、伊藤助大夫は江戸中期の明和頃から、次第に傾きかけていたものであろうか。

『藩日記』などを追跡調査すれば、もう少し詳しい事情が分かることと思われるが、現段階ではまだその調査を為し得ていない。ともかくも伊勢の伊藤家が江戸末期まで、依然として島原藩との関係を保ちつづけていたことは、上の資料でもうかがえるであろう。栄治の仕官に始まった、「神道」を連接点とした伊藤家と島原藩との関係は、一見、永運の代で途絶えてしまったかのようであるが、この伊勢の伊藤助大夫家の存在が明らかになったことによって、両者の関係は後代まで静かに、だがしっかりと結びついていたことが知られるのである。

注

（1）他に先行研究として以下のようなものがある。入江湑『墨是可《メシコ》新話』（現代出版社、昭和四十四年）、井上敏幸

「西国大名の文事」（中央公論社『日本の近世』第一二巻所収、平成五年）、日下幸男『近世古今伝授史の研究　地下篇』（新典社、平成十年）、神作研一「元禄前後の伊勢歌壇」（『近世文芸』第七五号、平成十四年）。

（2）寛文期から明治期に至るまでの事務日誌。月毎に一冊に纏められ、総冊数は七〇〇冊を上回るが、欠落した冊も多い。現在、島原市立図書館松平文庫と同市内猛島神社に分蔵される。

（3）一冊。島原市立図書館松平文庫蔵副本による。

（4）前稿では原本未見のため、松木素彦「祐海法印の片影」（『国学院雑誌』四四―六、昭和十三年）の記述の通り「栄清」なる人物の伝書としておいたが、今回実見したところによると、本書の奥書は正しく「栄治」で、「栄清」は誤読（誤植か）であったことが判明したので附言しておく。なおこのことに関して、乾安代氏の助言を得た。

（5）前稿では未調査であったが、その後の調査によって、猛島神社には安永十年、寛政十一年、安政七年の各奥書を持つ該書三点が所蔵されていることを確認した。

（6）松平文庫蔵『詩文雑書』（写二冊）に、林鵞峰代筆の「記」を収める。中村幸彦「肥前島原松平文庫紹介」（『中村幸彦著述集』第一四巻所収）参照。

（7）島原市教育委員会編『深溝世紀』巻七（平成七年、溝上慶治訓読）の読み下しを参照。

（8）『鹿島藩日記』（注10参照）貞享3・8・5の条に、「三田御前様御死去、御寺三州本光寺、神道之御取置之由、御名代三州へ被仰付、高松九郎右衛門主従六人にて越、御香典銀五枚」（傍線筆者）ともある。

（9）念のために附言しておけば、島原藩に出入りしていた伊勢の御師は、伊藤助大夫・岡田吉大夫だけではない。第三節に掲げた入江論考によれば、島原藩には福知山藩主時代からの引継ぎで千賀八大夫・岩出将大夫などが出入りしており、さらに城下や郡部には肥前大夫・喜多民部・村山久大夫などが擁する檀那があって、それぞれに檀那廻りを行なっていたという。伊藤助大夫はあくまでもそのような出入りの御師の一人であった。

（10）三好不二雄校註『鹿島藩日記』第一巻（祐徳稲荷神社、昭和五十三年）による。

（11）『先祖書』による。なお、この日時の『藩日記』は欠落している。

（12）『両宮和歌集』（前出）に栄治の息として見える「永政」、『皇太神宮法楽詠千首和歌』（前出）に栄治と並び配される「永久」などは、永運の前名であろうか。後考を俟つ。

【附記】猛島神社蔵本の閲覧にあたっては、寺田イヱ子氏・寺田國男氏の御高配を賜った。記して感謝申し上げます。また、その仲介の労を取って下さった本多茂氏・野村義文氏、そして入江論文の存在を御教示下さった神作研一氏にも、同じく御礼申し上げます。

中島広足と本居宣長

――『後の歌がたり』に見られる宣長批判の内実――

吉良史明

はじめに

一　『後の歌がたり』以前の広足と鈴屋

二　『後の歌がたり』に見られる宣長批判

三　『後の歌がたり』以後の広足と鈴屋

おわりに

はじめに

江戸派と鈴屋社中とは、各々賀茂真淵を祖とする県居派の流れを汲むものであった。しかし、村田春海が『歌がたり』（文化五年刊／一冊）を著して本居宣長の新古今主義を批判したことからも明らかなように、両者が歌論上対立していたことは周知の事柄であろう。こうした対立を受けて、江戸派の末流に位置する中島広足《なかしまひろたり》もまた『後の歌がたり』（国立国会図書館蔵、文政三年成立／写本一冊）を著して、本居宣長の歌論を批判した。ところが、その表紙見返しには「此歌がたり後に見れば／みなひが事也／やり捨べし」と広足の手になる書入れがある（図1）。事実、同書に見られる歌論は後に大きく変容を遂げたと考えられてきた。例えば、田中康二「中島広足『後の歌がたり』解題と翻刻——反江戸派の群像 その四——」（『富士フェニックス論叢』六号、平成十年三月）には、

また、表紙見返の本書に対する否定的言辞の意図するものは、いつ書かれたものかということも含めて不明である。『後の歌がたり』本文自体が書かれたのが識語によって文政三年正月九日であるとすれば、広足二

図１　『後の歌がたり』表紙見返し

十九歳のことである。それ以後数年の間に広足のなかで変化が起きたのかもしれない。広足の歌論的変節を意味しているともとれよう。前節で触れた超派閥的な広足のプロフィールである。江戸派シンパから反江戸派への急激な変化は歌論だけでなく、広足の生き方全体に関わる問題として注目される所である。

とあり、同氏は同書執筆から数年の間に広足の中で歌論上の変容が起きたことを示唆している。しかしながら、同書見返しの書入れがいつの時点でなされ、事実、広足の歌論は変容をきたしたものか否か、その詳細はいまだ論じられていない。そこで本稿は、一に『後の歌がたり』に見られる広足の歌論、さらに江戸派と鈴門の歌論上の対立を明らかにし、二に文政三年（一八二〇）に同書を著して以後の広足歌論を検討し、変容をきたしたものか否か、明示するものである。

一　『後の歌がたり』以前の広足と鈴屋

広足が初めて宣長、また鈴屋社中に対して言及したものとして、『国歌八論』（国立国会図書館蔵、文化十一年写／一冊）見返しの書入れがあげられる。同書は荷田《かだ》在満《ありまろ》『国歌八論』（寛保二年成立／写本一冊）、大菅中養父《なかやぶ》『国歌八論斥非』（宝暦十一年成立／写本一冊）を合写したもので、その奥書は次の通りである。

右八論とその斥非と、明和五年戊子九月の頃、にはかに写しとりぬ。又その論弁の中にたがひに得たるところ、得ぬところありて、見過しがたかれば（ママ）、筆のついでにその旁《かたはら》、もしは頭に、おのが思ふところをかきつけつ。

いせ人本居春庵　稲掛大比羅再写之

此二編以伊勢人稲掛大平之本於江戸令写畢寛政九年春　長瀬真幸《ながせまさき》

文化五戊辰歳夏五月廿三日写之畢　巌崎元澄

同十一甲戌歳夏五月以巌崎元澄之本写之畢　中島惟清(1)

そして、同書の見返しには広足の手になる朱書で、

此書の中、旁、また頭に記せるものは、本居大人の評詞にて、尤よろしきもの也。学者慎てしたがふべし。たゞ、新古今を最上と云論はいとわろし。そは春海が弁にくはし。(2)

と記されている。広足は、傍ら、また欄上に書入れられた宣長評に対して、概ねは「尤よろしきもの也。学者慎てしたがふべし」と賛同の意を表す。ただし、宣長の新古今集を最上とする説に対しては、江戸派の祖である村田春海の「弁」、つまり『歌がたり』にその非が詳しく論じられていることを指摘して、否定的な見解を述べた。

このように、若年の頃広足が新古今主義の歌論に批判的な考えを持っていたことは、次の「歌のあげつらひ」(村川家蔵、(3)成立年不明／紙片一枚)と題された草稿の記述からも明らかである。

そもそも、歌てふ物は、心におもひあまれることを、ことのはにうたひいづるものにて、いにしへの人は、たゞそのおもふまゝなるま心を、のどかにうたひ出しを、其ことのはに、おのづからみやび心のあらはれて、聞人も心にしむばかりおぼえしを、後の世にては、いかでみやびたらんといつはりたくみて、花やかにのみかまへよみたりしかば、中々に心あさくなりて、いとくるしうたへがたく、ゆるやかなるしらべをぞうし

なひける。

同草稿が記された時期に関しては不明であるが、弥富破摩雄『中島廣足』(厚生閣、昭和十九年)の説に従うと、「春臣」の名があることから文政十年(一八二七)三月以前のものと考えられる。さらに、その内容が頗る類似するにも関わらず、同草稿中で『後の歌がたり』について言及していないことを考えると、『後の歌がたり』執筆以前、つまり文政三年以前のものではないかと推測される。

さて、この草稿の末尾には、

是に後の世といへるは、古今集より下つかた、新古今の比《ころ》をもはらさせり。夫《それ》よりこのかた、ちかきよの歌どもは、いとつたなくて、さらにあげつらふにもたらず。

と記されており、「後の世」の歌とは新古今集の頃の歌を指すものといえる。新古今調の歌について、広足はことさらに飾り立てて偽りの多い歌であると批判を加えた。一方、理想とするところの歌とは古今集以前のものであり、こうした歌は真心から詠み出され、偽り巧みのないものであるとも主張した。

こうした広足の歌論は、その師一柳千古《ひとつやなぎちふる》から広足へと受け継がれたものであり、広足はそのことを稿本『橿園随筆』(国立国会図書館蔵、成立年不明/二巻二冊)で次のように述べている。

歌よみせんには、いづれの集を、まづむねと見てよけんと、人のとひたるには、古今集をと、こたふるより外なし。しかはあれど、古今集をとおもひて、まねびよめば、後撰より下にくだれり。又、後撰より後をとおもふときは、草庵集におつる也。されば、歌まなびは、おふな〳〵高きにめをつくべし。万葉より上つ方に目をつけざれば、古今集のさまはよみ得がたし。

と一柳大人のいはれたる、まことにさること也。歌よみせん人は、こをよくおもふべし。

千古は、村田春海とともに江戸派を興した加藤千蔭に教えを乞うた人物であり、千蔭から千古へと受け継がれてきた古今集、万葉集を尊重する歌論を、若年の広足もまた継承して、新古今調の歌を批判したことが窺える。

以上のように、江戸派の歌論に基づいて、新古今調の歌を批判し、宣長の新古今集を最上とする歌論にも賛同しなかった広足であるが、宣長の古学に関しては、文化の終わりから文政の初め頃にかけて傾倒していく。

文化十四年（一八一七）、同じく肥後細川藩士で一柳千古門下の本間素当とともに、広足は香川景樹『新学考』（国立国会図書館蔵／写本一冊）に書入れをして、堂上和歌の流れを汲む景樹の歌論を論駁しようとした。[4] この時、広足は本居宣長『大祓詞《おおはらえことば》後釈《ごしゃく》』（寛政七年刊／二巻附録一巻二冊）を初めとする宣長の古学関連の著述を示して、自説の補強を計っている。

また、同時期に広足は宣長の著述を数多く筆写した。例えば、文化十三年（一八一六）三月には荒木田尚賢他問・本居宣長答『答問録』（長崎市諏訪神社蔵／写本一冊）、同年五月には本居宣長『鉗狂人《けんきょうじん》』（同社蔵／写本一冊）、同『水草のうへの物語』（同社蔵／写本一冊）、そして、文政二年（一八一九）の三月から四月にかけては長瀬真幸問・本居宣長答『本居問答』（同社蔵／写本一冊）、本居宣長『本居大人消息』（同社蔵／写本一冊）を筆写しており、宣長の学問へ心を寄せていたことが明らかである。

さらに、文政二年正月、広足は本居大平のもとに書状を送り、鈴屋入門の志を示した。

> 君、翁（本居宣長——筆者註）の学の道をつぎ給ひて、もはら其御あとによりて、古を考へ給ふとうけたまはるにも、いかで御まのあたりに、よろづ聞えうけたまはらばやとなん、おほけなくもおもう給へ侍る。春臣いまだよはひわかく侍りて、よろづいとたど〱しう、いさゝかわきまふるかたも侍らねど、たゞ故翁の御あとのみゆかしうて、あらはし置給へる書《ふみ》どもを見つゝ、いにしへのことをば、やう〱あきらめ侍り。
>
> （『橿園集』国立国会図書館蔵、成立年不明／写本五巻五冊）

宣長の学問を受け継いだ大平に対して、広足は「いかで御まのあたりに、よろづ聞えうけたまはらばや」と直接に教えを乞いたいという胸の内を明かした。その書面からは、宣長に始まる鈴屋の学問への深い敬慕の念が看取される。

そして、同年閏四月、広足は大平に面会すべく京都の城戸千楯宅を訪れた。この時の様子は、五月二十日付「中島広足宛城戸千楯書簡」(5)に詳しい。

　一筆啓上仕候。追々暑気相増候処、益御壮栄被成御座奉賀候。誠に先日は、御上京、始而得貴意、奉大悦候。其後、御入来被下候処、他行不得貴意、奉残心候。然ば御恵之二小冊之内、詠歌論御持帰り之由、承知仕候。やまとごゝろの方、本居翁御写取在之候に付、隙取申候。此方御返上仕候。御入手可被下候。本居翁当十七日御帰国に御座候。貴家様へも、宜敷申上候様、被申付候。長瀬翁、御出会御座候はゞ、宜敷被仰上可被下候。

肥後熊本から遙々京都を訪れた広足が、この折に大平と会うことができたかどうか定かなところではない。ただし、千楯を介して何らかの交渉があったことは推定される。広足は『やまとごゝろ』(国立国会図書館蔵、文政二年成立／写本一冊)、ならびに詠歌論と仮称した書物を千楯のもとに持参し、前書に関しては、加納諸平の手で筆写され、大平の所蔵するところとなった。(6)

さて、在京中の広足は、江戸派と鈴屋社中との歌論上の対立を物語る『大平歌論消息』(長崎県立長崎図書館資料課蔵／写本一冊)(7)、『平春海歌論消息』(同郷土課蔵、嘉永五年西田秋実写／一冊)を筆写した。右二書は、本居大平編『八《や》十《そ》浦《うら》之《の》玉《たま》』(文政五年成立／三巻六冊)の編纂にあたって、大平が春海に協力を求めたところ、期せずして書簡上の論争となったものである。鈴屋への敬慕の念を募らせ、上京して大平に対面することを願った広足だが、鈴屋と江戸派の歌論上の対立を目の当たりにして、この後鈴屋社中への批判の姿勢を示していく。

二　『後の歌がたり』に見られる宣長批判

文政三年正月九日、京都から帰国した広足は『後の歌がたり』を脱稿した。本書は『国書総目録』に「大日本歌書綜覧による」として著録されるが、広足自筆稿本が国立国会図書館に収蔵されている。見返しには「此歌がたり後に見れば／みなひが事也／やり捨べし」と広足の手になる書入れ(8)。奥書は「文政三年正月九日　中島春臣」。広足とは別の手になり、論旨に深く言及した書入れが欄上に五カ所、付箋をして二十カ所見られるが、この書入れの説に従って書き改められた稿本が熊本大学教育学部に収蔵されており(9)、同書の奥書は「文政三とせといふとしのむつき／中島春臣」とある。つまり、同書入れは国立国会図書館蔵本を擱筆した文政三年正月九日から、同年正月末日までの間に記されたことが指摘され、見返し書入れ以前に施されたものであることが推し量られよう。

さらに、書入れを行った人物について、田中康二「中島広足『後の歌がたり』解題と翻刻――反江戸派の群像その四――」は「付箋の書写者は、記載がなく外的資料もないので未詳とせざるをえないが、広足の同胞である近藤光輔あたりが想定される」と論じているが、広足が初めて近藤光輔と親交を結んだのは文政五年（一八二二）のことであり(10)、文政三年正月の時点で広足の著書に書入れを施したとは考えがたい。十八丁表の付箋に「本居ぬしをも、此歌がたりのつくりぬしをもしらず、たゞ此詞によりて考ふるに」とある一方、書入れを施した人物の説に従って、極度に宣長を誹謗中傷した記述が熊本大学蔵本において削除されていることから、よほど広足に対して影響力のある人物が考えられる。しかしながら、それ以上のことは未詳とせざるを得ない。さて、広足は本書を執筆する意図について、その冒頭で次のように記している。

　此ごろ、平春海が書る歌語、また歌論せうそこなどを見るに、縣居ノ大人の歌のをしへの、いとも高きこころばへの、やう〳〵かくれ行をなげきて、世の歌人のひがこゝろ得どもをねもごろにさとしたるが、いとめでたくおぼゆるまに〳〵、おのれはたおもひよるふしなきにしもあらねば、ひとつ、ふたつ書つけて、後の歌がたりとなむ名づけぬる。猶此すぢの事は、吾友源素当もはやくあげつらひたる一巻あなれば、今はいふべきことをも多くはもらしてけり。

（国立国会図書館蔵、『後の歌がたり』一丁表）

「此ごろ、平春海が書る歌語、また歌論せうそこ」とは、村田春海『歌がたり』、同『平春海歌論消息』を指し、広足が春海の歌論書に触発されて本書を著すに至ったことが指摘される。そして、同二書は春海が宣長の歌論を論駁しようとして執筆したものであり、すなわち「世の歌人のひがこゝろ得」とは、宣長を初めとする鈴門の歌論を指すということになろう。つまり、本書を執筆する意図は、春海に倣って鈴屋社中を批判することにあったと考えられる。

事実、本書はその記述の多くを宣長歌論の批判に割いており、春海の二書に倣って、一に宣長の新古今主義、二に近体、古体と分けて詠むことを論難している。[11] まず、新古今主義に対する広足の反駁は次の通りである。

かくて、学問のかたの、いにしへの高きこゝろばへは、ひとり本居翁、其意《こころ》を得て、よくときあきらめられたるを、いかなればにかあらん、歌よむ事なん、いとつたなくして、かの新古今の、いつはり多き詞の巧みをしも、歌のさかりなりといひて、いみじくめでられたるは、猶のちのよごゝろの、ぞこらで、詞のおもしろき、うはべのかざりにのみ、まどはれたるなるべし。さるは、猶うたのうへにては、いみじきから意とやいはまし。

（『後の歌がたり』十丁表）

さきにあげた『国歌八論』見返しの書入れと同じく、広足は宣長の学問、つまり古学に対しては賛同の意を示す一方、宣長が新古今調の歌を好むことには、新古今調の歌そのものを「いつはり多き」、また「詞のおもしろき、うはべのかざり」にのみ固執したものとして批判を加えた。このように新古今調の歌を偽り、飾りに満ちたものとして解釈し、宣長歌論を批判する手法は、春海の論を模倣したものであるが、春海の批判に対して宣長は次のように反駁している。

歌は、おもふまゝに、たゞにいひ出る物にはあらず。かならず言にあやをなして、とゝのへいふ道にして、神代よりさる事にて、そのよく出来てめでたきに、人も神も感じ給ふわざなるがゆゑに、既に万葉にのれるころの歌とても、多くはよき歌をよまむと、求めかざりてよめる物にして、実情のまゝのみにはあらず。

（本居宣長『うひ山ぶみ』〔寛政十一年刊／一冊〕（ノ）の項）

「実情のまゝ」を詠み出しただけでは歌とはいえず、「言にあやをなして、とゝのへいふ」つまり表現技巧を重んじたものこそが歌であるとする宣長は、さらに技巧を求めるということを、以下のように論じた。

もとより歌は、おもふ心をいひのべて、人に聞かれて、聞く人のあはれと感ずるによりて、わが思ふ心は、こよなくはるくることなれば、人の聞くところを思ふも、歌の本意也。

（『うひ山ぶみ』（ノ）の項）

宣長が説く歌の本質は、みずからの想いを詞に託して詠み表すのみならず、詠み出された歌に関して聞き手と感動を共有することにある。つまり、聞き手を感動させるために表現技巧に重きを置いたと考えられよう。これに対して、広足が理想とするところの歌とは、偽り、飾りのない「まことのこゝろ」から詠み出されたものである。

そもく、いにしへのうたは、うち見にはいとあさくしく、あぢはひなくをさなげなれど、よくあぢはふれば、えもいはず、深きこゝろのまことこもりて、たゞ其をりのさまを、今も見るこゝちせられて、いみじくあはれになむおぼゆる。ことにかなしみの歌などは、うちよみあぐるまにく、なみださへこぼるばかり余情のかぎりなきは、すべて心におもひあまれることを、つくろはずかざらず、まことのこゝろのまゝをのべ出したればなり。

（『後の歌がたり』一丁裏）

こうした「まこと」を重んじる和歌観から、広足は宣長の新古今主義を偽りや飾りに満ちたものとして論駁したといえよう。江戸派の歌論はその根幹に「まことのこゝろ」を据えて構築されたものであり、宣長の歌論が表現技巧を重んじたことに相対立することが指摘される。

次に、宣長が近体、古体と分けて詠むことに対しても、広足は「まことのこゝろ」を重んじる和歌観から次のように批判を加えている。

かくて本居翁の説に、

いにしへはいにしへ、後のよはのちのよと清く分ちて論ふべし。かならず後のよに似たるほど、歌のあしくなるにはあらず。後のよにも、いとよき歌もあり。されど、いにしへのよきとは異にて、後のよき也。又、新古今の比のたくみなるは、あたらしくよまむとせし、其比の上手のしわざにて、おのづからのいきほひなれば、かならずしかあるべきことわり也。又、万葉より見れば、新古今はいみじき歌のおとろへ也。新古今より見れば、万葉は子どものよめるが如し。

とやうにいはれたり。学問にはさばかりいにしへをたふとみながら、歌の上にては、いかでかく後のよのひがごとには、こゝろ引れけむ。人の心の真《まこと》には、古へ今の二つはなき物なれば、しか二かたに分ちて、論ふべきにあらず。

（『後の歌がたり』十七丁表）

宣長が古風、つまり万葉風の歌とともに、後世風、つまり新古今風の歌をも捨てずに詠むべきであると論じたことに対して、広足は「人の心の真」というものが万葉風、新古今風と安易に詠み分けられないことを説いて論駁した。このように広足が再三にわたって説く「まことのこゝろ」とは、すなわち上代の純朴な心を指し、この心に回帰することを論じたものである。

うたよみせむひとは、此こゝろばへをよくさとりて、まことのこゝろよりよみいづべし。まことのこゝろといふは、今のよのさとびごゝろをいふにはあらず。（中略）いにしへのまことのさまをよくさとりて、おのれ、やがていにしへごゝろになりて、其まことよりいひ出るをいふ也。

（『後の歌がたり』八丁表）

賀茂真淵が『古今集序表考』(成立年不明/一冊)において「古の歌は真言也」と説いたことに端を発する県居派の「まこと」の理念は、春海、千蔭、そして広足へと受け継がれ、歌論の上でも上代回帰の思想を展開したものといえよう。これに対して、宣長は江戸派が上代の心に帰って詠歌することを次のように論駁している。

今の世の人にして、万葉の古風をよむも、己が実情にはあらず、万葉をまねびたる作り事也。もしおのが今思ふ実情のまゝによむをよしとせば、今の人は、今の世俗のうたふやうなる歌をこそよむべけれ、古へ人のさまをまねぶべきにはあらず。万葉をまねぶも、既に作り事なるうへは、後世に題をまうけて、意を作りよむも、いかでかあしからん。(『うひ山ぶみ』(ノ)の項)

当代の詠歌を古歌の模倣、つまり作りごとに過ぎないと説く宣長は、江戸派が上代の心に回帰して万葉調の歌を詠むこともまた作りごとであり、実情のままに詠み出されたものではないと批判を加えた。すなわち、江戸派と鈴屋社中とは、こうした点においても相対立した歌論を形成していたことが指摘されよう。

以上、本書に見られる記述から明らかなように、広足は春海の二書に倣って、宣長の新古今主義、ならびに近体、古体と分けて詠歌することを論難した。こうした宣長批判は、文政五年から同十年の間に記された稿本『橿園随筆』においても「真情」「ぬえ人の論」「志を高くすべき事」と題して論じられており、文政三年以後の数年間、広足は宣長の歌論に対する批判的な姿勢を堅持していたといえよう。

三 『後の歌がたり』以後の広足と鈴屋

文政五年に初めて長崎来訪を果たした広足は、この地の歌人青木永章《ながふみ》(12)、近藤光輔(13)と親交を結ぶ。この後、永章から長崎諏訪大宮司学校への招請を受けた広足は、同十年以後長崎に滞在して、この地に橿園社中なる歌壇を築いた。こうした長崎来訪を契機として、広足の歌風、歌論が大きく変化をきたしたことは、弥富破摩雄『中島廣足』等に指摘されるところである。この点に関して、岡中正行「長崎の国学――中島広足を中心に――」は次のように論じている。

広足の宣長批判（『後の歌がたり』における広足の宣長批判――筆者註）の目標は、

①宣長が近体・古体を分かちよめとした。

②近体として新古今風をよめとした。

の二点に要約できる。（中略）

しかし、このような宣長批判は、広足の長崎での光輔・永章との交遊によって変化をきたした。①については、嘉永六年頃刊行された『海人《あま》のくゞつ』（『広足全集』第二編）で、宣長の「今の人のよむは、みな古人のまねをするなれば、これまたみなつくりごと也云々」という言を引いて、「いにしへをまなぶは、其たましひの美なる所を、われに帰せしめて、さてわがたましひをよみあらはすべき也」と批判しており、変化はなかった。②については、新古今風批判がみられないことや歌風が変化したことから、変化したと考えられる。

岡中氏が説くところは、長崎を訪れて以後、広足の新古今主義批判が影を潜めたこと、さらに、新古今調への歌風の変化に連動して、歌論が変容をきたしたことを結論づけるものといえよう。一般に、歌風が変化したならば、それに連動して歌論が変容をきたしたと解釈して、何ら支障はないであろう。しかしながら、仮に広足の歌風と歌論が齟齬をきたしたものであるとすれば、歌風に連動して歌論が変容したとは、必ずしも考えられまい。事実、次に示した『後の歌がたり』巻末の書入れがそのことを物語っている。

此歌がたりをかける人のよめりし歌の、いとも〳〵、此をしへとことなれるをとうでゝ、こはいかにとゝふに、此人のいふやう、吾歌は、いかに心得たがひて、あしきがありとても、そはくるしからず。此歌がたりは、たゞおもふかぎりをいひて、ひが心得なる人をおどろかす也とかいはれたるは、いと心得がたき事也。同書に見られる新古今主義への批判と相反し、書入れをした人物から、広足の歌は新古今風のものと評されたのではあるまいか。例えば、白石良夫「中島廣足の歌風――『自文政五年至同七年　詠草』について――」(『語文研究』四十三号、昭和五十二年六月)は、文政五年から同七年にかけて詠まれた広足の歌が、極めて新古今調の色彩の強いものであることを指摘しており、長崎来訪を待たずして広足が新古今調の歌を詠じていたとも考えられよう。(14)ともかく、広足の歌論と詠歌の間に隔たりがあったことは明らかである。ゆえに、同氏の示すごとく歌風が新古今風に転じたとしても、それに連動して、広足が新古今主義を容認するに至ったとは、必ずしも考えられない。

また、長崎来訪以後、歌風に連動して、広足の歌論が変化をきたしたということに関して、岡中正行「長崎の国学――中島広足を中心に――」は、さきの記述に続けて、次のように論じている。

天保九年に藩主に奉った歌は、

つたかづらそめるをみれば松が枝にかゝる時雨も色はありけり
夕風にみだるゝ見ればくさ村のつゆはみながら蛍なりけり

というようなものである。藩主に奉ったのは全部で五首あり、そのうちの三首は大平の添削を受けた『広足歌稿』中にある。そしてこの三首のうち二首までが、「よろし」「よろしおかし」という大平の評をうけたものであった。このようなことからも、広足が新古今風を認めるようになったことが知られよう。

同氏が示すごとく、藩主細川斉護《なりもり》に呈した歌は大平の批言に従ったものであり、つまり大平の提唱する新古今主義を広足が認めたとも考えられる。しかしながら、『広足歌稿』(長崎県立長崎図書館郷土課蔵、成立年不明/写本一冊)をもとに公刊された『橿園集』(天保十年刊/三巻三冊)は、大平の評の多くが採り入れられないまま上木に及んでおり、反対に広足が新古今主義の歌風に抗ったともいえよう。すなわち、同草稿の批言を受け入れたということのみから、広足が新古今風を容認するに至ったとは結論づけられまい。そこで、以下においては、長崎来訪を果たした文政五年（一八二二）以後、広足歌論が変容をきたしたか否か、明らかにするものである。

長崎を訪れて以後、長らく宣長歌論に対する沈黙を守っていた広足は、天保末年頃から宣長歌論への反駁を再度開始した。例えば、天保十四年（一八四三）に公刊された『橿のくち葉』（三巻一冊）において、新古今集所載の「雅経卿の擣衣のうた」をめぐり、広足は宣長の新古今主義を次のように論駁している。

又、鈴屋翁の、古今の本歌よりも、まされりといはれたるを、正明うべなひて、これはまことにさもやあらむといへるは、ともに非也。古今集のは、時代あがりて、其心いとたかし。

宣長と塙保己一門人の石原正明が、ともに新古今集所載の飛鳥井雅経の歌を称揚したことに対して、広足は非を唱え、一方古今集収載の本歌を「古今集のは、時代あがりて、其心いとたかし」と称美した。すなわち、天保の終わり頃、宣長の新古今主義に対して、広足は批判的な姿勢を公にしていたことが明らかであろう。

また、『海人のくゞつ』（嘉永二年跋、同三年序刊／一冊）においても、広足は「歌よむこゝろばへ」と題し、宣長歌論への批判を展開した。

千蔭翁の詠歌論のしりへに、鈴屋翁評をそへられて云々

上古の人の歌は、つくらずかざらず、たゞこころにおもふまゝをよめりとて、今の世に心のまゝによむべきにあらず。今の人のよむは、みな古人のまねをするなれば、これまたみなつくりごと也。さればたとひ万葉風をよみても、つくりごとなれば、其つくりごとの中に、いろ〳〵のたがひあるなれば、人々心のむかはむにしたがひて、古《いにしへ》のつくりごとをまねぶべき也。

とある。此翁の歌のことといはれしは、いつも此こゝろばへにて、ことに玉小櫛のうち、又石上私淑言《いそのかみささめごと》など

にも、かへす〴〵いはれたるを、たれもうべなはぬ事にて、はやく春海が歌論消息にも、もはら此事をあげつらひ、木下幸文《きのしたたかふみ》が櫛《くし》のあかにも、つばらにこれをわきまへたれば、今さらいふべきにもあらず。（中略）歌も又如此《かくのごとく》にて、いにしへをまなぶは、其たましひの美なる所を、われに帰せしめて、さてわがたましひをよみあらはすべき也。

この記述の草稿は文政年間に成立した稿本『櫨園随筆』に収載されており、両書ともに歌を作りごとと説く宣長に対して、上代の純朴な心に回帰して歌を詠むことを論じたものである。すなわち、さきに示した「まことのこゝろ」を説いたものといえるのであり、文政年間と比較して、広足歌論は本質的に変化をきたしていないこと、さらに、嘉永二年（一八四九）前後においても、広足は宣長歌論に対する批判意識を堅持していたことが指摘されよう。

一方、刊本において宣長批判を展開した記述は右のみであり、他の著述に論じられることはなかった。これは、長崎へ赴いて以後、本居大平門人にその名を連ねた青木永章・近藤光輔を介して、広足が大平を初めとする鈴屋一門との交流を結んだことに起因するものであろう。例えば、文政十二年（一八二九）頃、広足は歌文草稿集を大平のもとへ送っており、その折の様子を物語る資料が現在、長崎県立長崎図書館郷土課、ならびに長崎市諏訪神社に伝えられる。[15] さらに、天保十年（一八三九）に公刊された『櫨園文集』（二巻二冊）巻末には、次の「近藤光輔宛本居大平書簡」が付載された。

此節はじめて、ひろたり子の文章見申候。さて〳〵、よくかゝれ候事、感心いたし候。だん〳〵後世は英才の人出くる事に御座候。

こはむかし、本居大平翁の、近藤光輔翁におくられたる、せうそこのおくつかたなり。（中略）わが櫨園大人、ひなにすまれて、其御名はひろからねど、猶しる人ぞしるとか。此名だゝる翁たちのほめられたることばのむなしからぬを、わがどちに、しらせまほしくて、こゝにうつし出つるになむ。

橘のかずひらしるす[16]

大平という当代一流の文人が自らの文章を称誉したことを示して、広足が同書に箔をつけようとしたことは明らかであり、村田春海・加藤千蔭の没後、衰退の一途をたどっていた江戸派にかえて、広足は鈴屋社中と交渉をもち、当代歌壇に自らの名を知らしめようとしたのであろう。このように、文政の終わりから天保年間にかけて、広足が同社中の歌学に対する歩み寄りを示していたことは明らかであり、『後の歌がたり』見返しに「此歌がたり後に見れば／みなひが事也／やり捨べし」という書入れがなされた時期もまた、おそらくこの頃であったのではないかと考えられる。

ところが、大平没後はこうした鈴屋社中に対する歩み寄りも一変して、批判に転じた。天保十一年（一八四〇）頃、近藤光輔から広足に宛てた書簡には、次の記述が見られる。

かの内遠、諸平の類、絶て音信も無之、一体に歌道甚零落之様覚候。此頃も永瀬七郎右衛門の噂に、近来何もかも甚だ衰へ、却て書《しょ》などはむかしはあまり流行も不致候処、近来此事のみ大分天狗をいひ骨折ものある様に承るとの事なれど、是以未見聞。（弥富濱雄編『名家書簡集抄』、歌文珍書保存會、大正七年）

大平が天保四年（一八三三）に没して以後、本居内遠、加納諸平等に先導された伊勢鈴屋社中に対して、光輔は甚だしい零落ぶりを感じ、同じく本居宣長門人で同社中の中核を担う長瀬真幸の見聞も一致することを書き綴っている。こうした時勢を反映してか、広足に導かれた長崎橿園社中は、この後、伊勢鈴屋社中に対して論争の口火を切った。現在、国立国会図書館に伝えられる植木貴恒『さゝぐり』（刊年不明／一冊）は、本居大平門下の沖安海が広足の歌を批評したことに対して、広足門人筆頭の植木貴恒が反駁を試み、橿園社中を挙げて刊行に及んだものである。同書四稿本には弘化四年（一八四七）植木貴恒の序が付載されており、同年前後に貴恒を初めと

する橿園社中が鈴屋社中に対して、批判的な見解を示していたことが指摘されよう。(17)

さらに、万延元年（一八六〇）頃、広足は足代弘訓《あじろひろのり》門人の橋村淳風《きよかぜ》の請いに応じて『とのづくり』（国立国会図書館蔵、成立年不明／写本一冊）を著し、新古今主義の非を説いた。同書は写本として広足周辺の人物の間で流布したらしく、諸本が東京の村川家、筑波大学、さらに、万延元年に橋村淳風の筆写したものが神宮文庫に伝えられる。さて、国立国会図書館蔵本の巻末には淳風と広足の間で交わされた往復書簡が添付されており、広足は同書執筆の意図を次のように書き綴った。

此一冊は、後世風の歌のみ好候人のために、先年書出候也。いひたらぬ処多く、却て初学の人、うたがひも出来ぬけ《（ママ）》きもの歟と存候へども、一寸《ちよつと》入御覧候。いかにぞやおもふ《ひ》給ふ処は、御しらせ可被下候。

橿園

橋村君

広足は後世風、すなわち新古今主義の歌風を尊重する人々に対して同書を著しており、当然新古今主義の非を論じたことが考えられる。事実、その冒頭において、歌を邸宅の構えに例え、万葉、古今風の歌を賞賛する一方、新古今風の歌に批判を加えている。

いにしへの歌は、いとおほらかにして、しらべたかきを、殿づくりにたとへば、大極殿《だいごくでん》、紫宸殿《ししんでん》の如くなるべし。後世の歌の、いとさかしく、たくみにしらべせまりたるは、今の俗《よ》にいふ、小座敷、茶室の類ひなるべし。

（国立国会図書館蔵『とのづくり』一丁表）

さきの「是に後の世といへるは、古今集より下つかた、新古今の比をもはらさせり」（「歌のあげつらひ」）という言が示すように、広足は新古今風の歌を指して「後世歌」と称しており、同書もまた新古今主義を批判し、古今、万葉調の歌を称賛したものであることは明らかなところであろう。すなわち、万延元年頃、鈴屋社中の提唱する新古今主義に対して、広足は批判的な見解を示していたことが結論づけられる。

おわりに

以上、文政三年に著された『後の歌がたり』を軸として広足歌論を検討してきたが、同書に見られる歌論が歌人広足の生涯を貫くことは明らかなところである。文政の終わりから天保年間にかけて鈴屋社中に対する歩み寄りを示すも、大平が没して以後、宣長歌論、ならびに新古今主義に対して再度批判を加えており、若年の頃の歌論へ帰結したといえよう。

江戸派、鈴屋社中、桂園派という派閥の垣根を越えて親交を結んできたといわれる広足であるが、彼が生涯にわたって堅持した歌論は、一柳千古から受け継いだ江戸派のものであった。

注

(1) 文化十二年(一八一五)以前の広足の名称。
(2) 以下引用文に関しては、私に句読点、濁点、読み仮名を付した。
(3) 中島家とゆかりのある村川家に伝えられた資料は、熊本県立大学日本語日本文学科の諸氏の手で悉皆調査され、川平敏文・鈴木元・徳岡涼・山崎健司・米谷隆史編『村川家蔵　中島広足資料目録』(熊本県立大学日本語日本文学科、平成十六年)に紹介されている。
(4) 文化十二年十一月、広足は古今伝授を駁した『古今集三鳥三木弁』(国立国会図書館蔵、文化十二年成立/写本一冊)を著しており、この頃堂上歌学に対する批判意識を堅持していたことが指摘される。
(5) 中島広足『やまとごゝろ』(国立国会図書館蔵、文政二年成立/写本一冊)巻末に付載される。
(6) 岡中正行「中島広足と本居大平——その交渉と師承関係を中心に——」(『鈴屋学会報』四号、昭和六十二年七月)に詳しい。
(7) 若木太一・大庭卓也編『長崎県立長崎図書館蔵　善本・稀書展　解説』(長崎大学環境科学部研究科・長崎県立

長崎図書館、平成十四年）所収の解説（田村隆執筆）は、寛政十二年三月二十八日付「村田春海宛本居大平書簡」の写本である本書を「伴信友問、本居大平答の問答形式」と指摘しているが、誤認と見られる。
(8) 弥富破摩雄『中島廣足』は文政七年（一八二四）前後に広足の書体が変じたことを指摘したが、同書入れは変じて以後、つまり文政七年以後のものと推定される。
(9) 同大学にその所在を確認したが、原資料は目睹できず、国文学研究資料館所蔵のマイクロフィルムをもとにした。なお、同書の詳細、ならびに国立国会図書館蔵本との校異に関しては、後稿を期すこととしたい。
(10) 弥富破摩雄『中島廣足』の記述によった。
(11) 岡中正行「長崎の国学――中島広足を中心に――」（『日本文学論究』三十四号、昭和四十九年十一月）に指摘される。
(12) 天明七年（一七八七）生、弘化二年（一八四五）七月十日没。名、永章。通称、左京。号、玉園・秋の屋。長崎市諏訪神社の神官青木永保の養子。京都の人。諏訪神社大宮司を嗣いだ。従五位上、丹波守。本居大平に国学を、加藤景範門の歌人である養父に和歌を学ぶ。中島広足・近藤光輔と親交があり、この三人を崎陽国学の三雄と称した（『国書人名辞典』）。
(13) 天明元年（一七八一）生、天保十二年（一八四一）七月十三日没。名、光輔。通称、半五郎・羊蔵。号、夜雨庵。法号、法雲院夜月晴雨居士。代々、長崎会所の役人の家に生まれ、請払役を勤める。寛政十二年（一八〇〇）本居宣長に入門。のち加藤千蔭・本居大平に学び、晩年は香川景樹にも教えを受けた（『国書人名辞典』）。
(14) なお、広足詠歌の作風が変容をきたしたか否かに関して、後稿を期すこととしたい。
(15) 岡中正行「中島広足全歌集の研究 一――『広足歌稿』『広足草稿』・翻刻と解題――」（『帝京大学文学部紀要国語国文学』二十八号、平成九年一月）に詳しい。
(16) 広足門人ということ以外は、未詳。
(17) 拙稿「刊本『さゝぐり』の成立――長崎橿園社中の台頭――」（本書）を参照されたい。
＊本稿は『近世文藝』八十一号（平成十七年一月）の「広足と宣長――『後の歌がたり』に見られる宣長批判の内実――」に発表したものであるが、多少の訂正を加えた。

伊勢御師の歌道入門

――名古屋大学附属図書館神宮皇学館文庫所蔵『藤谷家御教訓』解題と翻刻――

加藤弓枝

はじめに

一　伊勢御師来田新左衛門家について

二　『藤谷家御教訓』について

おわりに

『藤谷家御教訓』翻刻

はじめに

ここに紹介する資料は、伊勢御師が公家に歌道入門した際に書き残した詳細な記録書である。本資料を所蔵する名古屋大学附属図書館神宮皇学館文庫は、伊勢外宮御師であった来田《きた》新左衛門家の旧蔵資料を中核とする。二〇〇五年現在、当文庫は新目録作成のため、塩村耕教授を中心として悉皆調査が行われており、筆者も当初よりその調査に参加させていただいている。(1) 調査過程において様々な発見があったが、旧目録には記載されていない本資料もその一つである。資料の解説に入る前に、伊勢御師と神宮皇学館文庫について少し触れておきたい。

一　伊勢御師来田新左衛門家について

御師とは、古くは大社寺に属する御祈禱師のことで、参詣者をその社寺へ誘導し、祈禱や宿泊などの便宜をはかった者をいう。熊野三山の御師が早くから活躍していたが、中世後期からは伊勢神宮の御師が代表的な存在となった。(2)

御師の活動の史的意義は、一つに、伊勢信仰を全国の様々な階層にまで拡大したこと。二つに、全国に檀家を持ち、御札や伊勢土産を配って御初穂を集金し、また檀家の参詣時に自宅を旅宿として提供したこと。三つに、空間や身分を超えて全国を自由に往来し、その間、さまざまな情報や学問・文化を伝播したこと。以上の三点である。

さて、来田家が御師化したのは、十六世紀初頭のことであった。その後、いくつかの家に分かれ、新左衛門家はその分家である。御師としての家格は、神宮家・三方家に次ぐ年寄家で、平師職の上にあった。安永六年（一七七七）三月成立の『外宮師職諸国旦方家数改覚』（皇学館大学資料編纂所編『神宮御師資料――外宮篇四』所収）によれば、来田新左衛門家の檀那には、聖護院宮・近衛・広幡・庭田・徳大寺・広橋・竹屋などの門跡や公家がいたほか、諸国の檀家は、山城国二、五〇〇軒、摂津国一三、八四〇軒、讃岐国四、八〇〇軒など、全二三、五二七軒であった。ほぼ、中の上の階級の御師といえる(3)。

来田家現当主（十五代目）尚親氏の御教示によれば、浦口町（現・伊勢市）の屋敷地は、かつて約一、八〇〇坪あり、神宮文庫の黒門（外宮の御師福島御塩焼大夫の門を移設したもの）と同様の立派な門構えが備わり、壮大な二階建ての屋敷の外に、神楽殿や土蔵もあったという。残念ながら第二次世界大戦の空襲により、屋敷は全焼してしまったが、来田家は現在も同じ地に屋敷を構えておられる。なお、来田家蔵書は同家十三代目当主で神宮皇学館大学教授であった来田親明氏により、終戦間近の昭和二十年七月、同大学に寄贈移管された。その数日後に来田家は焼失しており、間一髪で蔵書は焼失をまぬがれたのである。

幕末までの来田家の歴代を来田尚親氏所蔵の『過去帳（仮題）』一軸によって、簡略に示すと次のようになる。

（…は養子関係　算用数字は継嗣の順）。

①延親：天正十五年（一五八七）三月十二日没―②長親：慶長八年（一六〇三）八月二十日没―③与親：正

保三年（一六四六）七月二十七日没、六十三歳―④尹親：寛文十三年（延宝元＝一六七三）六月十日没、五十七歳―満親：寛文九年（一六六九）五月十四日没、二十歳―⑤由親：元禄七年（一六九四）七月十日没、二十六歳―⑥則親：正徳五年（一七一五）十月二十七日没、二十七歳―⑦有親：明和五年（一七六八）八月十九日没、六十一歳―⑧依親：明和九年（安永元＝一七七二）十一月十三日没、二十七歳…⑨親正：文化十年（一八一三）七月二十八日没、四十歳…⑩展親：慶応元年（一八六五）七月五日没、六十一歳―⑪博親

神宮皇学館文庫に現存する旧蔵書より見た場合に、歴代の中で最も注目すべき活動を行ったのが七代目の有親である。過去帳の注記によれば、童名亀之助。通称図書、山城、新左衛門、のちに舎人。実名は初め胤親、親岑、のちに有親と改めた。文庫蔵書の書写識語より見て、改名は宝暦五年（一七五五）頃と推定される（ただしその後も時に親岑を使用）。来田家旧蔵書はこの有親による書写本や校合書入本が多数を占めており、その奥書や識語より、青年期より最晩年に至るまで、熱心に学問に取り組んだことが知られる。

最初の頃は祝詞や神宮関係の資料など、御師としての業務に関連する事柄を学んでいたようである。二十九歳の元文元年（一七三六）頃、京の高名な有職故実家、速水房常（一七〇〇～一七六九）に入門、以後はもっぱら有職故実や和歌に熱意を傾ける。また、堂上と交友のあった房常を介して、公家に和歌の入門をも果たしている。その学問への情熱は、終生冷めることがなかったのである。(4)

二　『藤谷家御教訓』について

まず略書誌を記す。

請求番号　911.107-To

編　成　半紙本　写本一冊　二十四・五×十七・二糎

表紙　原装渋横刷毛目表紙
外題　表紙左肩書外題「藤谷家御教訓」
内題　なし
本文　毎半葉九行　料紙斐楮交ぜ漉き
丁数　全二十八丁
成立　近世中期写
序跋・奥書・識語等　なし
旧蔵印　朱印「来田氏家蔵」「青外」「有親之印」
補記　来田有親自筆稿本。旧目録に未収録。

本書は、宝暦四年（一七五四）三月に有親が公家の藤谷為香（一七〇六〜一七五七）に入門した際の雑事、入門後翌五年にかけての書面による和歌添削、および同六年（一七五六）五月九日・十一日、六月十四日に参上面談した際の和歌添削指導や談話について、有親自身の手によってまとめられている。入門時の献上物が、馬代銀一枚、太刀代銀一両、雑掌衆へ金百疋を渡していることなど、その記録は詳細である。このような歌道入門の実際を記した書は多く残っておらず、当時の人々の和歌活動の実態を知る上で重要な資料である。

さて、有親が藤谷為香に入門する際にその仲介役を担ったのは、京都の有職故実家速水房常であった。房常はこれをさかのぼること十年前の延享三年（一七四六）にも、有親がやはり公家の風早実積（一六九一〜一七五三）に歌道入門した際にも取り次いでいる。(5) 有親は、延享三年より宝暦二年（一七五二）まで実積より和歌指導を受け、その指導内容は『風早家御教訓』（写本一冊、神宮皇学館文庫所蔵）に有親自身の手でまとめられている。『風早家御教訓』には、延享三年六月二十二日に有親が、速水房常を介して実積に歌道入門した際の諸行事日録（事後の書通の写しを含む)、寛延三年七月に風早家参上の際に聞いた歌道に関する談話の聞書、宝暦二年に風早家より頂戴した兼題の覚書等が記され、巻末には延享五年三月に房常が有親に宛てた書簡の写しが書き付けられている。実積より添削を受けた和歌は、有親自身により『風早実積卿江差上詠草控』(写本一冊、神宮皇学館文庫所蔵)に丁寧に清書されており、これらの資料からは懸命に歌道に励む有親の姿、それに真摯にこたえる実積の様子が看取される。

実積より懇切丁寧な指導を受けていた有親であったが、宝暦三年(一七五三)七月十九日に実積が六十二歳でこの世を去り、歌の師を失なってしまった。実積よりその評判を聞いていたのであろうか、翌年速水房常に藤谷為香へ歌道の指導を仰ぎたい旨を相談し、入門を果たすのであった。

藤谷家は、藤原北家、和歌宗匠家の御子左家の分家冷泉家からさらに分かれた新家である。近世初期に、権大納言冷泉為満の次男為賢(従二位・権中納言)が新家として藤谷を称し、以後、子孫はほぼ権中納言・正二位を極官極位とした。歌道を家業としており、家禄は二百石であった。藤谷為香は為賢より数えて五代目当主に当たる。(6)

為香は、近世期の中で特筆すべき俊秀を輩出した霊元院歌壇の晩期に活躍した歌人であった。(7)享保十七年(一七三二)、為香二十七歳の時、霊元院は崩御する。その後の宮廷歌壇には、霊元院に匹敵するほどの強力な指導力を有する天皇は現れなかった。為香が歌壇の中心的存在として、その後華々しく活躍した様子は確認できないが、一時代を築いた霊元院歌壇に連なる者として、着実に和歌鍛錬に励んでいたらしい。『藤谷家御教訓』には、為香によって添削が施された有親の和歌が、為香の批言とともに清書されているが、そこから丁寧な和歌詠作指導の実態が窺える。歌を家業としていた藤谷家の、伝統に裏付けされた和歌指導は、有親にとって何物にも代え難いものであったはずである。

しかし、為香の指導を有親は長くは受けられなかった。わずか四年後の宝暦七年九月五日に藤谷為香が五十二歳で没してしまったのである。その後、明和五年（一七六八）に六十一歳で没するまで、有親は新たな和歌の師匠を得ることはなかった。

おわりに

『藤谷家御教訓』からは、歌道へ傾倒する来田有親の様子が伺いうる。一方、有親は和歌だけでなく、有職故実等の学芸にも励んだことが、神宮皇学館文庫所蔵資料より浮かび上がってくる。

御師である彼の、こういった学問への傾倒の背景には、二万軒を越す檀家を抱える来田家の莫大な経済力、それから公家の檀家をはじめとする貴人との日常的交流があったはずである。さらに、有職故実への強い関心には、全国よりやってくる参宮人に対し、一種のサービスとして非日常的な世界を構築しようとした意図もあったのではないだろうか。

江戸時代にあって、御師は身分や空間を越えて自由に行き来することを日常としたという点で特異な存在であった。そのような境界的な性格が、御師の文化的な活動を複雑な性格をもつものとしたと考えられる。そのような興味深い存在である御師を考える上で、来田家旧蔵書はまたとない貴重な資料群となっている。

注

（1）塩村耕教授、図書館員の方々の御尽力により、悉皆調査によって得られた書誌データベースは、二〇〇五年八月現在、名古屋大学附属図書館のホームページで公開されている（http://libst1.nul.nagoya-u.ac.jp/wakan/index.html）。

（2）御師は「おし」とも読むが、伊勢では「おんし」と呼ばれている。なお、皇学館大学神道博物館編『御師と伊勢

講――伊勢参宮の様相――』（皇学館大学神道博物館、二〇〇二年五月）参照。

（3）来田家に関する主な先行研究・関連文献は、以下通りである。神宮文庫編『来田家旧蔵図書目録』（神宮文庫、一九五〇年）、西山克編『京都大学文学部博物館の古文書　第七輯　伊勢御師と来田文書』（思文閣出版、一九九〇年十月）、舩杉力修「伊勢神宮御師来田新左衛門家文書(一)～(三)――延宝五年江戸・関東御祓配帳(一)～(三)――」（『島根大学法文学部紀要社会システム学科編』第四～六、一九九九年十二月・二〇〇〇年十二月・二〇〇一年十二月）、名古屋大学附属図書館編『名古屋大学附属図書館企画展示　古書は語る――館蔵の江戸文学資料を中心に――　図録ガイド』（名古屋大学附属図書館、二〇〇二年十月）。

（4）来田有親の学芸活動の実態と意義については別稿を期したい。

（5）実積は、宝暦二年の山県大弐の事件に連座し、落飾したことで知られる。『国書人名辞典』（岩波書店）「風早実積」の項目参照。

（6）『公卿補任』には次のようにある。元文三年（桜町天皇）の項目「非参議　従三位　〈藤谷〉同為香〈三十三〉正月六日叙（昨五日宣）。／前権中納言藤為信卿男。母家女房。／宝永三二廿六誕生。正徳四十二廿六叙爵（九歳。去正五分）。享保三十二廿三元服昇殿。同日侍従従五位上（十三歳）。同七四十四正五位下（十七歳。去正六分）。同十二二十四従四位下（廿一歳。去正五分）。同日左少将。同十五三十二左中将（廿五歳）。同日従四位上（去正五分）。同十九正七正四位下（廿九歳。去六日分）」。宝暦六年（桃園天皇）の項目「前権中納言　正三位　〈藤谷〉同為香〈五十一〉三月廿七日叙従二位（公積卿同日分）」。宝暦七年（桃園天皇）「散位　前権中納言　従二位　〈藤谷〉同為香〈五十二〉九月五日薨」。

（7）鈴木健一氏によれば、霊元院歌壇は次の三期に分けられるという。第Ⅰ期は、霊元天皇即位から後水尾院崩御を経て、後西院から霊元天皇への古今伝授までの、寛文三年（霊元院十歳）より天和三年（霊元院十歳）まで。第Ⅱ期は、元禄期の活動を中心とし、中院通茂・清水谷実業が没するまでの、天和三年より宝永七年（霊元院五十七歳）まで。第Ⅲ期は、享保期の活動を中心とし、霊元院の崩御までの宝永七年より享保十七年（霊元院七十九歳）までである。藤谷為香は、この内、第三期の霊元院歌壇に属していた。第Ⅲ期は、武者小路実陰・烏丸光栄が歌壇の中心的存在であり、歌壇の構成員は霊元院歌壇はえぬきで、霊元院より全員年下であった。鈴木健一『近世堂上歌壇の研究』（汲古書院、一九九六年）参照。

【附記】　来田家の歴史について、種々御教示を賜った来田家現当主来田尚親様、翻刻の御許可をいただいた名古屋大学附属図書館に心よりの御礼を申し上げます。

【凡例】

一、本文は名古屋大学附属図書館神宮皇学館文庫所蔵本によった。
一、原則として通行の新字体漢字・平仮名を用いた。
一、適時句読点・濁点・半濁点を施した。
一、助詞の者・之・而などはそれぞれ平仮名に改めた。
一、見せ消ちは原本のままとした。
一、仮名遣いは底本のままとした。
一、誤字や脱字の誤りは原本のままとし、適宜（ママ）と注記した。明らかな脱字の場合は〔　〕を付し、補った。
一、適宜改行を施し、丁移りは」（一丁オ）の如く示した。本文中に丁移りがある場合は、丁移り箇所に」を付し、丁数は下部に記した。（例）何時成」共（一丁ウ）

宝暦四甲戌年二月、速水小一郎殿へ以書中、藤谷前宰相様へ和歌御入門仕度候間、御内意承合被下候様、相頼遣し候所、閏二月八日の返書到来仕候。雑掌衆心安仕候故、粗内談申候。弥御入門願申義候はゞ、何時にても相済可申候間、取持可申旨被申越候。尤御入門の御礼式の義、内談仕候所、其門人身上次第可相勤旨被申候故、先年風早様へ御入門の例も有之候。其通に」可相務候哉と申入候所、成程其通可然旨申候段、被申越候。（一丁オ）

御太刀、馬代銀壱枚。

雑掌衆へ金百疋、荒川内膳殿。

年頭八朔御祝義、金弐百疋宛。

雑掌衆へ銀弐両。

此度御入門の義、登京も難成候旨、以書状拙者名代可相務候義も、内々御断申上置候間、何時成」共(一丁ウ)
相認差登可申候様に被申越候。

一、三月八日速水小一郎殿へ以書状、藤谷様へ御入門仕度候間、名代御務被下候様に、相頼遣し候。尤雑掌衆荒
川内膳殿へ書状遣し、御祝義も差上候。

」(二丁オ)

献上 御太刀　一腰 御馬　　壱疋 以上 来田有親

右馬代銀壱枚包之、御太刀代銀壱両差上候。但、御太刀の義は遠路故、速水氏内々御断にて代銀差上候。
金子百疋、雑掌衆荒川内膳殿。
右御太刀台へぎ等は、小一郎殿入魂にて御借用にて被差上候。

前宰相様御逢被遊、目出度御入納御満悦の御事にて、能々可申述の由、」仰御座候旨、殊御盃被為（二丁ウ）
下、御辞退被申上候得共、是非に御返上可仕候由故、差上被申候段、委細返書被申越候。
一、先達て予年齢書付差上候様に内意有之、則切紙に書付差上申候。
一、詠草差上候義も、速水氏迄内意相頼遣し候処、左の通被申越候。
一、初て被上候詠草の題、寄道祝可然の由に御座候。
一、詠草五首ばかり可上候哉、御返答に遠方の義可然の由に候。」（三丁オ）
一、詠草の義三つ折可然の由、只今度初ては竪詠草に被相認候様にと、前宰相様仰に御座候。
右の趣、荒川氏迄申入候所、御対面の時御直に被仰聞候也。以上。
速水小一郎
来田舎人様」（三丁ウ）
一、卯月詠草差上申候。尤奉書二枚重ねに仕上、包も二枚重ねに仕候て、立詠草也。
有親上
寄道祝
めぐみある道のをしへはいく千とせ栄ゆくすゑを仰ぐことのは
わきて猶君がめぐみもあきらけき光りを仰ぐしきしまの道
一、卯月十九日の返翰到来仕候所、詠草認様被」申越候。如左。（四丁オ）

題　　　　　　　　名乗上

君が代は千世にやちよを
さゞれ石の岩ほとなりて
こけのむすまで
百敷の大宮〔人〕はいとまあれや
さくらかざしてけふも
くらしつ

題
――――――
――――――
――――

右の通に相認、何枚にて重ね可差上候旨、被申越候。

」（四丁ウ）

一、海辺月　玉くしげ二見の浦にうちよする《のまつ風に》浪のよる〳〵みがく月影

仰云、打よする、波のよる〳〵、同じ心に候。」（五丁オ）

一、雁　雲きりはるゝ《のれゆくそら》夕の秋風に声めづらしくわたる雁《はつ》がね

仰云、夕ぐれは先雲きりふかき物に候。雁がねと候て声はあしく候。

一、八月十五夜　仰みる秋のもなかはひとむらの雲も残らぬ《といづかたも名にしおふよの》月のさやけさ

仰云、此三四の句よろしからず。

一、宝暦五年亥正月

歳中立春　二見がた春の色とや《たつけふの》はつしほに」としの内より霞むうら浪（五丁ウ）

元日　出る日の影もかすみて世をてらす神路の山に春は来にけり

初春祝道　言の葉の道のさかへもよろづ代と君がめぐみを仰ぐ初春

よろしく候。

若菜契先年　生そむる野べのわかなにいく千世の春を契りて猶もつまゝし

梅　ふき入るまでの《春》朝かぜ寒から」で色香《匂ふに》もしるき梅の初花（六丁オ）

荒川内膳殿より書中に申来候。如左。

追啓、得御意候。今度御詠草御差上せ被成、則御披露申候所、加筆被申候。殊の外御詠草御出来被成候由、賞美被申候。猶又御出精被成候様被申候。乍略義裏書にて得御意候。当方御用御座候はゞ、無御遠慮可被仰下候。以上。

一、詠草に、玉ほこの道ゆく人の。

仰云、みちゆき人なりと。
」（六丁ウ）
一、花下忘帰　帰るさもわすれめづる花の本にこよひばかりの旅ねをぞする
仰云、此下句、花のこゝろなく候。
一、卯花　きのふけふ春と夏との中垣にへだてゝ白く咲る卯の花
仰云、春と夏との中がき、むつかしく候。
一、杜花　きてみれば花のにしきの色も猶たちかさねたる衣手の杜
仰云、衣手のもりの花、縁語すぎ候て宜しからず。
」（七丁オ）
一、新樹　日にそひてしげる若葉の中にいま楓さくらの色もわかれず
よろしく候。
一、女郎花　おみなへしたれとそひねの名残とやひとり露けき野べのあけぼの
仰云、そひねよろしからず。
一、柳　川ぎしの水もみどりにえだたれて春をうかぶる青柳の糸
仰云、春をうかぶる、此詞あし候。
」（七丁ウ）
一、早秋　おきの葉にきのふはしらぬ風をいま袖に待とる秋はきにけり
仰云、此詠むつかし候。
一、七夕　うつゝともわかじ一夜は七夕の夢のわたりやかさゝぎの橋
仰云、此詠草聞へず。
一、時雨　冬きぬと同じ軒端にめぐりくる雲やしぐれのはじめ成らむ
仰云、きこえず。
」（八丁オ）

一、後朝恋　又いつと契りもをかず鳥が音にをきて別れしけさの身ぞうき

此歌は別恋の心なりと仰也。

一、山花盛　かつらぎや《遠近の》高根のさくら咲ぬれば《そひて》たえまも見えぬ花のしら雪

仰云、咲ぬればとばかりにては、さかりに成がたく候。

一、水鳥多　風吹は浪にしたがふ《むれゐる》水鳥も池のみぎはに立さはぐ声

此通にては多のこゝろすくなく候。」（八丁ウ）

一、宝暦六年子五月九日、速水小一郎殿同道にて、藤谷様へ参上仕候。御肴代金子百疋木具台、差上申候。御取次瀬尾右内殿被出合候。雑掌衆荒川内膳殿被出合候。御近習関沢隼人殿取持有之候。前中納言為香卿鳥たすき御さしぬきばかり御召被遊候、拝謁仕候。御口祝御のし御こんぶ、頂戴仕候。御懸命仰にて、御盃頂戴仕候所、御肴迄頂戴仕候。御盃御返上申上候様に被仰付、達て御断申上候」（九丁オ）得共、隼人殿差上候様に依挨拶、御返上申上、御肴も差上候。仰に、詠草も持参仕候哉と御尋被遊候故、直に御前へ差上候。於御前御吸物被下候故、御断申上、御次へ下り御吸物頂戴仕、御酒も頂戴仕候。内膳殿挨拶有之候。御前へ出申候所、詠草御添削被遊、御教訓御座候て、御批言の蒙仰候。

一、寄道祝　仰みる君がをしへの道すぐにめぐみもふかき《をおもふ》やまと言の葉」（九丁ウ）

仰云、めぐみもふかきやまとことの葉とすればつゞかず、めぐみを思ふと御添削被遊候。

一、和歌十首

早春霞　立帰る春のしるし《に》と里の戸のあくればかすむ空《色》ぞ長閑き

いとゞ猶長閑さみせて山端にかすみのころも春やたつらむ

仰云、天の戸も空なり。又そらぞ長閑きとすれば病也とて御添削あり。いとゞ猶といふ五文字詮なし。未の句にいとゞ猶といふ事なきゆへ、歌がら聞へ候やうにて聞えずと仰なり。」（十丁オ）

一、静見花　うちむかふ花の色香にけふも又こゝろのうさもいとゞわすれて

仰云、題の意もうすし。其元の心に、何もうさをさのみわする丶事も有まじきなればよろしからず。

一、野郭公　里人も今《さぞ》や聞らむ時鳥あくるかと野に声もをしまず《ぬ》」（十丁ウ）

仰云、さと人は御諱ゆへ今も憚る事也。声もをしまずにては歌もとまらず。声もをしまぬとせねばとまらぬ也。此て尓波のとまらぬ、ととまるとの事、覚ていやとの御教訓也。

一、海辺月　暮ぬれてかゝるところのわざとてや月に汐くむすまのあま人

仰云、月がなくても有ても汐はくむべし。殊さら月の詮なし。月とばかり出て上下の句に月の事一向見えず。月によりて何ゆへ汐くむにやいかゞ。」（十一丁オ）

一、山紅葉　そめつくすかぎりもしらぬ紅葉はおくある山の色や見すらん

仰云、かぎりもしらぬおくある山も同意にてよろしからずと。

仰云、是までの詠草認やう相違也。三つ折にして壱つの折めの内へ五くだりつゝ書が能御座るぞやとの御意也。右詠草認やうは、御入門の節荒川氏より認様義書付差写有之候通にて、三つ折の」中へ六くだ（十一丁ウ）り書てあり、如何間違候哉。此段御前にて難申上、奉畏候旨申上候。

一、仰云、歌は随分当座を達者に詠べし。或は花月雪などを見て、いざ詠んなどゝいふ時の心得に、当座達者に詠習ふべし。上代は序歌といふて詠かたあり。たとへばほの〴〵とあかしの浦の朝ぎりの歌は序歌也。舩をしぞ思ふといふ事ばかり也。今の世はあまり詠ぬ也。人の心も時代〳〵にて違ふ故、自然と序歌」（十二丁オ）

はすくなし。

一、歌の詠かたの御引歌は、いつにても百人首の歌を御引出し御咄し被遊候。拾遺愚草の歌は全体むつかしきやうに見へ申候。御窺申上候所、成ほどむつかしき歌也と仰あり。

一、同十一日、藤谷様へ参上仕候処、関沢隼人殿被出合、」前中納言様常の御袴御召被遊候、拝謁仕候。（十二丁ウ）

一、詠草さし上候所、昨日御教命の通、五くだりつゝに書て上候得ば、成ほど是にて能御座ると仰なり。

一、忍待恋　　更て猶まちこそわぶれもろともに忍ぶあまりの心くるしき

仰云、更て猶とありては夜となければ聞へず。もろともにも聞へず。待恋は女の方には待ず。おとこのかたより暮なば忍んと思ひ待こゝろ」なり。すればもろともにとはいかゞ。（十三丁オ）

一、旅宿嵐　　心なくさそふあらしに夢さめていぶせさまさる宿のかりふし

仰云、心なくとは初五文字には詠ぜず。西行法師の心なき身にもといふ名歌なれば、心なくとも詠ぬ事也。ケ様の名歌の詞をよまぬといふは、其詞が始終へわたらぬゆへ也。

右十首題の中も残の歌は無子細御合点被遊候。尤右の御批言の外の歌へ御点あり。」（十三丁ウ）

一、仰云、類題和歌集よき書物也。見らるべし。しかしながら恋部には誤字あり。又明題和歌集もよき物也。釈教の部ありてよし。所持申され候哉。さもなくば心やすき物なれば求め申さるべし。

三代集の中、古今より見らるべし。古今の中にも思ふべらなりくらひは詠ぬ事也。とかくむかしとは時代も人の心も違へば、今の風体とは違ふ也。随分古今の風体詠習ふべし。」又、三玉集もよく、草庵（十四丁オ）集もよけれども歌がらむつかし。

俊成卿の家集長秋抄みてよし。題林愚抄もよき物也。しかし板本誤字多く心得て見らるべし。又、浜のまさ

ごも稽古の間だは見てくるしからぬ書也。

栄雅の和歌みちしるべの義御尋申上候処、いまだ御覧不被遊候よし。されども栄雅の述作ならばよき物成べし。

懐紙の事、随分小さき小たか紙歟、小奉書類よろし。歌の書やうは九十三と定法の通書べし。尤字もまぜて」（十四丁ウ）書べし。平生の会には懐紙は無用たるべし。短尺にてすますす《ママ》べし。

歌を案ずるには、時鳥鳴つるかたを詠むればたゞあり明の月ぞ残れるの名歌のけしきを思ひ出て詠むべし。此歌の心を工夫して詠むがよし。

とばかりの手尓波の詠かた御窺申上候所、」先は上の句をうけてとばかりと詠めども、初心の間（十五丁オ）だはしつかりととばかりの手尓波聞へず。たゞ文字たらひで詠み入たるやうに聞えて詮なき事也。

匂えならぬ匂ことなるの類の詞も文字たらぬゆへ、詠入たる詞のやうに成てよろしからず。此段心へあるべし。

うちなびきの初五文字も近代詠ぬがよし。惣てかやうの名歌の五文字遠慮すべき事也。」（十五丁ウ）

重て詠草出さるゝならば、添削のすみ候詠草の奥に白紙あり。此処へ書て出さるべし。つゐへなる事のよし御懇命ありがたきよし申上る。

一、四季組題　春草・落花・菖蒲・郭公・山嵐・水鳥・神祇・庭松

右、山嵐といふ題には如何詠可申候哉。あらしとばかり詠候ても秋に成可申候哉と御窺申上候。

仰、近代は嵐も冬也。冬を詠べし。吹からに秋の草木のしほるればの歌は秋から近代冬に成」なり。（十六丁オ）

一、梅久盛　梅久薫の類如何詠分可申候哉と御窺申上候。

仰云、たゞ梅の盛も久しく薫も久しき心也。たゞ春中長くかほる也。盛の間の久しい事也。

一、交花詠かた御窺申上候。

仰、見る人が花にまじりてなぐさむ心にて、花の下陰へ出て見る心也。

一、鳴郭公とは当時結句に詠不申候様に承候。」（十六丁ウ）

仰云、鳴郭公なるほど詠ぬ事也。是は下の七文字に鳴時鳥とはとまらぬ物也。夫故近代詠ず。中の七文字くらひには詠て少もくるしからず。

一、下紅葉は夏季に御座候哉。

仰云、下紅葉は秋也。木陰にてもみぢせし也。

一、七夕、織女、いづれもたなばたと詠可申候哉。

仰云、織女と書てたなばたと読がよし。七夕と書ても事によりかまひなし。先は織女と書べし。

一、二星待契は二つの星と詠可申候哉。」（十七丁オ）

仰、二つのほしと詠てはあまり面白からず。惣て星の歌は空の事を推量して詠也。二つの星といはひでもくるしからず。たゞつねの七夕の歌の心にてよし。

一、さよと申詞、秋ならで詠不申候哉。

仰、さよはいつにても詠也。

一、夕つげ鳥はかなにてゆふつげと書申候哉。夕の字もくるしからず候哉。

仰、いづれにも書てよし。」（十七丁ウ）

〔一、〕待わびて、わびしきなどの詞、よからぬ詞にて詠まじく候哉。

仰、いづれも詠てくるしからぬ詞也。

一、暁と曙とはいかゞ詠分可申候哉。

仰、あかつきは夜の明ぬ先を詠也。あけぼのは、はや夜のあけてからのけしき也。春曙は別て詠かたむつかし。ずい分気色を詮に詠也。

一、雑の題にて当季を詠申、或は他季にても霞霧などのかろき物は詠申候哉。」（十八丁オ）

仰、雑の題にて春の頃、他の季は詠ぬ事也。

一、貴人へ奉る詠草に実名の下へ上の字の外、奉の字など書申候哉。

仰、奉の字は書ず。上の字を書てよし。尊師より上様へ御上げ被遊候御倭歌にも上の字を御書被遊候よし。

一、百首の詠かたに地といふ歌あり。如何詠申候哉。

仰云、百首は地といふもありて詠かたむつかし。五十首三十首二十首も同前也。たとへば立春と霞」（十八丁ウ）と組合の題あれば立春に霞をば詠ぬなり。其外同じ詞も詠ぬ事也。尤堀川初度の百首よく組合たる題也。詠申さるべし。尊師も此堀川初度の百首十三度御詠被遊候よし御物語也。其外草庵集の奥の百首もよき組合の題也とのよし。

一、百首に同じ詞つかはぬの事。たとへば今日持参の詠草の中、関路雪といふ題なして恋の歌に関もりとかやうの事組題の中には詠ぬ事也。」（十九丁オ）

一、同年六月十四日、藤谷様へ参上申候処、瀬尾右内殿被出合、今日は御他出被遊候て、荒川内膳殿被出合候。昨日は御在宿被遊候間、朝飯過御参可有之候との事にて候。併暑気甚敷候間、麻上下は無用にて袴羽織にて可然候。此段宜御断可申上候。若麻上下入用候はゞ、此方にて拙者上下可進候旨、懇意の義忝仕合の段申入候。然共袴ばかりと申は恐多候間、ひとへ上下にて参上可仕候段断申入候。」（十九丁ウ）

一、同十五日、朝飯過参上仕候ひとへ上下着用仕候。為香卿拝謁仕候常の御袴也。詠草さし上候。

一、難波津にて　なには江の夕も人に見せばやとほたる飛かふ影の涼しさ
仰云、此歌聞えがたし。いかやうの心にて詠れしやと御尋被遊候。予申上候は、心あらん人にみせばや、津の国の難波あたりの春のけしきをと申を本歌にとりて、春のけしきはさら也、夏の夕べのけしき迄も人にて見せばやと螢の飛」かふけしきを詠し候よし申上候得ば。（二十丁オ）
仰、そふは聞えがたし。本歌の取やうよろしからずとのよしにて、あし火たくかげかと見えての歌へ御点かゝり申候。

一、あしやの里にて　旅ぞうきあしやの里にきて見れば五月雨しげきこの頃のそら
仰、あしやの里にきて見ればといふも、花などならばさやうもあらん。五月雨の頃きて見ればといふもよろしからず。五月雨しげきもいかゞ。時雨」ならばたび〱降ものなればいはれそうなもの、五（二十丁ウ）月雨は降つゞく物なればいはれまじき詞也とて、ふしのまもをやみはなくての歌へ御点有。

一、生田杜　夜ふかくも生田の杜にやすらへばまだ声くらき《月にかたらふ》山ほとゝぎす
仰、まだ声くらきの詞いかゞ。声のくらきとは申されまじく候とて御添削あり。
　夏ながらとはまし物が時鳥生田の杜に聞もうれしき」（二十一丁オ）
仰、夏ながらとはましの一二句もいかゞ聞えず。聞もうれしきといふも時鳥くらひにはいはれまじ。各別に聞て嬉しきもあるまじ。いかやうの心にて詠しぞと。予申上候は、きのふだにとはんと思ひし津の国の生田の杜に秋はきにけりとの本歌をとりて、夏ながら時鳥によせて生田杜を問んと申心にて候よし申上る。そうは聞え〔ず〕との仰也。

一、すま浦　すまの浦やもしほをたれし」いにしへを思ひ出れば面影にたつ（二十一丁ウ）
仰、行平卿の古歌の心もあれども、俤にたつといふは人のうへを云ねば聞えず。塩やく煙の今におもかげに

たつとはいかゞとのよしにて、幾とせかゝるところにの歌へ御点あり。

一、眺望　いとゞ猶みるめ涼しき朝なきにかもめとびかふ夏の海づら

仰、眺望ははるかに詠める心なり。是は夏海といふ題によし。歌はよく聞へ候とのよしにて、」（二十二丁オ）詠めやるかぎりもしらぬの歌へ御点あり。

一、瞿麦　雨はるゝ草《ゆふだちの過し》のまがきに色〳〵《さま》の色も《ぞ》まされるなでしこの花

仰、雨はるゝも夏のけしきにはぬるし。夕立よしとて御添削有。色〳〵のいろも重ね詞ながらよろしからず。

此ごろは露のゆかりも先見えて咲もいろこきやまとなでしこ

仰、ゆかりとは先はむらさきの事にて候。露の」ゆかりといふ作例ありやと御尋被遊候。予（二十二丁ウ）覚不申ふと詠せしよし申上る。

一、仰云、惣じて本歌を取候事、子細ある事にてむつかしき事也。此度の難波津生田杜などの本歌の取やうよろしからず。先年修学寺へ霊元院様御幸の時、武者小路実陰公供奉なり。御歌を上げらるべきよし仰出させられ、差上給ふ歌甚以御称美被為遊候、本歌どり也とて御咄し被遊候忘却失念。」（二十三丁オ）

一、里の一むらといふ詞詠し申候哉。

仰、くるしからぬ詞也詠るべしと。

一、短尺認やう左よりに先は書べし哉。

仰、少し左へより候はくるしからず。

一、短尺に題の書やう御窺申上る。

仰、二三字題までは真中に一行に書也。四文字已上は二行に書也。仮令、毎日在春　秋深月明　過不会恋。」（二十三丁ウ）

一、短尺紙うち曇を、或は追福などの時には紫雲のかたを上に仕候事御窺申上候。
仰、追善の時など親疎の差別によりて紫を上にもする事もあり。先は青雲の方を上にしてよく。殊更短尺も事により方〳〵より集り申物なれば、大かた青雲の方を上にしたる中へ紫雲上に成たる短尺たまにまじりたるもいかゞ見ぐるしき物也。青雲の方を上にして外へ遣す事難なき事也。」（二十四丁オ）

一、摂西須磨寺より、旅宿花の題にて和歌勧進を申来候。尤忠度の行くれて木の下陰を宿とせばの倭歌によりて題になるよし詠て遣し可申候哉と御窺申上候。
仰、夫は先むつかしき事也。しかしながら右の古歌によらず、やはり其元が旅宿にて花を見る心にて詠じられ可然候。

右の外、御咄しの中にも御雑話もまじり、御前にて御茶も頂戴仕候。」（二十四丁ウ）
荒川氏被申候は、前中納言殿には御咄し御好被遊候間、何成とも御尋申窺可被申上候段、被申候。
御前栽に匂ひ桜といふ名木ありて、盛には今出川辺迄も甚匂ひ候よし、御堂上方も御成有之候よし、被咄候。
」（二十五丁オ）

一、朝更衣　をき出る袂に残る花の香もけさぬぎかふる夏のころも手
仰、此詠、るの字多くてあしく候。
一、変恋　うき人の身《ははや》に《を》秋風の吹そめて思ふにかはる中のことの葉
仰、うき人好ぬ詞に候て御添削。
一、初秋　ちる（ママ）そむる桐の一葉のあき風に木のますゞしき《ひかりほのめく》三日月の影
仰、第四句如此詞夏らしくてあしゝと御添削。」（二十五丁ウ）

一、峯時雨　吹出る風にきほひてうき雲はみねたちはなれ時雨ゆくらん

仰云、此上句夕だちらしく候。

一、野寒草　のべはいざかよひし鹿のあともなく霜に枯ふす本あらの萩

よろしく候。」（二十六丁オ）

一、歳中立春　としの内も春たつ色の初しほに神路の山や先かすむらん

仰、此詠上句はみし心にて、下句かけ合ず候てぃかゞ。

一、春雪　春の日の光りにもれて山里は残れるうへにつもるあは雪

仰、ひかりにもれて、此句よろしからず。

一、河落葉　けさははやこほらぬ水も氷るかと落葉によどむ冬の河水

仰云、水ふたつ候てあしく候。予是は書損じ也。

一、寄鏡恋　ます鏡みし世にかはる契りこそおもかげそはぬつらさをやみん

仰、みし、見ん、同じ事に候あしく候。」（二十六丁ウ）

一、早春鶯　立帰る春のひかりにさそはれて声も色あるけさのうぐひす

よろしく候。

一、柳　あさみどり吹ぬまも猶《くるほどは》うちなびき《く》風をすがたの春の青柳

仰、風のふかぬまもなびくいかゞ。

一、帰雁　こん春をそらに契りてはる〴〵とかすめば帰る天津雁がね

仰、此上句聞えず。其うへ空とありて天津同じ」心にてあしく候。（二十七丁オ）

一、忍涙恋　とし月を忍ぶあまりの色に出てうき名や袖の涙なるらん

仰、此歌題恋の心に候。

一、待花　咲しやとこのもかのもを尋ては花まちこふる春のこの比

仰、此詠上下こゝろ相違にてあしく候。

一、変恋　今ははや忘れはてにし草の名のつらき心やたねと成らん　（二十七丁ウ）

としをへし身」はわすらるゝことはりと思ひながらも恨こそそへ

仰、此二首は忘恋になり候。可有改作候。

右の二首忘恋の題也。書損じさし上候。

一、七夕　一とせを中にへだてゝかさゝぎのより羽に契るほし合のそら

仰、此一二句あし候。

一、納涼　更るまで《ふく風も》あらぬ端ゐの袖の上にやどれる月の影ぞ涼しき

仰、ふるとなくてふくるいかゞとて御添削。」（二十八丁オ）

一、河夏月　夏は猶水のこゝろもはやき瀬の浪まにしらむ有明の月

仰、有明の月ならずは宜しからず。

一、逢恋　とし月のつらさもこよひうちわすれあふ嬉しさにかはす手枕

仰、あふも、かはす枕も、同じ心に候。　（朱印）「青外」「有親之印」」（二十八丁ウ）

北野宮仕（中）という歌学専門職集団の組織と運営の実態（資料編）

――小松へ流出した頭脳・能順「伝」の基底として――

棚町知彌

はじめに

抑連歌は神道之根本ならすや、且又是を楽しめは、若輩にハ勤と成、老人にハ性を養ふ、しからは奚是をすつへけんや、此段々熟得あられて、懈怠なかれ、嗚懈怠なかれ、

（元禄四年七月六日　年寄中より学堂に掲示）

四十余軒・八十人足らず（見習いを含む）連歌を敬神の「家職」とする専門職集団の研修・団結の場としての「学堂」は延宝・天和のころより幕末まで、連綿として続いた。「臈次」による、典型的な「年功序列」社会に窒息しそうで流出した二人の頭脳が「宵の明星」能順と「明けの明星」宗淵とである。

慶安五年（菅原道真公七百五十年忌）と元禄十五年（同八百年忌）との両万句の原懐紙が北野社に現存し、その巻頭百韻には全宮仕が名を連ねている。この五十年間――それはそのまま、能順の北野宮仕時代である――諸資料よりデータを拾い、全宮仕の戸籍（住民登録）つくりを構想したが、データベース化は筆者の手では実行不能なので、その一切を入口敦志氏の手にゆだね、別稿にまとめていただくことにした。規則があって、組織される

現代とちがって、個々のデータから規則を帰納する途をたどる。財務・経理の解明は、これの最も重要な裏付けであるが、宮仕（惣）中の基金運営などについては、別稿にまとめて本叢書の次冊に収めることとする。

北野学堂について、北野宮仕について、筆者はすでに再度報告をまとめたが、(注) それらは能順あるいは連歌史のための考察であって、その基底とすべき宮仕中という集団の組織と運営の実態究明を専攻のかたに俟っていたが、結局自分で試みるほかないと思いいたった。古くは竹内秀雄氏による「天満宮」史諸研究に一部引用されているものの、『北野天満宮史料』には収められていない、東京大学史料編纂所蔵「光乗坊文書」六百点は、当研究を大きく補強することができる。この五十年間についての「宮仕中」の実態解明は、後水尾院より霊元院への、堂上歌壇の変化にも側面より光を投げるであろう。

（注）（A）「北野学堂連歌史資料集（貞享年間）」（『近世文芸　資料と考証』第九号、昭和四十九年二月）をはじめ、第五節末に注記する諸稿、ならびに（B）「祈禱連歌のことども」（『国語と国文学』、平成六年五月）。

【附記】以下、既翻刻資料の再録は論旨説明の必要最小限にとどめ、未翻刻資料の紹介を旨とする。本稿の総論としては前掲の拙稿（B）を参看されたい。

一　宮仕の教学について

①「学堂記録下書」より（史料編纂所蔵写真による）

延宝九辛酉年夏、西小路能養家屋敷、先年請売於衆中、此故、年来依為衆中支配所、加修理、名学堂、定連歌稽古并神歌儒之学問所、為勧勤勉也、

一、天和三癸亥年三月、以此一字、被定学堂之条、令触知衆中畢、」

一、連歌会・歌儒講尺之日限、并法度之条々相定者也、

一、同五月廿七日、会始発句、
　　ことのはに茂れ神松世々の陰
　　　　　　　　　　　　　預法橋　能在坊
面八句之中、次第名付、自裏一二付也、衆中不残出座、会後為祝儀、竟宴有之、
一、毎月、以三ケ日、被定連歌会日、
一、毎月　三ケ日、被定哥書講日、」
一、毎月　四ケ日、被定儒書講日、
一、閏五月三日、稽古月次会始、能順被勤之、今度、自加州上京、以為連歌達道故、推而為宗匠之、則被出兼題、学徒中不残作発句、其中以好句、為其日之発句、及脇・第三、如前句付、各思案之、被加点、以殊勝句、各被定畢、」
一、月次之会、同年九月迄、能順雖為宗匠、十月下向加州也、故其已後、能通・能拝・能東、為宗匠被勤之、
一、毎月三日　宗匠　能通
一、同　十七日　同　　能拝
一、同　廿三日　同　　能東
一、講尺之事」
　一、歌書　毎月五日・十三日・廿七日　能貨坊
　　月　日　以源氏物語、被開講莚、
　一、儒書　毎月十五日・廿九日　　　　随栄
　　月　日　以大学、始之、

一、同　毎月八日・廿一日、　能諷
　　月　日　以孝経、始之、
一、連歌新式目、以衆中勧講之、　能東」
自今已後、学徒之中、於可被為講談者、可依所望者也、
一、法度書之事
一、月次連歌并講尺之外、雖為稽古之連歌、会合無用之事、
一、連歌・講尺之席、他処之輩」相交事、可為停止事、
一、盤上尤停止之事、附　音曲・高雑談之事、
一、御影之掛捲并洗米・生花、当人役之事、
一、掃除、前日、月次一与之衆可相扱事、
右相定事如件、
　　天和三年五月廿七日
一、連歌・講尺之席江他処之輩相交事、雖為停止、祠官・目代ハ依為各別、望之上者、不及禁止、依之、目代友世・養世、松梅院家来稲波親明出座也、但」友世ハ講尺之時計出座也、（以下略）

②「学堂勤学之定書」（年預記録・貞享三年より――『北野天満宮史料・宮仕記録（正続）』）

一、（六月）十九日、学堂之会万句ニ及ニ付、竟宴之会有之、年寄衆・宗匠衆、饗応有之、於学堂　能在坊発句、
　　松高し四方に涼しき家の風
脇二臈能海坊より次第ニ一順勤之、能海宅ニ而有之、

其夜、学堂勤学之定書等有之、

一、何茂為稽古巡講可有之旨被仰渡、哥書・儒書巡講有之也、

一、若年之内者読書可被励旨被仰渡、毎講日、講書為校正、講者被聞旨也、

一、筆跡稽古是亦可被励旨被仰渡、八月廿一日毎々清書致持参、可被出也、

一、連歌宗匠　能順坊・能拝・能東

歌書　源氏物語　能貨坊

　　伊勢物語　順講　　源氏　順講

儒書　　随営　古文

　　　能諷　三躰詩

　　順講　論語　有之

此外　考撰録　有之

定書之法各学堂之壁書トス、故ニ略之、

③「講授之仁への賞詞」(年預記録・貞享五年より)

一、於学堂書籍不依大小講授之仁へ者為其賞一通并大小之録米料可遣之定、従前々相談有之、然所ニ能貨坊源氏物語講授之処、去ル六月十七日死去、依之相談云、壱部不被読終といへとも、病中迄被相勤、其劫(功)大成故、一通ヲ贈ル、其書云、

　　消息一通之事、

右源氏物語講尺大部之書乾々兢惕尤学徒栄幸也、爾来雖離中風勉疾孜々止偏碩学不尽之所致乎、衆中任欽仰之

意、為褒賞青銅参拾貫文令投贈畢、雖非薄聊備謝礼而已、并為哥書講授之録米若干石者自今毎年可令永受納者也、弥仰家業発興之状如件、

貞享五年六月十五日　　　預法橋能在判

哥書講授能貨御坊

右、雖不被終其劫病大漸行賞畢、

④「学堂之勤懈怠を戒むる書付」（年預記録・元禄四年より）

一、学堂之勤懈怠依有之、近日衆中へ急度可申渡之相談有之、其書付云、

学堂月次之会不依連衆非衆頃日被致懈怠候事不届之至也、懈怠有之仁者或記其名、又者宗匠迄隙入之子細可被申達之旨先年雖示之、其法相つゝかす、歎ケ敷存候、所詮自今以後連衆非衆之無差別及二ケ月不座被仕候ハヽ、了簡有之候、不依老若右之趣永相守可被申候、抑連歌は神道之根本ならすや、且又是を楽しめは、若輩にハ勤と成、老人にハ性を養ふ、しからは奚是をすつへけんや、此段々熟得あられて、懈怠なかれ、嗚懈怠なかれ、

仍如件、

元禄四年未七月六日

年寄中

右之書付壱通者学堂張之、

⑤「前句付占数考勘」（貴40‐1‐421　光乗坊文書より）

日記引付記録抄（「十八日　学堂記」（切紙三枚）――筆写者の写し誤りがあるようである）

十八日　学堂記

一、自兼日、令知触学堂前句付点数考勘之由、出書付於神前、

書付云

一、(ママ)

(二、三行分空白)

一、今日、当年者公方御祈念之月次依有之、朝飯後衆中会合、連歌、未刻畢、始考勘、年老中・評議中列座、

一、定曰、自□年及当月、十二ケ月、依難遁故障、或依不幸、満出座之人可鮮少、自来年有如此決座者、考勘已前両月分者可被補之、但、満出座之人者、不可入其数也、各決座之衆、及其時節、可被乞補之、但其趣不足述之決者」(一) 不可補之也、

一、点数考勘者、連衆中、自前日、於学堂、可勘置之、及当日、披露之上、可被定之也、

一、今年考勘之事、雖及六分已上、依決座句数不足而、不及七分之条、作者之残念也、雖可被補之、既考勘相定之間、不及其義也、雖然、句数不足而六分已上之人者、可被入満三年之年限也、来年及七分、則来々年可為御忌日会之脇句作者、其次年、及七分、則以満三年之年限、可為発句作者也、但自今已後者、補益依有之、可不及此例也、

一、二ケ月已上之決者、不及補益之間、作者之失損也、随分無懈怠可勤事也、」(二)

(一、二行分空白)

一、十二ケ月　満出座　句数五十六句　常能

右不決、勤行殊勝之由、被褒、

一、同　同　但句数五十二句　能通

一、（ママ）

（一、二行分空白）

一、今日、学徒中被捧一樽三種、事終、盃酒二三行、小樽韮肴也、

一、日暮事畢、各退出、」(三)

二　宮仕勤務の組織・運営について――史料編纂所蔵・光乗坊文書より――

(1)「年預請取渡」について

①能賀・能観連署起請文（貴40-1-115　寛文六年十一月晦日）

起精文之事

一、去年霜月晦日年預請取申候、爾来又今日相渡し申候迄、毛頭私曲不仕候、又衆中之書物一紙も私に取うつし不申候、勿論、他人をしてぬすミうつさせ申候事も曾以無之候、

右之趣於相背者　当社

天満大自在天神　十六万八千之御券属之御罰ヲかうふり、今生ニ而ハ、白癩黒癩之悪病ヲうけ、来世ニ而ハ、無間ニ沈ミ、永くうかふ世有間敷候、

仍起精文如件

寛文六午ノ年

霜月晦日　能賀（花押）

能観（花押）

次之年預御中

②「年寄中条書」(貴40-1-141　元禄二年六月「年預請取之時、年預与子中江申渡ス条々」)

年々十一月晦日ニ、於八嶋、年預請取之時、年預与子中江申渡ス条々、

一、今度年預被勤候事、苦労之至ニ候、抑年預請取候刻、年預頭幷与子中、買物等ニ付、私曲仕間敷之旨、従先年誓紙仕被来候、乍去、是等之儀ニ付、年々尊神を奉驚シ事、其恐無極候、就夫、自今以後、誓紙を止、其上ニ而、毛頭私曲有間敷候様ニ遂相談、相定事、

一、買物万事、与頭又評議之与子中、急度致相談、事をおこなひ可被申候、但於細事は、年預頭之可為吟味、

但、年寄中・評議中へ依怙贔屓不可有之誓紙依有之、此トヲリ也、

一、六月中旬前・十一月中旬前ニ、年預与子中不残、年預宅江被致会合、年預頭之手帳を為披見、買物等之吟味、幷算用可被仕候、

一、年中之金銀遣様を、六月十五日・十一月十五日、年中ニ両度、於評席、年預与之評議衆勘定可有之也、年寄中・評議中詳ニ勘定聞可被申候、若年預之私曲有之而、不勘定ニおゐてハ、為過怠、或追放、或擯出、又は、御番を取上、又は、御神供之配分を不充行等之事、此外罪状ニおゐてハ、望其事・其品ニ可有之也、

一、与子之評議中、私曲無之趣之一札、年預渡シ之刻、可被指出者也、一札之案文別ニ有之、已上、

元禄二年己巳歳六月上旬

年寄中

③常珍口上書(貴40-1-129　延宝四年二月二十三日)

口上之覚

一、我等当月廿日ニ　御神前之加番ニ相当り、早天ゟ昼時分迄相勤、昼ゟ八ツ迄、加番代ニ仍賀を頼置候而、全

超方へ見廻申候、扨帰候而、初夜時分迄、　御神前ニ罷有候、それより、加番代ニ又仍賀を頼申候、其下向ニ、

仍与方へ参り、則仍与致同道、伊勢や勘兵衛所ニ、夜ノ八ツ之前後迄居申候、罷帰り候、一宿ハ仍与方ニ仕、

早天ニ拙者宿へ帰申候、

延宝四年

二月廿三日　　常珎（花押）

当年預

御評議衆中

参

⑵「追放・擯出・御番取上げ」など処分

①能林・能孝連署書状（貴40-1-113　寛文四年十月七日）

一、我等親能故義越度御座候ニ付、衆中ゟ追放可被成由、　御寺務様江被仰上、七年此方、衆中擯出被成候而御置候事、迷惑仕、北山鹿苑寺鳳林和尚様被添御詞、并、目代友世坊と松本一渓老ヲ頼、御侘言申候、其意趣は、能故儀只今四臈ニ而御座候段、存命ニ罷在、一臈ニ成候時節御座候共、一臈ニ成申間敷候、一代二臈ニ而可罷在候、又衆中年預をも持申間敷候、此二儀ヲ以、御侘言申所併程御宥𢘑奉存候、能故儀不慮ニ相果申候ニ付、忰共一札如此ニ御座候、以上、

寛文四年辰十月七日

能林（花押）

能孝（花押）

宮仕惣御中

②能弐・能務連署証文(貴40-1-114 寛文四年十月廿日)

一、七年以前、能故義越度御座候ニ付、追放可被成之由、　御寺務様江被仰上、衆中擯出被成候、我等々ハ兄弟之事ニ御座候へは、見放かたく、能故一味仕候故、能故同前ニ擯出被成候、今度、能故達而御侘言申候ニ付、御免被成候、此上は我等々義も御ゆるし候へと、目代友世老を頼、御侘言申候へハ、御免被成候段忝奉存候、我等々長命ニ而、年寄六人之内ニ成申、年預頭ハ持申候共、年預箱并記録之箱なと、我等ハ預り申間敷候、我等之次之人に預ケ可申候、仍而為後日之状如件、

寛文四年十月廿日

能弐(花押)

能務(花押)

宮仕惣御中

(3)「入公(入工)」について

①「座入之儀は社法にて御座候」

日記引付記録抄(貴40-1-39)(端裏ニ)「記録ニくわし書付置也」

承応三年二月七日朝、能門子藤松座入案内ニ参候処ニ、久世(頃)万事限ニ候間、(友世)如何と被申候故、罷帰候、同(日)重而参、(久世)頃之義ハ不存候(私事)、たとひいかやうの義御座候而も、座入之義ハ社法にて御座候間、是非共御手なか頼申候由(入公可相勤由)かたく申置、帰り申候、其日ニ久世相果被申候、然共《処》、一七ケ日過忌中にて候へ共、別義なく、入公相と丶のへ《ひ》当日八嶋座敷、二月十九日に相つとむる也、

一、能矩子梅光丸入公、是も(同久世)忌中之間也、

一、能也子松千世丸入公（同久世）案内（同久世）忌中之間也、

一、目代友世へ之案内之すゝ・重箱、小折紙之すい物、八嶋座敷之朝すい物・はちのめし、いつれも忌中あき後日ニ祝儀つとむる也、（右）三人共にいつれも如此也、

□□下書也、

② 「入公振廻料銀」のこと

日記引付記録抄（貴40-1-395　明暦二年六月晦日・二年月日不明）

覚

一、入公振廻料銀にて出ス事（子二百目に先年ゟ被相定）とをり、今月今日より已後、十二人ノ分、（内二人ハ右十人と被相定ノ内也）衆中へ御出し可有也、

一、分銭三百目ノ内半分、是も有来ことく、年預へ可被相渡者也、

明暦二申年六月晦日

右年寄衆・評議衆寄合にて、如此被相定、衆中不残同心有之者也、

一、衆中人数多有之故、家屋敷不持衆多し、然時ハ、宮仕屋敷之外ニ借や仕居被申候時ハ（仁有へし）、入公ノふれ、又ハ諸礼、何事にても、装束にて、ふれ渡有之時、宮仕屋敷の外ニ借や之仁にハ、触申事有間敷者也、

（但下人にても可申遣候也、）

一、北野境外に家（ママ）やしき有之衆ハ、所持之衆有之共、右ノ同前たるへき者也（にふれ、諸礼等あるましき者也、）

一、入公之振舞、宮仕屋敷ノ外、并、自分ノ家たりといふ共、境外にてハ可為停止也、先年、能海入公ノ時、宮

仕屋敷ノ外ニて振廻当日相勤申度由、種々懇督有之候へとも、各同心無之也、已来、尚以右之通たるへき也、
右、年寄衆・評議衆会合にて、如此被相定者也、衆中相触、各同心有之者也、
明暦二申年「――」

三　宮仕家計の実態について

宮仕家計の実態にふれるに先立って、前章、宮仕中運営の下部構造をなす、宮仕惣中の「基金」の実態を明らめるべきであるが、このことについての資料は、その多くを『北野天満宮史料』に求めうるので、本稿からは敢えて割愛し、次回の神社史料研究会で発表することにしたい。

宮仕家計の「収入」は、宿坊としての檀家よりの分を除けば、小預職など「職務給」は別として、今日のごとき「俸給」はないようで、勤務としての「御番」の参銭のあがりを主とするようである。宿坊としての檀家収入の乏しい家にあっては、いきおい、基金よりの借入れを主軸とする家計とならざるを得ない。ちなみに、鍋島氏を檀家筆頭とする能貨（の家）の借金の話などは見当らないようである。宮仕記録を調べたとき、いちばんに連想したのは、啄木日記の前借り生活であった。

自分たちの基金――金利も最低であろう――ではまかないきれないので、街の金融に頼らざるを得ない。碁盤屋久左衛門は、本稿の対象とする五十年間の記録中に「突出する」金融業者のような存在である。ここにたった一例だけ能歴対碁盤屋の一件を紹介する。まさか、うちは「御番」担保専門の、というわけでもあるまいが。

またこの碁盤屋の記事には、久左衛門妻女が実名入りで主役をつとめる記事も多く見られる。この女高利貸像には、近世初期一般の女性史としても注目すべきであろう。

①「能歴口上書」（貴40-5-32　延宝五年二月五日　年寄・評議中宛）

口上之趣

一、我等徳分　御神前御番之散銭を質物ニ入、要用御座候而、能貞口入にて、碁盤や久左衛門と申仁之銀弐百五拾目かり申候処、実正明白ニ而御座候、然者、御番一度ヲ銀子五拾目ツヽに売渡し申候と書物いたし候へと被申候故、其通に書物いたし、遣し申候、此銀子、元利さへ相済候ハヽ、証文急度返弁可申との手形慥ニ御座候時ハ、いかにも質物ニ紛無御座御事、

一、右之銀子、延宝二年霜月廿八日ゟ、弐わりニて、六ヶ月め〳〵に利分を上ケ、六ヶ月め〳〵ニ、百目ニ付四匁ツヽ、口まいを出し、其上、利息をおとらせ候て、去年三月迄、利分・口まい・利のおとり銀まて急度済し来り申候、去年三月より、皆済仕候へとしきりにさいそく被致候故、なし替可申と存、才覚致候間、今少相待給候へと、能貞へ再三断申候へ共、曾以同心不被致候て、其上の被申様、只今納所不成候ハヽ、利二わり半ニ致候へと被申候を、迷惑ニ存、種々断を申、侘候へ共、聞入不被申、□いそく被申候ゆへ、あまり外聞も如何と、迷惑存、無是非、二わり半ニ状ヲ書替、遣し申候、能貞手前なしかへ可申と存、才覚仕候処ニ、大方相調候へ共、旦那はからひの事に候へハ、一日〳〵と相延、旧冬をしつめ、銀子請取申候ニ付、則納所可致と存、極月廿四日ニ、能貞へ其段申入候へハ、当番ニて、不得隙候間、廿五日過候ての事と被申候故、尤と存、罷帰り、扨廿六日も当番ゆへ、暮ニ及ひ候て、　御神前へまいり、銀子皆済可致候、併、利分少用捨候て給候へと申候へハ、能貞被申候ハ、御番ハ六ヶ月切ニ而、もはやなかれ申候、然共、利二わり半ニ、口まい十匁、利のおとり銀、彼是合而、七十弐匁五分の外ニ、廿七匁五分相添、都合三百五十目出し候へ、左候ハヽ、書物もとし可申候、さなく候てハ、碁盤屋聞入不被申候とて、能貞一向取あへ不被申、我まヽ計被申候而、あまつさへ、我等をもかりニ而候なとヽて、悪口被致、已ニ声高ニ罷成申候故、　御神前の御事ニて候へハ、軽々敷堪忍仕、

先只今ハ埒明申間敷と存、断申捨、下向仕候御事、
一、能門此一義請人ニ而御座候ニ付、能貞口ふり少も和き申候ハヽ、何とそ申談、済し申度存、極月廿八日ニ三度まて遣し申候へ共、留主のよしニ而、出逢不申候御事、
一、右之一義とかく済し申度存、当正月十三日ニ能門を遣し申候へハ、又如旧冬に、留主の由被申候故、能門被申候ハ、能貞留主ニ而候ハヽ、能育坊ニ懸御目、申をき、罷帰候ハんと被申候へハ、其時、いかにも宿にゐ申候とて、能貞出逢候て、被申候ハ、旧冬廿八日ニ三度迄御出候ヲ能そんし候よし被申候ハ、留主つかハれ候と見え申候、能門被申候ハ、一義とかく済し申度候間、何とそ了簡候て給候へと申候へハ、能貞被申候は、年内ならハ、三百五十目ニて済し可申候と申候、もはや年越候てハ、いか程ニても罷不成候、碁盤やへ尋申迄も無之候とて、一向取あへ不被申候ニ付、何共可申談品も無御座候而、能門罷帰り被申候御事、
一、右之通ニ御座候へハ、何共済し可申様も無御座、致迷惑候、尤此銀子の事、衆中ニ御存知有之事ニ而ハ無御座候へ共、行末御番之時、御神前ニて何かと出入御座候へハいかゝと存、そのうへ、我まゝの申分無御座候通、乍慮外御聞届置被成可被下候、為其、衆中各様へ御断申上候、以上、

延宝五年二月五日

能歴（花押）

御年寄衆御中
御評議衆御中

②「能歴沽却状」（貴40-1-130　延宝四年三月二十六日　碁盤屋久左衛門宛）

御番売渡申候前銀一札之事

一、我等北野宮ニ勤来申候、五日宛之徳分御番、来ル巳之年ゟ御番五度之分、代銀弐百五拾匁ニ売渡し申候処、実正明白也、散銭金銀、其外宮ニ而之徳分不残売渡申候、御取次ゟ御番被勤、其方へ御取可被成候、其時、此方ゟ少も違乱申間鋪候、若売主相果申においては、家屋敷又ハ請人ゟ急度右之通相立可申候、為其、我等請ニ立、判形仕候、仍為後日之状如件、

延宝四年辰三月廿六日

うりぬし 能歴 判

請人 能門 判

取次口入 能貞 判

碁盤屋

久左衛門殿

参

四 「宮仕」のアイデンティティー

(1) 対「北野神人」意識

①豊臣家奉行松田政行書状（貴40-5-8-1 天正十五年十二月十日）

尚々、神人事　昨日書付ニ而各ゟ被申候事披露候、

為御音信折一被懸御意候、不謂儀共候、各へ御心得頼入候、恐々謹言、

十二月十日

松勝右

政行（花押）

能閑

能舜
　御返報

②奉行前田玄以奉書（貴40-5-8-2　懐紙横折　天正十五年臘月）

神人等依為神敵、永々社参停止候、此旨可存也、
　天正十五
　　臘　月　　　　玄以（花押）
　宮仕中

③天正十五年能閑私記（貴40-5-9）
（表紙共紙）「天正十五年私記
　　　　　　能閑」

九月十二日　一、西京神人徳善院様江、神前江社[参欠カ]致度由御訴詔申候と云噂あるニより、能舜・能森伏見へ聞ニやり、日暮テ立帰、御訴詔申上候ニ無間違ニより、此方よりも願書拵て、能舜・能札伏見江行、松田勝右衛門殿之御取次ニテ願書上ル[候カ]、何率神人」社参不仕候様被仰付可被下候、あの者共は先年も申上候通、神敵之者ニテ候間、御神江之恐も在之候、中々神前江出申者ニテは無之段申上ル、松勝右殿も尤ニ思召、御取次被下候也、
二十八日　徳善院様より御召被成候由、則能舜・能森参上する也、法印様仰ニは、神人共社三儀は、色々古キ」書物在テ願候、宮仕中ニは、神人ギ社参ならすとの何そ書物ニても有哉と御尋也、夫故、別ニ書物とテは無候得共、神敵之義は、竹内様・祠官中ニも古来存ル事ニて候、と申上候得者、左可有事とて、神人の差上候書物

は反故ニ成候、しかれ共、吟味して社参のゆるし可遣哉共被仰也、」
十月朔日ニ、能閑松田殿ニ相テ云様、法印様あの様ニ被仰候共、何率御取持ニ而、神人社参不成候様ニ被成可被下と云、松田殿随分取持可遣候事、
二日　松田殿ニ御目ニ掛り、昨日之事尋候所、法印様仰ニは、中々神人社参は成申間敷候、其故は、古キ書物と云シナ」〳〵拵らゑたる物ニて候故、御上をかすめる同理なれハ、とくと吟味致へしと被仰しと也、
同十三日　梅軒殿上京ニ付てハ、見舞ニ行、つく根いも十五みやけニ上ル事ニはなし有候、神人事何率御取持被下候様ニ御頼申也、
十一月七日　八嶋ニおゐて各寄合、神人共追々社参之御訴詔ノよし、勝右殿より為御知有之、何分、宮仕中計神人社参御差留之義可願ニもあらす、祠官中江も相談いたし、一社中一統迷惑之事、又々可申上と、先松梅院江能金を」相談申入、梅院〔松欠〕も同服ニて、妙蔵院・玉照院・徳勝院打寄、相談也、先々祠官中ニは願書別ニ認、さし出との事、衆中之先達而書上候願書見せくれ候得との義ニより、見する也、
謹而口上之覚
西京神人文安元年当社江」火をかけ候而、本社・末社・東西之僧坊悉焼たてられ、あらぬ有様之御神幸之次第、誠ニ重々無勿躰御事、後代ニも神慮如何と恐多奉存候、右之訳ゆへ、後代までも社参御さし留被遊可被下候様奉願候、以上、
天――月日　宮仕中」
民部卿法印様
右之通、祠官中ニも写取被申、近々願可出との事也、

同廿九日　法印様江追訴申上、幾重ニも、神人社参御差留可被下之様、松田・梅軒御両人ゟ御申上可被下旨、能閑・能森同道ニ而、申置也、」
十二月六日
法印様ゟ御召之旨、松勝右殿より申来ル、能閑・能硂参上申、勝右被申は、此節日々、神人しきりに御願申ニ付、厳敷御調被成、近々ニは、いつれ共可被仰付候、しかし、宮仕中之歴代之事故、あしくは被成」間敷間、左様御心得候へと也、且又、祠官中ゟも書付出候、是も同様願之事尤候と被申、其余は雑談、御酒なと給り、夜ふくる迄居テ帰ル也、
同九日　法印様ゟ御召之旨、能硂・能札参上申也、民部様被仰渡」ニ付、神人共も出ル、扨直ニ被仰候て、此度神人共社参如旧例仕度由訴詔申候得共、旧例書付は不実、其上、神敵之罪難遁候ニよりて、子孫永々社参停止候と被仰、其趣、神人共江も書付御渡し候、此方とも江も書付被下候也、書付之写、」

神人等依為神敵
永々社参停止候、
此旨可存也、
天正十五臘月　　玄以印
宮仕中　」

右之通御書付被下、難有事也、御礼申上、帰宅、衆中へも恐悦之旨申ふるゝ也、
十日　一、松田勝右衛門殿へ御礼として、くわし一折送り、御返事有也、

法印様へもくわし一折さし上ル也、」

(2)対「祠官・松梅院」意識

①能閑覚書（貴40-5-14　辰八月二十七日、文禄元年カ）

留
覚　　　　　　　能閑申分

一、今度従　御寺務様、松梅院へ礼にまいり申候への旨被仰出候間、先御請申候事、
一、礼にまいり申ニ付而、座はいの儀非例無御座様能々被成御吟味、被　仰付候て被下候者可忝奉存候、然者我等罷直候時、従　御寺務様御案文を被下候、則□上申候誓紙ニも、社法ニ非例成儀候者、達而御理可申と仕候事付、大御所様之御前にて、座はいのせんさく一切無之候事、
一、御寺務様より、座はいの儀少も御かまひ被成間敷之旨、去年、南光坊より宮仕中へ、慥ニ□仰渡候処、只今御相違候段、何共不審存候事、
右条々具被仰上候て可被下候、とかく年寄之儀候条、被加憐愍候様ニ奉頼存候、

辰八月廿七日　　　　能閑　判

日代殿

（紙背に）

ことの葉は世にたくひある色もなし　□
ことの葉の色に出しや人心　　　同

②北野宮仕一老能閑言上書（貴40-5-16　北野寺務内西池長介宛　辰十二月十四日、文禄元年カ）

謹而言上

北野宮仕一老能閑

(辰)当年八月廿六日ニ、従　御寺務様目代を御使にて、松梅院へ我等に礼にまいり申候への旨被仰出候間、則礼にまいり申候事御請申上候而、次之日、以書付を、座拝之儀非例ニ無御座様ニ、能々御吟味被成、被仰付候様ニト、以目代申上候処ニ、御取次之人無之旨目代被申候て、書付を我等かたへ返し被申候間、院之御所様ニ御座候、三趣を頼申、　御寺務様へ座はいの儀御理申上候へは、座はいの事ハ御寺務様にハ御かまひ被成間敷候間、あいてむかひ乃分別次第ニ仕候へと、殊南光坊僧正の前にて(九月七日ニ)三趣被仰渡候間、忝奉存則御寺務様へ御礼にめしつれられ候て被下候へと申候へハ、それに不及、三趣御請取被成と被仰候キ、左様ニ御座候て、九月九日ニ松梅院へ礼ニまいり候て、松梅院座敷へ被出さる先に、両人ノ以役者、座はいの儀ハ如何可在候と相尋申候へは、ゐんにゐ申候へと被申候間、左様ニハあるましき事と申候へハ、然ハ礼を請間敷と被申候間、無是非罷帰候、然所に、則日ニ又目代を被下候て、座拝之事御寺務様ニハ御かまひ被成間敷との儀ハ、如何様の人御取次にて被仰出候哉と御尋被成候間、院之御所様へ以三趣申上候旨申候へは、若三趣御取次なく候ハ、可為曲事と被仰捨、重而其御せんさくをも被成す、当月十日ニ闕官之御教書被成、そのうへ家をこと〳〵くこほち御とり候儀ハ、あまりに〳〵御なけかしき事候、とかく三趣中説を被仰候歟、又我等虚言申上候歟、能々御せんさく被成候ハヽ、自然不相極候由、天下の御奉行所にをいて、鉄火を被仰付、我等私曲無御座候由、則御救免被成、又家をも前々のことく無相違御立被成、返し被下候様奉頼存候、以上、

辰拾二月十四日

能閑(花押)

北野御寺務様御内
西池長介殿

五　能順伝資料・補遺――「光乗坊文書」より――

①前預法橋能順寄附証文（貴40-1-147　元禄十五年十二月二十五日　二通・包紙あり）

（包紙）
「能順坊寄附物之証文

北野
　宮仕中」

（貴40-1-147-1A）

学堂寄附之覚

一、東照権現様御夢想　一軸　増上寺／普光観智国師筆
一、台徳院様御内書　一軸
一、同　御夢想懐紙　一軸　能順求之　其趣在奥書
一、橋之硯　文台　一具　硯箱底ニ山中山城守殿有目録
右者亡父能舜所持之物也、若能舜子孫之者依為家為身及断候者、子細被聞届、御貸可給候、
一、従　仙洞様奉拝領　梅花硯　一面　袋箱等有之
同記　一軸　勘解由小路三位韶光卿御自筆
一、後三条西殿前大納言実教卿　黄金弐枚・小判壱両御寄附也、内壱枚弐歩学堂之料、同壱枚弐歩為衆中助成也、
此旨仰某承所也、右之趣年預江申渡訖、依之戴（カ）之者也、
一、宗祇法師七月廿九日忌日之会料、雖為些少、白銀弐百目令寄附訖、会席一汁一菜之麁飯、勿論可為禁酒者也、
永代於学堂、無懈怠可被執行者乎、仍寄附之状如件、

元禄十五壬午年十二月廿五日

観明軒
前預法橋　能順(花押)　行年七十五

御年寄中
評議中
年預中

(貴40-1-147-2B)

(別紙・切紙)

学堂寄附什物之内　梅花硯・同記者
存命之内所持仕候、死後能作ヨリ御受取候様ニ頼入候、已上、
元禄十五壬午年十二月廿五日
能順(花押)
評議中

②前預法橋能順書状(貴40-1-148　元禄十六年四月十八日)

某親能舜事
権現様・台徳院様御代、御祈禱被　為仰付、五三年ニ一度宛、御目見ニ罷下、其節、御時服・銀子等拝領仕候、
能舜相果候已後、嫡子能茂代迄、御祈禱相勤、
大猷院様御代ニ一度、御目見仕候、能茂相果、其子能春、其弟唯今之能春、二代病身、其上不器量者共ニ而、御祈禱相勤候儀も不得仕、家ニ伝来之品々も紛失可仕事、歎かハしく存候、依之、近年某致支配有之候処、此度加北へ罷下候、老年存命難量候間、伝来之品々、此度中間へ預ケ置申候、此已後能春家ニ家業相続之器量有之

者被見届候者、中間評議之上、品々被相渡可給候、一代器量之者有之候共、其子不器量ニ候而、相続無心元候
者、又中間へ被預置、幾度ニても、器量次第ニ致所持候様ニ被相計可給候、子孫器量之者有之節者、
御当家御祈禱をも、先祖之通相勤候様ニ、中間衆中被取立可給候、
能舜家ニ伝来之品々
一、権現様御夢想　並御脇、増上寺方丈普光国師手跡ニて被書付、能舜へ被下候一紙
一、台徳院様御内書　一通
一、台徳院様御夢想御懐紙　一巻
一、橘之硯・文台
山中山城守豊後所持也、硯箱蓋裏、聖晃院法親王御筆歌有、
文台裏書　千句法度　昌叱筆
右四色此度中間へ預ケ置候、此外、酒井讃岐守殿・土井大炊頭殿御判形之　御奉書一通、
台徳院様御内書ニ被相添候、青山常陸介殿御状一通、故能春代ニ致紛失候、已上、
元禄十六年癸未卯月十八日
前預
法橋能順（花押）
御年寄中
御評議中

能順伝資料翻刻一覧

(1) 北野学堂連歌史資料集（貞享年間）　『近世文芸　資料と考証』九号　昭和四十九年二月
(2) 能順伝資料・その二（預坊時代・前）　『有明高専紀要』十一号　昭和五十年一月
(3) 能順伝資料・その三（預坊時代・後）　『有明高専紀要』十二号　昭和五十一年一月
(4) 宗因点『延宝五年　北野三吟連歌』　『近世文芸　資料と考証』十号　昭和五十三年二月
〈番外〉　加能連歌壇史藁草・その一　『白山万句――資料と研究』昭和六十年五月　白山比咩神社
(5) 加能連歌壇史藁草・その二（前）　『国文学研究資料館紀要』十一号　昭和六十年三月
(6) 能順時代人の連歌史観・参考資料　『連歌研究の展開』昭和六十年八月　勉誠社
1　二十四人連歌仙（金沢市立図書館・藤本文庫所蔵本）
2　能順師北山之記（同右、神宮文庫本『歌道聞書』の別本）
(7) 翻刻・聯玉集（乾・坤）附・能順交遊人名索引（稿）　『国文学研究資料館紀要』十二号　昭和六十一年三月
(8) 加能連歌壇史藁草・その二（中）　『国文学研究資料館紀要』十三号　昭和六十二年三月
(9) 霊元院と能順　『小松天満宮だより』四号　昭和六十三年八月
(10) 加能連歌壇史藁草・その二（後）　『国文学研究資料館紀要』十五号　平成元年三月

六　「光乗坊文書」文芸・芸能記事抄

①日記引付記録抄（貴40-1-384　永禄七年六月十三日・天正十九年八月四日・二十年七月十四日・慶長十二年八月朔日）

【抄録者能哲カ。宮仕能哲は松梅院禅予・同禅昌とならべて、筆者の最も注目していた人物である。拙稿「いわゆる『北野の連歌師』について・資料編(二)――宮仕能哲日記ほか――」(『有明高専紀要』九号、昭和四十八年一月)参看】

永禄七年正月十二日〈六〉

三好修理大夫殿御歓楽ニ付、為御祈禱、千句内会所ニて興行候、千疋御下行也、紹巴申成ニ付候て、重而千疋持来候、連衆各へ為祝儀配分あるへき処、紹巴と玄哉・拙者談合申候て、会所之修理ニ付申候、則各同心ニて、里村弥二郎判を加、松梅院ニあつけ申候、以上人数、執筆共ニ廿一人也、

拙子発句所夕立也、

第七

夕立の庭行水や朝きよめ　・　能哲

(アト約半面、空白)」

天正廿年〈壬辰〉七月十四日

大政所殿御煩御立願ニ千貫可在社納との使者アリ、

廿日　大政所殿御祈念　壱七か日之結願ニて、衆中ヨリ御巻数参、使能観・能松也、巻数拙者認申候、

(慶長十二年ひつし)

八月朔日、清天《(ママ)》、松梅院被下候ニ与、秀頼様へ松梅院ト同列ニ罷出、御礼申候、松梅院進物ニハ、杉原三束・柿一折也、宮仕中与ハ、一束壱本ニ巻数也、預能長被参ニより、我等も御礼申候也、隙明御城より罷出、取次ノ御衆へ音信又礼書ヲ遣候也、

天正十九年卯八月四日

従関白殿様　御若君様　為御祈念　御初尾千疋、五人之判形ニて、　御折紙在、使者、寺沢越中守殿ノ内、并

河平兵衛也、同日、従衆中、為使者、淀へ巻数をもたせ、能長・我等・能札先へ越、又跡ゟ、御供ヲ持せ、能運・能存・能松・随伝被越、則、寺沢越中守殿御披露在、仕合能候て、入夜ニ帰候也、

②日記引付記録抄（貴40-1-389　寛永十三年七月十五日・十六日）

（前略）

寛永十三年七月十六日、従　御寺務様、清水谷権大納言実冬卿筆哥仙修覆被成、御かへし被成候、久世ゟうけ取、御神前番衆能暦ニ渡ス也、

③能利誓約書（貴40-1-62　正保三年三月十三日）

今度衆中背御法度、誹諧万句為立候処ニ、御中ゟ被成御吟味、被仰付候而、今日ゟ以来、執筆を立、兼而日限ヲ定而、帋面ニ書付、誹諧仕申ましく候、自然右偽申上候ハヽ、日本国々大小神祇、殊ニハ当社　天満天神之可蒙御罰者也、仍如件、

正保三年三月十三日

能利（花押）

宮師
惣御中

（端裏上部ニ「能利」と注記）

④能利証文（貴40-1-67　慶安三年六月五日）

一、先年、御中より被仰付候、誹諧之御法度相背申候処、種々御詫言申上、御免忝奉存候、其上、法橋預坊へ偽

ヲ申かけ、御腹立御尤ニ奉存、種々御詫言申上候へ共、曾以御同心無御座、曲事ニ可被仰付旨何共迷惑仕、惣御中ヲ奉頼、御詫言申上候へは、御免被成、忝奉存候、以来左様之義少も申上間敷候、万一偽申上候者、如何様にも曲事ニ可被仰付候、其時、一言之御詫言申上間敷候、仍為後日状如件、

慶安三年六月五日

能利（花押）

法橋預
能円様

⑤日記引付記録抄（貴40-1-391　慶安三年六月朔日——文意一部不明なれども、興深き内容あり）

（初［度使］）

慶安三年六月朔日晩、能利へ使ノ返事、

一、はいかい仕候やら、連哥仕候やら、咄仕候やら、草臥申候て、ふせり、能順を頼申候、不存候、

（弐度使）

一、よひニ一二句仕候を、能利とめ申候、それ□〔よ〕りふせり、明る朝まて不存申候て、百韵仕候を、朝聞申候、

（三度使）

一、よひ、明る日ハ存申候、ねいり申候て、以後不存候と書物仕可申候、其上、申ふん御座候、御披露いたし、其上にて書物いたし可申候、たんしやく〔カ〕ノ儀、能円坊へことハり申候間、今まくり申候事成申候ましく候、ちねんニハまくり可申候ニて御さ候、以上、

⑥京都所司代牧野佐渡守触書写（貴40-1-73　明暦三年三月五日）

条々

一、和本之軍書之類若板行仕事有之者、出所以下書付、奉行所へ指上、可請下知事、

一、飛魔神法奇異妖恠之邪説、新儀之秘事、門徒又者山伏行人等に不限、佛神に事を寄、人民を妖惑するの類、又は、諸宗共に法難ニ可成申分、与力同心仕之族、代々御制禁之条、新儀之沙汰にあらさる段、可存弁其旨事、

一、礫打あひ并屋之上家内へ礫打候事、（中略）右之条々違犯之族於有之者可為曲事者也、

明暦三年丁酉二月廿九日　佐渡　御在判

上京
町中

⑦町年寄等請状案（貴40-1-121　寛文九年閏十月十九日）

（端裏ニ「寛文九年壬十月廿一日松梅院ゟ来ル、使能作」と注記）

一札之事

今度従　御公儀様被為仰付候、御法度之売若衆・野郎若衆・遊女等抱置申儀ハ不及申、宿ヲモ仕間敷之旨承知仕候、町中向後堅相守可申候、若違背仕候儀後日にてもしれ申候者、本人ハ不及申、年寄・組中迄曲事ニ可被仰付候、仍為後日一札如件、

寛文九年
酉壬十月十九日

何町　年寄
組頭中

指上申一札之事（省略）

⑧能悦請状（貴40-1-142　元禄二年七月二十二日）

一、今度町ニ而踊なと芸を仕付、方々へ遣し候段、御停止之旨、且又、狂言芝居野良とも方々へ遣し申間敷との御事、并脇々ニも隠置候、前髪立候者、御法度之旨承知仕候、尤ケ様之仕業仕間敷候、則只今まて曾以不仕候、もし隠置、他所より相しれ申候者、御公儀江被仰上、如何様とも曲事可被仰付候、為後日之一札如件、

元禄二己巳年七月廿二日

能悦（花押）

御年寄中

⑨「北野の文子に関するノート――附・近世初期北野社頭の諸芸能――」と題して、『近世文芸　資料と考証』六号（昭和四十四年二月）に、

（目次）あやこ／御湯（湯立）／そうの一／境内諸勧進事／翻刻『神子職綾子事』

と文字通りの「ノート」を報告した。『資料と考証』誌が、『近世文芸　資料と考証』であり、『俳文芸　資料と考証』ではないという、編集人（棚町）の購読者に対する微意から思い立ったことであった。郡司正勝氏の「文子舞因由」に示唆を受けて調べはじめたものの、差し当たり、服部幸雄氏の見解――「あやこ踊」の音を聞いての、当時の人の附会の説か――に同じざるを得なかった。

阿国の踊った場所が北野下の森（西陣警察署のあたり）であったこと、にはじまり、近世に入っての北野「七本松」芝居興行のことなど、集めた史料を『資料と考証』誌への掲載を企画したが、その頃はじまった『北野天満宮史料』の編纂組織に入った国文担当者より峻拒され、祐田善雄・角田一郎両先生の御仲介もむなしく、果たせなかったことを敢えて記録にとどめて置きたい。さて、本テーマに関する光乗坊文書一通を次に紹介する。

日記引付記録抄（貴40-1-387 慶長二年正月二十四日・三年八月・十六年二月十日・十七年二月二十六日・元和二年四月・万治二年二月二十四日・寛永二十年六月二十四日）

慶長弐丁酉年正月廿四日
多賀谷殿お湯ヲ被参、参詣也、
三石三斗ニて一かま参ル、あくいの御子ニ申付ル、

慶長拾六年壬寅二月十日
朝飯後、随伝参会在之、後藤源左衛門へ、預能長・我等・能札・随伝行也、子細は神子か事也、

慶長十七年／二月廿六日
△御子へ之御供ヲ預へ取候事有之、

慶長三年／八月
御子や建物僉儀之事

元和二年四月
又、あやこ神前へ参候事、

寛永廿年六月廿四日ノ事、
神子屋へ申遣ノ事有之へシ、

万治二年之記ニ、
御子　二月廿四日（四字アキ）御子二年服明申、其上、みこ成之補任頂戴候故、明日之御供ニ御神前へ可参之由ヲ、能迪申被来也、

あとがき

前掲・能順伝資料シリーズに先立つ、北野社古記録に関する拙稿の一覧を掲載しておく。かつて手がけた太宰府天満宮連歌史の程度にも、北野天満宮連歌史はもとより、能順伝研究さえもまとめきれないまま、最後の論稿の筆を擱く不甲斐なさを遺憾とする。

(1) 北野社古記録（文学・芸能記事）抄(一)　『有明高専紀要』四号　昭和四十三年十二月
(2) 北野の文子に関するノート——附・近世初期北野社頭の諸芸能——　『近世文芸　資料と考証』六号　昭和四十四年二月
(3) 北野社古記録（文学・芸能記事）抄(二)　『有明高専紀要』五号　昭和四十五年十月
(4) 御霊会資料集(一)——北野社古記録抄(三)——　『有明高専紀要』七号　昭和四十六年三月
(5) 松梅院禅予日記抄——北野社古記録（文学・芸能記事）抄(五)　『有明高専紀要』八号　昭和四十六年十二月
(6) 翻刻・松梅院禅興日記（弘治二年・同三年）——いわゆる「北野の連歌師」について・資料編(一)——　『近世文芸　資料と考証』七号　昭和四十七年二月
(7) いわゆる「北野の連歌師」について・資料編(二)——宮仕能哲日記ほか——　『有明高専紀要』九号　昭和四十八年一月
(8) 宗祇・兼載伝小見　『近世文学作家と作品』昭和四十八年一月　中央公論社

附：北野学堂「明けの明星」宗渕について

維新前夜の太宰府安楽寺天満宮司務正別当・延寿王院（大鳥居）信全より、津・西来寺住持宗渕上人（当時六十四歳）へ宛てた、嘉永二年四月十日付の書状一通を紹介する。菊地明範氏が別稿に紹介する光乗坊文書鶏肋とともに筆者が入手した。

天台学僧としての宗渕の偉大な業績は、真阿宗渕上人鑽仰会編により、昭和三十三年九月刊行された『天台学僧宗渕の研究』に詳しいが、わたくし共にとっては、天満天神信仰に関する一大エンサイクロペディアとして、『北野誌』の地・人二巻に収められた抄録を座右に欠かせない、北野文叢百巻の編者その人である。

大鳥居信全の伝は、西高辻信貞宮司が、

『信全一生中略記』について（『神道史研究』第一七巻第五・六合併号、昭和四十四年十一月）

に紹介されているが、信全（当時二十八歳）は、彼としては三回目の御撫物《おんなでもの》守護のために、三月六日太宰府出立、同月二十六日着京の在洛中、進物に添えて津の西来寺へ認めた書状である。

二つ折の懐紙二枚、四面にわたって認められた本書状は、九百五十年御忌（嘉永五年）準備開始の年の信全の動静を語るとともに、おそらくは、信全が別当に就任間もない天保十一年、筆生二人を携えて宰府調査に来訪以来相識の宗渕その人、その信仰・篤学に対する敬慕の情に溢れており、かつは、文叢百巻の抜萃本ともいうべき『北野藁草』開板のあともやむことのない宗渕の調査研究の様子を伝えるなど、極めて豊富な内容を含んでいる。

太宰府天満宮連歌史にはじまった筆者の〈社家の文事の地域史〉研究が、最後に、北野より宰府へと回帰するのをよろこびとしたい。

[A]宗渕宛大鳥居信全書状（懐紙横折二枚・四面／縦三五・八×横四八・三糎／楮紙）

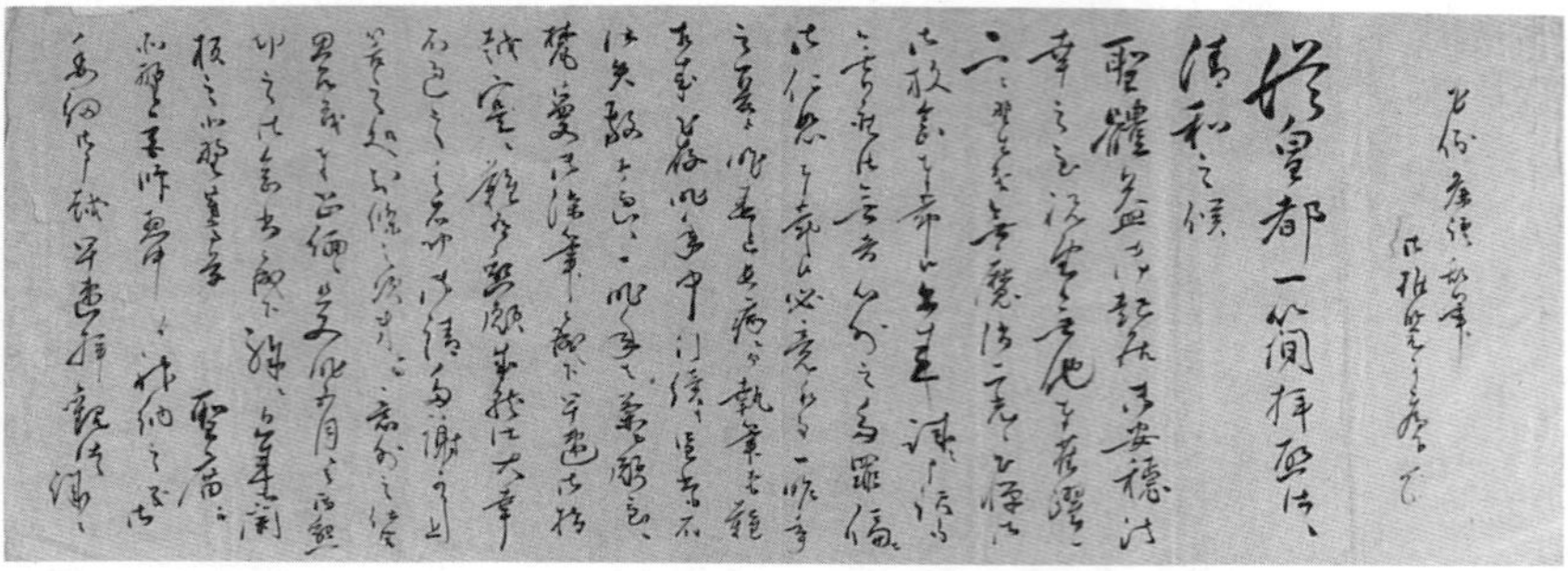

乍例、麁語乱筆、
御推覧可被為下候、以上、

従皇都、一簡拝啓仕候、
清和之候
聖体益御起居御安穏法
幸之至祝望無他奉雀躍候、
二ニ、野生義無魔消二光候、乍憚御
御（ママ）放念奉希候、尓来、誠ニ申訳も
無御座、御無音心外之多罪偏ニ
御仁恕奉希候、必竟私事一昨年
之夏ゟ昨春迄長病ニ而、執筆等も難
相成、乍存、昨年中引続キ呈書も不
仕、失敬打過候、一昨年は兼而願置候
梵蔓御染筆被成下、早速御指
越、寔ニ難有懇願成就仕、大幸
不過之、其砌、御請多謝可申上
筈之処、前条之次第ニ而、意外之仕合、
思召も奉恐緬「縮カ」候、且又昨五月ニは御懇
切之御念書被成下、殊ニ近来御開
板之北野藁草　聖廟エ
北野宮師惣中ゟ神納之義御

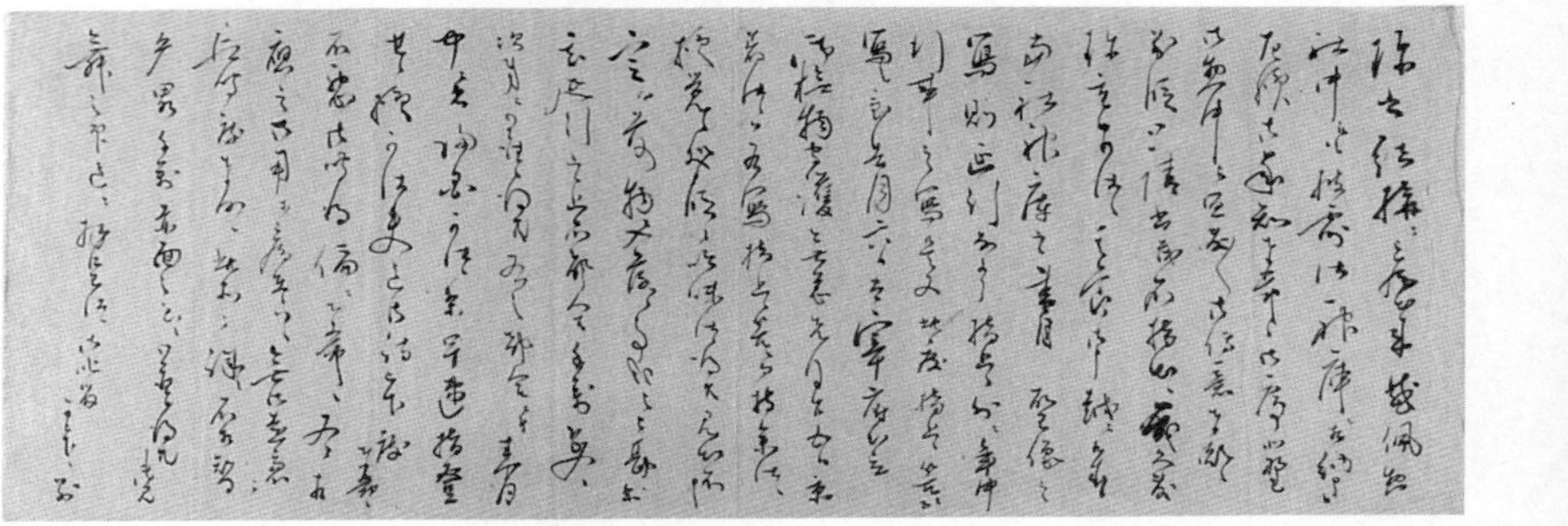

委細御申越、早速拝観仕候、誠ニ」(一オ)
珍書結構ニ被為出来、感佩、惣
社中エも披露仕、神庫ニ相納申候、
左様御承知奉希候、御序、北野
御惣中エ宜敷〳〵御伝意奉願候、
別段御請書も不指出候、幾久敷
珍重可仕候、其節御申越ニ相成候、
当社神庫之書目・聖像之
写、則延引なから指上候、外ニ年中
行事之写、是又此度指上候筈ニ而、
写し置候、去月六日太宰府出立、
御撫物守護無恙、先月廿五日京
着仕候而、右写指上候筈ニ而、持参仕候
様覚候処、段々吟味仕候得共、見出不申、
定而荷物ニ入落候事哉と被勘候条、
甚延引之上、不都合千万恐入候
次第ニ御座候得共、右之都合ニ付、来月
中ニは帰国可仕候条、早速指登
せ候様可仕、夫迄御待被下度奉希候、
不悪御聞得偏ニ奉希候、又々、相
応之御用等被為在候ハヽ、無御遠慮被

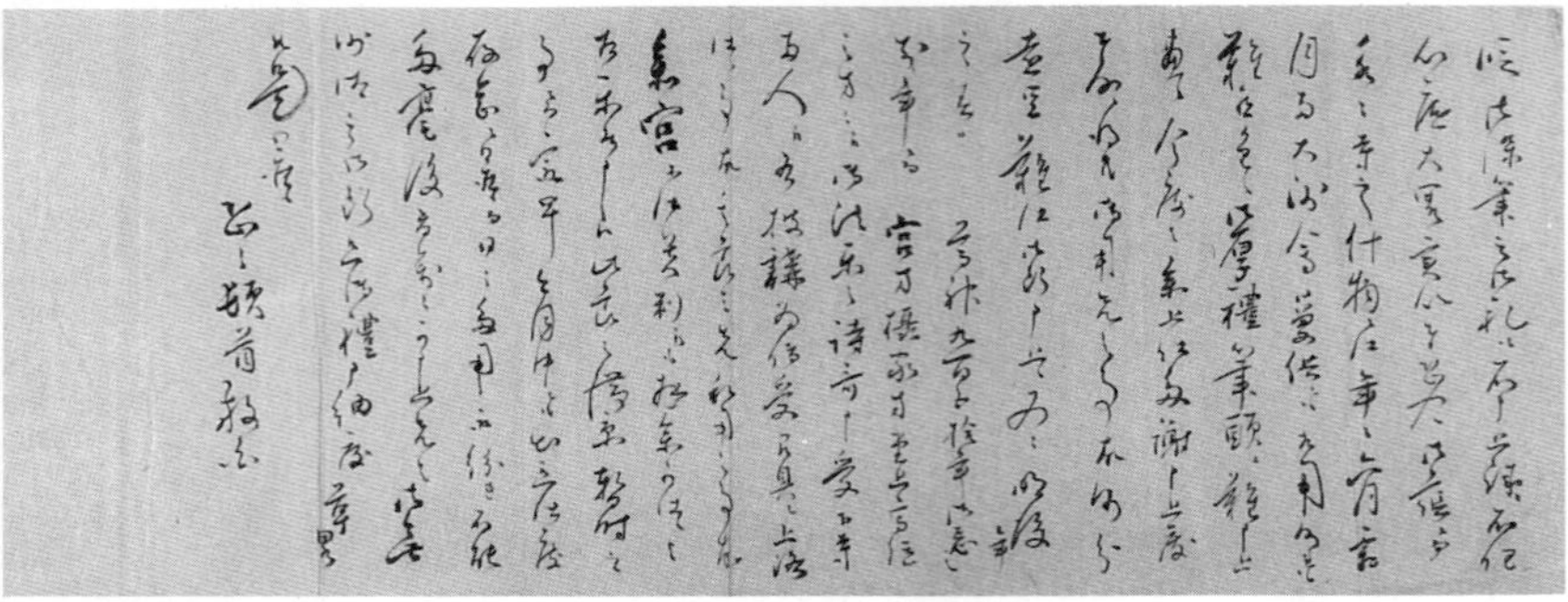

仰聞度奉存候、此品々誠ニ不相替、
麁略千万、赤面之至ニ御座候得共、御見
舞之印迄ニ拝呈仕候、御叱留可被下候、別」(二ウ)
段御染筆之御礼も不申上、誠ニ不任
心底、大略実以奉恐入候、御蔭ニ而、
永々寺之什物ニ仕、年々六月・霜
月両大師会蔓供ニも相用、何れも
難有かり候、御厚礼筆頭ニ難申上
尽候、今度は参上仕、多謝申上度
奉存候得共、御用先之事故、何分
遠足難仕、御断申上候、又々明後年
之春ハ　尊神九百五拾年御忌之
前年ニ而、宮方摂家方堂上高位
之方々エ御法楽之詩歌申受、下寺
両人エ右披講為伝受、召具シ上洛
仕候事故、其節は先私用之事故、
参宮等仕、貴刹エも拝参可仕候と
相楽居申し候、此節之滞京暫時之
事ニ而、最早今月中ニも出立仕度
存念ニ御座候而、日々多用取紛れ、不能
多毫、後音万々可申上、先は御無

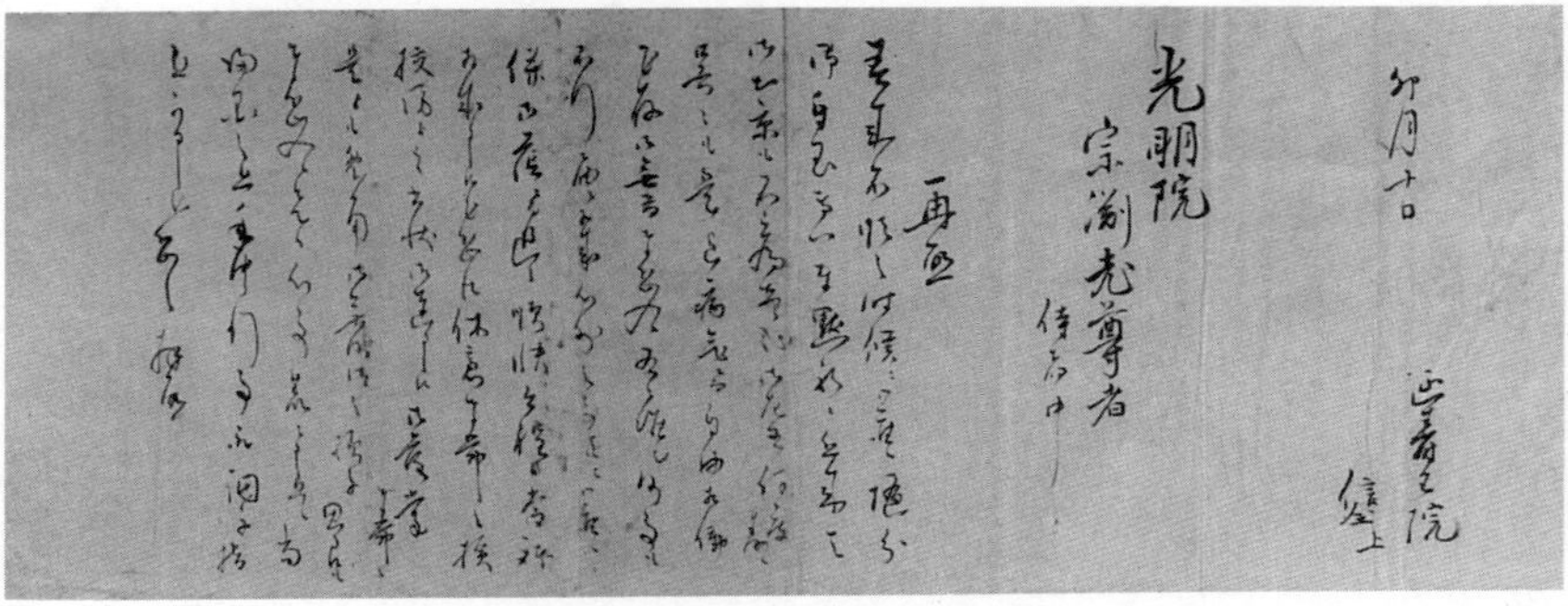

沙汰之御断、且御礼申納度、草略
如是御座候、
恐々頓首敬白」(二オ)
卯月十日　延寿王院
信全上
光明院
宗渕老尊者
侍者中
再啓
春来不順之時候ニ御座候、随分
御自玉専一奉黙祈候、近来は
御出京も不被為在候哉、御左右伺度奉存候、
呉々も是迄病気ニ而、自由相働、
乍存、御無音奉恐入候、右ニ准シ何事も
不行届ニ相成、心外之事共ニ御座候、
併御蔭ニ而追々順快、今程ハ常躰
相成申候、乍恐御休慮奉希候、検
校坊ゟ之書状御達申候、御落掌奉希候、
是ゟも兎角御無沙汰之様子、思召も
奉恐入候、先ハ心事荒々申上候、尚
帰国之上、年中行事取調子、指
上可申候、恐々拝啓」(二ウ)

因に、本書状のなかで、信全より宗渕へ約束されている、宰府年中行事の写しは、『安楽寺天満宮年中行事作法』として「右一冊は、嘉永二年の冬、西都安楽寺延寿王院より贈り来る」という宗渕の注記をつけて、北野文叢第八十九に収められている（『北野誌』人、五六一～九頁）。

次に、本章の解説にかえて、猪熊信男氏の講演筆記を紹介する。

［B］北野学僧宗淵上人頌徳展覧会記念講演筆記（宮内庁図書寮御用掛　猪熊信男氏述）

凡　例

一、本稿は昨年十二月十五・十六の両日、官幣中社北野神社に於て紀元二千六百年記念宗淵上人頌徳展覧会開催の折、其十五日北野神社々務所での拙講筆記である。

一、書物の名目・関係人物の諸伝記・其他繁雑に渉る事は講演時間の都合上止むなく省略しましたが、後日大方諸賢の御便利を考慮し、聊か上人の各種の号、北野学堂の性質、書物に対する上人の態度、上人の著書及び蔵書、交友師弟の一端を補記して置きました。

一、頌徳展覧会目録は上人の伝記を知る上に於て必要なる資料と考へますから、本講演筆記と共に併せて御一覧を希望する。

一、頌徳展覧会の折頒布しました一枚摺の拙稿略伝を再び茲に参考の為め附けて置きました。

昭和十六年四月一日　　猪熊信男識

宗渕上人略伝

宗渕上人は北野の社僧光乗坊能桂の子、天明六年十月廿五日生る、幼名正丸。《佐多丸》寛政十年十三歳の時、能瑞と改め、文化七年二十五歳の時出家、同九年廿七歳大原普賢院に住職し、同十二年十月禁裏御懺法の会衆に列り、御嘉賞を蒙り、終に法印位に上りしが、文政元年三十三歳の時、思ふ処ありて同院を辞し、叡麓坂本の走井大師堂に隠棲する事約十年、文政十年四十二歳の時、真盛派なる伊勢国津の西来寺に迎へられ、其第三十一世となり、茲に真阿と称す。然して嘉永二年六十四歳の時、寺務を弟子観海に譲りて退隠し、安政六年予ねて霊感に依て死期を知り、同年八月廿七日左右の侍者に心経を誦せしめ、安然として寂す、行年七十四歳。遺骸を寺内に葬り、塔を立つ。後又七年、宿縁の地、北野の西方尼寺に上人の遺衣を納め碑を建つ。

上人は菅公の後裔にして天台宗曼殊院門跡の董下たり。故に菅公と伝教大師との恩を忘れず、神を敬ひ仏を崇び、刻苦勉励、幼より老に至る。嘗て筆硯を離さず、事苟も菅公の事蹟資料に関するあれば、百里を遠しとせず往いて探らざるなく、蒐めて収めざるなく、終に北野文叢百巻を大成し、其中より選んで北野藁草及び其図書等を出版し、文叢の原書今猶ほ神社の宝庫に存す。又北野の社僧宮人の為め、北野学堂を整備して、教化の事業を督し、孝経・論語・周易・蒙求・孟子等を続々刊行す。世に喧伝珍重せらるゝ北野学堂本是なり。

又東坊城聡長卿の為めに類聚国史を校合して正本を作る。

又更に叡山浄土院安置の伝教大師真蹟模刻本を基とし、多数の法華経を対校して定本を出版す。即ち世に謂ふ山家本法華経是なり。然かも其著書法華経考異を見れば、全国的に古寺名刹の良本七十七種を調査して其異同を研究したる事を知る。其精魂の絶倫にして学問方法の真摯なる敬服に堪へず。又梵本を考究して其稀籍を複製し、阿叉羅帖五帖の集成を了す。又声明に委しく、大原に魚山叢書百巻を残し、音律に通じて三国音韻考百巻を製す。且つ江湖を周遊して宝印集を著すや、一般考古家の随喜讐ふるにものなく、其他各種聖教の校訂本、義軌図像の筆写実に驚く可き量に達す。而して今日天台宗現存の諸法は殆んど上人の検訂を経ざるものなしと云はれ、書籍の装釘にも優美の工夫を凝し、日本書誌学上特種の偉観と称せらる。

斯かれば上人の感化を受くる者に、有名なる幕末の勤王僧願海阿闍梨、大和絵の大家岡田為恭、大蔵経改版従事の石山覚湛師を始めとし、北野・叡山・伊勢の学徒頗る多く、西来寺に於ては今猶ほ上人の遺教になれる毎月八日の円頓戒に、近在近郷より道俗老幼群集す。誠に是れ千百年間稀に見る学徳兼備の人なりと謂ふ可し。

（『北野社報　第八号　北野学僧宗淵上人号』、昭和十六年四月五日発行、官幣中社北野神社々務所）

【後記】　地方（個別）連歌史としては最も詳細なものと自認する太宰府天満宮連歌史も、近世初期の大鳥居信岩・信助・信兼の三代を以て中絶したまま、時間切れとなった。太宰府には幕末期の尨大な史料が眠っている。《維新史料》のひそみに倣った――デジタル化の今日でこそ可能な――幕末編の企てられることを祈念してやまない。それは連歌史にとどまらず、黒田藩が如何に維新に乗り遅れたかの解明に資するであろう。本稿末に敢て本書状を紹介した所以である。

北野社家における歌道添削について

――香川景樹門　松園坊清根の詠草を中心に――

菊地明範

はじめに

歌学・歌論研究に添削の実態を探るという試みは近時ようやく問題化されている。(1)ここに挙げる資料は、近世後期の北野社家歌人が受けた和歌の添削指導の実際である。

資料は棚町知彌氏所蔵にかかるものである。昭和四十年頃に京都竹苞楼にて購入されたものの由。七十七点の資料には懐紙に書かれた和歌もあるが、その多くは添削指導を乞うた歌稿である。多くは北野社家・松園坊清根の歌である。そのほか添削資料には中川自休・松梅院観山・中島勝称などの桂園派の歌人が名を連ねている。一方添削者として香川景樹の署名を持つものが六点見出せる。

なお年記のある資料はないが、別筆で紙面に「丙戌」と書かれている**資料四二**があり、文政九年(一八二六)であることが知られる。また『桂園遺稿』に載る景樹の歌の中で歌会と歌題が本資料と共通するものがある。ここから**資料七六**は天保元年、**資料三一**は天保二年、**資料七**は天保三年、**資料四六**は天保五年である可能性が指摘できる。また『桂園遺稿』天保元年には「北野点取の奥に」という詞書を持つ歌も見出され、本資料に載る松梅院観山や松園坊清根との関係がうかがえる。

一　作者について

本資料のほとんどは松園坊清根の詠草である。おそらくすべては清根が所持していたものであろう。**資料六**、兼題の回状が清根のところで止まっていることは、これらの資料を清根が所持していたことの証左といえよう**[図1]**。これらの資料に見える人物のうち、「京都臨淵社相撲」（『国学者伝記集成』による）に載る人物として[大関]中川自休・[関脇]松園坊清根・[小結]中島勝称・[前頭]今大路孝光が挙げられる。また、同じく『国学者伝記集成』所収の「桂園入門名簿」（文政十一年～天保七年）には、文政十一年に中島司書勝称（七月二十七日）・松梅院観山（十一月十一日）・天保五年に今大路西市正孝光（正月九日）の名が見える。したがって、本資料は清根を中心とした桂園派歌人の歌稿である。

なお、松梅院は北野社家のうちいわゆる祠官三家のひとつで、神事奉行職（神殿大預職公文職）である。その祠官三家の下に属し神殿の奉仕一切のことを分掌し、法体で仕えるいわゆる宮仕のひとつが松園坊である。**資料一～三**の実教は宮仕の光乗坊である。

そのほかに、清根は『宮古現存和歌者流　梅桜三十六家選』[2]に「菅原清根　上ミ京には色香もまれな紅梅殿の梅」と紹介され、法体の清根の姿が描かれている。

また、景樹の『桂園遺稿』には、「松園月次兼題」「松園坊会始」などと記されている歌が多く載ることが指摘できる。これらのことから、松園坊清根は香川景樹門の中でも重要な位置にいた人物として考えてよいだろう。同じく『桂園遺稿』には、「望南亭」（中川自休）「松梅院」（観山）での歌会の歌も多く載っている。

これらのことを踏まえ本資料を見渡すと、桂園派の中に北野社家である清根・観山を中心とした集まりがあったことが想像される。そしてこの北野桂園派歌人の集まりがあったであろうことと、門人の中でも重要な位置を占めていた清根の存在は、本資料を眺める際に重要である。たとえば本資料の添削には批言が少ないことが特徴としてあげられるが、それはいわゆるリップサービスとしての批言など必要ない緊密な師弟関係が添削者と清根の間にあったということを示しているのであろう(3)。また、清根一人の詠草には添削者の署名がみられない点も、添削者と清根との間柄の近しさを物語っているのかもしれない。景樹の署名があるものはいわゆる点取のものであり、複数人の詠草であり、清根筆ではない［図13・15］。これらのことがかえって署名のない添削も景樹の添削であることを裏付けているようにも思えるのであるがどうであろうか。

二　添削方法について

具体的な添削がどのように行われていたのか、資料を通観して指摘できることを挙げる。

①点だけを附して返却された資料が多いこと。このことは、多くの詠草の中から秀歌を見出すことが、添削指導の基本だったことを示していよう。その上で文字遣いなどの誤りが訂正され［図4・16］、さらに内容に関わる添削がされたと考えられる。そして最終的に批言が加えられたようである。

②興味深いのは、清根が表現を決めかねている部分についての扱いである。一首の中に表現される句、あるいはてにをはが二種類併記されている場合が多くある。これに対し、添削者はどちらの表現が勝っているかを示している。なお、この併記されている部分に対し、優劣を示していない場合も多くあることが指摘できる。点を附している歌に関しては必ず併記のどちらかの優劣を示しているが、点の附されていない歌に関しては併記箇所が無視されている［図5］。添削者の見落としか、優劣を判断するまでもないと考えてのことか、差し戻しなのか憶測するしかない。中には本文をミセケチで消したが、訂正の本文を示していない箇所もある［図7］。なぜ門

人の質問に対し添削者がこれを無視しているのか、今のところ確定できない。しかしここでも、併記された表現を無視できるような師弟関係があったことが指摘できるのではないだろうか。そして秀歌に対し、「此かた」という批言を用いている点も注目できよう【図6】。素っ気ない印象を持つが、この素っ気なさは、ある程度歌人としてのレベルを備えた門人清根に対する「扱い」であったと考えれば理解しやすい。

③いわゆる点取のスタイルを持つものがある。これは複数で詠んだ詠草を、誰の詠草かを伏せておいて点を乞い、点を附してもらってから、詠草の下に名を記し、巻末に連歌の句上のように点の数を記していく形式である。その際、点者は何点与えたかを署名の上に記すようである【図13・15】。**資料三二**【図10・11】は点者に提出前の物であろう。そして点取の場合も点者は添削を施し、批言を附すのである【図14】。添削者の署名のある資料はすべて景樹の点である。

④歌会に詠進したり神社などに奉納する歌についても、添削を乞うていることも指摘できる。添削後の形が正式に詠進されたのか詠進後に添削を受けたのか、この資料からは不明であるが、今後明らかにしていきたい。

⑤ずいぶん多く訂正された上で点が附されている例もある。一首に表そうとした世界が優れていたためか、表現は多く直されているものの加点されている【図12】。

⑥また、14番の歌【図2】では「つむ人稀に」と「つむ人しげく」とが併記されている。この併記では一首のかもし出す世界が双方でまるで異なってしまうにも関わらず、点者は一方に加点している。これは題詠らしい詠み方であり、添削指導の典型的な例といえるかもしれない。

三　料紙について

料紙については、多くは楮紙の巻紙である。中には動植物などの絵が刷り込んである詩箋を用いているものがある［図9～11］。点取の資料には、美麗な詩箋を用いていることが多い。これは、回覧や保存を前提として書かれたことを示しているといえよう。筆づかいも丁寧であり、他の巻紙に書かれた資料とは扱いが異なるようである。歌会や歌の内容と料紙の関係については後考を俟たねばならない。

おわりに

通観しただけで、さまざまなことを語りかけてくる添削資料である。このような添削資料に残る歌は、おそらく浄書され、家集の中に収められていくという経過をたどることになろう。そして浄書された時点で添削資料はその役割を終えてしまい、伝存しにくくなる運命を持つ。一歌人の歌道修得の軌跡として、また歌学指導がどのようになされたかを考察する上で、これらの資料はたいへん貴重な一次資料である。このような形で個人の詠草が一括で伝存したことは稀有なことであり、それを一括翻刻できる幸運を感謝したい。全点の写真を掲載できれば、その筆勢などから看取できる添削の趣もあるが、数葉の図版からもその一端を垣間見ることができよう。

向後このような添削資料を多く調査してゆくことも、歌学・歌論そして歌壇研究に必要なことと思われる。

なお翻刻にあたっては、なるべく翻刻前の歌をどのように添削したかがわかるように配慮した。大方の批正を乞う。

注

（1）添削については近時、神作研一氏「元禄の添削」（「近世文藝」第八十一号、平成十七年一月）「元禄期歌人の添削資料」（「金城学院大学論集」人文科学編　第一巻　第一・二合併号）、加藤弓枝氏「添削の達人」（「文学」第六巻・第二号、平成十七年五・六月）などがある。先行研究に関しては、神作氏の論文に詳しい。
景樹に関するものでは、田中仁氏の「柏原正寿尼詠草・香川景樹奥書一点――『随問随記』の補訂――」（芸文東海第八号、昭和六十一年）「柿衛文庫蔵『景樹和歌点状』について」（芸文東海第十七号、平成三年）などに添削の姿が示されている。

（2）管宗次『幕末・明治　上方歌壇人物誌』（臨川書店、平成五年）によった。

（3）『桂園遺稿』には、天保十一年に「此年魚一箱たゝ今近江人より贈候まゝとりあへす呈候。今日御初会の御饗にめて度御加へ被下候はゝ本懐に候也。／是はかの息長河の名におひてこん年々にわかゆなりけり／二月十日／御一笑景樹／松園のみくりやへ」という記事も見える。

【附記】本稿は、神社史料研究会第八回サマーセミナー（平成十四年九月一日、於鎮西大社諏訪神社）において「北野社社家の歌学学習の実態　香川景樹の添削をめぐって」と題して発表した資料を整理したものである。本稿をなすにあたり棚町知彌氏・神作研一氏・入口敦志氏に御教示を賜った。深謝申し上げる。

【凡例】

一、本資料は棚町知彌氏所蔵の「香川景樹点　松園坊清根他詠草類」全七十七点である。
一、資料番号を漢数字で示した(もとの並びは不明。一紙ごとに資料番号を附した)。
一、和歌の頭に通し番号を附した。
一、漢字は適宜通行の字体に改め、句読点を施した。
一、資料の中には稀に作者自身による本文の訂正箇所が存する。その部分は打ち消し線で示した。
一、資料の中には作者が和歌の文言を決めかねて、両案を併記している箇所が見られる。その部分は(　　)で示した。
一、添削の様態についてはミセケチで示し、添削後の修正本文は【　　】内に示した。
一、添削後に加筆されたと思われる箇所は〈　〉で示した。
一、筆者の注記は[　　]に示した。
一、虫損などによって判読不能の箇所は□□で示した。

資料一覧

資料番号	形態	詠作者	朱点	添削	批言	備考
一	奉書	僧都実教	1首			
二	奉書	桑門実教	1首			
三	奉書	法橋実教	1首			
四	奉書	法眼清根	1首			[習作]
五	切紙	清根	1首			
六	懐紙	清根	1首			[紙背]
七	奉書	法橋清根	1首			[天保三年カ]
八	奉書	清根	1首			
九	奉書	法橋清根	1首			

一〇	奉書	法橋清根	1首			
一一	奉書	法橋清根	1首			
一二	巻紙	清根上	朱 9点 11首	添削	批言	
一三	巻紙	清根上	朱 4点 10首	添削		二色
一四	巻紙	清根上	朱 9点 13首	添削	批言	
一五	巻紙	清根上	墨 2点 4首	添削	批言	
一六	巻紙	清根上	朱 8点 14首	添削	批言	
一七	巻紙	清根上	朱 9点 15首	添削		〔天保九年カ〕
一八	巻紙	清根上	朱 7点 12首	添削	批言	
一九	巻紙	清根上	墨 5点 11首	添削	批言	
二〇	巻紙	清根上	朱 3点 8首	添削	批言	
二一	巻紙	清根上	朱 4点 8首	添削	批言	
二二	切紙	清根上	朱 2点 6首	添削		
二三	巻紙	〔清根〕	朱 3点 6首			
二四	切紙	清根上	朱 2点 5首		批言	
二五	巻紙	清根上	朱 2点 3首			
二六	切紙	清根上	朱 1点 3首			
二七	切紙	清根上	朱 2点 5首			
二八	巻紙	清根上	朱 5点 8首	添削		
二九	切紙	清根上	朱 1点 3首			〔公卿姿ノ戯画アリ〕
三〇	巻紙	清根上	墨 2点 6首	添削		
三一	巻紙	清根上	朱 7点 30首			〔天保二年カ〕料紙ニ多色刷ノ下絵アリ
三二	巻紙	自休上 勝称 清根	12首			〔点・添削ナシ、提出前ノモノカ〕 料紙ニ蝙蝠・蛤・鹿ナドノ下絵アリ

		観山					
三三	懐紙	観山上		1点9首	添削		〔自休筆カ〕
		清根					
		自休					
三四	懐紙	清根上四	朱	10点20首	添削	批言	【十点景樹】
		自休四					〔自休筆カ〕
		孝光一					
		秀隆一					
三五	巻紙	観山上	墨	2点6首			【二点景樹】
		清根					〔観山筆カ〕
三六	巻紙	清根上三	墨	5点10首	添削		【五点景樹】
		自休二					〔自休筆カ〕
三七	巻紙	観山上	朱	3点9首	添削	批言	【三点景樹】
		清根					〔自休筆カ〕
		自休					
三八	巻紙	清根上	朱	2点6首	添削		【弐点景樹】
		自休					〔自休筆カ〕
三九	巻紙	自休二	朱	7点12首			【六点景樹ママ】
		嘯月一					
		秀隆一					
		清根三					
四〇	巻紙	清根上	朱	3点10首			
四一	巻紙	清根上	朱	3点8首	添削	批言	
四二	巻紙	清根上	朱	5点8首		批言	〔「丙戌」文政九年カ〕
四三	巻紙	清根上	墨	1点4首	添削		

四四	巻紙	清根上	墨	7点10首	添削	批言	
四五	切紙	清根上	朱	2点4首		批言	
四六	巻紙	清根上	墨	5点14首	添削		［天保五年カ］
四七	巻紙	清根上	朱	5点15首	添削		
四八	巻紙	清根上	朱	13点23首	添削		
四九	巻紙	清根上	朱	4点13首	添削	批言	
五〇	巻紙	清根上	朱	4点10首		批言	
五一	巻紙	［清根］	朱	7点17首	添削	批言	
五二	切紙	清根上	朱	1点2首			
五三	巻紙	清根上	朱	1点2首			
五四	巻紙	清根上	墨	1点3首	添削		
五五	巻紙	清根上	墨	4点7首	添削	批言	［断簡］料紙ニ下絵アリ
五六	巻紙	清根上	朱	2点11首			
五七	巻紙	清根	墨	4点8首			
五八	切紙	清根上	朱	1点4首			
五九	巻紙	清根上	朱	1点4首			
六〇	切紙	［清根］	墨	2点3首		批言	
六一	巻紙	清根上	墨	4点7首			
六二	巻紙	清根上	朱	3点11首	添削	批言	
六三	巻紙	清根上	朱	6点15首	添削	批言	
六四	巻紙	清根上	朱	7点13首	添削		
六五	巻紙	清根上	朱	6点6首	添削		
六六	巻紙	清根上	朱	5点8首	添削	批言	
六七	巻紙	清根上	朱	22点27首	添削	批言	
六八	巻紙	清根上	朱	6点9首		批言	

六九	切紙	清根上	朱　3点6首		批言	
七〇	巻紙	清根上	朱　6点9首	添削	批言	
七一	巻紙	清根上	朱　6点9首	添削		
七二	巻紙	清根上	墨　7点17首	添削		料紙ニ下絵アリ
七三	巻紙	清根上	朱　6点14首	添削		打曇
七四	巻紙	清根上	朱　3点5首	添削		
七五	巻紙	清根上	朱　11点17首	添削		
七六	巻紙	清根上	朱　7点14首	添削	批言	打曇［天保元年カ］
七七	懐紙	常観				［発句］

一　懐紙

1　詠鶯告春　和歌　僧都実教

うくひすは先こそつくれ谷かけのはるを遅しとなにおもひけむ

二　懐紙

2　詠早春松　和歌　桑門実教

雪まよりみえ初にけりはるの色のあを根かたけのまつのむらたち

三　懐紙

3　詠若菜知時　和歌　法橋実教

あふみなるおもの丶はまな生にけりむかしの春やわすれさるらむ

四　懐紙

4　詠若菜知時　和歌　習　法眼清根

消かての雪間の　おの　[書キ損ジノアト重ネ書キシタ草稿　判読不能]

五　切紙

5　初子規　清根

咲そむる卯花かきやみえつらんはつほと丶きす尋来にけり

六　懐紙

6　詠野亭聞鶯　和歌　清根

この殿に猶き丶はやせ世はなれてよはひをのへのうくひすのこゑ

紙背「尚々兼題一包へも／被為贈候事／来卅日当座始／被催候昼後早々／御参集頼被成事／

庭田殿使者　／　正月廿二日　／　嶺松院様　／　松園坊様　／□光坊様　／

生嶋入道様　」　[兼題ノ回状]

七　懐紙

7　詠東風吹春氷　和歌　法橋清根

吹かせはこちになる瀧音そへて西かはのせも氷解らむ

図１　６紙背

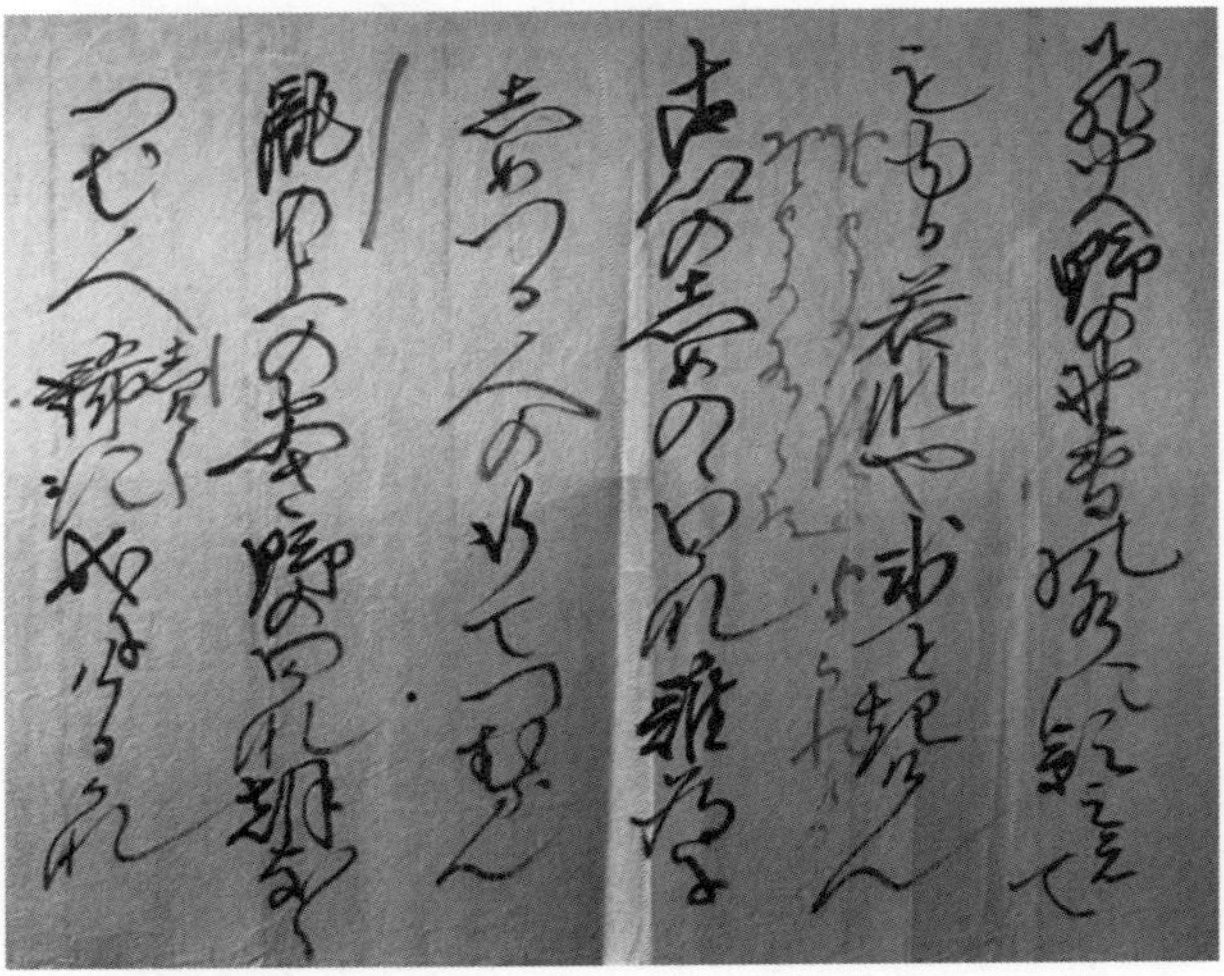

図２　12〜14

八　懐紙　　夕野遊　　清根

8　菫咲野へといふのへにけふのことなかき日暮し遊ひしてしか

九　懐紙　　詠春従東来　和歌　　法橋清根

9　ひかしさす枝まつ動くあをやきのみとりや春のはしめなる乱

一〇　懐紙　　詠野亭梅　和歌　　法橋清根

10　鶯のしめつる野辺をとなりにて垣ほ移ぬうめかかそする

二　懐紙

詠朝花　和歌　法橋清根

11　桜はなあさ日に丶ほふけふに逢てなとかこ丶ろの露けかる蘭

三　巻紙

名所　若菜　清根上

12　飛火野の野守の水に影みえてもゆる若なや氷ときけん　【野守の鏡は聞られけり　野守の水候歟】

13　古郷のしめの丶わかな誰為にしめつる人の行てつむらん

14　瀧の上のあさ野のわかな朝な〱つむ人稀に（しけく）成にけるかな

15　皆人の老を忘れてつむ物は春日ののへの若な也けり　【此かた】

帰雁知春

16　古郷の春の便や聞ゆら【えけ】んおもひ立てもかへる雁かな

17　今はとておもひ立ぬる雁かねはかへる春をやまち渡りけん

18　春をしる心は誰も長閑きを音にのみ鳴ていぬ【かへ】る雁かな　【此歌題意にはよくはまり候歟】

19　折しもあれ鳴てわかる丶雁かねの春の心をおもひこそやれ

隣家梅

20　ちりたりと吹笛の音は聞えねと隣の梅の盛過ゆく

初春霞

21　ほの〱と棚曳明る横雲はやかても春の霞也けり

〈初春の意しかと不聞ややかては初春のかたにはかゝらす候品には〉

朝霞

22 ほの〳〵と明ゆく空の長閑さに打なひきても立霞哉　清根上

三　巻紙

時鳥頻　御月次

23 かつきけとあかぬ心を時鳥いかに知てかをちかへり鳴

24 橘のあかぬ匂ひのしきる夜をかたらひ明す時鳥かな

朝卯花　望南月次

25 けさ見れは殊にそ白き卯花の月夜の露も置増りけん

26 雪よりもさやかにも有か露なからけさの朝日に匂ふ卯花

27 時の間の蝶の眠もおとろかす朝閑けき庭の卯花

卯花

28 我やと【（夏山）】のしけみに咲る卯花は木の下やみの月夜也けり

29 久方の空にかけみぬ卯花はまかふともなき月夜也けり

時鳥をまつ

30 時鳥鳴かてにする我宿のものうの花は咲すもあらなん

31 時鳥あたら初音を宵々にまちふるしてもきゝぬへき哉（されて鳴んとすらん）

人待時鳥

32 時鳥猶忍ふらん初音をは聞つと人はもらしそめけり

一四　巻紙　　清根上

槿花

33 彦星の【こよひあふ】名におひなからかけろふの夕を【も】またぬ朝顔の花

月出山

34 打つけに登らん空の高けれは山のはよりそ月は出にける

35 しほの山雲の浪間の秋風にみちても月のさし登る哉

36 山よりも出ける影をみぬ人や只大空の月といふらん

37 大空に今か離て照らすらんまつ山のはにあまる月代

38 あし曳の山より出る月みれは世にかくれてはすむへくもなし

秋夕

39 我心空に悲しく成ゆくかなかめてけりな秋の夕暮

40 露霜のけぬへき命なからへて今年も悲し秋の夕暮

野虫

41 秋のゝにつゝれさせてふ虫そ鳴くさの袂や夜寒なるら（かへなかるら）ん

思煩恋

42 いかにせんあまりに君かつらけれはおもはぬ人によりやしなまし

恨

43 いせの海人の千尋たく縄打はへてなかき恨のある世也けり

名立恋

44　おりたちて引や舟子の打はへしたつなをしまん恋ならめやも
【手綱か舟のは綱手也　ふと点し侍れといか丶申候歟趣ニ候】

忍逢恋

45　関守のめにもか丶らて逢坂をわれはと越し恋の道より
清根上

一五　巻紙

旅泊　春暮

46　暮て行春のとまりを知らませは八十の湊もを【お】はまし物を
47　桜ちるゑしまか磯に浮ねしてはるのとまりを思ひやる哉

紫藤露

48　藤浪の花に結ひて匂はすはわか紫の露をみましや
49　藤の花薄紫に成にけり露と丶もにや色もおつらん
【本ノ句聞なれしやう也】
清根上

一六　巻紙

夏水　松梅月次

50　むすひても涼しからすは中々に水の夏をはいかて知らまし
【中々の句徒ニ候】
51　底ひなき水をむすひて深しともおもはぬ物は夏にそ有ける
52　加茂河の石すら【さへ】やけて照日にもぬるまぬ水の流けるかな

山家夏月　同当座

53　ひくらしの鳴て暮ぬる山里の松のうへより出る月かな
54　世にすむも月の心は涼しきをわか山水に影そ舎れる

浦煙

55 海人の住浦の苫屋は見えねとも松のこかけ【よりうへ】に煙棚ひく

寄夏草恋

56 おひしきてしけき夏草つくされぬ恨を君になほや残さん

57 おもへともいてやひく手は大沢の池のあやめのねたしをいはなん【くも有哉】

蚊遣火

58 煙をは扇の風にはらひても蚊遣する夜をいそねかねつる

59 たきすさふ夕の蚊遣打かをる伏屋の住ひ六かしきかな【の世や】

夕立

60 吹たつる風のきほひの天雲におくれてはるゝ夕立の雨

61 夕立の雨ふりとけて晴にけり今宵の月夜涼しかるらん

62 かねてより催すけしき涼しくも夕にかゝる夕立の雨

故ありておほちとも孫ともかた見に名のらさりしを、世になくなりて今年十七廻忌に当れる其家つけるをち、法の営して今更なから親しみを結はまほしくいへるに、事なりておほち〔ママ〕の影の前によみ手向たる

63 かねてよりよそにおもはぬ悲しさを今年そへてもぬらす袖かな

一七　巻紙　清根上

早苗多　御月次

64 広沢の水ひるはかりせき分ていつうゑ尽す早苗なるらん

65 新はりの山田を【(湊田)】指て常よりも多かる苗をうゝる年かな

競馬　望南月次

66 神山の神の心も勇むらん宮人けふは馬くらへせり

67 宮人のこまくらへするかちまけは神の心にまかすへら也

葵

68 片岡におふる葵とおもへともなひくを見れは二は也けり

69 千年ふる松のを山の葵草むかしなからの二葉なるらん

菖蒲　愚亭当座

70 をりたちて【をしといへは】池の【(に)】あやめは【も】ぬく物を
玉に【を】のみともおもひける哉

水鶏　同

71 あやめ草末【し】つく計【の】五月雨に池の水さへひかぬ比かな

72 岩叩く山下水の音ふけて月傾けはくひな鳴也

73 大ゐ河さし捨舟のふなはたに来ゐる水鶏や今叩くらん

照射

74 小くら山峯の火串をしるへにてやみのねらひや違はさるらん

河上蛍

75 五月雨のふる河のへの柳陰乱るゝはかり蛍飛也

76 〽飛蛍影の高くもなるなへに行水くらき淀の河岸

寄衣恋

77 〽風ふけは袂すゝしのかたひらの薄くも人のなれる心か

寄烟恋

78 山里の夕けの烟一すちにおもひ立ても恋る比哉

一八　巻紙　清根上

終日愛菊

79 〽菊の花ひめ【ね】もす見れは仙人の宿にくらせる心地こそすれ

80 菊の花見つるあひたに移ろひてけふも夕に成にけるかな

81 〽露の間にたに千世ふてふ白菊の花見て一日暮しけるかな

萩散風

82 〽夕されは鹿の音さそふ秋風にま萩か花も移ろひそゆく

83 秋萩の錦のいとやはつるらん風たに吹は打乱つゝ

独見月

84 〽おもひくまの有明の月そ曇けるひとり見し夜の老の涙に

85 只独なかめ〳〵ておほ空のむなしき月の心をそ見し

86 〽我為にすめる月にもあらねとも只ひとりこそなかめられけれ

87 つく〳〵となかむる夜はの月影を同し心に誰か見るらん

暮秋虫

88 かれ〳〵に成をも聞は鳴虫の声にも秋は暮（更）にけるかな
89 長月の有明の月のかすかにもこの比なれる虫の声かな
90 をしみても秋の別に【を】鳴虫の涙や野への色に出らん
【すへて御歌よほとやすらひ望此事に候】
清根上

一九　巻紙

松迎春新
91 青柳の物とも春を思ひしかまつの色こそ緑也け【(先みとりな)】れ　【此かた】
92 改る緑の春にあはさらは千年の松は色やふりなん
93 とことはに替らぬ色の夫なから春めきてしもみゆる松哉
94 松の色にみえける春のけしきこそおのつからなる物には有けれ
95 ときはなるまつなかりせは打つけにみとりの春の色をみましや

幽栖春雨
96 つれ〳〵と雨をやけふも呼子鳥声計して問人はなし
97 音もせぬ草の庵の春雨は出てきけとも淋しかりけり
98 青柳のいとたれこめて春そともしらぬなかめのふりくらす宿
99 昨日迄雪に埋れし山陰（ふる里）のむくらの宿に春雨そふる

松樹千年
100 君ならて誰か数へん高砂の尾上の松の遠き千年は
101 万代を数へん君は物そともまつの千年を思はさるらん

二〇　巻紙

御月次　野遊糸　　　　　　　　　　　　清根上

102 浅みとりのへの霞の紅は（を）いとゆふしてや（こそは）くゝりそむらん（めけれ）

103 岩代の野中のまつを【(は)】春見れは【(ことの)】いとゆふにこそむすはれにけれ　【此かた】

104 若草のもえたつめにはかゝるらしありともみえぬ野への糸ゆふ

105 霞む野の広き限に（を）糸ゆふのあそひあまれと暮ぬ空かな

106 浅みとりのへの霞しこめつれはめにもかゝらぬ空の糸ゆふ

海上霞　月次

107 松浦潟唐土指て立物は沖の霞と春（波）と也けり

108 わたの原霞むけしきに打なひき長閑にこそは波も立けれ

109 いせの海士の朝ひく（ほす）あみのめもはるに霞渡れる波の上かな

二一　巻紙　　　　　　　　　　　　清根上

河上氷

110 今朝見れは常よりことに白河の水の白波氷ける哉

暁天霰

111 暁の星の光のさやかなる音してふるや霰なるらん

早梅

112 年の内の春の始に梅花先咲見れは珍らしき哉　【ことしらしくは侍らぬにや】

冬祝

113 老らくのね覚にたにも埋火のいけるかひある世を仰く哉

114 〵雪の内に炭やく小野ゝ里迄もかまと賑ふ世に社有けれ

歳暮松

115 一年の限あらすは中々に松のへん世も（は）空しからまし

116 〵いかなれは老せさるらん松たにも年の暮には逢けるものを

神祇

清根上

三 切紙

117 〵久方のあめの浮橋指までもあやにかしこき神の道（〵御代）哉

九日延引／明十三日愚亭月次

名所　夏祓

118 〵秋風の立田の河に置幣の流れて夏は【（〵も）】残らさりけり

119 人知れすわかおもふ事を音無のたきつなかれにはらへにそゆく

120 大炊河戸無瀬に波の立かへり妹かみそきもしつゝかへらん

清樹ぬし六十の賀／寄名所祝

121 岩ねよりわくや湯嶋のゆゝしくもいのる千年をふへき君かな

122 唐衣重ねきの崎さきくあらん君の齢の万代までに

123 〵いせの海人の千尋の浜にたくなはの永き齢の【（〵は）】果なかるへし

[清根]

三 巻紙

御月次　閑庭瞿麦

124 宿に咲てわかつれ〳〵をすさめけり大和なてしこ友ならねとも

125 〵八重むくら払ひかねたる我宿にひとり咲ける撫子の花

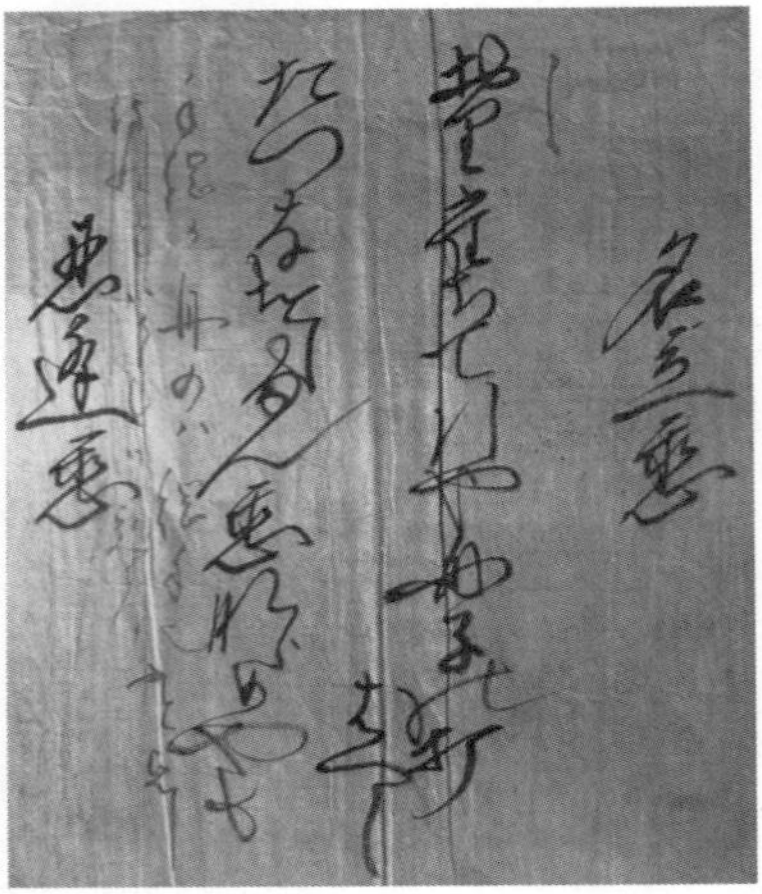
図3　44

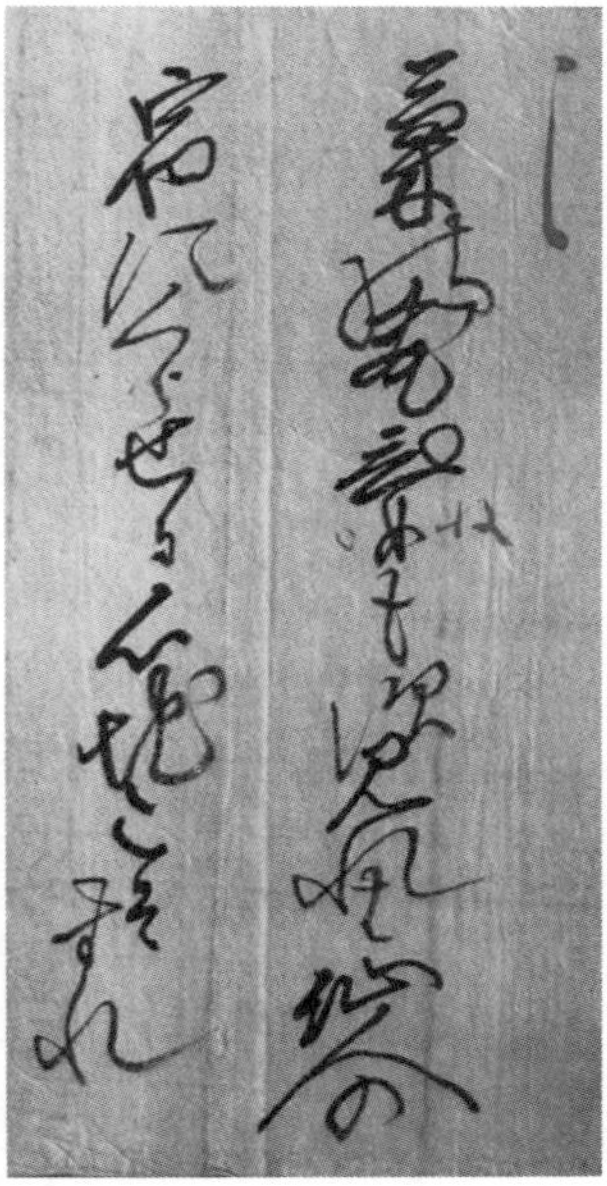
図4　79

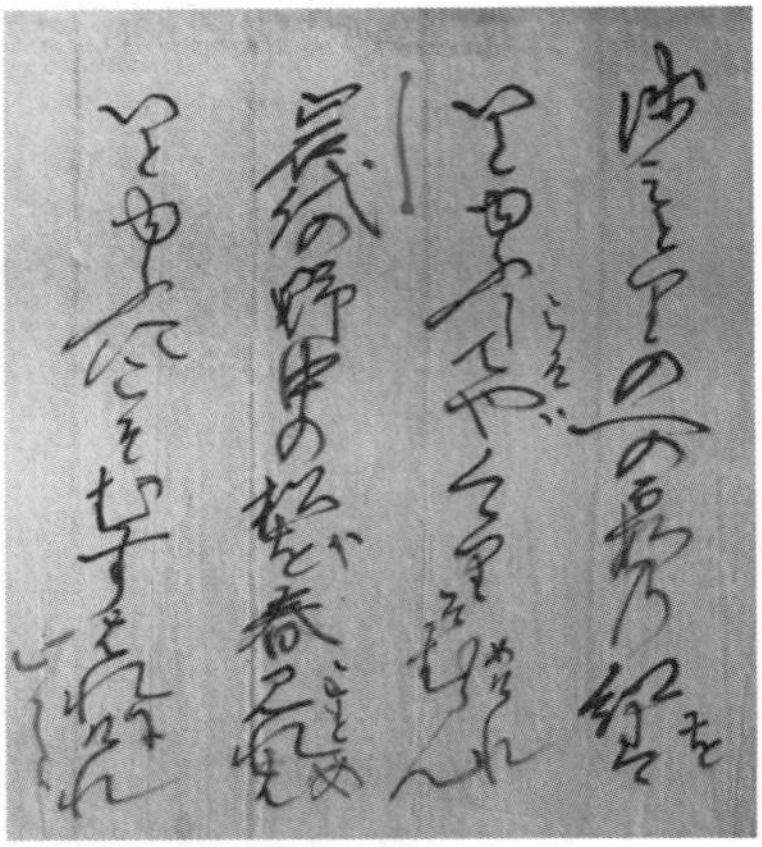
図5　102・103

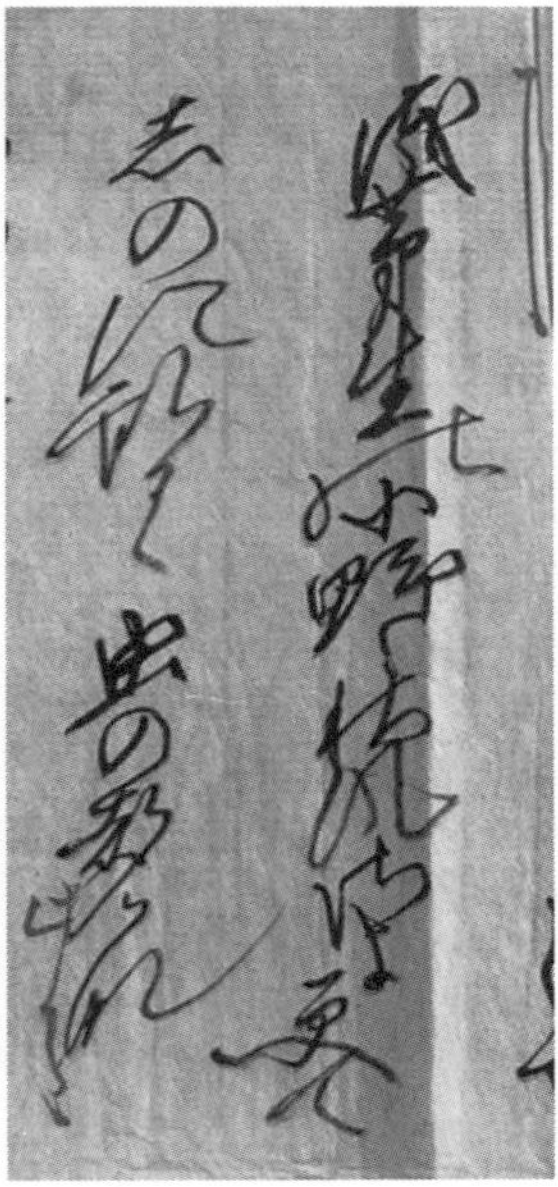
図6　132

126　ひとり寝の淋しき時やをりしかん我床夏の花咲にけり

瞿麦露

127　涼しくもおきかへる哉露にこそかすへき朝の床夏の花

水上夏月

128　蓮はのかけをよきても舎けり池の汀の夏の夜月

夏草滋

129　払はんとおもひし程に夏深き草の原ともなれる宿かな　清根上

二四　切紙

虫声多

130　花の皆色なる野へは鳴虫の声さへにこそ千種也けれ

131　いくはくの機おる虫そひまもなき声の限りをたてぬきにして

132　浅茅生の小野々秋風さよ更てしのに乱るゝ虫の声かな

【此かた】

133　秋野は草のいとこそしけからしこゝちしらふる虫の声かな

134　こほろきのまちよろこへる秋夜を恨るむしも声たてつなり　清根上

二五　巻紙

路菫

135　蛙鳴小田のあせ道とめくれは水にすみれの影も見えつゝ

136　山里の垣根（そとも）の菫つみに来てあらぬ道迄つけしけふ哉

梅薫袖

137 かすとたにおもはぬ程に梅か丶の物とも袖は成にける哉

二六 切紙 紀州人年賀 清根上

寄鶴祝

138 豊なる鶴のあゆみは万代を君か為にとはこふ也けり

139 若の浦の松に住らんあし鶴の千年は君か齢也けり

140 若かへり君にあえてや（か）千年ふる鶴の齢も（の）老せさるらん

二七 切紙 清根上

対月待客

141 月見つ丶人まつ時は秋風の音する毎に来るかとそ聞

142 まつ人のなとこさるらん月清み道まとふへき今宵ならぬに

143 すむ月の見れともあかぬ影なくはこぬ人ゆゑや起明しなん

144 あかねとも独みてこそ更しけれ来ぬ人をしき夜半の月哉

145 来ぬ人の宿をは知らて山里のものとも月を思ひけるかな

二八 巻紙 清根上

神無月始の比ある人の家の園の菊見にまかりて

146 咲ましる色こそ替れ菊の花移ろふとたに見えすも有哉

あしの枯はに薄雪の降れるを

147 枯果て風も溜らぬあしのはにかつ〳〵積る今朝の雪哉

落葉埋庵

148　散もみち見んとおもふ間に埋もれて立出かたくなれる庵かな

西原建邦か父身かりしより三十三年に成ぬと聞て

149　時雨のみふりぬとおもへは年月のめくるさへにも間なくも有ける

浦冬月

150　敷妙の海士の袖師の浦波のうへにそ冴る冬の夜の月

雪中松

151　白雪の下にみとりの春を今【のみ】まつとさへたにみえぬ比哉

暁水鳥

152　【思ふとち】別を知らぬ鴛鳥も暁かたは声の恨むる

旅の宿にて故郷の人にあひて

153　帰るさの舎と聞は知る人にあひて中々かなしかりけり

清根上

元　切紙

年内早鶯　松梅月次

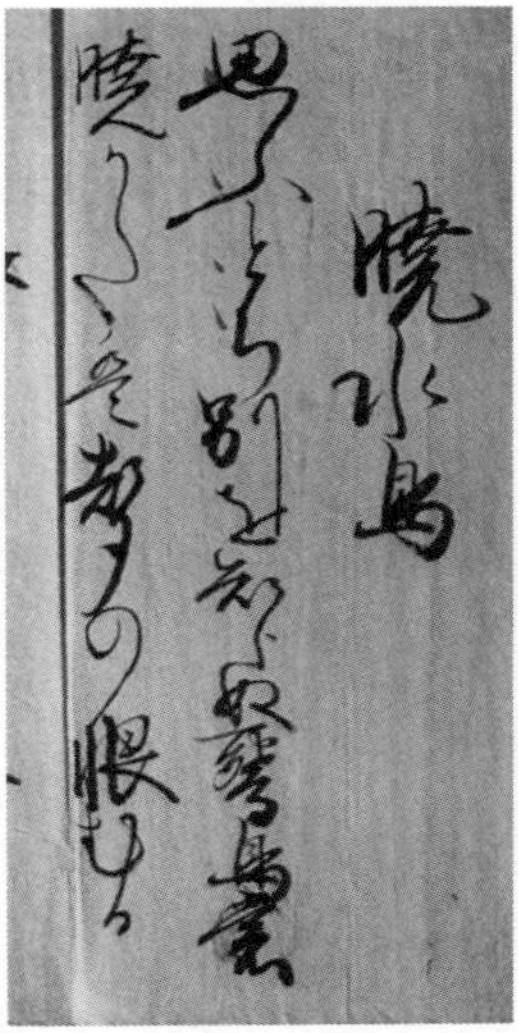

図７　152

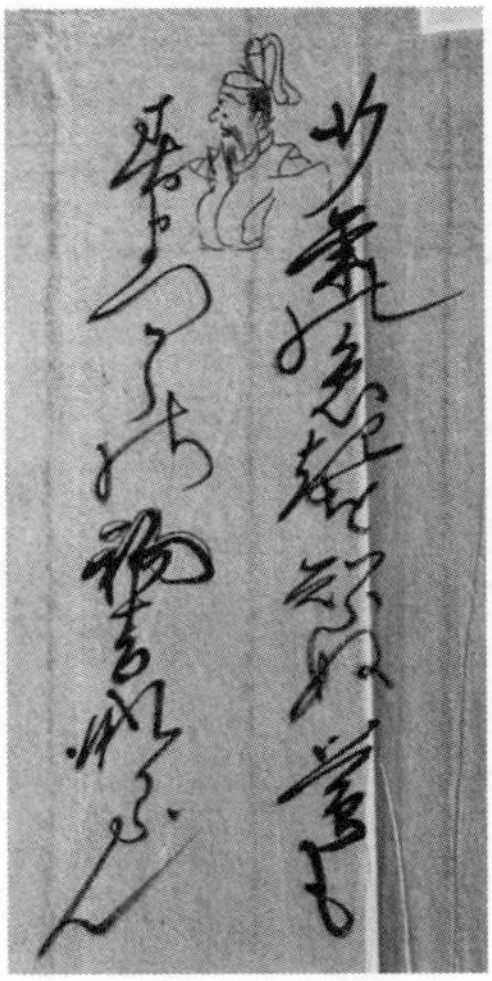

図８　155

154 年の内の春をさへにや鶯のまたきに鳴てまち渡るらん
155 行年の急きを知らぬ鶯も春まつからの初音なるらん
［戯画アリ］
156 暮て行年を遅しと思ふらんまたき春しる鶯の声

三〇 巻紙　清根上

連峯霞

157 打渡す峯のつゝきも限あれと【は】棚曳あまる春【大空かけて立】霞かな
158 遠近にそひえて立る霞こそ峯又みねのしるへ也けれ
159 山毎にそひえて峯の高けれはいよ〳〵空に立霞かな
160 昨日けふあしたの霞打はへて山のは毎に春めきにけり

松色春久

161 あら玉の年の始の松の色に万代迄の春を知かな
162 立かへり若ゆる春の年にあれは久しき松の色増（老せさ）るらん

三一 巻紙　清根上

山春朝　松梅初会

163 雪解て霞棚ひく今朝よりや山の心ものとけかるらん
164 鶯の声する方に霞けりあした長閑き春の山の端
165 朝霞棚ひくひまに白雪ののこる所や高ねなるらん
166 嵐山匂はん花の俤の立てもたちて霞むけさ哉
167 影は入て朧月夜の仄々と明る高ねに霞棚ひく

【此かた】

垂柳臨水　愚亭初会

168 さゝら波よれともよれと春の池の汀の柳片糸にして
169 青柳のしつく落そひ行水のみとりも深くなれる春かな
170 打はへし（河岸の）柳の糸の長けれは影のよそ迄波そよりける
171 打たれし柳の髪のさかりはを影の糸して波やゆふらん
172 佐保河の底にしつきて緑なる柳の糸は波やそむらん

故郷鶯　松梅月次　五日

173 梅かゝをとめつゝくれは昔見し妹か垣ねに鶯の鳴
174 立かへり誰か聞らん古郷の粟津か原の鶯の声
175 古郷に此春来鳴鶯は梅にや去年の人を問らん
176 立かへりきけは悲しな古郷の（は）鶯の音やむかしなるらん
177 古郷は我し住ねは鶯の花の寝くらも淋しかるらん
178 古郷のならの都に鶯の初音きゝにと誰かゆくらん

野外霞　愚亭月次　八日

179 かけろふのもゆる春日をかすかなるみかさの野へそ霞こめたる
180 浅みとりのへの霞は白雪の残る所を立隠すらん
181 若なつむ袖社見ゆれ浅緑のへの霞や移さるらん
182 雉子鳴末の原野に夕日さし淋しくたてる春霞かな
183 秋霧のこめしけしきは知らねとも春の霞の立野也けり

梅薫袖

184 打つけにそことも見え（木の本知ら）ぬ梅か丶は袖よりかをる心ち社すれ

野外梅

185 鶯の声を知るへにとめくれは梅のはやしに野は成にけり

春雪

186 春山の（流来て）雪けの水そ氷ける二度とけん心なるらん

187 春寒き山下陰に流来てとけし氷の又結ふらん

遠山霞

188 雪なから霞む所や青柳のかつらき山の高ねなるらん

雨中梅

189 梅花かつちり方の春風に雨の色さへ移ろひにけり

190 此夕こち吹風に梅か丶のしきるや雨の晴間なるらん

191 我宿の梅の盛の昨日けふうたて雨社ふりくらしけれ

松残雪

192 千年ふる松に残りて白雪のきえしとするや命なるらん

三　巻紙

紅葉浅深

193 何ならぬあすかの山も紅葉の色に渕瀬のみゆる比かな

194 いかにして一木の紅葉むらこにもしくれの雨は染出すらむ

195 おしなへて千しほなりせは紅葉のはやきおそきをいかてわかまし

196 玉くしけ二かみ山の村もみちこきもうすきもあかぬ色哉

水辺紅葉

197 浮ねする鴛のふすまにかさむとやちりて紅葉の錦敷らん

198 大井川岸のもみち葉染しより渕のみとりも色付にけり

199 大炊河花をまかへし白波のなともみち葉に色をかふらん

200 もみち葉の影みる時は白川の流し名こそかへまほしけれ

雨中紅葉

201 ゆふ付日さすや岡への紅葉のてる影みえて降しくれ哉

202 もみち葉も染る限りはある物をしゐてしくるゝ神南備森

203 しくるゝもかつは嬉しな紅葉の色そめまさむ雨とおもへは

204 月ならは影もみえしを村時雨ふるにつけつゝてる紅葉哉

自休／勝祢／清根／観山／上［加点ナシ。未提出カ］

三 懐紙横折

松残雪

205 千世ふへき松のうへ成雪なれはとしを越てもきえすや有らん

206 高さこの松の上葉に残りてもひさしくなれる去年の【きえぬや】雪哉【の心なるらん】

春暁月

207 消ぬらん事のみまつの雪さへにのこりてさむき山里の春

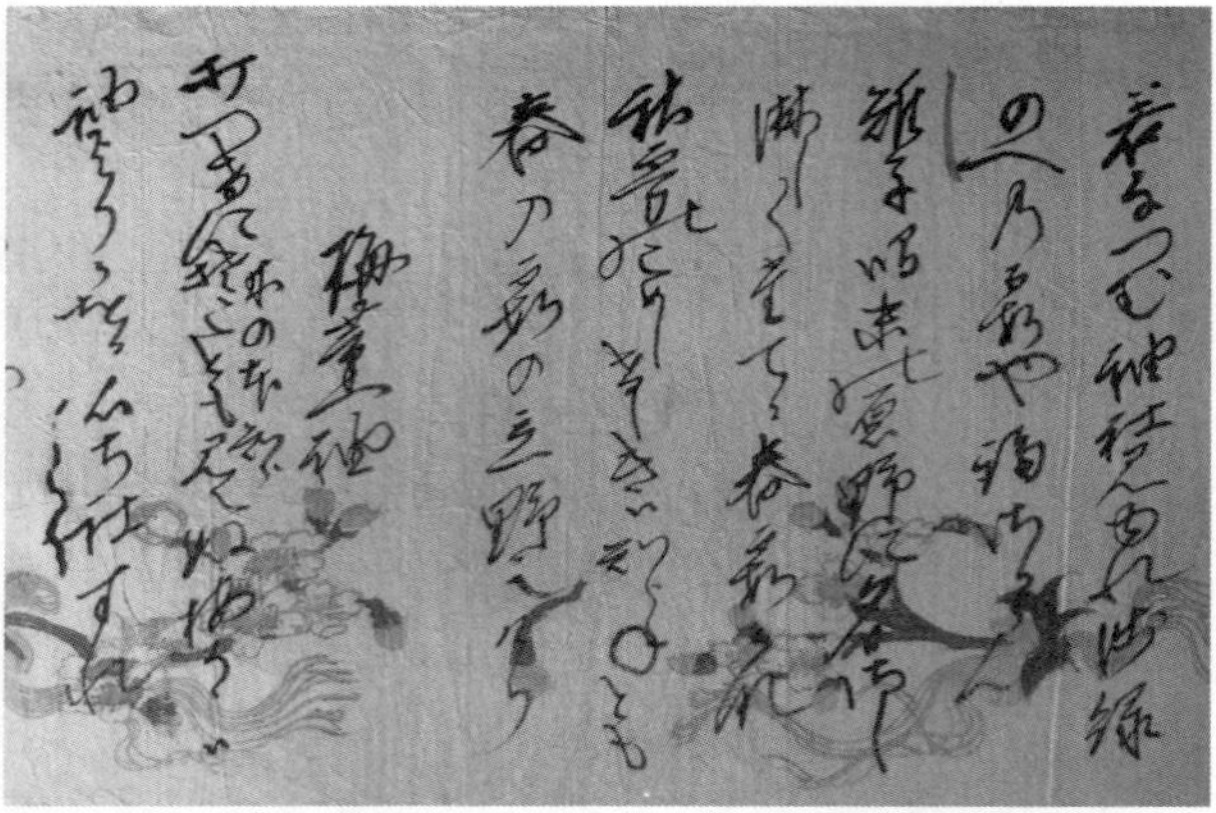

図 9　181～184

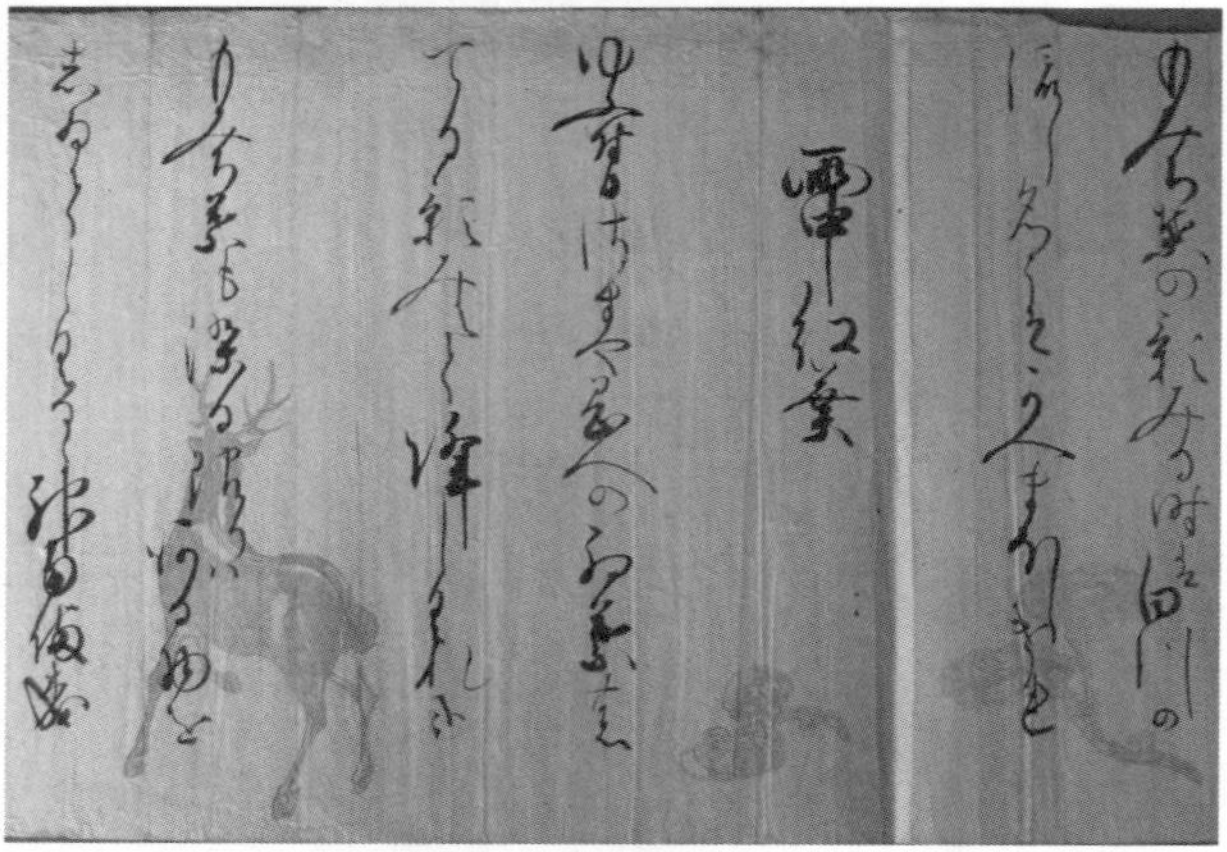

図10　200～202

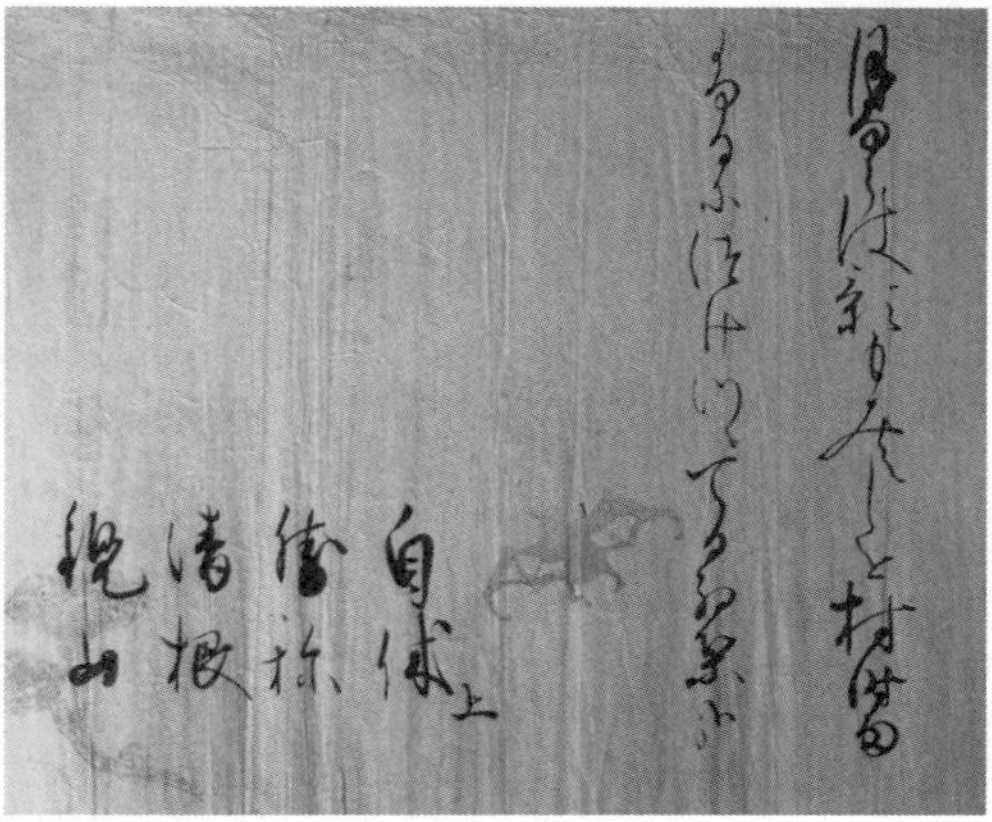

図11　204

208 覚束な霞果たる月影のにしに遠くも成にける哉
209 暁の雁のわかれや送るらんとほさかりゆく春のよの月
210 咲梅のはなのこの間にかたふきていよ〳〵匂ふ有明のつき

寄鶯恋

211 物おもふ我ならなくに鶯はなにかなしくて鳴くらすらん
212 梅かえに来鳴鶯我宿にうつるてふ事をしへさらなん
213 あた敷も花にうつろふ鶯のうきなから猶恋しかるらん

観山／清根／自休／上［得点者名ノ記入ナシ］

三四　懐紙横折　二枚（墨付三面）

炉火

214 匂ひたつあたり長閑に春めけとみをうつみ火そはかなかりける
215 【三＼】埋火を夜半の【一かたらはん】【二】友と【に】はおもは【あら】ねとわかね【られ】ぬ儘におこしつる哉

〈清根〉

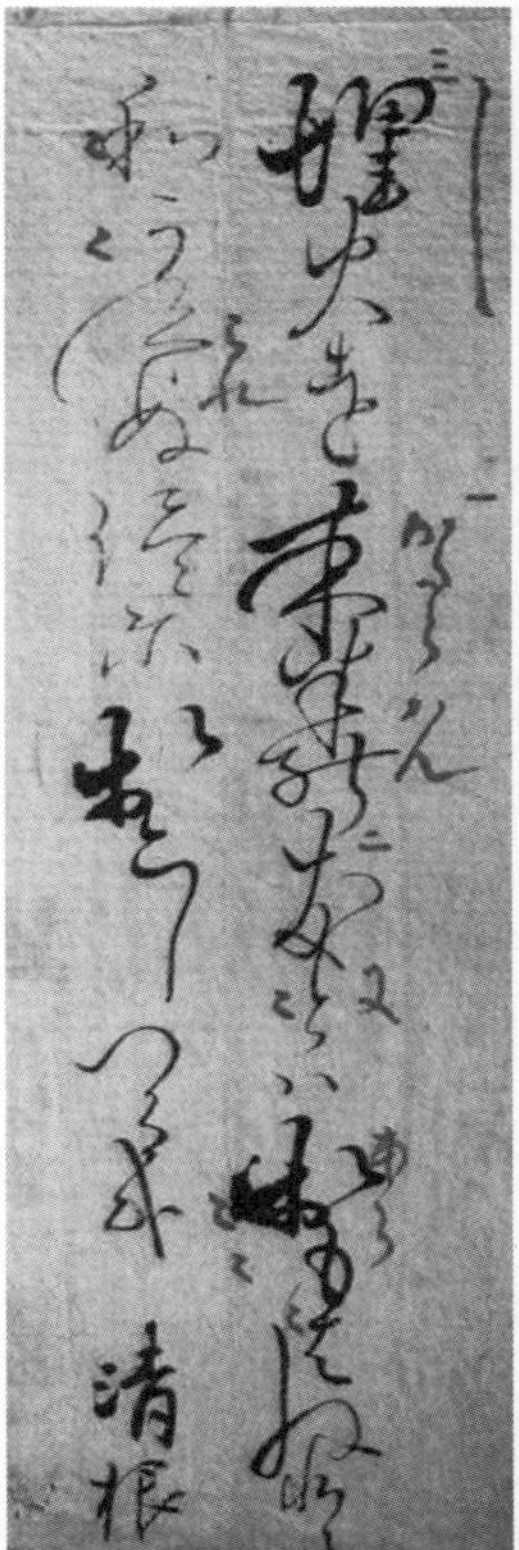

図12　215

【かたらはん友にはあらねと埋火をねられぬ儘におこしつる哉】

216 雪のうちに匂へる梅と埋火のあたりは春の心持社すれ

217 あらためん心おこしてむかへともなほおこたれる埋火のもと

歳暮

218 〽かねてより思ひし事におとろくはけふしもとしのくるゝ也皃　〈清根〉

219 をしめとも今はと暮て行年のひとよそ春のへたて成ける

220 〽ひととせの年の限りはなくも哉さらはおいすや春をむかへん　〈自休〉

221 立かへる物にあらねはけふ暮てゆくとし更にをしくも有哉

寄月恋

222 をり〳〵に時雨ふるよの月影のさしもさためす物を社思へ

【と丶のひ候へとも少し恋めかすや】

223 〽かたみにもあらぬ物からなかめては打なけかるゝ秋のよのつき　〈自休〉

224 〽あま雲のよそにも移る月かけはあたなる人の心也けり　〈清根〉

225 〽てる月の光さやけき夜な〳〵もあやなく人にまとふ比哉　〈孝光〉

寄露恋

226 〽秋の野の草はの露のかす〳〵にこゝろ【上】置とも【置こゝろとも】君はしらすや　〈自休〉

227 朝な夕な心おけともしら露のしらすかほなる人そつれなき

228 〽ゆふへ〳〵思ひ乱てしら露のおき処なくなる心哉　〈秀隆〉

229 〽秋の野に朝置露の乱れ筒きえつゝ物をおもふ頃かな　〈清根〉

三五　巻紙

寄山恋

230　しはし社つらき心をくらふ山きみにまけても越ぬへら也

231　かきつめて思ふ心のちり社はつもりて恋の山と成けれ　〈自休〉

232　契にしこと葉の末の松山もなみこゆる迄なるそかな敷

233　心のみいとはかなくも仲にこのこひの山ちをふみまよふらん

【十点景樹】　清根〈四〉／秀隆〈一〉／孝光〈一〉／自休〈四〉／上

三五　巻紙

水辺霧

234　石はしる瀧の川瀬の浪の上にうきて流れぬ秋の朝霧　〈山〉

235　水の上に一むらなひく朝霧はいと丶うきてそみえわたりける

鹿更萩

236　秋野の萩の錦を五百機に織とや鹿のふみならすらむ

237　秋萩の花にかくれてさをしかのしめけん床や露けかるらん

露世人涙

238　置あまる草木の露はよの人の秋をかなしむ涙なるらむ

239　心なき草木はものもおもはしを誰か涙より露けかるらむ　〈根〉

【二点景樹】　観山／清根／上

三六　巻紙

水辺萩

240 下水に影は見ゆれと秋はきのはなの盛はうつらさりけり　〈根〉
241 打乱れなひくをみれは萩かえにかはせの波のかゝる也けり

旅雁鳴雲

242 うきたひと思ひしらすや白雲に天路まとひて雁の鳴らん
243 たゝよへる【はてもなき】雲路【井】の旅やうかるらん鳴わたりぬる初雁の声　〈休〉

海上待月

244 わたの原暮る波ちを見渡して覚束なくも月をまつかな　〈根〉
245 海はらのさはる物なき月さへにまては猶しも出かてにせり

連夜月明

246 いつ迄かねられさるらん月みれはこよひもひるの心ち社すれ
247 さやか成月は我みの何ならん見れはよな〳〵寝られさりけり　〈休〉

［「らん【れは】」トアルノヲ再ビ消ス］

寄月別恋

248 とゝむれと明る別は月影【有明】のいさよひかたき物にさりける　〈根〉
249 月影はのこれる物を明ぬとてわかれをいそくとりの声哉

【五点景樹】　清根〈三〉／自休〈二〉／上

三七　巻紙

杜紅葉

250 秋さむきけしきの森の夕時雨そめぬ梢もあらしとそおもふ【そめぬ梢ひろくかゝりて聞ゆへき歟】

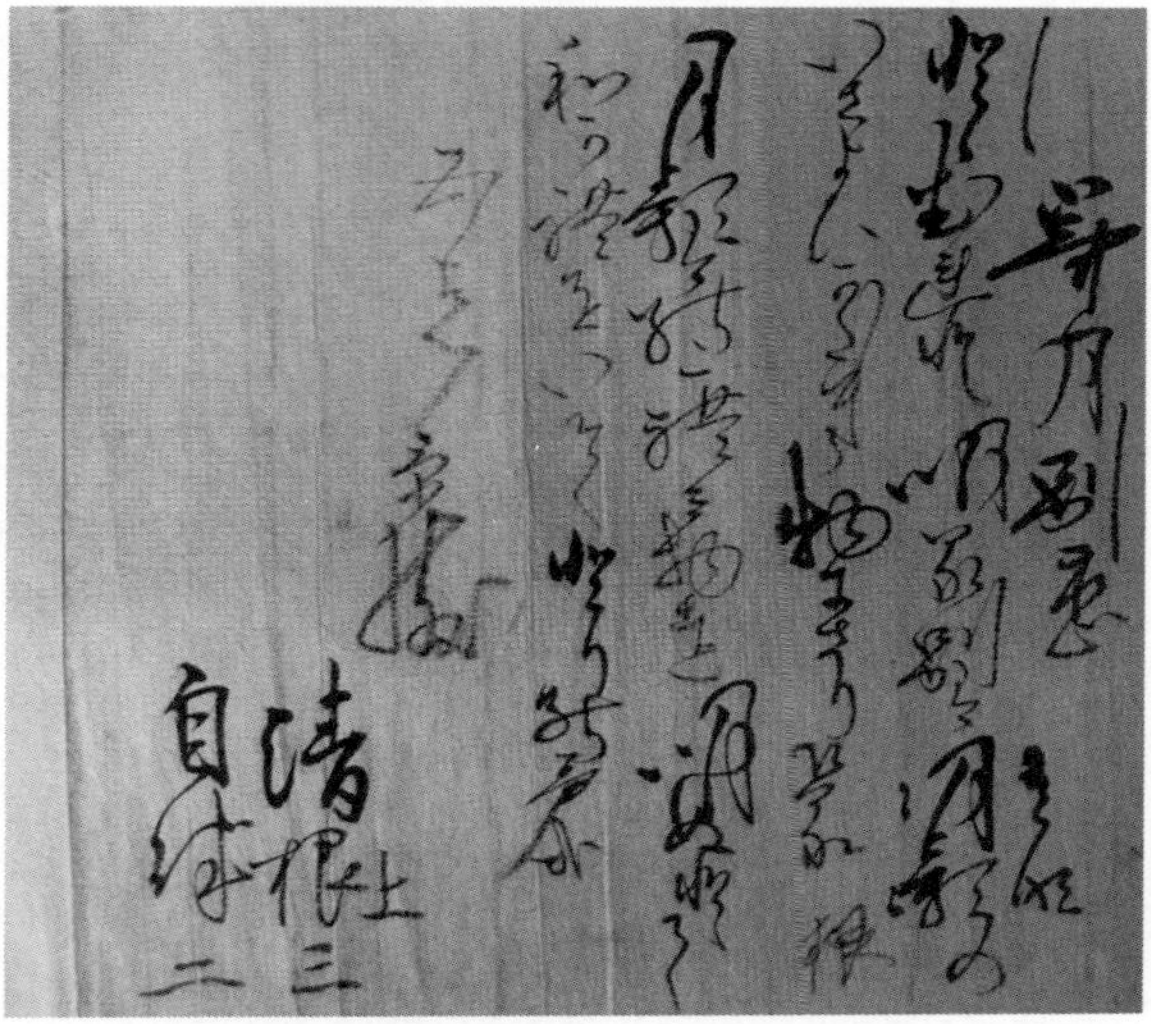

図13　248・249

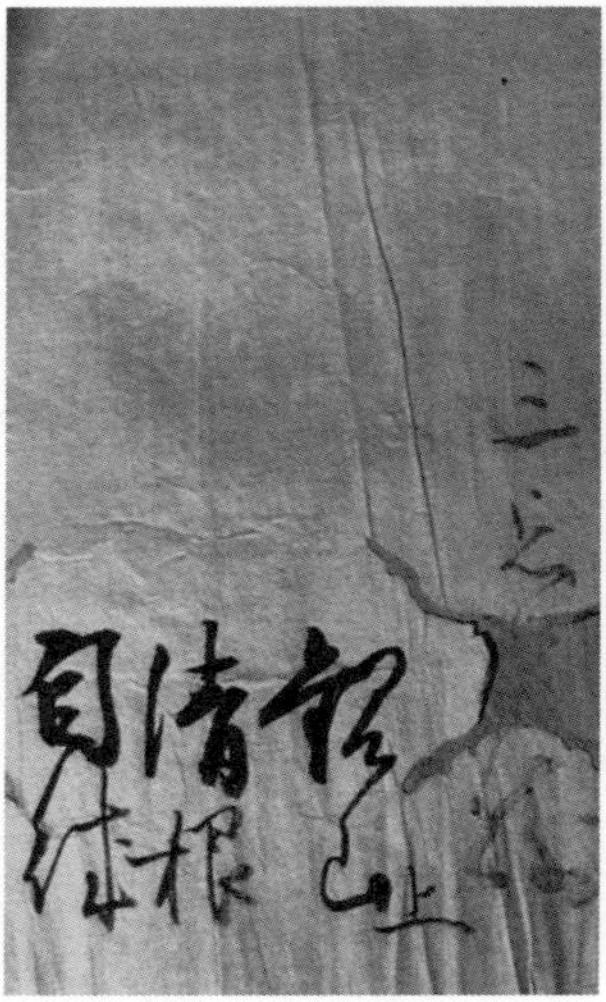

図15　三七

図14　250・251

251 神山のみねのあらしに片岡のもりのもみちや幣と散らん　〈根〉

252 鵙の鳴声せさりせは此森のこすゑのもみち見すやあらまし

山家月

253 よるとてもあけたる儘の柴のとは月影ならてさすものもなし

254 我庵は山松かけに木かくれてつきにさへたにとはれさりけり　〈山〉　【余りふるめかしくや】

255 人はまた【なほ】うき世なからやなかむらんわか住山の有明の月　〈根〉

寄虫恋

256 夜もすから声を尽して鳴虫のさせる歎の無みともかな

257 おもはしと思ひきりてもきり〳〵すあやなく音にそ猶なかれける

258 忍ふれは音に社たてねまつ虫のなきてあかさぬ夜もなかりけり

【三点景樹】　観山／清根／自休／上

三八　巻紙

水風涼

259 かせふけは水の白波立かは【へ】り秋に成たる心ち社すれ　〈根〉

260 涼しくも吹川かせはこゝのみにあきをや波のよせてきつらん

野草秋近

261 撫子はいつの間にかもめくら花いろめく迄に野は成にけり　〈根〉

262 なつをおきて秋や立らんふく風にのへの尾花の袖かへる見ゆ

忍待恋

263 しのふるにたへす成とも松風のまつとは音にたてん物かは
264 ほにも出すしける夏の、しの薄しのひてのみもまつかわりなさ

【弐点景樹】　清根／自休／上

三九　巻紙

初冬時雨

265 待人もあらしとおもふに村時雨音信てこそ冬は来にけれ　〈休〉
266 久方の空に知られて村時雨間なく過ぬる冬は来にけり　〈月〉
267 裏枯し荻の上葉に時雨ふりさらに寂しき冬は来にけり　〈隆〉
268 山風の時雨をさそふいつくよりいかにたくひて冬の来つらん　〈根〉

残菊

269 しら菊の花には霜の花さへに咲てや冬も盛成らん
270 置はてぬ霜の消とや白菊の久しく残る色をみすらん　〈根〉
271 千世まてとおもひし物を露の間に移ろひ果し白菊の花
272 露にあひ霜に移れと見し秋の面影のこる白菊の花

冬月

273 いつの間にたまりし雪と見る迄に浅ちにさゆる冬夜月
274 冴渡る冬の長夜を久方の月も独や明しかぬらん　〈休〉
275 冬の夜の月そことにもさえ増る秋に光や尽さゝりけん　〈根〉
276 千鳥鳴加茂の河風音さえて氷をうつす冬夜月

【六点景樹】［実ハ七点］　自休〈二〉／嘯月〈一〉／秀隆〈一〉／清根〈三〉／上

四〇　巻紙　　　　　　　　　　　　　清根上

御月次　晩夏蟬

277 残なき夏の日数を命にてなほいつ迄と蟬の鳴らん

278 こん秋をまつともなしに木隠てのみいふせみの鳴よわる声

279 木隠てときはの森に鳴蟬は秋近しとも知らすや有らん

松下泉　愚亭月次

280 いか計涼しき松の陰なれは清水さへたに流よるらん

281 吹凬す松の嵐の涼しさに清水も汲す成にけるかな

282 あし曳の山松かねのさゝれ水むすふ計は淀みけるかな

山家納涼

283 いつもかく住よき物か山里は夏をさけたる処也けり

284 山陰の涼しくもあるか隠かは夏にさへたに知られさるらん

瞿麦露

285 おきておもふ露の心は知らねとも乱て咲る床夏の花

風前夏草

286 夏のうちは秋もたゝしを（ならなくに）いつとてかをき吹風のおとろかすらん

四一　巻紙　　　　　　　　　　　　　清根上

折草花

287 咲匂ふ野への八千種多けれは（と）真萩か花に添てこそをれ

288 乱さしと心しなかね藤はかまあらぬ折めをつけてけるかな
289 あまりにも袖のぬるれは秋萩の露を折ける心地こそすれ
290 〵女郎花おのかあたなる心から手毎に人にをらるへらなり

秋夜

291 虫もなき草葉の露も乱るれは夜こそ秋は悲しかりけれ
292 〵秋夜はまた此うへに（かくていよ〳〵）長月の有明の比そおもひやらるゝ（やいかに寝られぬ）【此かた】
293 ね覚てふ事たになくは秋夜の永きしるしに何をしてまし
294 〵心なき露も思ひのあれはかは此永夜をおき明すらん

四二　巻紙　清根上〈丙戌〉［文政九年カ］

名処女郎花

295 女郎花なひくすかたの野へに来ておもひたはれぬ人やなからん【初二のつゝき古歌のまゝ歟】
296 〵岩代の野中に立る女郎花まつと契やむすひそめけん

初秋風

297 〵吹はかく身にしむ秋の初風をすゝしかるへく思ひけるかな

槿花

298 昨日けふ秋のはつかせ吹なへにほころひそむる朝顔花
299 〵出る日の影より先に匂ひけり薄紅の朝顔の花

萩露

300 さをしかの妻とふ小野ゝ夕露にふしてそみゆる秋萩の花

301 萩か花片枝（みたれ）乱てみゆる哉結ひ捨てや露もちるらん

女郎花

302 女郎花移ろふ迄の契をや先朝露のむすひそめけん

亖　巻紙　清根上

葵かつらのの（ママ）さかりたる陰に時鳥の飛過けるうた

303 時鳥なれもかさして神山のけふのみあれにあふひ也けり

304 時鳥よ処に過なはあふひ草かけて【も】待ける【し】かひやなからん

305 あふひ草指てしまてはあし曳の山時鳥鳴て過也

306 郭公鳴一声に打なひき二はのあふひ花咲にけり

四四　巻紙　清根上

御月次　深夜虫声

307 いとゝしく鎮りはてゝ鳴虫の声計にも夜は成にけり

308 おもふ事あら【なく】て鳴らん虫のねも夜の更ゆけは悲しかりけり

都早秋

309 鳴明す声のしるへに照月を更ぬとわふるきり〳〵す哉

310 みそきせしみたらし河やいかならん都涼しき秋そ来にける

刈萱乱風

311 月みんとあくかれそむる心こそみやこの秋のはしめ也けれ

312 ＼あまりにもしとろ也けり秋風に今朝刈萱のなれる姿は

313 ＼刈かやのもとの乱もある物をいかに吹なす野風なるらん

314 ＼露をたにまたて乱る丶刈萱の心も知らぬ秋風そ吹

月照流水

315 たきつ瀬の底にさゝれて照月の影のうへ行水の白波　【さゝれて今少聞とりかね候】

月前懐故郷

316 ＼住わひて妹と二人みし古郷のむかし恋しき秋夜月　［＼書キカケテ止メタカ］

四五　切紙　清根上

古渡霧

317 ＼仄々と夕霧立ぬいつみ河わたりしら浪音計して

318 こく船はみえす成まて大崎や有磯の渡り霧こめにけり

319 ＼立なひく霧のひまよりみえにけりこは誰袖の渡りなるらん　【袖の渡少々覚束なき物から】

320 いつみ河渡りしら浪仄々と露の上より明るしのゝめ

四六　巻紙　清根上

二月御兼題

山底採蕨

321 小塩野に遊ひあまりて大原のやまのさわらひ折にこそくれ

322 ＼夏にのみ【奥ふかき】【下】もゆる【上】山路の【に】早蕨は折ける跡そしをりならまし

梅近聞鶯　松梅院会始

323 今朝来鳴宿の鶯梅の花見つゝ聞つゝあかすも有かな

324 梅花近きをかへに庵してあかすき丶つる鶯の声
325 鶯の鳴なるのへにあくかれてうめに近くも成にけるかな

松迎春新　愚亭会始

326 若えても松の迎ふる初春は緑よりこそ立かへりけれ
327 おしなへて春の緑に小松原雪間よりこそ改りけれ
328 もとよりの色をいろにて新しき緑の春にあへる松かな

夕帰雁　松梅院二月兼題

329 かへるらん常夜の空は知らねとも夕やみくらき雁の声かな
330 古郷の空やみゆらん雁金のくれぬと急く声聞ゆ也
331 来ん秋も月にと契る雁かねの【は】くる丶空にやおもひ立らん
332 かり〳〵と鳴てそかへる霞たちくる丶空には宿もあらしを

梅花誰家　愚亭二月兼題

333 咲匂ふ宿をたかとは鶯も知らてや梅の花に馴らん
334 誰宿と問まほしくも梅花風の便にかをり来にけり

四七　巻紙　清根上

対松契齢

335 色かへぬ松にも有かな君もさは老せぬ年はかくて社へめ
336 改めて君か数ふるけふよりの千年の齢松も延てふ
337 諸共に千とせとおもふは高砂の松の齢と君と也けり

四八　巻紙

338 色かへぬ松のみさをゝ心にてかけし契や千年なるらん

寄鶴祝　紀人年賀八十

339 紀の海の八十のみなとに住鶴の千世といふ千世は君そしるらん

340 鶴の住若の浦波立かへり八千世まて社君はへぬらめ

341 ゆたかなる鶴の歩みは万代を君が宿（為）にと運ふ也けり

342 若かへる君か齢に習ひてそ千年の鶴も老せさるらん

年賀に千年のためしといふ事を句のなかによみいれて祝ひ歌を人のこへるに

343 千年へて後の千とせの例には君【只】みつからをひくへかりけり

（かんとすらん）【らんか君】

344 かくて社君もへぬらめ高砂の松を千年の例にはして

345 亀の世をいひても君を祝ひてんつるは千年の例也けり

寄時鳥懐旧

346 なほ（世に）ありとおもふらめとも打鳴て去年の宿とふ時鳥かな

347 時鳥なれも卯月と鳴ならんおもひそ出る（出れは）去年の此比

余花

348 世中の春にひとりそおくれたる老木は花もかく社有けれ

挿葵

349 誰も皆かくるを見れは神山の葵や人の願なるらん

清根上

十五夜月

350 たくひ無今宵の月の光哉神代の秋や例なるらん

十五夜翫月

351 類ひなき光を空にてらしあけて今宵計とすめる月かな

352 うへしこそ今宵の月の光なれつねよりことにあかすもある哉

十六夜月

353 今宵たにあかす思はゝ照月の心も知らす成ぬへらなり

354 かきりなき昨日の影のいさよひて今宵もすめる山のはの月

十七夜曇けれは

355 今宵たに満ても月のすめるかなきのふに影やつくさゝりけん

356 かくなから見えすしてこそ出ぬめれ今宵は雲の立待の月

十八夜雨ふりけれは

357 雨ふるとれは向ふ人なき山のはに雲の居まちの月や出らん

臥待月

358 見にとくる人もあらなん我妹児か手そめの糸のふしまちの月

寝待月

359 程もなく覚ての後に出にけり老か寝待の秋夜月

見月

360 照月の鏡に影のとまりせは見るかうちにも老はてなまし

松間月

361 山のはの松よりうへも有物をこの間尋る月の影かな

362 山陰の松のはこしに傾てわりなくすめる有明月

初雁

363 まつ虫の鳴つるなへに山里のま萩か上に雁は来にけり

364 ＼ふる里の誰かことつてはまたねとも初雁かねのなつかしき哉

365 ＼はつ雁の声そ聞ゆる今よりや秋風寒くならんとすらん

夕霧

366 ＼色もなき野沢の水の霧の上に残りかねたる夕つく日哉

鴫

367 ＼しなかとり猪名のふし原伏鳴のはね音聞ゆ夜は明ぬらし

擣衣闇風

368 一しきりひゝく音す也秋風のふくをまちてや衣うつらん

369 ＼松風のさそふまに〳〵音す也衣うつらん岡のへの里

難忘恋

370 ＼わすれなんさてはたやかて恋んとも人のつらさを昔とおもはん

久恋

371 ＼限あらはみも果ぬへき年月をいつ迄つらき心なるらん

寄橋恋

372 東路の佐野ゝ舟はしさのみやは恋し（つら）き人（心）を恨（たのみ）渡らん

清根上

四九 巻紙

山家早春

373 改るけふとはなしに（知らぬ）山里も春のはしめの心地社すれ（をおもほゆる哉）

374 鶯のむすほゝれたる初声にみ山の里の春を知かな

375 あらためて我社汲ね山水も若ゆる春を今朝は知らん　【此かた】

376 我山の雪間の穂長心ありて春のものとはたか残しけん

377 山里におふる穂長のうらみけるうき世の春はおもひかへさし

378 山里は春とも知らす白雪のまたふる年の心地のみして

梅万春友　望南会始

379 万代は我社【君そ】ちきれ【らん】黄鳥も梅には疎き友ならねとも

380 語らはぬ事こそあかね万代もわれにゑめりと見ゆる梅哉

381 鶯も年々来れと梅花友とせ（見）ん世は我そ久しき

歳旦

382 心先うきたちそめて春霞のとかに明る朝ほらけ哉

年内立春

383 あら玉の歳の内より立かへり立かへりたる今朝の春かな

除夜

384 あら玉の年のをはりとおもへとも春の始といふへかりけり（の今日にやはあらぬ）

五〇 巻紙

385 あら玉の年と年との行合の間なく程なく成にけるかな

山家早秋

386 秋風の音信そめし山里に人まつむしの声すたく也 【声のすたくと申候事候にや】
387 〵山陰の柴の扉に通ひけりまたすしもあらぬ秋の初風
388 〵山里の秋のはつ風うちつけに今朝はた寒き心地社すれ

初雁

389 〵おほつかなたか人やりに急かれて先来る雁の使なるらん
390 我門の早田穂に出て初雁の鳴なるなへに朝け寒しも

恋夢

391 おもひ寝の我心より見し夢は（に）ゆきて逢つる心地社すれ

述懐涙

392 〵うつせみの世のうき事にあたりてそおつる泪の玉は砕くる
393 はてもなきあらましことを僂くも尽しておつる我泪かな
394 よろこひにいみてなかしとおもへともひとりこほるゝ我涙かな

なゐのゆりける日の夜

395 竹の根のゆるかぬのみを頼にて心にもあらす出し宿かな

五一 巻紙

嶋蛍 御月次 ［清根］

396 いさりする（わたつみの）海士のいへ嶋涼しくも（暮そめて）ともす火影は蛍也けり
397 〵五月やみ夜漕舟の梶嶋のあしへ照して飛蛍かな

398 波たては影も乱て夏草のまかきの嶋に蛍とふ也

399 五月やみ雨にきるてふ笠ゆひの嶋根の蛍今かもゆらん

400 風吹はたはれ嶋ねによる波の立もかへらて行蛍かな　【此かた】

寄名所祝

401 八千（百）年のつもりの浦の松も嘸君に習ひて老せさるらん

402 古郷の入佐の山の松も尚君か為にや千代数ふらん

403 梓弓ひき豊岡の松かえの千年の陰も（を）【末は】君こそは見め【しるらん】

野草秋近

404 風吹は夏野にはへる葛のはもやかて秋にそなりかへりける

405 打なひく野への草はの朝露の程もおかてや秋は立なん

晩夏蛍

406 秋近き風に光をけたれても有か無かに飛蛍かな

407 夏虫のもゆるおもひもさめぬへし今宵の風の秋近き哉

408 秋近き草の末はにすかりても残る蛍の立影そなき

寄露恋

409 深草の野への草はに置露のしけ（ふか）くも物をおもふ比哉

悔恋

410 かねてよりつらからんとは知なから今迄何にやまれさりけん

夏懐旧　貞禅尼追悼

411 鳥部野ゝしのゝ小薄秋またてはかなく君を招きけ【つ】る哉
412 今は君涼しき道を行らめと苺の下社悲しかりけれ

五二 切紙　清根上
夕納涼　月次
413 いつしかと秋まつ虫も声たてゝ野風涼しき夕月夜かな
414 夕月夜涼しきなへに秋風も忍ひあへすや音をたつらん

五三 巻紙　清根上
寄花懐旧
415 はかなくも人忍はする年々の花や昔のゆかり成らん
416 無人の形みならねと桜花むかし恋しき香に匂ひけり

五四 巻紙　清根上
松有歓声
417 万代の声のこもれる松風はよはひをつまん君のみそ聞
418 君かよはひ山とし高くつもらなんはるかに呼ふ峯の松かせ
419 喜ひをまつに含りて吹風のことし逢ぬ（へり）としるき音哉

五五 巻紙　清根上
毎朝聞鶯
420 青柳の糸くりかへし朝な〳〵き【な】けともあかぬ鶯の声
梅薫衣
421 △木の本に梅かゝ【花匂ひを】ちらす春風は我袖にのみ吹けよとそおもふ
山家春月
422 奥深き山里にても世の春をそむき顔にはみえぬ月哉
山家春雨

423 鶯の笠にぬふてふ梅の花咲山里に春雨そふる

祈恋

424 憂度に祈をかけて神にさへふるさる丶身と成にける哉

寄鶴恋

425 あふ事はなたの汐風さわかれてあしへの鶴の音をのみそなく

426 めくりあふ時はいつともしら鶴の雲ゐはるかに成そ悲しき　［以下破損］

兲　巻紙

御月次　原照射　清根上

427 後の世のつみをまたてもむくゆへしともしは鹿のあたちの丶原

428 木隠て忍ふか原に立鹿のいかてともしによらんとすらん

429 梓弓（ますらをか）いり野丶原にともしするほ串や鹿のほたしなるらん

430 くらふ山麓の原にともす火は鹿のやみをや照さ丶るらん

曳菖蒲　月次

431 おりたちてうきにあやめをわひ人は（の）けふさへ身にや引くらふらん

432 今宵誰枕にむすふ契故えにひかれぬるあやめなるらん

433 堀江にてね長きあやめ引時は舟の綱手の心地こそすれ

434 むかしよりひくとはすれとあやめ草たえぬや長きねさしなるらん

夏無常

435 あやめ草涙の玉にぬかんとはおもはぬものをつねな世中

436 蓮はの上に消ぬる露みれは玉もはかなき世にこそ有けれ

437 五月雨の空立さらぬ浮雲のつねなる世ともおもひけるかな

三七　巻紙　霞中鶯　清根

438 立隠す霞の内に鶯の声うちとけて何語るらん

439 春かすみたちこむれとも鶯の声は隠れぬ物にさりける

関路春月

440 浪風のあら井の関のあたりさへのとかに霞む月の影哉

帰雁

441 霞をは翅にかけて佐保姫の衣かりかね今かへるらし

毎春思花

442 我こゝろうかるゝ花のあた物をいつの春よりおもひ初けん

443 此春も行てみましと三吉野の花の盛をおもふ比哉

初見切恋

444 みし人のありかもいまた知らなくに我魂のうかれゆく哉

445 初草のはつかにみしを歎てふためしもあらぬ恋もする哉

三八　切紙　野外春駒　清根上

446 また寒き春の野風になつむらん放ちしこまのいはゆなる哉

447 若草の新やか小野のはなれ駒いはゆる声も勇む春かな

448 手かひせし駒のあさりを若草（春野）に打まかせたる（ても）春の野へ（放つ比）かな

449 若草のあさる計に成しより野かひのこまのあれすもある哉

五九　巻紙　河網代　月次　清根上

450 大ゐ河々波寒く成にけりとなせの網代今やうつ（守）らん

451 木葉のみ流てかゝる冬河のあしろの床は月やもるらん

452 みよしのゝ滝つ河内（早せ）の網代木はひをの落くるしるへ也けり

453 〽河上の田上山や時雨るらんあしろの波の音噪く也

六〇　切紙　嶋崎春景母　年賀　［清根］

名処祝

454 〽君か為千年の数を打出のはまの真砂に波もよすらん

【此かた】

455 〽志賀の海の沖つ嶋崎さきかれと君をそいはふ万代迄に

456 神風の伊吹の峰に照月の久しき世ますまん君哉

六一　巻紙　款冬露繁　清根上

457 〽山吹の花の八重垣ひまもなく露とそむすへ枝もたわゝに

458 払へともおもけにもあるか山吹の花の盛に露の置れは

459 色よりも露こそ殊に深からし移ろひかたの山吹の花

閑居花

460 見にも来ぬ人の待れて桜花さかぬ間よりも淋しかりけり

461 〽問人もなき隠所の山桜同し心に誰をまつらん

観山次男山脇道作か養ひ子になれる祝言遣しける

462 〽松か枝の巣を離ゆく雛鶴の千世のすみかを思ひこそやれ

山吹

463 款冬の露の玉水やかて其処の名にやなかれそめけん 〈〇〉 ［長点ハ墨書、〇ハ朱書］

六二 巻紙 樹間残鶯 清根上

464 春は暮て花もすきふのは隠にさひしく残る鶯の声 【花を過るとは申かたくや】

465 残ても巣をや守らん花もなき木隠にのみ鶯の鳴

466 こかくれに散（咲）【や】残るかと夏山の花を尋る鶯の声

余花

467 世中の春に心やあはさりしおくれて咲る山さくら哉

468 夏山のしけみ隠の遅桜あまりに春におくれける哉

469 花の皆あたなる春を過してもいまはと咲る山さくら哉

首夏天

470 何とわく夏のしるしもみえねとも春に替れる空の色かな

471 昨日今日照日霞まぬ大空のみとりや夏のしるしなるらん

472 春暮て幾日もあらぬに時鳥鳴へき空のけしきなる哉

新樹

473 若は皆茂り合ねと楢かしの木陰涼しく見え渡る哉

不偸盗戒

474 雪の内に埋れはてし松たにもつひに緑のはやしならすや

六三 巻紙 橋姫社奉納 清根上

郭公鳥

475 橋姫の昔語りは聞ねとも声なつかしき時鳥かな

476 何をかもうちの渡りの時鳥声ふりたて丶夜た丶鳴らん

477 人知れぬはつねまつ（聞）夜は時鳥我さへ忍ふ心地こそすれ

478 時鳥【哉】【下】【世の人の】き丶ふるすにや帰るらん鳴なる声の【上】稀に成ゆく
【世の人のき丶ふるすにや帰るらん稀に成ゆく時鳥哉】

松契千年　信州人賀

479 松のへん千年は君か物なれは心のま丶に契れとそおもふ

480 若かへる（契ても）君か齢を伴ふや老せぬ松の心なるらん

481 君ならて【にこそ】松も誰とか【ふかく】契るへき【らめ】同し千年は（の）むつましき哉
【友しなけれは】【此かた】

御月次　社頭冬月

482 を【お】きそ山はるかに呼ふ松風の千年の声は君そ聞らん

483 打払ふ霜たに寒き山あゐの袖に舎れる冬夜月

484 松風の音（こそ冴れ）のみそする昨日せし【声もともにそすみわたる】かくらの岡の冬夜月

485 さよふけて御影も寒し月読の森の梢に霜や降らん

486 松浦河氷をみかく月影や鏡の神の心なるらん

冬述懐　松梅月次

487 今年たに冬の日数はおもほえてくは丶る物は寒さ也けり

488 時雨たに涙すゝめし身の果をおもひ消よとつもる雪かな
489 時雨にも雪にもあらて世にふるは（ふりぬれは）【たそ】【やかて】悲しみ【き】それの我身也けり
【時雨にも雪にもあらてふるはたそやかて悲しき我身それ也】

六四 巻紙

暮春花　御月次　清根上

490 散ぬへき花の盛は残てもさため無世にくるゝ春哉
491 散花にをしむ心を尽せとや暮行春はとまらさるらん
492 をしめともとまらぬ春にくらふれは花はしはしも残ける哉
493 散残るみ山桜を尋ても春のとまりに我は来にけり

寄蛙恋

494 おもふことといはしとすれは山吹の下に蛙の音そなかれける
495 加茂河に妻よふ蛙夕さらす鳴ても我は恋渡るかね（ママ）

別恋

496 人知れぬ妹か垣ねをはふつたのわかれかねつと誰に語らん

残花

497 木隠て残る心やありつらん風にしられぬ山桜哉

水上落花

498 水の上にちるを哀とおもへとも花は浮たる心なるらん
499 行水に移ろふ影の山桜浮みにけりと【も】おもひける哉

朝雲雀

500 朝附日さすや岡への草陰に【を】【下】ひはり鳴也【上】今か立らん
501 ひはりあかる声にもしるし大空の霞む朝気や量らさるらん

あか時の歌

502 あかなくに今年も花は散にけりくはゝるかひのなき弥生哉　〈△〉　［△ハ墨書］

六五　巻紙　清根上

御月次　紅葉浅

503 秋山の時雨の雲に夕日さしうす紅に匂ふ紅葉
504 深からぬ朝の霜やそめつらんこすゑかつ〳〵色付にけり
505 ふり出て時雨のそめぬ紅葉はからくれなゐの色なかりけり

聞擣衣　月次

506 夜を深みさめて聞たに有物【(侘しき)】をまた寝ぬ人や衣うつらん
507 から衣千度うつ音は永夜をわひていをねぬ我そ数ふる（のみそ聞）【へては】
【から衣千度うつ音は永夜をいをねぬ我そ数へては聞】
508 唐衣うつ音聞は独ねのわか袖寒く成増りけり

待月　清根上

六六　巻紙

509 今よりは【三有明の】【三】ま【つ】たしとそ思ふ【はすれと】【一】宵々に月はつれなく成増りけり
【宵々にまつとはすれと有明の月はつれなく成増りけり】

惜月

510 山のはの暮ぬ先より見し月のはやまち遠に成にけるかな

511 山の端は雲にもあらなん照月のかくるとすれと【も《ママ》】もれん影みん

十三日の夜月をみて

512 宵々に照増るへき月なれはこよひの影をあかすこそみれ　【宵をかさねす□□】

夕秋風

513 墨そめの夕の空の秋風は身にしみ〳〵そ悲しかりける

関路月

514 関の名をくまとは何にいふならんかくこそてらせ秋夜月

寄関恋

515 よ処に聞衣の関は君とわか打ぬるなかに有けるものを

題しらす

516 草の上の露とも何かわきていはん袂におけは涙也けり

㐂　巻紙

情月　松梅月次　清根上

517 さやかにも月の行へは見えなからあかぬ心を（の）やる方そなき

518 更ぬ間もをしくも有かな中空にかねて傾く秋夜月

519 あまりにも杳に月の成ぬれはをしむ心も及はさり凫

520 明方の近きさへたにあたら夜を行へ程なき山の端の月

521 月の入し跡をなかめて大空を【（は）】むなしき物と今宵知にき

虫声非一　愚亭月次

522 さま〳〵に乱てあへる虫の音は物おもふ（かなしき）秋のしらへ也けり

523 大方の秋の哀を集めても聞心地する虫の声かな

524 鳴むしの声はひとつにあらねともかなしき外はましらさり凫

525 百草の中にさま〳〵鳴虫の涙の数は【(を)】露や置らん

526 悲しさは一つ思ひの虫なからおのれいとゝそ増り声なる

527 秋のゝの虫の声〳〵【々】聞をれはひとつ〳〵に哀也けり

旅宿聞虫

528 きり〳〵す何を語るとなけれとも都恋しき草枕かな

529 逢坂の関の駅に宿かりて夜半に聞つる轡むし哉

秋旅

530 草枕定めかたきを秋野に露はやすくも結ひける哉

夕虫

531 秋風の寒き夕は庵の戸をさせと鳴てや虫も侘らん

草花

532 咲そめて匂ふを【(色めく)】見れは女郎花をはなか中の小萩也けり

故郷女良花

533 女郎花住捨られてふる郷にいつの秋より独なるらん

534 故郷は野と成つる女良花ひとりか後も秋やへぬらん

暁月

535 木隠に(て)いさよふ月も入にけり残る方なく夜は明ぬらし

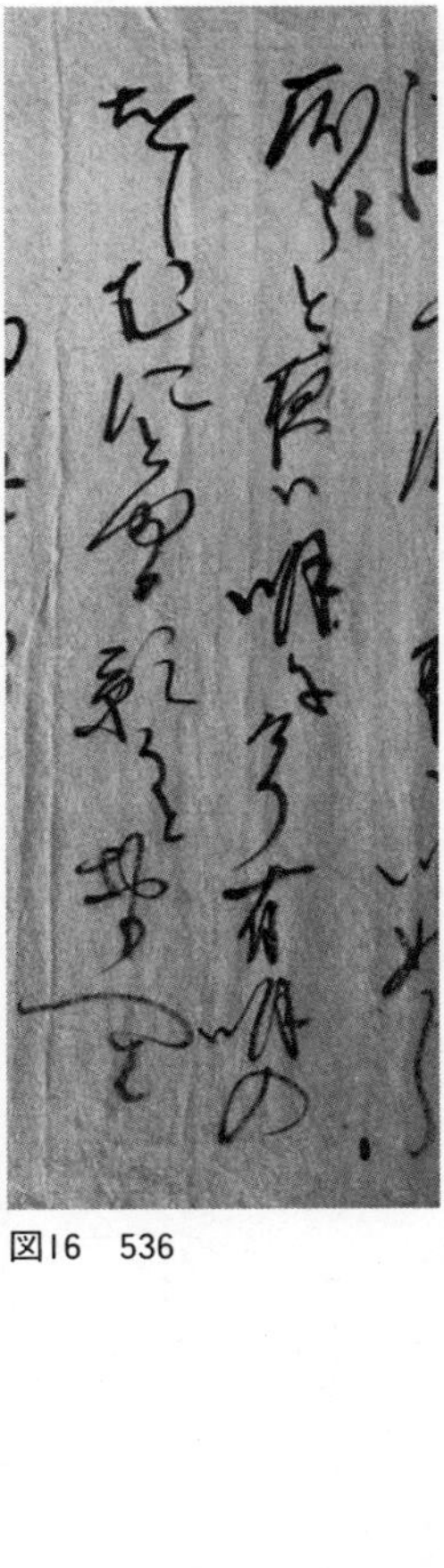
図16　536

536　【々】と夜は明にけり有明のをしむにとまる影かとおもへは

雨後草花

537　村雨の露のかゝりし朝より片え移ろふ秋萩の花

538　をみなへし今朝はことにそしをれける夜の間の雨やいたくうちけん

七夕　後朝

539　久方の天の河浪立かへり遠き渡りと成にける哉

白地恋

540　花かたみめ社間近き中ならめへたて心のつらくも有哉　【題意にかなひ候や】

思貴人

541　玉たれのをすの一重もうき物を九重にさへ移けるかな

深更待恋

542　こめやともかつはおもへと下紐の暁かけてとくる夜半哉

寄烟述懐

543　海人のたくあし火の烟一すちにあしとは人をおもふへしやは
待月　清根上

544　いつしかと月まつ宵の浮雲は心にのみもかゝるへら也　【へらは所かなはすや】
蟋蟀始吟

545　夜半はまた永からなくに蛬ね覚せよとそ鳴はし［め欠カ］ける
朝月

546　有明の光薄らく今しもそ月の都は暮はしむらん
紅葉

547　花ならはをしからましを紅葉のうつらふ色のなつかしき哉
菊初帯霜

548　白菊の花の色にもうたかひをむすひそめたる今朝の霜哉
【うたかひを結ふノつゝきいかゝなれともかゝるトいひなれたるか】
海辺菊

549　住のえの岸のはにふに今もかも咲匂ふらん白菊の花
月

550　秋の夜の更るも知らすめてをれは月の影にそ袖はぬれける
雨中虫

551　秋寒き夕の雨にぬれ〳〵て鳴みの虫の声の哀さ　【雨ふるときは鳴ぬかとおほえ候共さまては】
鹿声遠

六九　切紙

552　さ小鹿の声はるかにも聞ゆなる山のあなたや月に成らん

十五夜無月　　清根上

553　雲の上に月は今宵を雨夜ともしらてや独照増るらん

折ふし病にふして

554　ぬは玉のわらはやみたにかけさすを今宵の月のなと曇るらん

555　身にさはる病もひまは有物を今宵の月にやまぬ雨哉

雨の音漸聞えすなれる時

556　月影は雲間にたにも見えなゝん雨晴なはと人もこそまて

十六夜

557　久方の雨にさはりて今宵迄月の盛はいさよひにけり　【盛のいさよふいかゝ】

十七夜

558　最中なる月はをとつひ昨日けふ数へて三よと【○】またしける哉

七〇　巻紙

冬月冴　　清根上

559　隈そなき秋たに雪と見し月の冴ける影を何にたとへん

560　秋よりも照らん影は増らめと向ひ難くも冴る月かな

561　照月の【たにも】影匂ひなき心ちしてあまり冴のみ増る【冬の】夜半かな

562　限りなき空冴〳〵て凩の風の光をそふる月かな

閑中雪

563　天河水なき空に風冴てひとり氷れる冬夜月

564 花と見ん人しとはねは（をまつ間に）昨日今日ふりかくしける庭の雪かな
【花の俤をふりかくすの意にや今少迂遠に候歟】

565 閑けさは山の陰にてたりぬへし人こさせしと埋む雪かな
【そへす少にや】

566 何事も聞えさりけり山里は音せぬ雪に埋れしより

七一 巻紙

枯野霜　清根上

567 庵【柴】の外【戸】におのれこほるゝ【れてちる】雪の音を人や払ふとおもひけるかな

568 野へ見れは鶉の床も顕れてしも深草は枯渡りける

569 枯渡るのへの浅ちふ朝霜のむすふや冬のしをり成らん

570 かれはてぬ草はに消る色みえて村々白き野への霜哉

571 片岡の野へ白妙に置霜のはなの盛をしる人もなし

里時雨

572 白【行】雲の浮田の森は【か】晴な【て】からしくれふる也大あら木の里

573 嵐吹外山の雲にしからきの里は時雨ぬ時なかりけり

574 侘人の寝ぬ夜の袖を尋らん【ても】山里めくる村時雨かな

575 舎してきかはいかにと思ふ哉ねさめの里に時雨ふる也

576 立よらん道の舎も定無しくれの雲の二村の里

七二 巻紙

山家梅　清根上

577 山里に咲たる梅も人しれす香に匂ふとはおもはさらなむ

578 世のほかの物とやいは【まし】ん梅花やま里にのみ匂はましかは

柳帯露

579 露にさへぬる〳〵みゆる青柳のうちたれ髪の美しき哉

580 青柳の糸もてぬける露なれは打なひくには【も】乱さりけり

581 朝な〳〵玉と結へる白露を柳のめにはいかゝみるらむ

雪中鶯

582 鶯はうへこそ来なけ雪さへに春を告てそ花と散ける

梅花誰家

583 春の夜の朧月夜の梅かゝにそこともしらぬ宿そ恋しき

584 いちしろき梅の匂ひをしるへにて覚束なくも宿やとはまし

585 梅花咲宿からの匂ひとはおもふ物よしそこと知られぬ

遥峰帯晩霞

586 かつらきの高ねの霞打なひき夕にさへにかゝりけるかな

587 夕されは常より遠きかつらきの高間の山に霞たな引

588 はる〳〵と山の高根を隔たる霞やくるゝ堺なるらむ

寄莚恋

589 君か来ぬ国のさ莚ひとりのみしく〳〵物を思ふころ哉

590 敷妙の妹か夜床のいな莚かはす枕もむつましき哉

591 君に我かいなともいはていな莚しきねしたりと人に語るな

河瀬氏なる人の七十の賀に

592 よろつ代に氏の河瀬のかはらすや老をせくてふ波のよすらむ
593 年毎にいはひてつめる七草のか［ヤブレ］知られさるらむ【しとそおもふ】《虫損》

七三 巻紙

対山待花　　清根

594 人は（も）皆望みてまてと（をれとも）此山の花の時のみ向はさり覧
595 山近く家居しせれは梅花まち遠にのみいと丶見えつ丶
596 音もせぬ嵐の山の長閑さをいつ迄花のまたんとすらん
597 打向ふ山のいつれのかひよりか先咲花の匂ひ出らん
598 嵐山花の盛に打群て来向ふ時はいつにか有らん

待花

599 何事もまては遅しとおもへとも花にたと【くら】へん物なかりけり
600 まつ人の来ぬ心ちして侘しきは宿の桜の咲ぬ也けり
601 春雨の後もつれ〳〵いつかさてまたる丶花の咲んとすらん

尋花

602 心のみ行て尋し（る）山桜おほつかなさにおもひ社たて
603 はる〳〵と尋〳〵て嬉しくも逢ける花の心ち社すれ

春日遅

604 梓弓はる山遠く出し日のいかか遅くもなれる比哉
605 あし曳の山下はへる菅のねの永くも永き春の日の影
606 一眠覚ての後の日長さにけふをけふともおもほえぬ哉

寄名処恋

607 同しくは妹と并ひのをかしともいはれてたにもやまゝし物を

七四 巻紙

月宿松　清根上

608 〽中天の雲を離れて【し】【四やかても】松かえに舎【りける】をかへし夜半の月【三影は】哉

【中天の雲を離れし月影はやかても松に舎りける哉】

山家虫

609 〽山里も人をまつむし汝か鳴はひとり住うき心ちこそすれ

610 人とはぬ我山里の夕暮は月まつむしの声のみそする

海辺雲

611 海原の浪にかゝりてしはらくは立かへるともみえぬ雲哉

古郷月

612 〽古郷は鶉鳴野とあれ果て中々月やすみよかるらん

七五 巻紙

御月次　霞覚時雨

613 〽むかしおもふ老のね覚の悲しきにふるや涙の時雨なるらん

614 〽むかしおもふ夜半のね覚を音信て涙すゝむる村時雨かな

615 〽さらてたに覚てねられぬ冬夜の暁寒く降時雨かな

616 覚てのみ寝られぬ儘に数ふれは幾度となき小夜時雨哉

617 時雨るらんと計聞てやみなしね覚の袖の露けからすは

618 〽閨のうへ【と】に残る雫そ音すなる覚ぬ先も（に）〽や打【まつ】時雨けん

落葉霜　月次

619 〵紅葉の唐紅もふりぬれは霜とのみ社色替りけれ

620 〵紅の村々（いつくも）深き木葉には霜も心や置まよふらん

621 紅葉のちりて重る木陰には薄くれなゐの霜そ置ける

622 上かうへに木葉の降と聞えしは夜風にさやく霜にや有けん

623 〵乱てもちる紅葉を木本に心ある霜やむすひとめけん

624 〵今朝見れは村々白し暁の霜に紅葉や降交りけん

625 散ぬれと色なつかしき紅葉に解たる霜の心なるらん

626 我宿の紅（木）葉や霜と降ぬらん今朝白妙にみえ渡るかな

御当座　夏衣

627 〵蟬の羽の薄き衣のひとへをは（かたひら）【名を】すゝしと社はうへもいひけれ

628 衣たに（夏衣）薄きかひなし比日はあつしといはぬ人なかりけり

629 〵白妙の夏の衣は橘の香に社深くそむへかりけれ

七六　巻紙

御会始　海上霞　清根上

630 〵波はかりたてりとおもひしわたつみのちひろの上に霞棚ひく

631 春霞かすみの浦はうら〱と（を今朝見れは）まことにたてる名に社有けれ

632 〵大船のともの浦風音もせて霞はてたる波の上哉　【此かた】

早春松　望南亭会始

633 ときはなる松の千年の（も）立かへりもとのみとりの春や知らん

634 よと丶もに替らぬ松の年も尚立かへりてや春を知らん
635 あら玉の年の始になる毎に老せぬ松の色そ増れ（見えけ）る
636 降おける雪間に青き衣笠の山松先や春を知らん

朝鶯　松梅院会始

637 朝戸明て先そ聞つる梅花にほふやいつこ鶯の声
638 朝な〳〵春と唱なる鶯のいや初声の珍らしき哉
639 何となく心うきたつ初春の朝嬉しき鶯の声

【此かた】

若菜知時　廿八日　愚亭会始

640 春のたつ朝の原の七草は所からにや時を知らん
641 ふる雪の下にさへたに生にけり時もわかなとおもひける哉
642 青柳の糸をくるす野雪消て若なやもゆる時を知らん
643 立寄て摘んとすれは芹河の汀の雪も下消にけり

七　懐紙竪折

歳旦（発句）

644 一時か四の時たつ朝哉　常観

近世における地方神主の文事

――越前鯖江の舟津神社神主橋本政恒を中心に――

橋本政宣

はじめに

国学、国学者の研究に初歩的な道具としては、『国学者伝記集成』、『名家伝記資料集成』、『和学者総覧』などがあるが、(1)ことに『和学者総覧』は、国学者にとどまらず、神道・国史・地理・律令・格式・有職・考証・国語・国文・和歌などの分野にまで対象を広げ収載されているもので、総計一万千六百余人という厖大な数の「和学者」が含められていて、近世の文化・思想・学術等の総合的理解、個々の研究の糸口を摑むうえで極めて重要なものといえる。

そして、これらの道具類によって、近世の神主には国学に励み、和歌に親しみ、文事を重んじた神主もまた少なくなかったことが窺われる。しかし、全国的にも令名高く、著作の存在も世に知られていても、事歴などが明らかにされているのは必ずしも多くはなく、さらに伝記的研究までなされているのは極めて少ないといっても過言ではなかろう。江戸後期に盛んになる国学の研究の一層の深化をはかっていくためには、これまであまり世に知られていなかった国学者、文事に力を尽した神主の堀起しや、その伝記的考察、著作の研究などを広く行っていくことも、重要な問題になってきているように思われる。

本稿では、近世における地方神主の文事がどのようなものであり、地方文化とのかかわりが如何なるものであったかなどを考える上での一事例として、越前鯖江の舟津神社神主橋本政恒を中心に考察することにした。政恒は実は小生の六代前の先祖にあたり、当家には政恒の著作や写本類などが少なからず伝存し、かねてより関心を抱いていた。政恒についての調査・研究の必要性に思い当ったのは、十数年前、政恒当職のときに再建された舟津神社本殿の修復を行った際に於てで、厖大に伝存する本殿再建関係史料の多くが、政恒が深く関ったものであったからである。いわゆる造営神主としての一面は別稿で明らかにしたので、(2) ここでは政恒の文事面、国学者・歌人としての側面に焦点をあてて考えることにしたい。(3) 先祖のことを公表することはおこがましく、また公正ならざることを恐れるが、恰好の素材であるので取上げることにした。御叱正を乞いたい。

一　橋本政恒の生涯

1　政恒の略伝

政恒については、『和学者総覧』には次の如く見える。

8116 橋本政恒《ハシモトマサツネ》　姓藤原　称筑前守　越前今立郡　天保9・11・19　78　足代弘訓　舟津神社宮司、『五百石地方(4)郷土史』(643)

この内、師弟関係については異論もあり、この点については後に検討することにしたい。墓は越前鯖江の王山東麓に在り、表に「橋本筑前守従五位深江朝臣政恒／同室源女佐藤氏之奥墓／嘉永六年癸丑十一月廿六日卒」とあり、右側・左側に墓誌銘(5)がある。

君諱政恒、従五位下、筑前守、姓藤原、氏橋本、前越」舟津大宮司也、其先實住、伊香我色許男命八十有」

五世孫也、祖諱昌勝、父諱祇儀、母岡埜氏、夫」船津也、昔式内社而、其所来尚矣、然其間兵乱変」置不一而足矣、当君在時、僅存数間茅茨而已、君」有慨于此、勤苦数十年、卒能改立経営、十倍旧貫」焉、嗚呼　神意有待君而然矣、可不敬耶、君為人」篤實、廉直、授與不苟、少而喪母、事父勤慎、闔里称』(以下左側)其孝、好和歌、放情花月吟咏不倦、其疾病為告逝」歌曰、

生而吾祷誓茂有限矣那　左有者鎮名残不尽茂」

閲三日而歿、實天保九年十一月十九日也、距生」于宝暦十一年十月二日、享年七十八、瘞于王山」東麓、娶都築氏、生三男二女、」

鯖江文学　須子博大均　撰」

孝子　従五位橋本淡路守藤原朝臣政貞立之」

この墓を建てた政貞（一八一一～六七）は政恒の三男で、幼にして医者を志し京都に上って医学を学び、越前府中本多侯の侍医縣雲伯の養嗣子となり、縣賀道と称したが、二十一歳のときの天保二年（一八三一）、長兄政柄（一七九六～一八三一）の急死により、帰家して家督を継いだ。歌人でもあり、橘曙覧とも親交があった。[6]また、日本における皮膚科学の祖とされる土肥慶蔵（一八六六～一九三一）の生母は政貞の長女で、養父は政貞の四男である。銘文の撰者である須子博大均は鯖江藩儒者。

銘文に云う。諱は政恒。従五位下に叙され筑前守に任ぜられる。姓は藤原、氏は橋本。越前舟津の大宮司である。実住の末裔で、伊香我色許男命の八十五世の孫にあたる。祖父は昌勝、父は祇儀といい、母は岡野氏。舟津社は式内社にして、[7]その由緒古い。しかし幾度かの兵乱によりて政恒の時代には僅かに社の様相を呈するのみ。政恒これを嘆き、勤苦すること数十年。ついによく再建修築のこと成り、旧の景観の十倍ともなる。これ神意政恒を待ちなさしめたというべきで、敬すべきものである。人となり篤実にして、かつ廉直。若くして母を亡くし、

父に仕え勤慎、孝子たる高評あり。和歌を好み、花月に親しみて吟詠す。辞世の歌は、生きてわれ禱《いの》り誓ふも限り有りや　さあらば鎮めむ名残つきずも。これより三日にして没す。天保九年（一八三八）十一月十九日のこと。宝暦十一年（一七六一）十月二日に生れてより享年七十八。王山東麓に葬る。都築氏を娶り、三男二女を生む。

若干の補足を行っておく。実住は橋本民部大輔実常の子で、志道の養嗣子となり、それまで称していた柏原を橋本に改めたとされる人。始祖とする伊香我色許男命は、物部連の祖としても知られる。祖父昌勝（一六八一～一七五七）は初めて吉田神道の伝授を受け、宝永五年（一七〇八）摂津守を称した。父祇儀（一七〇四～八六）は寛延三年（一七五〇）に卜部吉田家に入門し讃岐守を称することを許された。寛保二年（一七四二）舟津神社の本殿を少し西遷し、現在の如き王山麓に鎮座することとしたのは、この祇儀当職のときである。母岡野氏とは、越前大虫神社神主岡野左近大夫吉伴[8]（一七六〇～一八四四）の妹で、天明四年（一七八四）五月十九日没（政恒二十四歳のとき）。法名は寂室自圓信女。舟津神社は延喜式内社で越前今立郡十四座の一つ。由緒ある社であるが、度々の兵乱により衰微、政恒これを嘆き勤励を重ね社殿の復旧に努め、寛政十二年（一八〇〇）大鳥居の再建を行い、文化十三年（一八一六）には足かけ五年の歳月をかけて大本殿の再建を成し遂げ、また天保三年（一八三二）に割拝殿を再建している。これらの造営における特色は建造物と共に多くの史料を遺していることで、政恒筆録にかかる造営関係史料は厖大な量にのぼり、造営の出願募財から入札契約、造立経過、そして竣成遷座などに至るまでの史料が一括伝存している。[9]政恒のいわゆる造営神主としての、また文事に長けた神主としての面目躍如たるものがあろう。室都築氏は、府中本多侯家臣都築権大夫養女、鯖波村佐藤七郎左衛門女。嘉永六年（一八五三）十一月二十六日没、享年八十一歳。法名は貞照院心月珠泉大姉。長男政柄（家督相続）、長女琴（丸岡有馬藩家臣鷹屋七之丞室）、次男義明（同藩家臣荒川三吾養子）、三男政貞（政柄家督相続）、次女鉄（早世）。

政恒の号は林巒亭、林巒堂。謚号は高徳霊神、法名は正観院殿仙溪大居士。舟津神主、造営神主であることは先に述べたが、国学者、歌人でもあり、鯖江歌壇の草分けとしても知られている。(10) 多くの和歌を遺しており、それらは『詠草千歳友』八冊に纏められている。また、著に『三鳥俗問答』一冊、『三種太祓解』一冊、『舟津社記註解、続撰社記』一冊、『占法秘伝鈔』一冊、『夢のたゝち』一冊、『橋本政恒翁詩集』『大山麓の詠百首』一冊などがある。

2　橋本大納言家への参入

前述の如く、政恒は神社の造営に力を尽すと共に、文事にも長じ、種々の著作・史伝の考証・社史の編纂にも当った。また家の来由についても蔑ろにせず、系図・家伝において橋本の名字の家とされる、橋本堂上家と関わりを持ち参入することとなったことも、政恒の伝においては注目しておきたいことである。

政恒は、寛政四年（一七九二）六月、吉田神道の伝受及び叙位任官のため上京する。その際、旧縁の者であることを申入れ、橋本大納言家に参候していることが、次の文書によって知られる。(11)

以手紙得御意候、残暑之節御坐候得共、弥御安全被成御坐、珎重存候、然者此間御参殿被成、初而得貴面、大慶奉存候、其節御当家以御旧縁、以来御立入等被成度候願ニ付、則御当家御旧記御吟味有之候処、御由緒有之趣相違無之ニ付、御願之通御立入被　仰付候、依之明二日巳刻、御参殿可被成候、右之段得御意候様被申付、如是御坐候、以上、

橋本前大納言殿(実理)家司
中嶋織部

(寛政四年)七月朔日
橋本主税(政恒)様

追而、其節　御対顔有之候間、麻上下御着用可被成候、右、内〻得御意候、以上、

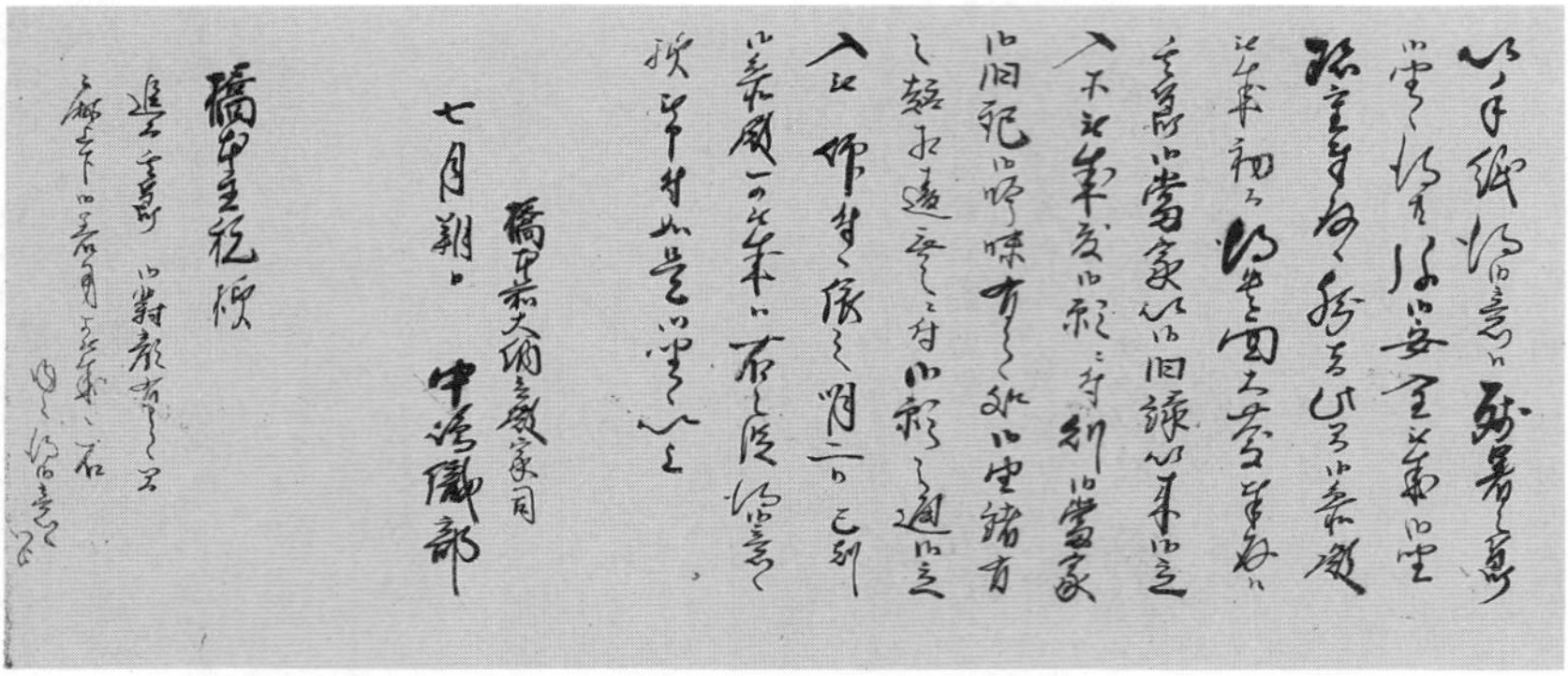

橋本前大納言殿家司中嶋織部書状（部分、33.0×45.6センチ）

同家の家司中嶋織部は云う。㋑この間は橋本殿に御参殿なされ、初めて面会し、㋺その節、当家に旧縁あるを以て、以後立入等をなされたいことを願われた、㋩そこで当家の旧記を吟味したところ、由緒あるとの趣は相違ないので、㋥願いの通り立入りを仰せ付けられた、㋭これにより明二日の巳刻に参殿なされるように、㋬右のことを前大納言殿様より申付けられたので、一札認める次第である、㋣なお、その節、殿様へ御対顔の儀あるにつき、麻の上下を着用し参殿するように、というのである。

橋本堂上家は藤原氏北家閑院流。西園寺家の庶流で、家格は羽林家。ここにいう前大納言殿とは橋本実理のこと。実文の養嗣子（実は西園寺致季子）。享保十六年（一七三一）叙爵、累進して宝暦十二年（一七六二）右近衛権中将、参議を経て安永元年（一七七二）権中納言。同四年正二位に昇進。そして同六年九月十四日任権大納言、同十二月二日辞権大納言。この寛政四年には六十七歳で、これより六年後の十年二月十二日七十三歳で没した。この後、実誠、実久、実麗と継承し幕末に至る。なお、幕末期橋本家は注目の家となり、仁孝天皇の皇女和宮の生母が実麗の妹である。

注目すべきは㋩で、橋本堂上家からも、旧縁あることが認められたという事実である。そして、これ以後立入りのことの一端は、五月六日付の橋本筑前守充和田右兵衛尉書状などによって確認できる。なおこの書状は年未詳であるが、文中に「麓百首」の詠歌を落手し主君より感悦の旨を伝うべきの記載があるので、恐らくは天保三年（一八三二）よりあまり下らぬ頃のものと考えられ、とすれば主君は参議従三位橋本実久ということになる。

政恒の代以後も、吉田神道伝受・官位叙任のため上京する際には、橋本堂上家に参候している。江戸時代、地方の神主の官位の執奏は多く卜部吉田家がこれを行っていたが、橋本堂上家からの支援をも受けたようである。すなわち、政恒の長子政柄（一七九六～一八三二）が上京し従五位下・豊前守に叙任されたのは、文政十年（一八二七）閏六月十日のことであるが、その節も橋本家に参殿し、叙任の肝煎を得、かつ当主より自詠の和歌懐紙・古歌色紙を拝領したことが『橋本政柄上京官位日記帳』によって知られる。また、政柄若死により跡を継いだ政貞の場合も同様であり、『橋本政貞上京官位日記帳』に次の如く見える。

（上略）右、京都ニ而諸願書之写、不残留置者也、外ニ、
橋本宰相中将實久卿被下御歌之写、但五月十五日着、同十六日、初而参殿いたし候処、直様御逢有之、十七日ニ吉田殿（良長）江、此度越前舟津神職某官位願ニ付、万端御世話ニ相成候趣、格別之由緒有之者ニ候間、宜敷御引廻シ被下度段、御家士和田右兵衛大尉被遣候段、吉田殿ゟ承ル、又十九日ニ小折紙早速被指出被下候様御使者被遣候趣、吉田ニ而承ル、依之別段御願も不申上候処、格別之御取扱被成下置、難有□（御座候カ）段、橋本御殿江御礼ニ上候処、此度御懸之方江夫ゝ御使者被遣被下候段、被仰聞、段ゝ御取廻被下置難有段、御礼申上候事、且　勅許相済御暇乞旁、五月廿八日上り候処、官位之祝賀として御自録御染筆被下置、外ニ当時御読歌トして御短冊弐枚御名乗すへ被下置、猶又末広ク祝ふと被仰聞、中啓壱本・御熨斗昆布御手ゟ戴キ、御歌も直様御手つから被下置、外ニ御式〔色〕紙三枚、当時御能書ト而三夕之和歌被下置、則御筆者左之通、

花山院右大将家厚卿、

寂蓮

西行　　藤谷宰相為脩卿、
定家　　今出川中納言公久卿、
右三枚、親父(橋本政恒)之土産ニとて被下置候事、

御祝詠之写

こしの国　舟津大山御板の　大御神の神威いちしるき事、代々にかしこし所の宮人なる藤原(橋本)政貞、天保(丙申、七年)ひのへさるのとし、淡路のくにのつかさに任し、すない(従)五の位に叙られけるを賀し侍りて、

實(橋本)久

位山のほりしけふを
はしめにて千よのさかへハ
かねて見えけり

右之通、御認被下置、頂戴いたし候、尚又、御使者之間ニおひて、見事之御菓子奉書弐枚ニ壱包、并御茶被下置候事、

外ニ御読歌弐首之写し、

夏　月
風わたるならのわか葉のかけもりて
のきはすゝしきなつの夜の月　實久

名所瀧
かめの尾のたきのしら糸くりかへし
いはねにひゝく万代のこゑ　實久

右弐枚者、先例ゟ被下置ニあらす、此《今》般別而願候事、依之被下置候事也、扨、右御祝詠之儀ハ、吉田殿江も相見セ、取次鈴鹿右衛尉并松岡左内(帰厚)格別之御家柄トテ感賞被致候事、永久子孫代々秘蔵すへし、

内容は次の六点。①政貞は天保七年（一八三六）五月十五日上京し、十六日に橋本堂上家に参候し、実久卿に拝謁。②十七日吉田家より承ったところによれば、橋本家より吉田家へ使者が遣され、今度「越前舟津神職某」が官位願に上京につき「万端御世話ニ相成」るとの挨拶があり、「格別之由緒有之者」であるので「宜敷御引廻ニ被下度段」の依頼があったこと。③また吉田家にて承ったのは、十九日に官位の小折紙を早速に差出されるよう橋本家より使者があったこと。④そこで政貞は別段御願い申し上げていないに拘らず格別の取扱いを成し下され有難く存ずるとして、橋本家へ御礼に参上したところ、官位関連の所々へも使者を遣わし下されたことを聞かされ、改めて御礼を申し上げたこと。⑤二十八日、勅許を受けた御礼と御暇乞かたがた橋本家へ参殿の際、官位の祝賀として実久卿自詠の懐紙・最近の詠歌短冊二枚・中啓一本・熨斗昆布・古歌色紙三枚を下賜されたこと。⑥祝賀の懐紙は吉田家へも持参し披露したところ、「格別之御家柄トテ感賞」されたこと。このように政貞は橋本堂上家より格別の扱いを受けたというのである。そして官位叙任に橋本家の関与があったことは、吉田家側の記録によっても知られる。すなわち、『吉田家御広間雑記』天保七年五月十六日条に、「一、橋本宰相中将(実久)様ゟ時節御口状、今般越前国鯖江橋本河内(政貞)官位為願上京、右家之儀者、従前〻御由緒被為在候儀ニ付、万事無滞相済候様御頼之旨、被仰進也、前後御壱封御到来也、御使岡田九十九、」とある。更に、十九日には主君（吉田良長）が関白鷹司政通、内大臣近衛忠熙の許に廻礼し、「越前国今立郡舟津大明神神主藤原政貞官位願之儀小折紙」を持参のうえ願ったこと、二十日に橋本河内（政貞）へ主君御対面、口祝が下されたこと、同日吉田家より武家伝奏徳大寺大納言（実堅）へ政貞申文等の差出のこと、二十三日勅許のこと、二十六日吉田家の松岡左内に従い、禁裏御所及び鷹司関白・武家伝奏・上卿等の各亭へ政貞が廻礼のこと、二十七日吉田家より橋本家へ勅許のことにつき挨拶のこと、三十日吉田良長が越前国橋本淡路守（政貞）及び安芸国池田加賀守に対面の儀あり、位記・宣旨案が渡され、御口祝・御盃の儀があったこと等が見られ、『橋本政貞上京官位日記帳』の記事とほぼ一致するのである。「右家之儀者、従前〻御由緒被為在候儀ニ付、」ということによるものであったことを改めて注目しておきたい。

いわばこれは、神主家の一時的な問題であったというべきであるが、やがて橋本堂上家が越前舟津社社家の執奏家となるということにまで話が進んでいったようである。政貞帰国直後の六月二十二日付橋本淡路守充橋本家々司和田右兵衛大尉書状を次に掲げる。

尚〻、時節御厭専一奉存候、先達而御噂申入置候御家系之義、何も急キ不申候間、御便之節御差越可被下候、急度先〻当家由緒幷執奏等之事も暫中絶有之候故、相分不申候、弥右体之執奏等誰〻迄者当家ゟ執奏、誰〻ゟ吉田家執奏ニ相成候事与申義も精御調之上、御書付可被下候、可相成義御坐候ハヽ、先〻ニ立帰申度様ニ御座候、彼是等之義、能〻御調可被成義与可存候、将御尊父様(政恒)へも宜御伝声可被下候、奉頼上候、已上、

貴札致拝見候、如来命不順之暑中御坐候得共、弥御安泰可被成御坐、珎重奉存候、誠先比者御上京万端無滞相済、去七日御帰着之旨、致承知致大慶候、将被懸貴意指鯖壱指、被贈下、忝奉存候、毎〻御厚情之段、不浅次第奉存候、右御答如此御座候、恐〻謹言、

和田右兵衛大尉

(天保七年)六月廿二日

(政貞)橋本淡路守様

御答

文中、家系図を差越すべきこと、歴代の内誰々までが橋本家よりの執奏で、誰々よりが吉田家の執奏になったかを詳しく調べて書付を寄こすようにとあり、そして「可相成義御坐候ハヽ、先〻ニ立帰申度様ニ御座候、」とあるのは、成ることとなれば旧儀に立帰り橋本家より執奏とすることとしたい、ということと考えられる。橋本堂

上家の方からこのように云っているのは願いに任せてのことであったかどうかはともかくとして、少くとも越前舟津社社家の執奏をしていくことに吝かではなかったことを窺わせるものといえよう。社寺と公家の執奏家との関係[12]、いわゆる社寺執奏の手順等について考える際の貴重な一史料ともなるものと思われる。

二　橋本政恒の系譜

1　「橋本系図」について

前節で政恒が京都の橋本堂上家へ立入りを願い、旧縁あるを認められ官位の叙任等にまで格別の取成しを受けたことを見てきたが、それでは旧縁あるということはどういうことであったか。越前舟津社社家の「橋本系図」について具体的にみることにしよう。系図は数本存するが、ここでは政恒が文化十年（一八一三）九月福井松平藩の郡奉行所に差出した控『鯖江舟津神主暦（マヽ）代写』に依処し、政恒以後は政貞筆『舟津大明神神主歴代写』等に拠ることとする。まず、歴代の人名と没年等を摘出して略系図を作成すると、次頁の通りである。

政恒以降は政を通字としているが、それ以前は、戦国期頃の雅住以降、マサの音を用いるのを通例としている様であるが、字は雅、昌、祇の如く一定していない。吉田神道の伝授を受けいわゆる吉田官を受けるようになるのは昌勝からで、禁裏へ執奏により叙任を受けるのは政恒以降であることが知られる。

さて問題とすべきは、柏原の称号から橋本氏へ改めたとされる、志道、実住、常住の三代、南北朝期より室町期にかけてであろう。

元祖
伊香我色許男命
饒速日尊児宇麻志麻治命五世孫

忍男彦命
自紀国阿部柏原徙而、為高志深江之主、

素津之奈美留命
崇神天皇御宇、勅兼高志深江国造、大彦命後、柏原直

伊奈部命
垂仁天皇御宇、承 勅祭金山彦命御板神社之東境、

（中略）

柏原
志道 右京大夫
至徳二、四、廿九没

飽和大膳―女

沢

斯波高経

橋本
実常 参議実俊三男
民部大輔　有南朝

橋本
実住 掃部介　外記　従四位下
応永廿八、三、七没(72)

道

常住 従五位下　宮内少輔
寛正二、七、八没(79)
室気比保女

正常 従四位下　兵部少輔
寛正二、七、廿九没
能坪玄蕃ノ兵ト戦ヒ討死
室瓜生利高女

経俊 権大夫
明応六、九、六没(43)
室朝倉家臣窪田新助女

常経 兵部少輔
弘治三、十二、二没
室朝倉家臣津久見清大夫女

雅住 権少輔
天正元、四、八没
室朝倉家臣小川三郎左衛門女

政家 名部丸　猿楽ヲ能クシ織田信長ニ仕フ、天正元年十月帰家、齋部尉
承応三、二、朔没(106)
室温谷村善五左衛門女

雅定 久右衛門　長兵衛
慶安二、十二、朔没(63)
室折立村称名寺主女

政茂 齋部
寛文二、三、十没(39)
室福井松平家臣磯野徳太夫女

政治 齋部
享保六、九、六没(69)
室五郎丸邑圓城寺主養女
(窪田徳兵衛女)

昌勝 宝永五、四、廿摂津守
宝永七、九、六没(77)
室水落邑神主瓜生内膳正女
(下司邑黒田善右衛門女)

祇儀 寛延三、六、十二讃岐守
天明六、三、十六没(73)
室大虫邑神主岡野左近大夫妹

政恒 為千代 主税
寛政四、七、十三 従五位下 筑前守
天保九、十一、十九没(78) 高徳霊神
室府中本多家臣都築権大夫女
(鯖波邑佐藤七郎左衛門女)

政柄 恒麻呂 主計
文政十、閏六、十 従五位下 豊前守
天保二、正、十六没(36)
室鯖江間部家臣小磯清右衛門女

政住 直次 大炊亮
嘉永元、十、九没(22)

政貞 熊太良 河内亮 縣賀道
天保七、五、廿三 従五位下 淡路守
安政六、五、廿五勅補大宮司
慶応三、十二、廿四没(57)
室大虫邑神主岡野左近大夫女

壽 府中本多家侍医石渡宗伯室
園林院 天保八没 土肥慶蔵ノ生母

政武 牧雄亮
安政六、六、廿五 従五位下 陸奥守
明治廿七、二、廿没(56)

政脩
昭和十七、十二、十七没(66)

政孝 丸岡有馬家侍医土肥長雋養子 淳朴
明治三十四、十二、卅一没(60)

慶蔵 実ハ石渡宗伯次子
昭和六、十一、六没(66)

政義 大正八、九、二没(23)

政英
平成三、十二、廿八没(85)

政宣

2　志道、実住、常住三代と橋本民部大輔

志道等三代については、『鯖江舟津神主暦(マヽ)代写』に次の如く見える。

柏原直
志道

右志道ハ、従五位下右京大夫飽和大膳カ女ヲ娶テ、一女ヲ生ス、此娘建武四年五月足利(斯波)高経府中之城ニ在テ、此ヲ求メ妾トス、則チ名ハ沢ト云、沢女程ナクシテ孕メリ、然ルヲ建武五年正月高ツネ義貞(新田)公ニ攻ラレ、敗レテ府中ヨリ黒丸ノ城ヘ逃、依之沢女父志道カ家ニアリ、其後高経ヨリ召サルト雖モ、父志道ガヘンセス、沢女女子ヲ産、寡居シテ所産ノ児女ヲ養育シ、已ニ二十余年ヲ歴ル也、時ニ右大将太政大臣従一位公相卿(西園寺)之男参議正三位実俊公ノ三男、南朝ニ在テ橋本民部大輔實常、其子實住高経ノ子斯波義将ト外従兄弟タルニ依テ、請受テ当家ヘ遣シ、志道カ子トス、則チ志道カ孫娘ヲ以テメアハス、左ニ悉シ、是マテ数代柏原氏ナリ、

實住　柏原直志道ガ義子、掃部介ト号ス、当家ヘ来リ改テ外記ト云、妻ハ志道カ孫娘足利高経ノ娘(道)ナリ、永徳元年五月二十四日叙従五位上、同日賜深江朝臣、又至徳元年十一月三日叙従四位下、此当家橋本氏ノ始ナリ、男子一人女子一人アリ、応永二十八年二月七日卒ス、葬于大山先塋之次、于今鯖江家中始東サハエ村ノ墓所ノ処ナリ、法謚古峯善璆大居士、

常住　實住子、母ハ尾張守高経之女(道)ナリ、応永十九年六月十七日叙従五位下、同日任大内記、同二十二年四月八日叙従四位下、同日任宮内大輔、同二十一年ニ下宮ノ造営ヲナシ、同社ニ上宮ヲ合セ祭ル、気比之氏保カ女ヲメトリテ、二女二男ヲ産、略ス、寛正二年七月八日ニ卒ス、春日野村盛景寺ニ葬ル、法謚神霊院殿前官令常住大居士、

要点を纏めると次のようになろう。①政恒の十三代前の志道のとき、孫女の道に橋本堂上家の遠祖参議実俊の

孫にあたる実住を婿に迎え嗣子とし、それまでの家名柏原氏を橋本氏と改めたこと。②実住の父実常は実俊の三男で、南朝に仕え橋本民部大輔と称したこと。③志道女の沢は越前守護斯波高経の内妾となり、のち帰家して出産したのが道であること。④実住が志道の養嗣となった由縁は、高経の子義将と外従兄弟の関係によるということ。⑤実住の子常住のとき、舟津社の上宮が下宮に合祀されたこと。種々吟味しなければならないが、とくにここで問題とすべきは②である。

太政大臣従一位西園寺公相子の実俊より橋本堂上家は創り、そのことは『尊卑分脈』や『橋本家譜』などに見えるが、実俊の子には家督を継いだ季経と三人の女子の記載しか見えず、実常なる者の所載はない。しかし、政恒は先祖のなかでも実住と常住についてはことさらに意識していたことは、その歌集『詠草千歳友』第一冊表紙裏と最終冊の第八冊表紙裏に再度に亘り、両人につき和歌を詠じていることによって窺われる。

實住朝臣

のかれ来てかゝる宮居の司とは　恐るへきやの神の恵よ

常住朝臣

住ふるす我神山の秋の色を　写し得てみな人に知さは

「のかれ来て」というのは、南朝の遺臣の落居ということとか、堂上家から地方の神主家の嗣に入ったこととか、そのいずれかの意であろう。実住の父とされる実常は南朝に仕え、民部大輔と称したという。

ところで、橋本民部大輔については、その存在がすでに鈴木成章論文「橋本民部大輔考」によって究明されている。[13] それによれば、天授年間（一三七五～八一）に橋本民部大輔がいたことは諸書によって知られるが、その名を詳かにせず、ひとり『和泉志』（関祖衡編、享保二十一年成）が正高とし、水戸藩の『大日本史』でもまた正高となすとする。これに対し、『久米田寺文書』のなかに民部大輔正督の署名がある文書があることに注目し、

橋本民部大輔発給文書一覧

文書群	年月日	署名部分
金剛寺文書	正平24年3月18日	民部大輔（花押）
二見氏文書	正平24年11月5日	［民部大輔］（花押）
観心寺文書	正平25年2月27日	民部大輔（花押）
久米田寺文書	建徳元年7月28日	［民部大輔］（花押）
観心寺文書	建徳元年10月22日	民部大輔（花押）
久米田寺文書	（応安6年）12月28日	民部大輔正督（花押）
和田文書	応安7年7月26日	民部大輔（花押）
久米田寺文書	「永和元」9月11日	民部大輔正督（花押）
久米田寺文書	（永和元年）12月21日	民部大輔正督（花押）

『観心寺文書』『金剛寺文書』『和田文書』などによって民部大輔の動向を明らかにし、康暦二年（一三八〇）和泉土丸城によっていた南朝軍の橋本民部大輔が和泉守護山名氏清に攻撃され敗死したことなどに触れ、名乗としては正督を採っている。いま管見に及んだ橋本民部大輔の発給文書は九点が知られる。上表の通りである。

「久米田寺文書」中の三通に「民部大輔正督」の署名があり、最近の研究成果でも橋本民部大輔の名乗は正督とされ、河内・和泉の知行国主と位置づけられている。(14)

以上は橋本政民部大輔について知られるところであるが、問題は『鯖江舟津神主暦（マヽ）代写』に見える南朝に仕えて民部大輔と称したという実常とどう関わるのかである。通称の一致だけでは如何ともいい難い。むしろ種々のことを考えれば同一人物に結びつけることには無理があるように思われる。では、実常を「参議実俊三男」としていることについてはどうか。『橋本家譜』などに所載がないことも前述した通りである。しかしながら、この記載が無いことを以てこれを問題視することも必ずしも妥当とはいえない。まず考えなければならないのは、当時の諸家に極めて多く現出した分裂対立の事象で、皇室のみならず公家・武家・社寺家に見られた現象である。公家の摂家でも近衛・二条・一条の家々、西園寺家、洞院家などに分裂があり、一方は南朝に、一方は北朝に仕えた。(15) そして両朝の天皇はいずれもみずからを正統、対者を閏偽と見做したわけであり、公家の各家もまた同様であったであろう。したがって、北朝に仕え近世に至った公家の諸家の系譜に、南朝に仕えた人物の記載がなくても奇とするに当らないといえるかも知れない。いくつもの例を示そう。

延元二年(一三三七)三月十日、陸奥の南軍、宇都宮より霊山に赴き、尋で小池楯を攻め、廣橋経泰(修理亮)、北党中賀野義長(八郎)を小高楯に攻むこと、『大国魂神社文書』『楓軒文書纂』などによって知られる。この廣橋経泰については廣橋光業・兼綱父子の同族であろうが、『廣橋家譜』などには所載がない。興国三年(一三四二)二月四日、南朝、五辻顕尚(源少納言)を陸奥に使者として下し、北畠親房これを結城方に告げたこと、『結城文書』によって知られる。五辻には宇多源氏と藤原花山院庶流の二流が考えられるが、いま知られる『五辻家譜』『花山院家譜』や『尊卑分脈』などには所載がない。また、後醍醐天皇の忠臣として名高い花山院師賢は、花山院忠経息師継の孫で、『花山院家譜』では忠経の子として嫡子の定雅を初め六子を記しながら、師継を記載していない。もちろん家譜によっては南朝に仕えた人物についても登載しその旨を明記しているものもあるが、あえて省いている場合もあったであろうことが窺われるのである。そして、『橋本家譜』もそのように考えることも可能なように思われるのである。

いずれにしても、少くとも政恒にとっては、実常の息実住のときが橋本の家名を称した初めとし、「御旧縁」ある旨を橋本堂上家に申入れたのも、この家伝によってであったことは疑いを要しない。そして、橋本堂上家でも旧縁ある家であることを認知し立入りを許し、官位叙任の執奏などに格別の斡旋をしたのも、政恒の主張を受入れたからに他ならないといえよう。

三　橋本政恒の文事

1　橋本政恒の学統と著作

政恒の文事は多方面に亘り、種々著作類もあり、写本類もかなりの量にのぼる。著作類としては次のようなものがある。著、撰、編、特に区別せず成立順に掲げる。

①三鳥俗問答　　一冊

自筆本。袋綴。四二丁。縦二五・一糎、横一六・八糎。

寛政二年（一七九〇）九月著。儒仏を鳶鴉、神祇道を鷺の三鳥（朝）に託し、その問答を通し神祇道を説いたもの。訓法付。次の序文がある（いま返り点等は略し、あらたに読点を付す、以下同じ、）

三鳥俗問答序

夫人者万物之長也、故得生於吾東邦者、不可不知神祇之明徳、知神祇之明徳、則人人就善之本也、四海無一州而不有産神、其為産神也即為其地主神也、故無不愛其民生、無不悲其民死、故神者民之父母、民者為神之子也、我読　舎人親王之書紀、率以性善性悪論、為其要領矣、夫如此則神亦有善有悪也、嗚虖〔嘑カ〕於吾東邦、異端之徒接跡其間、飾非貧利誣民惑世、人欲肆而神明上天、不預土穀之加護、故民生曰以困窮矣、余竊悲之、退而説神代之餘風、将以遊天之道為餌、以而釣大海之小魚、集而使吾東邦神祇之道復古焉、然余学疎才拙、不能喩其万一也、祭祀餘閑偶解纓田家、鳶・鴉集庭彷徨不去、有感余意、因比儒佛二道、以鷺為吾神祇道之徒、成三道之論、後挙二鳥之問而綴之、号曰三鳥朝作鳥、俗問答也、此書雖為傍人之笑囮、固世俗頂門一針也、非敢所以公之大方君子者也矣、旹寛政二年庚戌秋九月望、南越鯖藩林巒亭主人政恒序、

②橋本政恒翁詩集　一冊

自筆本。袋綴。七一丁。縦二三・五糎、横一六・五糎。書名は題簽に拠る。

天明初年～寛政七年（一七九五）までの漢詩集。寛政二年末、同六年末の二カ所に鯖江藩儒芥川元澄（思堂）の批評の識語がある。

印　印（印文「船津」）

③三種太祓解　一冊

自筆本。袋綴。一〇丁。縦二五・七糎、一六・八糎。共表紙。

寛政八年（一七九六）十一月著。三種太祓を考証したもの。次の序文がある。

　三種太祓解

伏以神明之遺徳、其廣覆普率矣、稽上古所伝祝詞、無一不遺吾国後来式也、此則為平天下安黎元也、然従伝異国之法、和語混雑、偶読諸家註解、或誇自見、以字義雑訓義、要之泥附会之説乎、嗚呼生於萬歳之下、而談萬歳之上、其不難哉、予読三種祓多年、未得其正当焉、爰考吐者瓊也、因加剣与鏡為之説、謂猶陥自見之障魔乎、然流布于世、誰有是正之者、又可謂大幸也、書梗概、以為之序、旹寛政丙辰（八年）霜降仲旬、南越鯖江林巒亭主人謹撰、

印　印（印文「船津」）

④舟津社記註解　続撰社記　一冊

自筆本。袋綴。二五丁。縦二五・九糎、横一七・一糎。共表紙。合綴。ともに寛政十一年（一七九九）十月撰。前者は、応永二十六年（一四一九）八月舟津大宮神主従四位下宮内太輔深江朝臣常住撰の『舟津社記』の註解。後者は、その続社記で、享保二十年（一七三五）より寛政二年（一七九〇）に及ぶ。各奥書は次の通り。「寛政十一年己未冬十月　筑前守従五位下藤原朝臣政恒謹書之」、「寛政十一年己未初冬仲旬　朝散太夫藤原政恒謹撰之」。

⑤舟津御祭礼次第帳　一冊

自筆本。袋綴。五二丁。縦二五・五糎、横一六・六糎。

寛永五年（一六二八）八月御祭礼より、春秋両度の祭礼につき記載、文化六年（一八〇九）八月に及ぶ。次の序文がある。

　舟津御祭礼次第帳序

抑舟津明神春秋式祭之儀者、往古上宮下宮ト両社別ニ在す時者、八日祭ニ而、春之御神事者、三月十五日ゟ廿二日迄御祭礼有、則下宮之神輿、十五日朝上宮へ御旅、夫ゟ三日御滞留ニ而、十七日夕上宮之一輿を伴ひ両輿供〔共カ〕ニ下宮ニ至り給ひ、五日御神事有て、廿二日夕上宮之神輿還御有、又秋之御神事も、八日祭ニ而、八月九日ゟ十五日迄御祭礼有、則又上宮之神輿、下宮へ御旅、夫ゟ三日御滞留ニ而、十一日夕下宮之一輿を伴ひ両輿共ニ上宮へ至り給ひ、五日御神事有て、十五日夕下宮之神輿還御有、

如斯両社互ニ神輿等御通行有て、夥敷御神事也、但此時節ニ者、今之上鯖江村ニ獅子祝・太鼓笛之下社人以上八宇有、又今之五郎丸村ニ神楽男・巫女幷下社人等以上十二宇、寛仁年中まて久敷御祭礼如右、其後両社御同殿ニ成、御祭礼も御同日ニ成候而、春秋共ニ又久敷繕けり、然所承元元年丁卯三月十五日ゟ廿二日迄、古来之通

り八日祭ニ而、郷内長泉地村（マヽ）へ仮屋を作り、再ひ神輿渡御し奉り、則彼地之坊共毎夜仮屋之前ニ出て、一七夜之間八講を勤む、依之世俗等春之御神事を八講と申傚せり、右御神事久敷又伝れり、然るを、応永廿壱年御社を山上ゟ降し奉る後者、大山之東下、今所有之御社之地を旅所とし仮屋を建、八月御祭礼ニ者、神輿両組共ニ九日夕より十日朝迄駐輿し奉り、毎年賑敷御神事成与なん、然共是又兵乱之節打絶、神輿も土中ニ埋隠し、剰其埋置所を不伝、久敷打捨れり、然ルを寛永五戊辰年二月初旬、神主政家一七夜之間神之御告有て、右神輿土中ゟ掘出し、再ひ修覆而、八月御祭礼古来ゟ之例を以、今の御社地之処を為旅所、十日昼神輿両組渡御し奉り、但御仮屋はなし、東向ニ居へ置、供物を捧、神主御祈祷終而、暫して還御有、尤享保十九年寅八月御祭礼迄、如此者也、

右御祭礼次第、拠古記以聊序之、但寛永五戊辰年再ひ神輿修覆之御祭礼ゟ享保五庚子八月御祭礼迄之古帳を写し、夫ゟ享保六辛丑御祭礼ゟ者、間部様　御在城ニ付為別段者也、猶又享保廿年乙卯御祭礼ゟ者、神輿渡御鯖江御家中并町相渡し候様被　仰付、至而賑敷御神事与相成候事、

⑥舟津御社参次第帳并御祈祷事諸扣　一冊

自筆本。袋綴。八七丁。縦二六・〇糎、横一六・八糎。

「寛永二年（一六二五）乙丑三月八日福井　殿様（松平忠昌）御鷹野掛ニ而御参拝」より、「文化七年（一八一〇）庚午五月廿五日鯖江君（間部詮熙）ゟ金百疋御初尾出ル」までの一切記録。

⑦占法秘伝鈔　一冊

自筆本。袋綴。六七丁。縦二四・五糎、横一六・七糎。題簽「神占法明辨秘傳鈔」。

文化七年（一八一〇）三月編。「八封八方配当之図」・「六十甲子納音之図」など五十七項を収載。
末尾に、「増補附録巻一」を付す。元治元年（一八六四）十二月、孫陸奥守従五位下藤原朝臣政武撰。「月之御説」等十三項を収載。

⑧名所哥あはせ　一冊

自筆本。袋綴。上下、各一三丁。縦二四・七糎、横一六・一糎。

文政二年（一八一九）九月撰。次の序文がある。

　名所哥あはせ序

文政つちのとの卯（二年）のとし長月の比ほひ、いとまある折から、昔よりきゝ知か名所の哥をもて、いときなきにしらしめんかため、此たつさみの巻の上下二冊を撰ふ、たゝ名所を暗し覚ゆるのみ、（朱印）「林巒堂」（朱印）（印文「船津」）黒印

うはたまの／夢になとかは／なくさまん

下巻の初に、「かみの巻と／たかひに／取かへて／あはするなり

現に／たにも／あかぬ／心を」と記す。（朱印）「林巒堂」（印文「船津」）黒印

⑨夢のたゝち　一冊

自筆本。袋綴。一三丁。縦二五・七糎、横一六・四糎。草稿下書本。袋綴。一三丁。縦二四・六糎、横一六・九糎。共表紙。

文政四年（一八二一）十一月著。序文・本文は次節で翻刻する。

⑩三木の和歌政恒愚案　一冊

自筆本。袋綴。五丁。縦二四・八糎、横一六・五糎。

当社古伝の秘書「古今和歌集三ほく三鳥之秘伝」（乾抻二冊）に関する著作で、同書は三部在る。一本は福井藩へ差出した控で、次の奥書がある。「右一巻は、古へより当社に伝る処の秘書なり、于時文政丙戌（九年）春写之、恭しく奉　捧、／舟津司官従五位下／藤原朝臣政恒」。

⑪大山麓の詠百首　一冊

政恒詠、息政貞浄書。袋綴。一四丁。縦二五・一糎、横一六・五糎。

天保三壬辰年／菊月下旬　政恒詠。大山は王山ともいう。次の序文がある。

序

それ歌ハ、古今の序に侍るかこと、久堅のあめあらかねのつちなりてより始まり、世〻の歌ひとそのさまくさ〳〵書しるすなれハ、なへての人のめにさへきるならし、さらハ是いはし、爰にあか住西なる山を大山といひ伝ふるハ、延喜の式にも載給へる山の名なり、社の記にハ逢山といふなり、こは末の世になりて大山になりたるならん、たとへハ相津を大津といひ、逢坂を大坂といふかこと、八雲抄にハ古志の於保山とのせ玉へり、しら山とまとふへからす、安倍清行の歌に大山、壬二集家隆○卿のうたに大山、万葉集にも大山と読り、さはあるへきかも、社の記に逢山といふハ末の世にてハおかしくなりぬ、されと国遠けれハ延喜のころ文字のたかへるならんか、已に大山御板神社といふを、延喜式にハ御板といひ、和名抄には三太といふ、舟津神社もまたしかり、和名抄にハ舩津といひ、延喜式にハ舟津といふ、古伝にハ丹津ともいふ、こはおなし所を丹津共いひ、舟津ともいひて、管号にして地名なれは、祭れる神の御名にハあらす、あかりての世の事をしもいはゝ、鯖江の郷、元は深江といふ、かく號け給へるハ、舟津明神を此地へ祭り給へる比なり、深江ハいと小国にして国造の列にかき難かりしや、国ゝの末へゆきて、国造本紀にも古志深江と出し給ふ、又正暦二年より深江といふを改て鯖江といふなりこと〔し脱カ〕ハ、社の記に詳なり、経世経て今ハいふ甲斐あらねと、神山の西なるしらきと河も、あかりての世にハ和那美の水河《カワ》といふ、古事記にいつ、こをよこなまりて末の世にハ能美《ノウミ》河といふ、此河古へハ舟津社の東になかれ、浅生津に落るとなん、いてこの河をもて郡分となし給ひ、西を丹生、ひんかしを今立といふ、比ハ弘仁十四年なりぬ、いまわれ幾はく世のすゑに生れなから、累世絶せす、此御山の梺に住けるハ、さね神風の高きなかにやと仰き見るに、こゝろのくまはれてけれハ、けちめなくも四季の詠をのはへもゝ歌となしけり、あへてことなるふさうしもあらねハ、をこかましく侍れと、人めかる宿の淋しきに任せて、なむ口つさみけり、旹に天保三とせの空なる、こは世のふひとらの哂ともなりけんにや、

南越鯖江

舟津臣

藤原朝臣政恒序

⑫百首題詠草　一冊

政恒詠、息政貞浄書。袋綴。九丁。縦二五・一糎、横一六・五糎。「大山麓の詠百首」に合綴。

初めに、「草菴集頓阿出題の顰にならひ、都合一百首、ある人需に応して詠す」と題す。

春十五首、夏十首、秋十五首、冬十首、恋十首、旅十首、閑居十首、雑二十首。

⑬舟津記録抄　六冊

自筆本。袋綴。縦二六・一糎、横一七・三糎。(1)七八丁、(2)一一〇丁、(3)一一〇丁、(4)八八丁、(5)四八丁、(6)一一七丁。

天正十九年（一五九一）より天保十二年（一八四一）までの舟津社関係編年史料集成。巻一～巻四、文政十年まで政恒撰（自筆）。以降息政柄・政貞書継ぎ、天保十二年に至る。

⑭詠草千歳友　八冊

自筆本他。袋綴。第一～第七冊、縦二五・九糎、横一八・三糎、第八冊、縦二九・〇糎、横二一・七糎。第一～第五冊・第八冊、政恒自筆。第六冊、文政十二年十一月吉日縣賀道（政貞初名）浄書。第七冊、天保七年三月下旬門人善員浄書。

橋本政恒歌集『詠草千歳友』冊次一覧

冊次	丁数	収載年次	和歌番号	和歌	年齢
1	46	安永四年(一七七五)～寛政三年(一七九一)	一～四一六	四六	一五～三一
2	41	寛政四年(一七九二)～文化三年(一八〇六) 寛政十年木曽路之記	四一七～五九三	一七七	三二～四六
3	82	文化四年(一八〇七)～文化九年(一八一二)	五九四～一二七一	六七八	四七～五二
4	61	文化十年(一八一三)～文化十二年(一八一五)	一二七二～一七九七	五二六	五三～五五
5	72	文化十三年(一八一六)～文政四年(一八二一)	一七九八～二四四七	六五〇	五六～六一
6	83	文政五年(一八二二)～文政十一年(一八二八)	二四四八～三一四七	七〇〇	六二～六八
7	76	文政十二年(一八二九)～天保六年(一八三五)	三一四八～三七四九	六〇二	六九～七三
8	22	天保七年(一八三六)～天保九年(一八三八)	三七五〇～三九一九	一七〇	七四～七八

政恒十五歳の安永四年（一七七五）より七十八歳で没する天保九年（一八三八）まで六十四年間の歌集。都合三九一九首。各冊の収載年次、歌番号（新に、通し番号を付す）、歌数等は前頁表の通り。

⑮政恒詠草集乃内抜書　一冊

自筆本。袋綴。五丁。縦二四・八糎、横一六・五糎。共表紙。

和歌二十八首を収む。

以上、著作は神道、国学、和歌、漢詩、史等の諸分野に及び、年次的には三十歳のとき寛政二年（一七九〇）の著作『三鳥俗問答』をはじめ、天保九年（一八三八）六十四歳で没するまでの歌集『詠草千歳友』まで十五点が知られる。多くが自序を伴うものである。政恒の文事が多年に亘り、学風は広く高い見識を持っていたことが窺われる。

さて、政恒の学統であるが、『和学者総覧』では師を足代弘訓としている。これにはいささか疑問がある。足代家は代々伊勢の外宮の禰宜で、弘訓が生れたのは天明四年（一七八四）、十七歳のとき寛政十二年（一八〇〇）に父弘早《ひろとし》の死により家督を相続し、翌年内宮の荒木田久老について国学を修め、その後本居大平・芝山持豊などにも従学した。諸方の有志と交わり、また門人を教導したが、国学者として世に知られるのは、大体天保年間以降のことであろう。政恒は弘訓より二十四歳年長であり、天保頃は政恒の晩年に当る。政恒が最初の著作を纏めた寛政二年には弘訓は七歳である。師弟関係は年齢とは無関係のこととはいえ、弘訓を政恒の師とすることには無理があるのである。政恒の息政貞が弘訓に師事したことにより、(16)錯誤を生じたものといえよう。

では政恒の学識はどのように形成されたか。このことを考える場合、父祇儀の存在は無視できないように思われる。祇儀もまた学問に力を入れた人であったようである。

祇儀の名は、江戸中期の垂加流神道家として知られる松岡仲良（一七〇一～八三）の門人簿である「渾成堂門人名簿」にも見える。[17] すなわち「寛延三年(一七五〇)庚午六月日」のところに、「越　今立郡舟津大明神神主／橋本讃岐守祇儀」と見える。周知の如く仲良は、家は代々尾張国熱田社の祠官で、名は文雄、のち雄淵と改めた。仲良は字である。神道家吉見幸和に従って神道を学び、二十代で京都に出て崎門派の若林強斎に師事、のち玉木正英（葦斎）に就学して諸伝を伝授されたが、享保十八年（一七三三）、師批判の理由を以て破門された。元文二年（一七三七）卜部吉田家から招聘され、侍読となった。「渾成堂門人名簿」は、享保十一年六月から宝暦十年（一七六〇）十月に至る迄の三十五年間に亘るもので、門人二七七人を登載する。祇儀は仲良の吉田家侍講期の門人一五二人のうちに含まれる。祇儀はこの年上京し、吉田神道の伝授を受け讃岐守の吉田官をうけている。仲良への入門は吉田神道伝授のことと一体のものであったのであろう。ときに祇儀四十七歳のときである。それまでの祇儀の学問形成については明らかではないが、四十一歳のときには『神国辨』一冊[18]を著している。これには、「越鯖舟津宮司／藤原朝臣祇儀序／寛保四孟春下旬」と署す自序がある。また、仲良へ入門した翌年の四十八歳のときには『神学問答』一冊[19]を著述している。これには「越鯖舟津社司／祇儀序／寛延四辛未孟秋」と署す自序がある。政恒が生れたのは祇儀晩年の六十八歳のときで、七十三歳で没するまで、政恒幼少期に専ら薫陶を受けたのはこの祇儀ではなかったかと思われるのである。垂加神道の学究肌の祇儀が嫡子である政恒に期待するところが大きかったことは想像に難くないところであり、政恒もまた、その墓碑銘に「事父勤慎、閭里称其孝」とある如く、父に勤慎したというのであるが、これは年齢との関連から考えれば、父祇儀の期待に添うべく学問に精励したことを示すものでもあろう。

また、漢詩を能くし、二十歳頃の天明年間から作詩し、三十歳前半までの分が『橋本政恒翁詩集』に集録されていることは前述の通りである。この内二カ所に批評の識語がある。すなわち、前者には「庚戌（寛政二年）夏六月念日點検返之、芥思堂識」とあり、後者には「寛政六年甲寅冬閏十一月十二日　思堂芥元澄批評、」とある。芥川元澄は号を思堂といい、父は京都の儒者芥川丹邱で、延享元年（一七四四）に生れ、明和元年（一七六四）朝鮮使節来朝の節、京都の鴻臚館にて儒者として父と共に使節の対応に当った。天明八年（一七八八）鯖江藩主間部詮煕の招聘により来鯖し藩儒となった。政恒が元澄より漢詩の批評を受けた寛政二年（一七九〇）はその二年後のことであり、ときに元澄四十七歳、政恒三十歳のときである。その後芥川家は元澄子の希瞻・希由、孫舟之の四代に亘り鯖江藩に仕えて明治に及び、その間多くの子弟の教育に当った。政恒は芥川門下の極く初期の門人といえよう。なお、元澄の著に『越前鯖江志』一巻がある。(20) その舟之校訂本には「祝史橋本正（政）恒曰」「舟津祝史伝曰」として、所々に政恒口伝の注記が見える。

　政恒はまた歌人でもあった。十五歳のときから没するまでの歌が『詠草千歳友』八冊に集録されている。その数三九一九首である。その他『大山麓の詠百首』『百首題詠草』などの分を含めれば優に四千首を超える。和歌が生活の一部となっていたとも評しえよう。和歌を通しての交流も広く、近隣の人達と和歌の会を開くことも屢々であったようで、やがて「鯖江社中」というものが形成されていく。そのような環境のなかで、政恒の長男政柄、その後を嗣いだ三男政貞、政柄の子政住(21)、政貞の後を嗣いだ政武(22)、いずれも和歌に親しみ歌集も遺している。(23) 政恒の後を継いで鯖江歌壇の中心となったのは政貞で、この時期の和歌会の記録は、『藤原政貞詠草』(24)を初め、『若草集』、『嘯月集』、『鯖江社中倭謌』(25)に遺されている。因みに政恒存命中の天保五年十一月二十三日の政貞か家の会の参会者の人達を『若草集』から抜出すと、東溟、正恭、正輯、貞幹、春枝、政貞、宜益、常臣、乞耀、永隆、政恒、鶴樹、善員、春元の十四名である（歌記載の順）。毎回一四〜六名が参会している。多くが鯖江藩士であったなかで、とりわけ異色というべきは最初に見える東溟であろう。

東溟上人は真宗山元派本山證誠寺の寺主で、京都の上流公家清華家の一つ今出川家から入寺し、寺運の再興を図り證誠寺中興の祖と讃えられることになる人で、その和歌と書はいわゆる越前の御国物として多くの人に珍重されている。左中将小倉見季《あきすえ》の次男として天明五年（一七八五）に生れ、寛政五年（一七九三）九歳のとき権大納言今出川実種（のち内大臣）の猶子となっていた。横越の本山證誠寺に縁組まとまり入寺したのは、文化三年（一八〇六）二十二歳のときの九月七日のことであった。翌八日に剃髪・得度し、善慧（恵）と名乗る。のち善超と改め、東溟、梅窓と号した。

政恒が東溟入寺のことを知り、交誼を結ばんとして和歌一首を送ったのは、入寺翌年の文化四年のことで、『詠草千歳友』巻三に次の如く見える。

文化の四とせなめる、横越證誠寺の許に今出川の君達とておはして、寺主とやなり給ふよし聞侍るにつきて、ことそきていなめきたらんなと、さかなくもおほさせ給ふらんと思ひやるにおりとや、拙きことのはのいてきにけるをしらさりけれは恥へくもあらて、寄せたてまつりて興せさせ玉ハんと思ふも猶おろかなりけらしか、

雲間より出る流れの清かれは越路に波の立も涼しき

当時、地方にとって都は憧れの的であり、地方の歌よみにとっては禁裏和歌会の歌風を手本とし、堂上一般に対しても和歌の師範的存在と受止めるという風潮があったものと思われる。政恒が入寺を祝う歌を東溟に送ったのも、都の公達の下向ということが歌よみとしての政恒の心を動かしたからであろう。しかし返歌のことはなく、翌五年の夏、東溟の許より竹葉（酒カ）が届けられるということはあったが、この時も付歌等は無かった。この時政恒は返礼の歌と共に、去年の夏に申遣した和歌の返歌をもとめるべく、

ふたとせと掛てそ待る時鳥たゝ一声の音信もかな

と書送っている。しかし、やはり返歌はなく、冬になり、政恒は今度は長歌・反歌を送ってそのつれなきことを問うている。

寄證誠善恵上人長歌

行ふれる　袖の薫も　えにしとや　思ふつらさの　まさり草　皇きよりも　給ふなる　種を移せる　末なれや　ゐなには今そ　咲そめて　其香も高く　よそなから　風の伝にそ　来つるなる　見すにもあらす　しろたへの　匂へる花の　ゆかしさよ　秋の七草　こと分て　したふかひなき　言の葉の　拙きをさへ　こそよりも　今年を掛て　こしかたの　道をも分し　いたつらに　今の朝を　思ひやり　月の夕の　かことにも　秋の晴の　ちゝにそミ　思ひわふてふ　千早振　神のミすへを誓ふにや　法の教も　外ならし　和るゝ道は　隔てなの　雲井の空も　野へに生ふ　また百草の　末葉まて　なへてや恵め　いろ深き　花の盛を　菊かえに　貫きとめぬ　しら玉の　露の光を　溟なる　あはれ伴人　思ひたへにき

いかてかはつれなき物かひたふるに　待かひもなき有明の月

長歌は三四一文字にも及ぶ。高嶺の花がこの地に咲くが如きを寿ぐとともに、言の葉を待ちかねる思いを伝え、反歌にて、どうしてこうもつれないものか、いちずに待つ甲斐もない有明の月のようなもの、との半ば詰る言の葉を投げ掛ける。さすがの東溟もこれに心動かされてか返歌することになる。

藤原朝臣政恒は、其身舟津の神官として、旦暮の拝趨いとまなしといへとも、春秋祭奠のあまり、おもひを八重垣の古風にゆたね、しは〳〵敷嶋の至道に遊ふ、ことし文化第五の冬、はからすも長短二篇の国歌を寄せて、神仏一致の公訓を示し、且は予が旧来の怠情を問る、いまこの雅吟に対して謝するにこと葉なし、漸く贈来の一句を取て、乱に和答七首をつゝりぬ、其辞にいはく、

待見てそ更におとろく言の葉の　花に匂へり筆のすさみを

拙さの心を種の言のはゝ　よそにうるさへはつかしの森
かへりてそ身の怠を恥るそよ　二度三度人に問れて
ひと夏は実に相見んと頼とて　人も替らぬ思ひなりけれ
跡共にいさ同し江に舩よせん　心隔つな和歌の浦人
なともかくつらしとのミそかこつらん　事しけき世にこと繁き身を
聞せはや聞はやとしに道を守る　心はひとつ誠こゝろを
右、以まつかひもなき之七字、置句之首詠之了、
文化第五初冬日　　　　　　　　　釋善慧

政恒の一句より「まつかひもなき」の七字を句の頭に置いて詠んだ東溟の返歌である。三度目にしてのようやくの応答であった。このように遅々であったのは、「旧来の怠情」とはいい状、自らは堂上の出自、真宗本山の寺主、他は地方の一神主という置かれた位置の違いから、あまりのり気のしなかったということも考えられる。政恒より「神仏一致の公訓を示」されたというのもそれを窺わせる。しかし、政恒からの三度の送歌、ことに長歌に接し、越前にもかかる「おもひを八重垣の古風にゆたね、しは〳〵敷嶋の至道に遊ふ」者がいることに、都育ちの東溟には一種の驚きでもあったに相違ない。第一首の「待見てそ」の歌はそれを窺わせるものである。そして第五首、第七首から東溟が政恒を和歌の友垣とすることに同じ心なることを示したものと解しえよう。ここに両者の交流は始まる。政恒は早速これに対する返歌を作って送る。「（上略）またな返さんとて、まつかひありてきつるたまつさ、といへる十あまり四つの文字を沓冠にして」と題して、

待見てそ聞くたへなる言の葉の花の　薫そ世にたくひなき
拙なさの心となれははつかしの　森の下草我そしられつ

仮の世を思ふ物から終に　待るゝことの猶予まされつる

ひと度と思ひ定めむ程なれは　只見まほしき幾度かたた

朝なきに横雲はれて見する哉　舩こき寄せよ越のおほ山

りのしらへゆるみたはみは知ね共　かこし計に音をそ待れつ

手にとらは猶うとまれん我なれと　誠心を果してよいさ

「まつかひありて」の七字を歌の頭に、「きつるたまつさ」の七字を末尾に据えて詠むという、趣向を凝らしたものであった。その後、この冬の間に東溟より政恒の許に五度も歌の訪いがあり、当然政恒からもこれに応じ、また政恒からも二度歌を贈っている。これには東溟婚姻の賀の歌も含まれていて、この返歌がなかったことは別として、前後六回に亘る和歌の贈答により両者は寺主、神主という立場を超えて極めて親しき間柄となったようである。ときに東溟二十四歳、政恒四十八歳の冬であった。ところが、東溟からの「寒山月」「遠村雪」と題する贈歌があって後は久しく音信が途絶え、翌六年の夏を迎える。政恒は一首を贈って東溟の消息を問うている。

善慧上人の許より、こその冬雪のいと積りたらんには、しけ〳〵にも侍りけらしか、雪の題給ふて詠し贈りたらんより後は、なてふ音なしの川の名におふけはひともなりぬ、春過夏もはや卯月の半過けらしも、猶や消息をもえ聞さりけれは、いかにと思ひ遣て、

卯花の盛を雪の形見共　思ひ出てや問やくもかな

東溟よりの返歌はなかった。その事情については明らかでないが、入寺して三年、天明六年（一七八六）に焼失した御影堂・阿弥陀堂等の再興に向けて寺務繁多になっていたことと関係があろうことは充分に考えられるところである。都下りの寺主としての苦悩もあったであろう。例の東溟の「まつかひもなき」の歌の第六首に「なともかくつらしとのミそかこつらん」云々と詠じているのも、そのことを暗に示しているのかも知れない。いず

れにしろ、ひとときの様な頻繁な和歌の贈答は途絶えたようであるが、交流そのものはその後も長く続いていくことは、前述の如くそれより四半世紀も後の天保五年、政恒の後を継承して和歌会の中心になっていた政貞が家の会に東溟も出席していることでも明らかであろう。なお、このとき、政恒は七十四歳、東溟五十歳、政貞二十四歳であった。(26) 政恒にとって東溟は親子程の年の差はあったが、生涯をかけた和歌の友であったといえよう。

橋本政恒著『夢のたゝち』

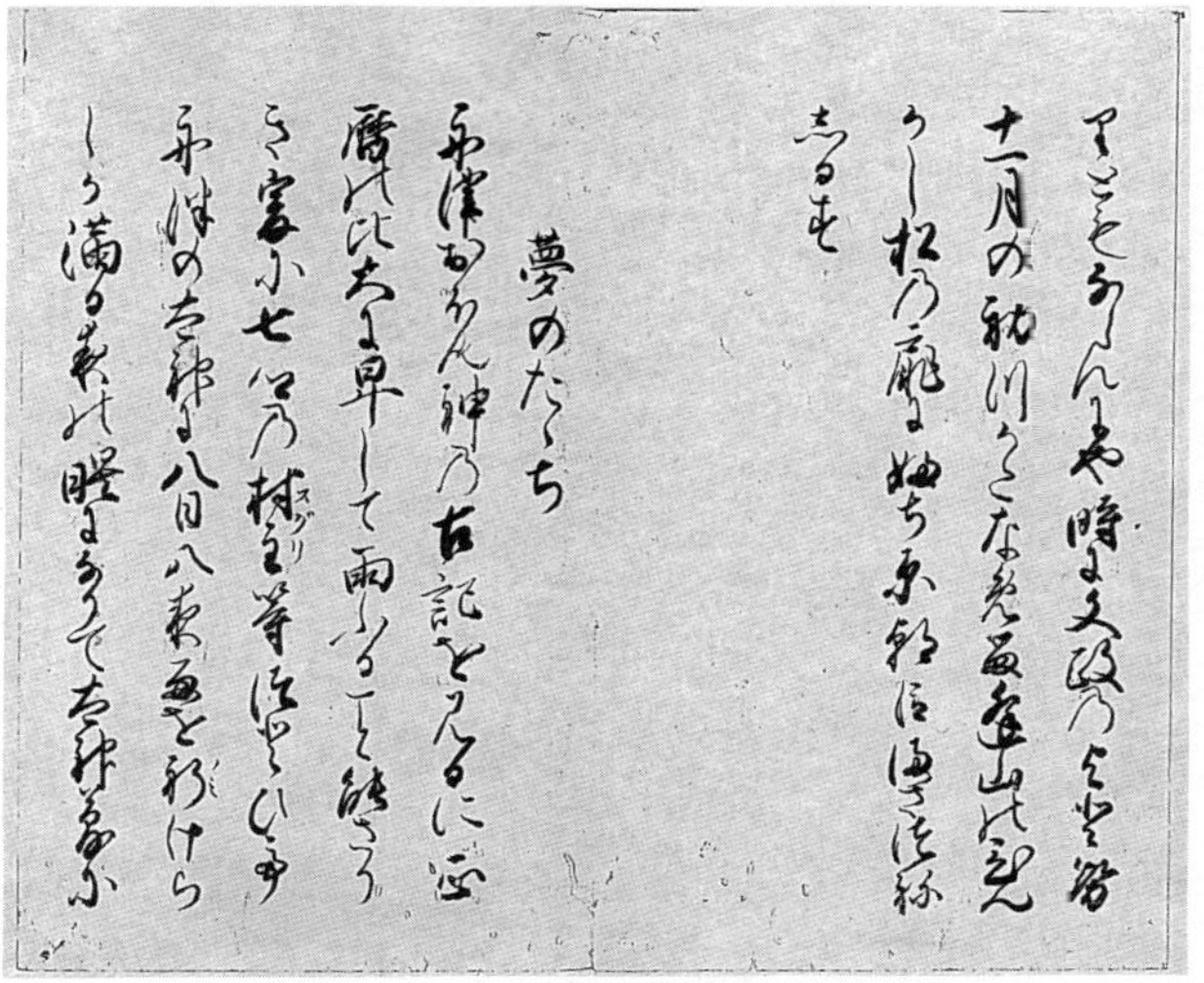

2 『夢のたゝち』の翻刻と注解

前節で紹介した政恒の著作のうち、『夢のたゝち』一冊は代表的なものの一つというべきもので、分量もまま適当と認められるので、ここに全文を翻刻し、若干の注解を加え、今後の研究に資することにしたい。

翻刻に当っては、つとめて原本の体裁・用字を残すことにするが、変体仮名については一部を除き(ミ、ハ)現行の仮名に改める。文中に読点および並列点を便宜加え、丁付及び表裏の区別を(1オ)(1ウ)の如く示した。また仮名にはできるだけ漢字の説明注も付した。その他は一般通用の校訂の方法に従った。

(1オ)

梦のたゝち

夢にむくさ(六種)あるは、*周禮の春官にいへらく、ひとつ(一)には

*正夢、ふたつ《（二）》には*噩夢、みつ《（三）》には*思夢、よつ《（四）》には*寤夢、いつゝ《（五）》には*喜夢、むつ《（六）》には*懼夢、よしあし《（善 悪）》をうらへ《（占）》る
(1ウ)ありて、夢は平時思ふ」所にしてゆめむ、*孔子《クジ》の周公《スク》を夢むるかことし、さはいへと、あか《（我）》すめら《（皇）》御國には、
*虚夢・*實夢ふたつをたもわき《（分）》て占へるは、かん《（上）》つ世の例しにも多かりけり、さね夢に計られさることの侍りき、
(2オ)えもしらさる所を夢みて、後程へて」彼の所へゆ《（行）》ひて見るに、むへ《（宜）》もたか《（違）》はさることあり、又思はさるを夢む
ることあり、爰に今けちめなくも書つらねたるはいとおかしけれと、古きことの葉の殘れるを拾ひて、*夢の
(2ウ)たゝしを夢のたゝちとなつく《（名付）》、こは假寝のたよ」りともならんにや、時に文政のよとせ十一月の初つかたなめ
る、逢山のひんかし松の扉に、ふち《（藤）》原朝臣まさつね《（政 恒）》しるす、」

(3オ)夢のたゝち

舟津おほん神の古記を見るに、*正暦の比大に旱して、雨ふる《（降）》こと能さりき、爰に七郷の村主《スグリ》等つとひ《（集）》て舟津の
(3ウ)太神に八日八夜雨を祈《ノミ》けらしか、滿る夜の曙になりて、太神夢に」告てのたま《（宣）》ハく、雨ふること葉月まてあた《（能）》
はし、此歌をもて流れの便りに埋へし、清水湧いて《（出）》ん、とのたま《（宣）》ひ、端紙に御歌を書せ給ふて、三たり《（人）》四たり
(4オ)給ひけるか覺て、後所得て、其御歌を七處へ埋けれは、神の教のまに〳〵清水出て、今」に其流の傳ハれるこ
あめなへてひてりするとも此水のつきぬかきりはあますかにせめ
と限なし、さはいへと、その御歌の世に殘らさりしことの惜《ヲシ》くも侍りけるか、やつかり九とせの冬十一月《シモツキ》九日
の夜の夢に、七清水の歌はかくなりとて、　天なへてひてり《（早）》するともこの水のつき《（尽）》ぬかきりは雨すかにせめ、」
(4ウ)とのたまふて、ひたすら《（只管）》教給ふゆへに、其御歌をよく覺へけれは、明るをもまた《（待）》てかくそと、*かそ《（橋本祇儀）》にまうし《（申）》け
るに、こはくしひ《*（奇霊）》にあやし《（奇）》かりけりとて、おそれかしこみ《（恐 畏）》けり、後に*足羽住夏か許へまか《（罷）》りて、彼こと語ふに、
(5オ)うや〳〵しく盥ひ嗽きか」きすさひ《（荒）》て、誠なるかな稺子《チシ》、いかに詠すへきや、第五句の雨すかとは、*夜すかの
すかにて緣便の文字、雨の便りによせとの、御言の葉なりとて、もゝたひ拝して納けり、

(5ウ) ある夜の夢に、天ほからか(朗)にして、雲西」南におさまり、東北静にして明なんとせしおりから、艮に當りて月
は右に高く、星は左に遠く降り、日は中央になん〳〵たり、おかむ(拝)も猶たふと(尊)かりけり、つとめて友かき(垣)のま
(6オ) ふ來に語ふに、こはいとよから(良)んや、*三光をなと拝し」給ふは、遠からすして位階にすゝみ給ふならんといひ
しか、ゝ*其年の夏ころ位階に昇りけり、
ある年のむつきの二つの日なめる、小夜の夢に、里人あまた(数多)つとひ(集)て、杣木引て社の境内にはこひ(運)けるか、
(6ウ) 其」よこほれ(模放)る木のはさま(狭間)にたかん(筍)な生て、たけ(丈)八尋に及へるを先として、漸に土より脱出るも有、*其てこら
さたく(比)ひしもあらさりけるか、程なく覺て、いと心ちよく侍りき、*此年になん鳥居の營ミいて来にけり、」
(7オ) 神代より傳へる祓の語に、*三種の祓といへるありしか、其こと解んと世ゝのふひと(史)さは(多)なりけるか、實《マメ》やかな
りとも思はれ侍らて久に倦《ウン》しけるか、ある夜の夢に、やつかれ(僕)かつか(仕)へまつるおほミ神、一顆の玉を持いて給
(7ウ) ひて、なんち(汝)久に彼」に*なつ(泥)める、是をしもそへてかの隠徳《カクル、イサヲシ》を思へ、とのたまふて、玉をあかむ(我)かへる書
架の上におき給ひてさり(去)給ひき、覺てより、うやしくも索《モトツ》き拙きことの葉を綴《ツヽ》りて、纔《ワツカ》に*三種《ミクサ》の祓の解をしも
(8オ) 顯しける、實にも太神《オホンカミ》の御告なることをし」れり、
舩津太神の瑞垣の内に大なる松の有しか、久に經て幾世とも知さりけるか、長は雲に均しく、廻り五つ尋にも
(8ウ) 余れるなれは、春はまな靏の寄せ来らんことを思ひ、夏は聲涼しくして納涼のき(兆)」さしを起し、秋は風にかす
*艳にいろ(色)をきそ(競)ひ、冬は雪亂れてしら(白)山を移せるかこと(如)くなりしか、いつ(何時)となく上つえ(枝)より枯たち(立)つき〳〵に
なりて、三とせ(歳)までに下枝《シヅエ》のミに成にけれは、いとうたち*(憂立)て太神に祈《ノミ》いのりけるに、夢に告たまはく、
(9オ) なんち(汝)」まう(申)せるなれは、一たひハ枝ことに若牙《ワカメ》〔芽カ〕たち添ふへし、久しからし、とのたま(宣)ひき、比は三とせに當
れるはる(春)なりけるか、水無月の半比になりて、枝ことに若牙〔芽カ〕五歩はかりふき(吹)たり、折しも社に工匠の仕へるあ
(9ウ) りしか見いたして、松にめを」ふけることをいともあやしかりけり○興《とて》しけるか、神の御告のまゝに、程なく

しほれて枯にけり、

(10オ)神の告給ふことは*押され、昔此渡りにやんことなき*聖主君のおまし給ひけるか、其生ひ給へる始は、*孔子《クジ》を丘山の神に」まうして産るかこと、うふ《(産)》の神にまう《(申)》してひと《(人)》ゝならせ給ふか、そのかミ*誓約《ウケヘ》のことあり、そは今の世に*贖物《アガモノ》といひき、偖《サテ》なん彼《カ》の聖主君はいとすくやか《(健)》に生立給ふて、はたち《(二十歳)》余り五つとせにならせ給ふ時に、(10ウ)社司うけへ《(誓約)》のこと人にうけへの」ことを、朝夕すらうけへはいか《(如何)》にといふに、此こと常にあか忘らへぬ深きむねあり、いて四十余り二とせも亦程なけれは、そまてによさせ奉らん、むへ怠ることなかれと、夫よりして後、(11オ)猶すくやか《(健)》におまし給ひけるか、*またきに四十余り二とせに」ならせ給ひき、彼のうけへのことはこと《(異)》人の心なれは、聖主君はいと知せ給ふらめと、社司より次のこと人にまうし給へと、告れとえまうささりけり、其(11ウ)まうし《(申)》文は軽からさることとて、次なる又のこと人ふたりありしか、語ひて一人《ヒトリ》の許へ」暫しとてとゝめ置ぬ、比は葉月の半なりけり、爰に計られさることのいて来にけり、長月の末なる聖主君の夢見給ふ、こは常ならさるなれは、必す神の御告ならんといたくおほし《(思)》給ひてかも、心地あしく《(悪)》ならせ給ふ、されとよそ《(余所)》にはえ知す」(12オ)ありけん、霜月の初つかたなめる、次のこと人より社司の許へ、君の心ちあしく《(悪)》おましける、よくまうし《(申)》給へとかしこみ、十あまり四つの日を祈《ノミ》いのりけれは、日にまして心地すくやか《(健)》にならせ給ふといへは、其こと(12ウ)やみ《(罷)》ぬ、されは狩場へもいてたち《(出立)》給」ひけるか、いかにやしたりけん、次のこと人の許より参れと、ことしけ《(事繁)》にまうし《(申)》き、十二月四日、なてうといらへ《(答)》るに、君のけはひ《(気配)》、又はれ《(晴)》やかにも侍り給ハす、いそき神にまうし給へけ(13オ)るに、夢見給ふことしかく〳〵忘れ給はさるゆへならん、神の御告にはえあらしと」文にてまうせと申き、社司のいハく、さはいひかたし、ことの輕からされは、歸りて後神の間に〳〵せん、暫し待給へと、こと人のいへらく、さもあらは神の御告ならハ御告とまうさん、かくまうさは猶心ちはよから《(良)》まさてあしかり《(悪)》なん、武威に(13ウ)て御」告にもあれ、押けちて吉とせんと、え信しかた《(難)》かりけれは、歸りこして神の御前にまうせは、夢の御告

(14オ)にたか《（違）》はさりけり、そはこと人に忍ひやかにまうせしかとも、聖主君は終にしり《（知）》給ハし、其日の夕より八日八夜祈禱《ノミイノ》りけれは、再ひ心ちすく《（地）（健）》」やかにならせ給ふて、十二月《シハス》の中の六つの日、狩場へとてしはし《（暫）》いて給ひしとなん、後に思ひやれは、聖主君の見給ふ夢はあやしく《（怪）》もたか《（違）》はさりけり、猶神の御告なることのまさし《（正）》きを知れり、なこ《（和）》まてやありけむ、」

(14ウ)衣てふこともおろか《（疎）》や袖*のなミ
うき世にとむる《（止）》しからみ《（柵）》*もかな、と
只侘*しらに拙き心をのふる《（述）》のミ、

(15オ)鯖江の西なる代木戸《キシロミド》の流を隔て仄に、下司*といふ里の侍りけるか、夢に、彼の里へやつかり《*（僕）》か男稗子を携てまうき《（参来）》けるに、其けハひ《（気配）》優にして*ひよこ《（し脱カ）（日横）》は狭《セバ》」く、ひたゝし《*（日縦）》は濶《ヒロ》く、朝け《（餉）》の煙たちのほりて、戸ゝの呉竹に(15ウ)なひき合ひいふ計なるに、村の中に清き流れの侍りけるか、潺《*セン》〳〵として深きことはき《（脛）》に及ひ、往程なく南に當りて寛ありき、其邊に晩稲のかり残りたるか聊か霜を結」ひ、おもたか《（沢瀉）》に吹こす風は身にしみて、少しは袖まく心ちなから、所得かほに寛の上にて釣しけるかち《（徒）》の糸も、絶るまてにあまたたひ《（数多度）》つり《（釣）》得たれハ、稗子の携(16オ)ふかこま《（木間）》にもれて、今はいかにやせんとおほ《（思）》しき、其釣得し魚は何そやといふに、小鯛のミにて」こと魚はなかりき、里のうなゐ子《*（髫髪子）*》鶉衣に藁の沓はきたるか、あまた寄り來てつかなミ《*（束並）》持いて、しはしなともてなす折から、(16ウ)梦は覺にけり、つとめてさいつ比來りし友かき《（垣）》又まうき《（参来）》て語ふに、そはたへ《（妙）》なり、兩君のうちよりしてなそ蒙」せ給ふならん、下司といふ文字かならす中《アタ》れりといへり、果して其年の師走に至り、福*大主君より年の賀*の席を別格とそ仰せ蒙せ給ひき、

(17オ)ある年、下部なる女をめし替んといふに、吉江*村といふ處に老婆ありしか、こ《（是）》はいつと」なくより〳〵立入けるか、若かりし比は福井の某なといへるに仕へしとて、賤《シヅ》なからさもあらさりけるか、あか里によきおミな《（女）》有

き、年ははたち《(二十歳)》にも余りてみめ《(見目)》いやしからす抔、いらへ《(応)》てめさはやといふに、さらはよほろ《*(膕)》しもまたして見せ
(17ウ) はやといへは、さハせさせ給」ひそ、我にや任せ給へといへり、比は五*たまの半過なりけり、程經て彼召へき
女を夢みけるに、みめ《(見目)》いとあし《(悪)》くて片目はたらす、長のミ高くしてよろぼひ《*(蹌踉)》みるへきも有ねは、あかやから《(吾輩)》打
(18オ) 見て召へき心地もなかりしとおほし《(思)》けるか、つとめて《(翌早朝)》語」るもいとおかしかりき、程經て老婆のくし《(具)》てけるか、
夢にえもたか《(違)》はさりき、實にや目ひとつといひ姿といひ、猶めくはせしてそ笑ける、
(18ウ) ある夜の夢に、やつかれ《(僕)》かつか《(仕)》へまつる社へ、朝勤めせんとてまからんとせしか、二《ニ》の鳥居」にかたはき《(片脛)》さし
いれんとせし折から、かた邊《ベ》に御手洗《ミタラシ》の池の侍りけるか、井筒の上に隅かけてたゝせ給ひ、聲たか〱にして
政恒とよへ《(呼)》るあり、いらへ《(応)》みるに、その威儀世の常ならす、うすやうの御衣《ミソ》にこむらさき《(小紫)》の指貫はかせ給ひけ
(19オ) るか、やつかり」はつとふす《(伏)》るまゝにのたまふ《(宣)》、我今より三日《ミカ》のあひた福城へまかりぬ、留主の内に郷の産子
まうすありとも、えまうさゝらめ、いはゆる福大主の許に程なくも産候ハんことの侍りけるか、男子《ワコ》にてしか
(19ウ) も名將たりぬ、されとも産るにひま《(隙)》あり、」産《ウブ》の神是をしも守護することかた《(難)》し、ゆい《(行)》て守護すへし、壽は八
十余り八とせに餘れり、産るにいたくひまあれはあし《(悪)》かりけり、故にとく《*(疾)》をゆか《(行)》んとのたま《(宣)》ひて、奥なる神山
(20オ) のかた《(方)》へ入ましぬ、いて*間なくも明にけれは、おそ《(遅)》しと社檀にまかりて、」安くも産ミ給ふらんことを守護し
給へと、御告をさね《(実)》に厚く祈禱《ノミイノリ》けり、やんことなかりけれハ、そより程なくも福井にまうて、井上*翼章のか
り尋まかりて、しか〱のこと語ふに、くしひ《(奇霊)》にたへなることなり、こは三日《ミカ》前に産給ふて、ことはり神の御
(20ウ) 告のまゝ」に若君なりといへり、しかなれは心安かりけりとて、容易《タヤスキ》やうなれハ井上ならてはえ音せさりけり、
思ふにやつかり《(某)》隅あれは、孕給ふハ神の御告ならてはえもしらす、まして若君とのたま《(宣)》ふも猶たか《(違)》はさりけれ
(21オ) は壽きますも八十あまり八とせの」末*もそと思ひしら《(知)》れて、嬉しくも侍りぬ、
社に往古より書傳ふ守の語に、何といふことはしらて、神代*の文字にて神語ありて、世ゝ用ひ來りけるか、

(21ウ)おそれかしこみ《恐畏》なから、何といふことならんと常に思ひ」けるか、ある夜の夢に、神の告給ひて、今何といふ
語をしれり、實にもあやしかりき《怪》、神秘なれは其語はあけす、
*さいつはる《先春》の比なりしか、四方のけはひ《気配》と静にして、纓*を解のおりから《折柄》、宵の間はまらうと《客人》有て、小夜更てし
(22オ)もいね《寝》に」けるか、其夜の夢に、いつち《何方》ともなく松杉生茂りて、千年をあらそひ《争》咲いつる櫻はいろはへ《色映》て、
*けつり《削》花をさせるかこと、薄霞たなひく《棚引》いとよくひまとめて、鳥居の末の見へてけるか、いもゐ《斎》の庭のけはひ
(22ウ)ともおほしきその所へゆひ《行》て」けれは、近くも山の聳へけるを賤男《マスラヲ》あまた寄りてえりかへし《選返》して運ひけるか、
いつち《何方》へもてゆか《持行》んといふに、彼の鳥居の脇邊《ワキベ》へはこひ《運》てはさま〳〵いと深かりけれは、沓なと掛かたかりし、
(23オ)そか中にたかんな《筍》の尺計なるかあまた生て心ち」よけれは、夢のうちにさいつ《先日》たかんな《筍》を夢みて、鳥井を營み
けるを思ひいたし、さらはまたよき《良》ことの侍らんと思ひなから覺にき、是をしも計るに、其年《文化十一年》の五月雨の比よ
(23ウ)り、*鯖主君《間部詮允》の賜物及ひ仰こと有て、今御社をにゐしく《新》も造り替奉りぬ、こハ《是》」かきりなき《限無》恵ミとやいはん、い
とめてたかりき、

ひとことに深く底ゐや替るらん
ふミなまとひそ夢のうき橋

ふち原朝臣政恒
藤原
政恒之印

(1オ)〇周禮の春官にいへらく〔周禮、春官、占夢〕「以日月星辰、占六夢之吉凶、一日正夢、二日噩夢、三日思夢、四日寤夢、五日喜夢、六日懼夢」。〇正夢《セイム》 正しいゆめ。別に感動する所がなくて自然にみる夢。〇

噩夢《ガクム》　驚いて感動した結果見る夢。愕夢。○思夢《シム》　常に思念する所を夢にみること。○寤夢《ゴム》　昼間見聞したことを夜夢みる。○喜夢《キム》　心に喜びがあって見る夢。○懼夢《クム》　恐懼して見る夢。

（1ウ）○孔子《クジ》の周公《スク》を夢む　周公《シユウコウ》は周の文王の子、武王の弟、夢のこともいう。孔子《コウシ》が夢に周公を見た故事に本づく。〔論語、述而〕「子曰、甚矣吾衰也、久矣吾不復夢見周公」。○虚夢《キヨム》　事実にあわない夢。○實夢《ジツム》　事実と合致する夢。まさ夢。

（2オ）○夢のたゝし　たゞじは直路、直道。障害もなく回り道をしないで、目指す所へ行ける道。古くはたゞち。夢の直路は夢でたどる道、夢の中のこと。

（3オ）○正暦の比　『舟津社之記』に「正暦二年夏、大旱魃、村主等祈雨、不能雨時、夢　神詠、則書之埋七処、忽然水多出矣、王野清水、坪我清水、黒久清水、天照江、天菅江、長泉池、許佐羅江是也、」と見える。

（4ウ）○かそ　柯曽《カゾ》。父をさす上代語。『日本書紀』とその関連の文献に現われるが、語源や「ちゝ」との相違等は不明。カシコ（畏）の義、世次を数えるのは父を以てするところから、数フル義などの諸説がある。○くしひ　奇霊。動詞くしぶの連用形の名詞化か。霊妙不思議なさま。○足羽住夏《アスハスミナツ》　足羽神社神主馬来田《マクタ》住夏。足羽敬明《モリハル》の養嗣子。享保三年（一七一八）生。同十八年五月二十四日、叙任従五位下・摂津守。累進して明和八年（一七七一）九月十九日叙従四位上。寛政三年（一七九一）十二月九日没。七十四歳。

（5オ）○夜すか　夜すがらの変化した語。「すがら」は名詞について、初めから終りまで続く意を表わす。ずっと。〔公任集〕「をみ衣摺り捨てて着つる露けさは春の日すから又そ忘れぬ。住夏は「縁便の文字」とするが、「よすが」でなければならないが如何。なお、これは古くは「よすか」。「寄す処（か）」の意。

（5ウ）○三光《サンコウ》　日・月・星。舟津神社の社紋は三光紋。

（6オ）○其年の夏のころ位階に昇りけり　政恒は寛政四年（一七九二）七月十三日に従五位下・筑前守に叙任。

(6ウ) ○てこらさ　色濃く照り映えて美しいさま。　○此年になん鳥居の營ミいて来にけり　舟津神社大鳥居(福井県指定文化財) の再建のことを指す。旧来の鳥居の建替が決るのは寛政七年 (一七九五)、釿立は同十二年四月十六日、同七月二十八日建前、八月二日竣工。

(7オ) ○三種《サンシュ》の祓《ハライ》　三種大祓、三種祓詞、三大神呪ともいう。吉田神道のなかで秘々中深秘として重んぜられた呪詞。(一)吐普加身依身多女《トホカミエミタメ》、(二)寒言神尊《カンゴンシンソン》・利魂陀見《リコンダケン》、(三)波羅伊玉意喜余目出玉《ハライタマイキヨメデタマフ》、の三種からなる。

(7ウ) ○なつめる　泥《ナズ》める。物事がなか〱進行しない、あるいは執着する。　○三種《ミグサ》の祓の解《ゲ》　政恒が『三種太祓解』を著したのは、寛政八年 (一七九六) 十一月のこと。

(8ウ) ○艳　もみぢ。　○うたち　憂《ウ》だち。「だち」は動詞立つの接尾語化したもの。そのような様子を帯びる意。

(9ウ) ○押され　厳として存在する事実の意か。　○聖主君　徳の高いすぐれた君主。　○孔子《クジ》　孔子《コウシ》。呉音で読んで「くじ」ともいう。孔子のように賢い人をもいう。

(10オ) ○誓約《ウケヘ》　わからないことを神意によって知るために、誓いを立てること。　○贖物《アガモノ》　祓の時、罪穢の代償として出すもの。

(10ウ) ○またきに　早くも。語源については未詳とされる。〔古今集、秋上、二三二〕「たが秋にあらぬものゆゑをみなへしなぞ色にいでてまだきうつろう〈紀貫之〉」。

(14オ) ○袖のなミ　袖が無いので。「なみ」は、形容詞「ない」の語幹に「み」の付いたもの。

(14ウ) ○もかな　終助詞「もが」「な」の重なったもの。願望を表わす。　○侘《ワビ》しらに　心細くさびしそうなさま。「ら」は接尾語。〔古今集、雑体、一〇六七〕「わびしらにましらななきそあしひきの山のかひあるけふにやはあらぬ〈凡河内躬恒〉」。　○代木戸《シロキド》の流　白鬼女川の意。古く叔羅川、現在の日野川。　○下司《ゲシ》　吉野瀬川西岸に位置し、北は鳥井村に接する。近郷の村々から搬出される年貢米の集約地の村。○やつかりか男稺子《オサナゴ》　政恒の長子恒麻呂。のち政柄。○ひよこ　日《ヒ》の横（緯《ヨコ》）。西、その方角。南北、南北に通じる道・方角。この場合は前者。〔万葉集、一、五二〕「畝火のこの端山は日緯《ヒノヨコ》の大御門に端山と山さびいます〈作者不詳〉」。

（15オ）○ひたゝし　日の縦《タヽシ》（経《タテ》）。東、その方角。東西、東西に通じる道・方角。この場合は前者。○潺《セン》〱《セン》　水の流れるさま。

（16オ）○うなゐ子　髫髪子。髪を首のあたりに垂らしている子供。○鶉衣《ウズラゴロモ》　つぎはぎの着物。破れすり切れて短くなった着物。○つかなミ　束並・藁籍。山家などで用いた藁《ワラ》を編んで畳ほどの広さにつくった敷物。〔散木奇歌集、雑上〕「つかなみの上によるよる旅ねしてくろつの里になれにける哉」。

（16ウ）○福大主君　福井藩主松平治好。○年の賀の席を別格　政恒が享和二年（一八〇二）十二月に年頭御礼席別格独礼を仰付けられたこと。一件記録に『福居年頭御礼席別格被　仰付留』一冊がある。○吉江《ヨシエ》村　西は西番村、南は杉本村に接する。正保二年（一六四五）福井藩主第四代松平光通の弟昌親が二万五千石を分封され吉江藩が成立、陣屋が置かれていたが、延宝二年（一六七四）昌親が本藩福井松平家の家督を相続するにつき、僅か二十九年間で吉江藩は廃された。

（17オ）○よほろしも　膕《ヨボロ》＋特示強調の「しも」。膕は膝のうしろのくぼんでいる部分。内脚《ウツアシ》。

（17ウ）○五たま　五珠。五つ玉のそろばん。○よろぼひ　蹌踉。倒れそうによろよろと歩く。○つとめて　前夜から引き続いた翌早朝。

（19ウ）○とくをゆかん　疾《トク》を行かん。「を」は間投助詞。意志・希望・命令の文中にあって連用の文節を受け、指示強調する。さあ早く行くべし。〔万葉集、三、三四九〕「生ける者遂にも死ぬるものにあればこの世なる間は楽しくをあらな〈大伴旅人〉」。○いて　その事態や、またいだいた気持などを、疑い否定する気持を表わす。

さあ。いやもう。

(20オ)○井上翼章《イノウエスケアキラ》　福井藩士。名は素良、字は思郷、帰橋と号す。翼章は通称。宝暦三年（一七五三）藩士梯左仲太三胤の三男として生る。天明元年（一七八一）十一月十六日井上満喬の養嗣子となる。博学強記。『越藩史略』、『越前国名蹟考』等の著がある。文政三年（一八二〇）十一月六日没、六十八歳。

(21オ)○もそ　係助詞「も」「ぞ」の重なったもの。将来をおしはかる意を表わす。○神代《ジンダイ》の文字　古めかしい文字。

(21ウ)○さいつはる　先春。「さきつはる」の変化した語。○纓《エイ》を解《トク》　冠を脱ぐ。纓は冠のうしろに長く垂れるもの。○更てしも　「しも」は特示強調する副助詞。

(22オ)○けつり花　削花《ケズリバナ》。円木の先を薄く、細長く削りかけて花びらの開いたようにしたもの。

(23オ)○鯖江君の賜物及ひ仰こと有て　文化十一年（一八一四）四月六日、舟津神主橋本筑前より鯖江藩寺社奉行所へ本殿再建の寄附依頼の願書を提出、五月十一日に寺社奉行江坂八郎左衛門より返事があり、時節柄とて願書は差戻され、別段の由にて今年より五ヶ年の間一カ年に金拾両づゝ、都合五拾両を殿様（間部詮允）より寄進ある旨を伝えられる。一件記録に『舩津御再建ニ付両役所諸願筋留帳』一冊がある。

おわりに

以上、江戸後期の地方の神主の文事の一事例として、越前鯖江の舟津神主橋本政恒をとり上げ、神道家としての一面、国学者・歌人としての側面などを考察して来た。そして最後に政恒の著作のうち『夢のたゝち』の紹介を行った。この書は古語を多く使っているのが一つの特徴であろうが、これは『万葉集』や『古今和歌集』に馴染んできたことの発露というべきであろう。本稿では政恒の文事の片鱗を問題にしたのみで、和歌そのものについても充分な吟味が出来なかった。残された問題も多い。今後の課題としたい。

注

(1)『国学者伝記集成』、大川茂雄・南茂樹編、一冊、大日本図書株式会社、明治三十七年刊。複刻、三冊、国本出版社、昭和九年刊。再複刻、日本図書センター、昭和五十四年刊。『名家伝記資料集成』、森繁夫編、思文閣出版、昭和五十九年刊。『和学者総覧』、國學院大學日本文化研究所編、汲古書院、平成二年刊。

(2)伊原恵司・村田健一・橋本政宣編著『舟津神社本殿修理工事報告書』(舟津神社社務所、一九八七年)。伊原恵司他編『福井県指定文化財舟津神社大鳥居修理工事報告書』(同上、一九九九年)。拙稿「近世における地方神社の造営——越前鯖江の舟津神社本殿の再建——」(山本信吉・東四柳史明編『社寺造営の政治史』、思文閣出版、二〇〇〇年)。

(3)概要は、神社史料研究会第九回サマーセミナー(於熱田神宮会館、二〇〇三年八月二十三日)で発表した。

(4)『五百石地方郷土史』は種々検討するに、『鯖江郷土誌』の誤りであろう。

(5)縦七七・三糎、横二六・六糎。『鯖江郷土誌』(鯖江町役場、一九五五年)に翻刻があるが、誤読が多い。

(6)拙稿「橘曙覧と『藤原政貞詠草』」(『鯖江文学』二六号、一九九八年)、同「舟津神社碑文と鶚軒土肥慶蔵」(『鯖江文学』二一号、一九九三年)。

(7)拙稿「舟津社記と祭神大彦命」(『神道大系月報』七〇、一九八七年)。

(8)拙稿「吉田神道伝受の上京日記——享和元年越前大虫社の岡野吉伴日記——」(『國學院雑誌』一〇四巻一一号、二〇〇三年)。

(9)注(2)。

(10)辻森秀英『近世後期歌壇の研究』(桜楓社、一九七八年)、同「鯖江歌壇の歴史」(『鯖江文学』一五号、一九八七年)。

(11)『橋本文書』、折紙、縦三三・〇糎、横四五・六糎。包紙、縦二三・四糎、横三三・三糎。

(12)江戸後期の越前における社寺執奏は、『雲上明覧大全』の「諸社諸寺方伝奏」によれば一社三寺あり、福井の足羽社々家が武家伝奏、横越の證誠寺が万里小路家、永平寺及び鯖江の誠照寺が勧修寺家であった。

(13)『如蘭社話』巻五、明治二十一年五月刊。

(14)『大阪府史』第三巻(大阪府、一九七九年)。『大阪府の地名』(『日本歴史地名大系』28、平凡社、一九八六年)。

(15)村田正志『南北朝史論』(中央公論社、一九四九年)。

(16)榊原頼輔『足代弘訓』(千歳文庫、一九二三年刊)。巻十二、六四六頁に「○橋本淡路守　名は政貞、越前鯖江の人、鶏肋集作者。」と見える。『橋本文書』のうち足代弘訓関係文書として、橋本淡路守充足代権大夫弘訓書状二通(二月八日付、十一月廿日付)、足代権大夫充橋本淡路守政貞書状案三通(正月廿九日付、九月八日付、十二月八日付)が伝存する。

(17)吉崎久「松岡仲良の門人簿」(『神道史研究』二十一巻六号、一九七三年)。

(18)自筆本。袋綴。二五丁。縦二四・九糎、横一六・五糎。

(19)自筆本。袋綴。三三丁。(17)に合綴。

(20)東京大学史料編纂所所蔵。架番号四一四一・四四・一〇。「寛政五年発丑夏四月　芥元澄書于鯖江城東楽山園中」の自序がある。また、巻初に「鯖藩儒臣平安芥元澄子泉纂輯、男希膺子軾・希由子轍同校」、巻末に「孫舟之校」とあり、「福井県庁訪求吾祖父元澄鯖江志、因写一本以納其庁/明治十五年三月/鯖江東小路二十番地/芥川舟之」の書写奥書がある。

(21)拙稿「二十二歳で逝った歌人橋本政住と證誠寺東溟上人」(『鯖江文学』二二号、一九九四年)。

(22)政武は国学者矢野玄道の門人でもあり、玄道の「門人誓詞短冊」に、明治二年八月二十七日に「越前今立郡鯖江村総社舟津神社大山御板神社両社大宮司深江朝臣橋本五位陸奥守政武」の入門のことが見える。福井款彦「維新前後の国学志向――矢野玄道門人簿(稿)の作成をめぐって――」(『神道史研究』四〇巻一号、一九九二年)参照。

(23)〈政柄歌集〉『藤原朝臣政柄詠草集』上巻・下巻二冊、袋綴、四五丁・五六丁、縦二五・二糎、横一七・二糎、天保二年十月政貞識語。　〈政貞歌集〉『藤原政貞詠草』一冊、袋綴、九八丁、縦二五・七糎、横一七・二糎。『政貞家集』一冊、袋綴、三丁、縦二五・一糎、横一六・五糎。　〈政住歌集〉『藤原政住詠草』一冊、袋綴、三七丁、縦二五・五糎、横一六・六糎。『藤原政住詠草』一冊、袋綴、五丁、縦二五・三糎、横一六・六糎。『松洞歌』一冊、袋綴、四丁、縦二五・一糎、横一七・七糎。　〈政武歌集〉『鼓橋詠草集』一冊、袋綴、三八丁、縦一九・一糎、横一三・七糎。『嘯月集』一冊、袋綴、五一丁、縦一七・一糎、横一二・三糎。

(24) 『藤原政貞詠草』は政貞二十歳の文政十三年（一八三〇）より四十七歳の安政四年（一八五七）までの歌集。

(25) 『若草集』は、天保五年（一八三四）十一月二十三日、同六年四月六日、同閏七月八日、同十一月四日、以上四日分の「橋本政貞か家の会」の歌を集録したもの。『嘯月集』は、「天保九年戊戌仲秋　藤原朝臣政貞」の序を有し、政貞・政忠・睦義・正明の歌を集載。その後に、天保十年・十一年中開催の歌会に於ける政貞・政忠・睦義・正明等の歌を聚めたもの。月日・集会所は次の通り。〈天保十年〉二月十四日政貞が家、三月八日蕉斎亭、三月十四日梅窓亭、四月十四日松花亭、四月二十八日蕙斎会、六月五日梅窓亭、七月下旬蕉雨亭、十一月十二日松花亭、〈天保十一年〉二月十日蕙斎、三月二十日梅窓亭、三月晦日松花亭、八月二十五日蕙斎、十月二日梅窓亭。『鯖江社中倭謌』は、天保十四年七月二日、弘化元年二月十三日、同五月六日、同八月二十六日、同十月二十五日、弘化二年九月三日の各日における「あか家《（橋本政貞）》につとひて」の歌会の歌集。会員は、正嘉、□雄、包耀、貞中、正保、光種、鶴樹、祐善、みき子、政貞、政住、東溟（梅窓）、実善、信近、春枝、延年、老門、福、正秋等であり、東溟も弘化元年十月二十五日の会以外は全て出席している。

(26) 政貞はこれより十年後の天保十五年（一八四四）二月九日、東溟上人に入門している。すなわち、『藤原政貞詠草』天保十五年二月六日真泉寺主会での歌の上欄余白に、「是歌ヨリスエ、東溟上人見点、但政貞辰二月九日、初而右上人江入門ス、」との書込みが見える。

刊本『さゝぐり』の成立——長崎橿園社中の台頭——

吉良史明

はじめに
一　長崎橿園社中の成立
二　刊本『さゝぐり』
三　植木貴恒と沖安海
四　五種の稿本
おわりに

はじめに

崎陽国学の三雄と称された中島広足《なかしまひろたり》（寛政四年＝一七九二―文久四年＝一八六四）の主要な著述は、弥富濱雄・横山重校訂『中島廣足全集』（大岡山書店、昭和八年）に示されたが、近年、広足及びその門人の資料調査には著しい進展が見られる。一に、上野洋三氏を代表とする「諏訪文庫資料研究会」は、鎮西大社諏訪神社所蔵の広足自筆稿本類を悉皆調査し、その成果は若木太一・上野洋三・鈴木淳編『諏訪文庫　中島廣足自筆稿本展目録』（諏訪神社・諏訪の杜文学館、平成十四年）として結実した。二に、川平敏文・鈴木元・徳岡涼・山崎健司・米谷隆史編『村川家蔵　中島広足資料目録』（熊本県立大学日本語日本文学科、平成十六年）には、中島家とゆかりのある村川家に伝えられた広足自筆稿本類が紹介されている。さらに、三として、広足門人、例えば島重行の旧蔵書もまた若木太一・大庭卓也編『長崎県立長崎図書館蔵　善本・稀書展解説』（長崎大学環境科学部研究科・長崎県立長崎図書館、平成十四年）、大庭卓也・矢毛達之・井料佐紀子・菱岡憲司・吉良史明編「長崎県立長崎図書館所蔵「伊勢宮文庫」目録」（『文献探究』四十二号、平成十六年三月）によって明らかになるなど、広足を中心とする長崎歌壇はより基礎的、かつ重層的な研究が可能になってきたといえよう。

そこで本稿は、以上の研究成果を踏まえ、諏訪神社諏訪文庫の資料を扱いつつ、広足が長崎の地に興した和歌結社、櫨園社中の成立を改めて検討するものである。

一　長崎櫨園社中の成立

文政五年（一八二二）に初めて長崎の地を訪れた中島広足は、青木永章《ながふみ》(1)、近藤光輔(2)と親交を結ぶ。以後、足繁く同地へ赴いた広足は、永章から長崎諏訪大宮司学校への招きを受け、この地に櫨園社中を興して後進の育成に励んだ。その育成の様子は、広足門人の木谷忠英が記した中島広足『櫨園文集』（天保十年序刊／二巻二冊）序文に詳しい。

> 長崎の里に、いにしへ学のおこりそめぬるは、いとも近き世のことにて、たゞひとり、ふたりのみなりしを、わが櫨園大人、ものせられしより、こゝろをふかめて、まなぶ人おほく成《なり》きつゝ、今しもいとさかりにはなりにたり。されば歌のまなびも、はやくのは、たゞかの近き世ぶりの、めゝしきのみなりしを、今はいにしへの、たかきしらべの、をゝしきさまを、よみ出《いづ》る人多く、長歌・文詞などめでたく、つくり出る人のあめるは、またく大人の、みちびきのいさをになむありける。(3)

わが櫨園大人、つまり広足が長崎を訪れて以後、この地の国学、和歌は盛んとなり、同序文が記された天保十年（一八三九）に至っては「今しもいとさかりにはなりにたり」というほど活況を呈していた(4)。事実、同年には中島広足『櫨園集』（三巻三冊）、同『櫨園文集』（二巻二冊）、同『櫨園長歌集』（一冊）、青木永章『玉園長歌集』（二冊）が相次いで刊行されており、長崎の歌人にとって記念すべき年であったといえよう。さらに、翌十一年には長崎の歌人を中心とした歌集、中島広足編『瓊浦《けいほ》集』初編（二巻二冊）が刊行された。本書は見返しに「社中蔵」(5)とあり、長崎櫨園社中が中心となって刊行に及んだことが指摘される。すなわち、天保十一年頃公に櫨園社中なるものが組織されていたといえよう。

かくして長崎の地に産声をあげた和歌結社、櫨園社中が、江戸派、桂園派、鈴屋社中の三派が鼎立し混迷を極めていた天保から幕末に至る歌壇において、これら三派と如何なる交流を結んでいたものか、いまだその詳細は論じられていない。(6)そこで本稿は、殊に伊勢鈴屋社中との交渉に主眼を置いて、幕末期歌壇の一端を明らかにするものである。

二　刊本『さゝぐり』

現在、国立国会図書館に伝えられる植木貴恒『さゝぐり』(刊年不明/一冊)は長崎櫨園社中と伊勢鈴屋社中の交渉の跡を物語る資料である。本書は『国書総目録』補遺編に国立国会図書館蔵本として著録されるが、一方『新編帝国図書館和古書目録』にはなぜかその名が見えない。(7)見返しは「さゝぐり　全/櫨園社中蔵」(8)。植木貴恒自序。一丁表に「濱雄/蔵書」(朱文方印/縦二・〇×横二・〇糎)、「波満雄」(朱文楕円印/縦三・六×横二・一糎)の印があり、広足研究で知られた弥富濱雄旧蔵本である。見返しには弥富氏の手になる書入れがある。

濱雄云、こはもと景樹の『大幣』などよりやおもひつきけむ『幣の追風』といへりしも、後『さゝぐり』としも改めつるは西行法師の

　伊勢人はひがごとしけりさゝぐりのさゝにはあらで柴にこそなれ(ママ)

といふ歌によりつるものなるべし。それも『琴後集《ことじりしゅう》』十三に「かの家苞《いえづと》のひがごとの人まどはしなるわざなれば、『さゝぐり』と名づけて物し侍りし」とあれば、むしろこれよりおもひつきたるにはあらじか。

同氏が示すごとく本書名の由来は、伝西行歌とされる「伊勢人はひがごとしけり云々」の歌、(9)もしくは村田春海

『さゝぐり』(10)（成立年不明／写本一冊）にあるといえよう。

次に、成立年時は、刊記等がなく不明であるが、本文の記述から安政五年（一八五八）以降の成立であると推定される。

逢増恋

あふにしもかへし命の何にかくのこりてたえぬ物おもふらむ

●此「ぬ」は「ず」といふべき也。「ぬ」にてはと、のはず。

弁云、是は「たへぬ物おもふらむ」と上木の本にもあるを、「たえぬ」と書たるは写誤れるもの也。

右の広足歌は中島広足『しのすだれ』第三輯（安政五年刊／一冊）に掲出されており、すなわち「上木の本」とは同書を指すものである。ゆえに、右の記述がなされたのは安政五年以降であるといえよう。

さて、本書は、本居大平門下の沖安海が広足の歌を批評したことに対して、広足門下筆頭の植木貴恒が反駁を加えたものであり、その構成はまず抄出された広足歌が掲げられ、次に安海の評（●の箇所）、さらに安海の評に対する貴恒の弁が記されるものである。貴恒は本書執筆に至る背景を次のように書き綴った。

わが櫺園大人の歌どもを或人の書つけて、伊勢国人安海といふものに見せて、評を乞つる事ありけり。さるは、いとも心きたなくはたおろかなる人とおぼえて、文字などもおほく書たがへたり。そも〳〵、てにをはなどは一字誤りても一首の意通らぬものなれば、よく心をいれてものすべきわざ也。いはんや人の歌を書写《かきうつ》して、他人に評を乞つるものをや。さて、其《その》安海と云人の加筆のさまいとうひ〳〵しく、物のあやめもわかず見ゆめるは、此評を乞つる人にはよく打あひてなん有ける。さるをかへりてうべ〳〵しく見もて行《ゆく》人もまれにはあめるが、いとうれたくもだしがたければ、今いさゝかわきだめおくになん。よくあぢはひ見て、ゆめ伊勢人のひがごとになまどはされそ。

事の発端は或人物が広足の歌を抄出して、伊勢の安海へ批評を乞うたことにあるといえよう。これに対して、師、広足の歌に批評を加えられた貴恒は、抄出した人物、ならびに批評を加えた安海の双方へ激しい嫌悪の念を抱いたことが看取される。そして、安海の広足歌評へ反駁すべく本書を著すに至った。つまり、貴恒は本書を公刊し、安海へ公に論争を仕掛けたのである。

三　植木貴恒と沖安海

かくして安海へ論争の口火を切った貴恒は、嘉永元年（一八四八）に広足の学問上の養子となり、櫨園社中の跡を継いだ人物である。文化十三年（一八一六）、肥前島原多比良村に植木貴俊の次男として生まれた貴恒は、肥後の長瀬真幸に国学を学び、後に帰郷。その後、広足の門人となる。広足の跡を継いだ後は、中島広行と名を改めて、櫨園社中の中心人物として活躍した。さらに、晩年は長崎県皇典講究所長・諏訪神社宮司を務めた。(11) その歌人としての活躍は、中島広足判『三十番歌合』（長崎県立長崎図書館郷土課蔵、嘉永四年写／写本一冊）、同『歌合』（諏訪神社蔵、嘉永七年写／一冊）等に明らかである。さらに、天保以後盛んに刊行された類題和歌集の類にも、長澤伴雄《ともお》編『類題鴨川集』（太郎編嘉永元・次郎集同三・三郎集同四・四郎集同五・五郎集同七年刊／十巻十冊）を始めとして、貴恒の歌は数多く収載されており、当代歌壇にその名を馳せていたことが指摘される。

一方、沖安海は天明三年（一七八三）生、安政四年（一八五七）八月二十七日没。その生涯に関しては、伊勢白子悟真寺の安海墓碑(12)に詳しい。

　翁諱就将《ゆきまさ》、字公熙《まさおき》、氏沖、姓源、一名安海《やすみ》、号清渚《せいしょ》、又号甕栗《おうりつ》、伊勢白子人也。翁為人廉直寡欲。自幼好学、始就本居大平大人学和書国歌。安海之名既高於世、後従雷首清水翁学経史及詩賦、又有名於其社。此地自古以鬻染具于他邦為業者多矣。翁家亦其一也。翁連歳奔走于奥羽間。営業之余、必訪風騒高雅之士、或尋名区

勝地、賦詩詠歌、以遺旅愁。（中略）而名大播于世、凡就学者日相継而、遠近乞和歌之点定者亦不少（中略）

友人　河合則敏撰　河合雅言
磯部長恒書　男　雅孝
建

安政五年戊午仲秋

伊勢白子の人で、染形紙販売を業とした安海は、清水雪首のもとで漢学に志す傍ら、本居大平へ入門して和学を修め、鈴門の歌学を忠実に継承した人物である。例えば、次の書簡から安海が宣長の説を称えていたことが指摘される。

加茂翁の説は御示の如く、古意に泥まれ候もまゝ御坐候。因《ちなみ》に申上候、百人一首の初学に「わすらるゝ身をば思はず云々」の歌を「かゝるをりにこそ、天の逆手を打ても咀《かみ》をるべけれ。さるをかやうにつくろひいへるぞ、後の世ごゝろなる」といはれたるなど、実に古意に泥係《でいけい》せられたるにて、歌主は本意なくや、かこつらむ。又景樹宗匠の『百首異見』には、右近があたら貞節を無下にいひもどきたりとやうにときたれど、安海按《あん》ずるに、此二説大に非なり。これは恨みあまりたるまゝ為方《なすかた》なさの捨挨拶といふ物に、今俗に当てつけの捨詞などいふ類也。さやうに見れば歌主のやるかたなき恨の意、言外にあまりてありて、いはむかたなし。古人の説といへども、よく味ふべき事、『美濃の家づと』にいはれたるが如くなるべし。何事もへだてなうの給へるにつきて、かゝる事をも聞えかはし侍る也。かまへて、他人にな見せ給そ。とく〳〵やいすて給ひてよ。穴かしこ〳〵

安海

（『大東急記念文庫　善本叢刊近世篇9近世名家書翰集』汲古書院、昭和五十二年）

賀茂真淵の説を上代復古の思想に固執したものとして斥け、さらに香川景樹『百首異見』（文政六年刊／五巻五冊）所載の説に非を鳴らす一方、安海は本居宣長『新古今集美濃の家づと』（寛政七年刊／五巻五冊）の説を称揚した。つまり、安海は宣長に始まる鈴門の流れを汲む人物であり、県居派、[13] 桂園派の双方に対して批判的な姿勢を示していたといえよう。

さらに、墓碑の記述には「而して名大いに世に播り、凡そ学に就く者日に相継ぎて、遠近和歌之点の定めを乞う者亦少なからず」とあり、安海の歌人としての徳を称えていた。事実、墓碑に刻まれるごとく安海は当代歌壇にその名を馳せた人物である。例えば、安海歌は佐々木弘綱編『類題千船集』（初編安政五・二編文久元・三編元治二年序刊／三編六巻六冊）に百四首収載されており、鈴屋の流れを汲む歌人としては、足代弘訓《あじろひろのり》の五百十三首、佐々木弘綱の三百十二首、加納諸平の百九十五首に次ぐものであった。また、本居豊頴《とよかい》の門人である磯部長恒の詠草奥書[14]に「右朱にて書入れしは沖安海ぬし考評しおくられしなるを猶愚意に如何と思ふことなきにあらず（中略）時嘉永はじめのとしさつき朔日長恒（花押）」とあり、添削を請われるほどの歌人であったことが指摘される。つまり、沖安海は鈴門の流れを汲み、当時、鈴屋社中の中核を担う歌人であったといえよう。

以上の植木貴恒、沖安海の経歴から、本論争は両社中の柱石である人物の間で展開されたことが明らかであり、新興の長崎櫨園社中が伊勢鈴屋社中へ試みた挑戦といえるものではあるまいか。

四　五種の稿本

現在、刊本『さゝぐり』の稿本は諏訪神社に三種、国立国会図書館に二種が伝えられており、[15] 櫨園社中が入念に推敲を加えた跡が看取されるものである。

(1)初稿本『ぬさの追風』

諏訪神社所蔵（分類番号：別四二）。植木貴恒自筆稿本。大本（縦二五・七×横一八・二糎）一冊。表紙に「伊勢人はひがごと／しけり／さゝぐりのさゝには／ならで柴にこそ／なれ／ぬさの追風」と打付け書。序文署名には、植木貴恒とともに船曳大滋《ふなびきおおしげ》の名が記される。本書は、植木貴恒序、ならびに貴恒弁を記した本文から成る。巻末に長崎の儒者石川執のものと目される広足宛書簡が添付される。

(2)二稿本『ぬさの追風』

諏訪神社所蔵（分類番号：別七三）。植木貴恒自筆稿本。大本（縦二六・五×横二〇・三糎）一冊。表紙左肩に「かし園の大人歌／安海評／貴恒弁草稿」と打付け書。坂本秋郷、中島広足の手になる付箋、書入れがある。本書は冒頭に、抄出された広足歌ならびに安海評が挙げられ、[16] 続いて、貴恒序、本文が記されるという構成をとる。

(3)三稿本『ぬさの追風』

諏訪神社所蔵（分類番号：一一五）。植木貴恒自筆稿本。大本（縦二四・八×横一六・八糎）一冊。表紙左肩に「ぬさの追風」と打付け書。二稿本と構成、記述内容ともにほぼ同様のものである。

(4)四稿本『ぬさの追風』

国立国会図書館所蔵（分類番号：911・152／N568n(W)）。弥富濱雄筆写本。半紙本（縦二三・七×横一六・一糎）一冊。表紙左肩題簽に「幣之追風」と墨書。巻末に「これは森田広世がもたる広行の自筆を写したるもの也。後訂正して『さゝぐり』と名づけ、おほやけにいだされたり。明治廿八年二月　濱雄」の識語。記述内容に関しては、三稿本に若干の推敲を加えたものであり、構成は初稿本の体裁に倣っている。

(5)五稿本『さゝぐり』

国立国会図書館所蔵（分類番号：911・152／N568s）。中島広足自筆稿本。大本（縦二四・八×横一八・〇糎）一冊。貼紙して、その上に訂正を加えた箇所が多数見られる。四稿本所載の長歌四首が削除され、新たに短歌九首、長歌二首が論争の対象とされた。また、改稿にあたって、二稿本に書入れられた広足、秋郷の説が採られている。

右に掲げた『ぬさの追風』は四稿本序文末尾に「弘化四年春　植木貴恒」とあり、序文は弘化四年（一八四七）の成立である。一方、刊本『さゝぐり』の本文は先に示したごとく安政五年（一八五八）以降に成立しており、公刊されるまでにおよそ十年以上の歳月を経たものといえよう。[17] かくして、十年の歳月のもとに加えられた推敲の跡は、本書成立に船曳大滋、坂本秋郷、中島広足が参与していたこと、さらに本書は沖安海のみならず、伊勢鈴屋社中を念頭に置いて反駁したものであることを物語る。

初稿本『ぬさの追風』の序文には次の推敲の跡が見られ、同書の執筆に船曳大滋が関連していたことが推測される。

吾師橿園大人[18]の歌に、伊勢の安海がおふけなくもあやしき評どもなしたるを、或人の書つけて見せたるを見れば、いとも〳〵をさなき事ども、えもいはぬひがごとどもにて、たれもまどふこともあるまじけれど、わらはべのためにと一わたりあげつらふこと、左の如し。

船曳大滋
中島広行
門人某
植木貴恒

右に掲げた序文末の署名は、綴られた文字の間隔から、次の過程を経ていることが指摘される（図1参照）。初めに「船曳大滋／中島広行」の連名が記されるが墨線で抹消され、次に「門人某」と改められる。しかし、これもまた墨線で抹消され、最終的に「植木貴恒」の名のみが記載された。[19] つまり、当初、大滋が同書執筆に与っていたことは明らかなところであろう。

図１　序文末署名

船曳大滋は、文政二年（一八一九）に筑後大石御祖《みおや》神社の子息として生まれる。二十歳の時に、肥前長崎に出て中島広足に入門。後に江戸へ出て、橘守部に師事し、守部の養嗣子に請われたが辞して帰郷。再び長崎に遊学するも、二十九歳の若さで没した。中島広足『海人のくゞつ』（嘉永二年跋、同三年序刊／一冊）の一節には「大滋は、久留米人なるを、こゝにものせしはじめより、おのが子のやうにおもひし」とあり、殊に広足の信頼が厚い人物であったといえよう。

かくも広足の厚い信頼のもとに『ぬさの追風』執筆に携わった大滋であるが、その刊行を待たずして、弘化四年（一八四七）の十月七日に没した。そこで、大滋没後に同書執筆に携わった人物が坂本秋郷である。

坂本秋郷は、植木貴恒を助けて長崎の国学興隆に尽力し、貴恒とともに広足門下の巨擘であったと称される人[20]物である。事実、中島広足判『十八番歌合』（長崎市立博物館蔵、成立年不明／巻子本一軸）、同『二十七番歌合』（長崎県立長崎図書館郷土課蔵、成立年不明／写本一冊）、同『参拾番歌合』、同『歌合』を始めとして、長崎の地で催された歌合の概ねにその名を列ねており、櫨園歌壇の中核を担う歌人であったといえよう。

かくして貴恒とともに櫨園社中の一翼を担った秋郷は、二稿本『ぬさの追風』に自説を示した。同書には計六枚に及ぶ付箋、並びに墨・朱・黒柿による多数の書入れが施されており、計六枚の付箋は坂本秋郷、墨・朱筆書入れは植木貴恒、さらに、黒柿は中島広足の手になるものである。例えば、坂本秋郷の手になる付箋の一枚は[21]（図２参照）、

秋郷云、又「春がすみ深きゆふべはとぶとりも」と云「は」、「も」のかゝりの意もしらぬ難者いとおぼつかなし。「とぶ鳥のしめるつばさに雨をしるらむ」としては上句の「深き夕は」の「は」もよくもおちつかず。

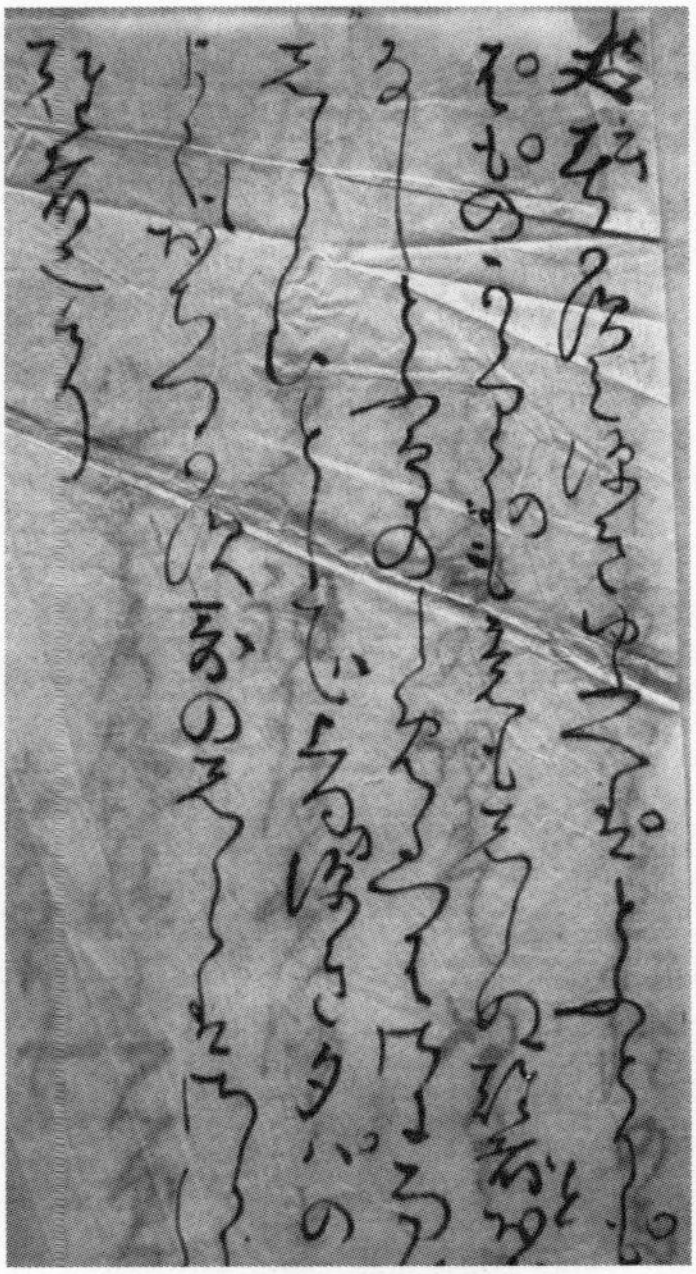
図2　坂本秋郷付箋

歌のしらべはさらにしらぬ難者也けり。

とあり、秋郷は安海の広足歌批評へ反駁を加えたことが看取される。同説は若干の改訂を経て刊本に上木されており、刊本成立への秋郷の貢献ぶりが推し量られよう。さらに、刊本成立へ広足自らが関連していたことは二稿本書入れ、広足自筆『さゝぐり』から明らかであり、広足を初め大滋、秋郷が参画して刊本『さゝぐり』は成立したといえよう。

一方、貴恒の反駁が安海のみならず鈴屋社中を念頭に置いたものであることは、初稿本『ぬさの追風』から明らかである。

※

弁云、「心やしれるなる、水鳥」とつゞきては、詞たちまちなまれるをしらざるはいともいふかひなき歌人也。たゞし、伊勢人にはかゝる聞ぐるしき詞つゞけをして、風調のなまれるをすこしもしらぬが多きは、此人のみにはあらず。

※

「立やすらひ」などは常いへど、「立いこひ」は聞ぐるしくいやしき詞なり。くだ〳〵しくだによめば、長歌の調なりとおもふ伊勢人のならひ、あはれむべし。

此詞は万葉に「あともひてわかこまゆけば」、又「あともひてこぎ行舟は」などあるつゞけざまにもかなひてよろしきを、「いこぎあともひ」と打かへしいへるは、上にいへる「立いこひ」、「めでよそへ」などにおなじく伊勢人の聞ぐるしき詞づかひなり。

※

弁云、例のくだ〱しく、伊勢人のくせをあらはせり。

※

弁云、「ちひろたぐなは」などつねにいふ詞にや。文字を冠らせられたるは、千種を八千種といふにおなじきを、「八十尋」となほせるは例の伊勢人のくせなりけり。

本居宣長や荒木田久老等の伊勢国の勢力、ならびにその系統を「伊勢派」と称したこと[22]からも明らかなごとく、同書に見られる「伊勢人」は安海の背後にある鈴屋社中を念頭に置いたものである。すなわち、貴恒の論駁は安海にとどまることなく、鈴門の歌人をも視野に据えたものであり、橿園社中対鈴屋社中という構図がより一層鮮明なものになったといえよう。

五　おわりに

以上、刊本『さゝぐり』の成立を通して長崎橿園社中と伊勢鈴屋社中の間の軋轢を論じてきたが、植木貴恒を始めとする橿園社中が一社中として沖安海、さらに背後の鈴屋社中に反駁を加えたことは明らかなところである。[23]中島広足を始めとして橿園社中の歌人は、江戸派、鈴屋社中、桂園派という派閥の垣根を越えて、他の派閥との親交を結んできたといわれる。[24]一方、当代歌壇における橿園社中としての実態はいまだ明らかにされておらず、鈴屋社中との間で展開された本論争は橿園社中の実態を把握する一階梯となるものであろう。

注

(1) 天明七年(一七八七)生、弘化二年(一八四五)七月十日没。名、永章。通称、左京。号、玉園・秋の屋。長崎諏訪神社の神官青木永保の養子。京都の人。諏訪神社大宮司を嗣いだ。従五位上、丹波守。本居大平に国学を、加藤景範門の歌人である養父に和歌を学ぶ。中島広足・近藤光輔と親交があり、この三人を崎陽国学の三雄と称した(『国書人名辞典』岩波書店、平成五年)。

(2) 天明元年(一七八一)生、天保十二年(一八四一)七月十三日没。名、光輔。通称、半五郎・羊蔵。号、夜雨庵。法号、法雲院夜月晴雨居士。代々、長崎会所の役人の家に生まれ、請払役を勤める。寛政十二年(一八〇〇)本居宣長に入門。のち加藤千蔭・本居大平に学び、晩年は香川景樹にも教えを受けた(『国書人名辞典』)。

(3) 以下引用文に関しては、私に句読点、濁点、読み仮名を付した。

(4) 『瓊浦集』冒頭に付載された青木永章序文に同然の記述が見られる。

(5) 天保十年二月刊行の『橿園集』の見返しは「十千堂蔵」とある一方、同年三月刊行の『橿園文集』見返しは「社中蔵」とあり、以後広足関係の出版物は社中蔵版となる。つまり、同時期を境にして橿園社中が出版の面にも関与していたことが推測されよう。

(6) 兼清正徳「天保期の長崎橿園社と桂園派の交渉」(『桂園派歌人群の形成』所収、史書刊行会、昭和四十七年)に橿園社中と桂園派の交渉が論じられるのみである。

(7) 刊本『さゝぐり』の稿本にあたる『ぬさの追風』は『国書総目録』『新編帝国図書館和古書目録』ともに著録されない。

(8) 管見の及ぶ限りでは、見返しに「橿園社中」の名が見られるものは本書のみであり、本書刊行は植木貴恒のみにとどまることなく社中を挙げてのものであったことが推し量られよう。

(9) 同歌は西行作とされるが、西行に関連した現存資料を調べる限りでは、目睹できない。ただし、賀茂真淵『旅のなぐさ』(元文元年成立/写本一冊)には、

西行法師の歌にや有りけむ、

伊勢人はひが事しけりさゝぐりの篠《ささ》にはならで柴にこそなれ

ともよめり

とあり、当代において伝西行歌と考えられていたことが指摘される。

さて、書名の由来が同歌にあることは、初稿本、ならびに五稿本元表紙に同歌が打付け書されていることから明らかなところであり、同書名は安海の広足歌評へ非を鳴らすという意味あいがこめられたものといえよう。

(10) 同書は村田春海『新古今集美濃家苞難』（成立年不明／写本一冊）の草稿本にあたり、本居宣長の新古今主義を批判したものである。

(11) 植木貴恒を初めとして、以下人物の経歴に関しては、『国書人名辞典』『国学者伝記集成』（国本出版社、昭和十年）、『和学者総覧』（汲古書院、平成二年）等を参照した。

(12) 終南山悟真寺（三重県鈴鹿市白子本町二―二十七）沖安海墓碑によった。

(13) 本居宣長もまた賀茂真淵に師事しており、県居派の流れを汲む人物であるが、歌論上は県居派と対立していたことが指摘される。

(14) 三重県立図書館蔵「長恒詠草」（『磯部長恒関係資料目録』整理番号31）によった。

(15) 『さゝぐり』『ぬさの追風』関連の書物に関しては、他に刊本『さゝぐり』を精写したものと目される『中島広足歌』（九州大学文学部蔵／写本一冊）が現存するのみである。

(16) 広足歌に直接安海が評を加えた原資料は、目睹できずにいるが、同箇所の記述は、その面影を多少なりとも伝えるものといえよう。

(17) 論難の書物を刊行することに関しては、更なる論争を招く恐れがあるために、細心の注意を要した。例えば、桂園一枝論争に際して、近藤光輔は広足が新たな論難書を刊行することへ異を唱えた。

一扨又愚存小将《(ママ)》申述候は彼『桂一枝』、『大幣』あるにて大に景樹直打下り申候。夫に又、門人氏曄とかいふ者の弁出候はゞ、師光彪も又直打下り可申候。夫に又、公の入念候判出候はゞ、又公を人おとしめ可申候。『桂一』のあしき所はいはいでも人しる所なり。『大ぬさ』のあしき所も勿論に御坐候。氏曄の弁いらぬことなり。くれぐ〵も御とめ可然候。

（弥富濱雄編『桂園遺稿』所収、五車楼、明治四十年）

広足が次なる批判の的となることを危惧した光輔は、刊行の差し止めを説き、広足もまた同書刊行を差し控えたことが指摘される。

つまり、刊本『さゝぐり』成立へ至るまでに十年以上の歳月を要したこともまた、こうした細心の注意が払われた結果といえまいか。

(18) 墨線で抹消された箇所には文字の上に二重線を用いて示した。

(19) 同様の署名変更の例は、貴恒反駁の冒頭にも見られる。

(20) 『国学者伝記集成』の記述によった。

(21) 題「霞中春雨」の箇所に貼られた付箋を指す。

(22) 『和歌大辞典』（明治書院、昭和六十一年）「伊勢派」の項目、ならびに鈴木淳・岡中正行・中村一基編著『本居宣長と鈴屋社中』（錦生社、昭和五十九年）による。

(23) なお、本書刊行に対する安海、ならびに鈴屋社中の反応はいまだ明らかなところではない。また、安海、貴恒各々の批評の正当性に関しては、両社中の歌風の相違が根幹にあり、どちらが的を射たものであるか一概に判断しがたい。以上二点に関して続稿を期すこととしたい。

(24) 岡中正行「長崎の国学——中島広足を中心に——」（『日本文学論究』三十四号、昭和四十九年十月）に詳しい。

【附記】 本稿を成すにあたり、種々の御教示を賜った上野洋三先生、調査に御理解をいただいた長崎諏訪神社に深謝いたします。

連歌御由緒考

——山田通孝に至るまで——

入口敦志

一　山田通孝の第三勤仕
二　烏森稲荷社神主山田氏の柳営連歌参入
三　鶴岡八幡宮少別当大庭氏と連歌御由緒
四　鶴岡八幡宮神主大伴氏の柳営連歌参入
五　芝神明宮神主西東氏の柳営連歌参入
六　宗教界の動きと柳営連歌

一　山田通孝の第三勤仕

弘化四年（一八四七）一月十一日、新年嘉例の柳営連歌会において、新橋烏森稲荷社神主山田通孝は第三を勤めることとなった。文化五年（一八〇八）初めて柳営連歌の連衆として加わって以来、三十九年がたっている。連歌師以外の第三勤仕は日輪寺の歴代其阿を除けば、慶安四年（一六五一）の見海以来実に百九十六年ぶりということになり、画期的な出来事であったに違いない。通孝の第三勤仕はこの一回だけであり、その後も連歌師以外では、嘉永五年（一八五二）と同六年に亀戸天神別当の大鳥居信教が勤めているにすぎない。

第三勤仕について少し詳しく見てみよう。元和六年（一六二〇）と元和九年の第三はそれぞれ日野資勝と久我敦通が勤めているが、第三を勤めるに至る事情はわからない。後述するように、新年の柳営連歌の第三作者は将軍の脇句を代作するという慣例があったようであるが、公家でもありまた定式化する以前であるため、この二人が将軍の脇句を代作することはなかったと考えられる。寛永十五年（一六三八）以前はおよそ里村南家と北家がそれぞれ交代で発句と第三を勤めているが、寛永十六年から家光が没する慶安四年（一六五一）までは発句が里村南家の昌程で、第三は浅草寺の忠尊・寛永寺の光海・見海が勤めている。

家光は元和九年（一六二三）に将軍になるが、秀忠はまだ健在で大御所として幕政に深く関わっていた。秀忠が寛永九年（一六三二）に没するや、家光は豊臣家の遺臣加藤忠広を改易、また弟の忠長をも改易に処するなど、家光時代の到来を宣言するかのような政策を断行し、さらに数年にわたって幕閣内の組織改編を行なう。そして、寛永十一年上洛、同十二年大幅に改訂された武家諸法度を公布し参勤交代を制度化、同十三年からは日光東照宮の大造替、江戸城惣構の大修築が始まり、翌十四年八月に家光は落成した本丸御殿に移徙する。正月の御連歌に関しては、寛永十五年から、従来の連歌師に変わって僧侶を第三に加えるようになるのだが、おそらく同十四年に代替わりの施策が一段落したことを受け、家光の強い意向を以て文化面にも改革の手を入れたものであろう。

しかしこの改革には抵抗があったと見え、慶安四年（一六五一）に家光が没するとすぐに、翌年の御会からは、寛永寺の僧侶は第三を勤めていないことは言うまでもなく、出仕さえしなくなっているのである。その後、発句は里村南家が、第三を里村北家が担当するということで大体固定し、これが幕末まで続く。結局は将軍個人の意向よりも、慣例を守ることの方が優先されたと考えるべきなのであろうか。それほど慣例というものが強固であったということがわかる。定例によらないのは先に述べたように日輪寺の歴代其阿の数回の第三勤仕と、あとは山田通孝と大鳥居信教の例があるにすぎないが、以上見てきたような強固な慣例からはずれるからにはよほどの理由がなければならないであろう。家光時代までの柳営連歌については別稿「将軍の連歌」（『江戸文学』三十一号、平成十六年十一月刊行）にて触れたので御参照いただきたい。

そもそも、第三を勤めるということにはどういう意味があるのか。福井久蔵氏の『連歌の史的研究』によると、柳営連歌の具体的な実施のされ方は次のようなことになる。

徳川氏は制度典礼に室町幕府の跡を襲うたものが少なくない。その年中行事の一つとして歳の始めに江戸城で連歌の式を挙行したが、これも彼にならったものであろう。室町幕府では正月十九日に行なった。徳川幕府は始め正月二十日に定めていたが、後三代将軍家光薨去の後はその命日に当たるので、慶安五年以降は正月十一日に改めた。家忠日記によれば東照公の父広忠が天正三年正月二十日に連歌披を行なってよりその恒例となったように記してあるが、日取りはそれに拠ったのであろうが、その規模は天下を掌握した慶長以降に至り大いに整備したのであろう。柳営連歌集には元和七年正月以降のものを載せてある。この連歌始めは一面においては朝廷における和歌御会始めに対したもので、里村家の宗匠を始め十余人の連衆はこれに加わり、式の前日に予習を行ない、その日に至れば宗匠は法橋又は法眼の式服をつけ、連衆一同と共に登城し、連歌の間に伺候す。この間には床をしつらい、菅神の像を掛け、神酒を供え、梅花を瓶に挿む。卯の下刻に至り連歌師は南北両側に居並ぶ、執筆は床の前方文台に近く着座し、将軍の出座を待ちて人々の句を声高らかに披講する、その状は和歌御会始めに講師講頌の乙声甲声で朗々と唱える趣に似たものかと思われる。この御城連歌は最初は百韻を賦するのが正式であったが、後には世吉と唱えて四十四句から成る形式を用いるようになった。その発句は宗匠がこれを賦し、脇は将軍、第三は第二位の宗匠がこれをよむ定まりである。もっとも将軍のはいつでも代作である。それは第二の宗匠が予め作って置いて替句と共に封書にして当日老中の手を経て将軍に出し、将軍の可としたのを読むのである。連歌師の経歴に御第三勤仕とある御は将軍の代作をつとめたという意味で、連歌師の栄とするところである。百韻全部を披講するには長い時間を要するので、将軍は黒書院から竹の廊下をつたい、白書院の後で発句より第三までを聞かれて内へ入られるのが定例で、宮中において陛下が全部の披講を聞し召され後入御遊ばすのとは異なっている。当日は老中以下然るべき人々には陪聴を許されるので連士はこれを栄誉とし、幕府の御連衆に加わろうと希ったものや或いは養子となってその志を成そうとしたものも出た。当日めでたく式が終われば、白銀及び時服を連師に賜わるのが例であった。

この宗匠は最初は名のある連歌師を特に聘されたものであったが、昌叱や紹巴の子孫が宗匠家となりその職を世々するに及んで、連衆の家もほぼ一定し、後ようやく型に陶ってしまうようになった。この御連歌も予め浅草の日輪寺に集り百韻を悉く作りおき、式の当日はただ読み上げるに止まっていた。かくて式は荘厳を加えるに至っても、連歌そのものは次第に内容の空虚なものとなりおわったのである。

柳営の連歌を集めたものには柳営連歌集が五巻あって、元和七年より弘化三年に至るまでのものを収めてある。その以後のものは一つに纏まったものがあるかわからない。而して始めの頃のものは発句・脇・第三だけを録したに止まるものもある。しかしすべてを見渡したところで様によりて胡蘆を描くという傾向が著しいように思われる。それに関連したものに柳営連歌作者部類が一巻あって、花下宗匠善阿以降里村昌同に至る連歌家譜を挙げ次に連士の作者部類を載せてあるから参考となすに足る。

(『連歌の史的研究』二二五～七頁)

第三を勤めるということは連衆として大変な名誉であった。将軍の脇句を代作するという点からもうかがえることだが、連歌師としての高い力量も要求されているわけであり、専門の連歌師の家から第三勤仕者が出続けていたこともうなずけよう。そのことを少し別の資料から見てみたい。

日輪寺の連歌御由緒については、福井毅氏の「近世連歌旧事考――丙寅連歌記」に細かい考証がある。しかしここで注目したいのは、次の記事である。

御連歌御由緒之義者、天文十二年癸卯二月廿六日の夜、広忠君御夢想に、

神々のなかきうき世を守り哉

といへる句を御感得遊されしにより、
　めくりハ広き園の千代竹
と脇句遊され、御第三、大浜《ママ》称名寺住職、
　玉をしく砌の月は長閑にて
と仕り、百韻連歌御興行あり、此日神君《家康》御誕生より六十日にあたらせ給へハ、御名奉るへき旨、台命ニ付、御脇句に拠り、竹千代君と奉る、因て其日の御懐紙・御文台・御硯箱等、称名寺に賜り、既に徳廟の上覧を経て、今猶称名寺に在此、御会御吉例として、毎年御興行あり、浜松御在城の時ハ、勘問道場教興寺相務め、駿府にては、一華堂長善寺これを務む、寛永五年御会始より、日輪寺年々相務へき旨、台命を蒙り、御席は御床脇左の上坐に仰付られ、代々御第三相務め、例禄の外に白銀拝領す、凡て御連衆ハ、宗匠家より相願ひ、御免の上相務るを恒例の所、拙寺ハ三州以来宗門御由緒により、宗匠家を経す、寺社奉行衆より直に申渡さる也、(1)

（『御府内備考続編』巻之百十四——波線・傍線筆者、以下同）

傍線の部分から、御連衆の決定については原則として里村宗匠家が掌握していることと、それとは別に里村家を通さない寺社奉行枠とも言うべき資格で日輪寺の其阿が御連衆に加わっていたことがわかる。その御連衆となるための根拠となっているのが「連歌御由緒」という徳川家との連歌を通じた格別な関係なのである。ここには日輪寺のことしか記述されていないが、後述する鶴岡八幡宮少別当の大庭氏なども、日輪寺と同じく連歌御由緒による寺社奉行枠の連衆ではなかったかと推測される。実際に柳営連歌の幕府側の担当者として必ず寺社奉行が入っているのは、日輪寺のためだけであったとは考えにくい。もうひとつ資料を引用してみよう。

　　毎年正月於御城御連歌之□筋

抑於柳営、毎年正月、御連歌御張行被為在候根本ハ、往古天文十二癸卯二月十六《ママ》日之夜、於三州岡崎城、広

忠君連歌之発句御感得在之候ニ付、同国天浜村称名寺其阿を宗匠ニ被為召、御夢想開ニ御連歌御興行有之、

神々ハ永きうきよを守るかな　御夢想

めくりハ広き園の千代竹　広忠公

玉を敷砌の月ハ長閑にて　称名寺其阿

尤前年壬寅十二月廿六日、東照宮降誕被為在、いまた御幼名も不之進候ニ付、称名寺其阿へ、御名指上可申旨承厳命、則広忠君御句の千代竹をとりて竹千代君と差上申候得者、御満悦被遊、其節御会之懐紙・文台等迄も、称名寺へ拝領被仰付、今以什宝候、

右称名寺ハ則日輪寺配下ニ而、元文年中寺格之御願申上候而相叶ひ、寺院継目之御礼并七ケ年壱度之御年頭御礼、御白書院におゐて御目見仕、御臨之節、御時服頂戴仕候、台徳院様御代御朱印三拾弐石八斗頂戴仕候、東照宮君遠州浜松御在城之節、瑞夢御感得有之、則勘間之道場教興寺住持其阿を被為召、御夢想開之御連歌御興行被為在候、右之御由緒ニ付、教興寺江茂、御朱印六拾五石余被下置候、右両寺共々日輪寺配下之寺ニ御座候、

右再応之御吉例を以、寛永五年、於柳営はしめて御連歌御会被為在之節、時宗之僧壱人、御連衆可被召加被仰出、仍而日輪寺も時宗一派之惣録寺ニ付、十九代目之住持其阿を被召出、則御連歌之間、御床脇左之上座ニ被仰付候、

右之通寛永五年之御会始より寛政十二年迄、百七十三年之間、歴代之住持拙僧迄十二代、無退転御会出勤仕来候儀、冥加ニ叶ひ難有仕合奉存候、尤発句之儀者、里村昌逸之先祖江被仰付、夫より里村家ニ而、代々御発句仕来候、御脇句ハ広忠君御吉例ニ被任、御句被為遊候、御第三も里村家弟子之家ニ而かはる〳〵仕来候而、日輪寺ハ僧家之儀ニ付、只御連衆江被出、数代之内廿四代目・廿九代目両代之其阿、御第三仕候、右ニ

付、拙僧儀、何卒来春之御連歌御第三仕度之旨、松平周防守殿江願出差上候処、昨廿六日願之通被為仰付、難有仕合奉存候、日輪寺其外之御連衆と格別之訳合ニ御座候得共、拝領物ニ至り候而ハ、外御連衆同様ニ有之、格別之御取扱も無御座候ニ付、数代之住持、右之儀を相願折を以、愁訴仕度奉存候得とも、只今ニ而者、願渡しニ罷成、御取上も被下間敷奉存候、尤此度御第三仕候ハヽ、先住之通白銀五枚為御褒美頂戴可仕奉存候得共、是ハ其時之住持一代限ニ而、日輪寺永世之寺附ニ者不被成候、上来申立候、支配下三州称名寺・遠州教興寺、何れも御連歌之御由緒を以、御朱印幷時服等頂戴仕候得とも、支配仕候日輪寺ハ無録（ママ）ニ而、公儀御役相務、其上数代連綿仕候も、仍連歌出勤仕候処、何卒御照察被下、御手当被成下候様、偏ニ奉願候、尤御役寺勤候儀、諸宗ニ而者同役有之候得共、日輪寺ハ外ニ同役無之、誠常勤仕候、是等之儀、御憐察を以、此度規摸御立被下候ハヽ、日輪寺永世之御取立、難有仕合奉存候、以上、

寛政十二年申十二月　　日輪寺

右日輪寺、従往古持来候由緒書之趣書出候ニ付、留置者也、康覚記

（『御府内備考続編』巻之百十四）

同じ寺院の持つ資料であるにもかかわらず、日付や言葉のくいちがいがあるが、ここではその問題には立ち入らない。第三勤仕に関しては、里村家の弟子の家、具体的には里村北家が代々勤めているが、日輪寺の其阿も柳営連歌の起源にあたる天文十二年（一五四三）の時に第三を勤めており、第三を勤めるのに十分な由緒を持っていることを主張している。現に二十四代と二十九代の其阿が第三を勤めており、その先例に則って当代も第三を勤めたいとの願いを出して認められているのである。更には、一代限りの名誉である第三勤仕以外に、日輪寺に対しても支配下の寺院同様格別かつ恒常的な処置をしてほしい旨、切々の訴えをしている。これほどの由緒があって御連衆を勤めていても、また福井久蔵氏の指摘のように予行を日輪寺で行なうなどの重要な働きをしていても、新たにことを起こし慣例から踏み出そうとすると大変な困難が伴うこと、家光の時と同様と言える。このよ

うな状況の中で、連歌師でもない山田通孝の第三勤仕がどれほど特異なことであったかがうかがえよう。

二　烏森稲荷社神主山田氏の柳営連歌参入

そもそも、烏森稲荷社神主の山田氏はどういう由緒で御連衆に加わることになったのだろうか。『御府内備考続編』巻之十七に載る縁起には、冒頭に次のように記される。

鎮座勧請之年代不知
朱雀院御宇、天慶三年将門征伐之時、藤原秀郷祈誓得勝利候由申伝候、当所烏森と申候儀者、往古樹木繁茂烏の巣多有之候ニ付、里人巣の森神社又烏の巣の森神社と唱来候由申伝、

鎮座勧請の年代がわからないということから始まるこの縁起は、このあと神宝などの説明少々と、家康が関東に入部してからのわずかな寄進の記録しかみることができず、徳川家と格別の関わりがあったことは記されてはいない。また同書に記されるところの社地も二百五十坪余りと、後に触れることになる諸社に比べても格段の少なさ。ましてや、連歌に関わることなど全く触れるところがない。要するに確たる由緒があるわけではないということなのである。では、神主の山田氏はどうであろうか。次に初代通貞から通孝に至るまでの歴代の略歴を、同じく『御府内備考続編』より抄録する。尚、名前の上の▽は御連衆になっていないことを、○は御連衆になっていることを示している（以下同）。

▽山田通貞　初代
先祖　山田刑部通貞　右当社神主被仰付候儀本社之条々既ニ申上候、刑部儀初名下河辺孫左衛門と申候、叔父下河辺彦兵衛と申候、右彦兵衛父隼人迄累代当社宮守仕罷在候、隼人儀本国常陸国山田村江隠居仕候砌、悴彦兵衛江当所相譲彦兵衛相続仕来候処、同人上京仕候節、甥孫左衛門江相譲候（中略）以来孫左衛門宮守

仕罷在候（中略）寛文四辰年、孫左衛門上京仕吉田侍従兼連朝臣門人ニ相成、三月廿八日神職許状相受、刑部と改名、夫より代々神職相勤申候、同六午年老衰ニ付、当職難相勤同姓より養子仕（記内通成）当職相続仕候旨、御奉行所江御届申上隠居仕、同十二子年七月廿二日病死候（行年八十五歳）

▽通滲　二代

二代　山田宮内通滲（初通成）（中略）（貞享）同五申年、老衰ニ付当職難相勤、養子右近（芝神明神主西東刑部少輔清長甥）当職相続仕候旨、御奉行所江御届申上、隠居仕（宮内儀刑部通滲と改名右近儀宮内と改名）宝永二酉年七月七日病死仕候、

○通章　三代

三代　山田宮内通章　常憲院様御代元禄五申年、当職相続仕候旨、御奉行所江御届申上（延宝九酉年吉田侍従門人ニ相成、九月廿四日神職許状相受）

（元禄）同十六年、御連歌御連衆相勤度段奉願候処、願之通被仰付、正月十一日登城御連衆相勤、同年二月、為御褒美、於躑躅之間、白銀十枚拝領被仰付頂戴仕、

元禄十六未年より享保七寅年迄二十年之間、御連歌御用無滞相勤候処、同年三月廿六日病死仕候、行年六十五歳、

○通貫　四代

四代　山田民部通貫　有徳院様御代享保七寅年、当職相続仕候旨御奉行所江御届申上、

（享保）同九辰年、御連歌御連衆相勤度段奉願候処、願通被仰付、

寛保三亥年、御六拾御賀御祝儀千句、於聖堂、二月十七日より十九日迄御興行有之、出席被仰付相勤、三月七日、為御褒美、於躑躅之間、白銀五枚拝領被仰付頂戴仕、

享保九辰年より寛延三午年迄二十七年、御連歌御用無滞相勤候処、同年九月廿三日病死仕候、行年五十四歳、

○通故　五代

惇信院様御代寛延三年、当職相続仕候旨御奉行所江御届申上、

(前略)寛延二巳年、御連歌御連衆ニ被召出、但是迄御連衆共、部屋住より被召出、父子相勤候例無御座候処、父民部通貫年寄候迄相勤ニ付、御連歌師共同様、父子相勤度段、青山因幡守殿江奉願候処、願之通被仰付候旨、同人被仰渡候、部屋住之節縫殿と申、当職相続後民部と改名、織部と改

寛延二巳年より天明六年迄三十八年、御連歌御用無滞相勤候処、同年十一月十一日病死仕候、行年五十四歳、

○通経　六代

六代　山田織部通経　天明六年十二月晦日、当職相続仕候旨、御月番土井大炊頭殿江御届申上、

寛政元酉年、御連歌御連衆相勤度段奉願候処、願之通被仰付候旨、牧野備前守殿御宅ニ而被仰渡、

同年(文化七)十二月、多病ニ付、明未年正月御連歌御連衆難相勤旨、里村昌逸を以御奉行所江御届申上、

寛政元酉年より文化七午年迄、御連歌御用弐拾弐年無滞相勤、文政元寅年十月十九日病死仕候、行年六十三歳、

○通孝(通亨)　七代

文化五辰年十二月廿二日、松平右京亮殿江、来巳正月十一日、御連歌御連衆父織部通経同様出席仕度、尤祖父織部通故部屋住ニ而被召出、父子相勤候例之通、被仰付被下置候様奉願候処、同六巳正月二日、願之通被仰付候旨、大久保安芸守殿御宅ニ而被仰渡、父子共相勤、同年二月十六日、右為御褒美、於躑躅之間白銀拾枚被下置候旨、松平伊豆守殿被仰渡、頂戴仕、

同(文化)十四丑年八月廿六日、当職相続仕、織部と改名仕候旨、松平右近将監殿江御届申上、

尤年々正月十一日、御連衆相勤、二月十六日、為御褒美、於躑躅之間拝領拝仕候、

初代通貞が寛文四年(一六六四)に吉田家から神職の許状をもらうまでは、神主と言うより宮守のようなかた

ちで勤めていたようである。許状を受けた時には既に七十九歳であり、二年後には早くも老衰のため隠居し、養子に後事を託している。最初に御連衆になるのは三代通章であるが、系譜によると、御連衆に加わりたい旨申請をして認められたということだけが記されていて、詳しい由緒や経緯などは語られていない。先に述べたように烏森稲荷社に連歌に関わるさしたる由緒がない以上、山田氏になんらかの由緒がなければ簡単に御連衆にはなれなかったであろうことは、明らかであろう。深い由緒のある日輪寺でさえ、由緒を以て切々の訴えをしなければならなかったことは既にみたとおりである。しかし一旦御連衆に加わった山田氏は、通章の先例にならって、四代通貫以降は途絶えることなく、通孝まで綿々と柳営連歌に勤仕している。しかも五代通故の時に、老齢を理由にして、部屋住の息子と同時に御連衆となる前例にないことを認めさせ、さらにはその例外的な処置を先例として、通孝の時に老齢の父通経と一緒に御連衆となることを再び認めさせているのである。ちなみに、その際請願の相手の青山因幡守忠朝と大久保安芸守忠真の二人は共に時の寺社奉行であり、里村家の名はまったく出てこないことから、山田氏も日輪寺同様寺社奉行枠での御連衆であったと考えられる。但し、通経の病気による欠席の届けだけは、里村昌逸経由で寺社奉行に提出されているが。

ともあれ、一旦関係ができさえすればあとはそれを先例として続けることができることがわかるが、やはりどういう理由で通章が御連衆となったかということが問題になってくる。

その通章は山田氏の血筋ではなく養子であり、系譜には「芝神明神主西東刑部少輔清長甥」と記される。通章の出自である芝神明神主西東家に連歌につながる由緒があれば、その縁で通章も御連衆になれたと考えられないか。山田氏が御連衆となる由緒は西東氏との血縁関係以外には求め得ないのである。では、その西東氏は連歌御由緒を持っていたのだろうか。

三　鶴岡八幡宮少別当大庭氏と連歌御由緒

慶長五年（一六〇〇）六月十八日、徳川家康は上杉景勝征討のため、伏見を出立し東海道を東へと移動していた。関ケ原の戦いの三か月前のことである。その途次、鎌倉の鶴岡八幡宮に参詣することになるのだが、その前後の動きを『新編相模国風土記稿』や『相中留恩記略』などをもとに再現してみよう。

六月二十八日、家康は藤沢に止宿。翌二十九日、藤沢を発って、江ノ島・片瀬・腰越・稲村崎などを経て雪下に到着。ここで衣服を改めて、鶴岡八幡宮に参拝。その後、少別当大庭元能を呼んで、草創の由緒などを尋ねる。源頼義が安倍貞任・宗任討伐の折、この八幡宮に祈念して勝利したことにより社頭を建立したこと、源義家が清原武衡・家衡を誅して戦功があったこと、源頼朝がこの八幡宮を祈って平家を滅ぼし天下を保ったことなど、源氏と縁の深いことを聴いた家康は、後に社頭を造営することを約した。この時神主の大伴時孝とその嫡子時成も拝謁し、家康が大伴氏宅にて休息した時に、神社に伝わる実朝から拝領した文台や古文書・家系図等を見せ、さらに建長寺と円覚寺にも案内のため同行している。その夜家康は、大庭氏の宅に止宿した。

明けて七月一日、大庭氏宅を出発。その際、元能が「陰靡け世は八幡の神の秋」と発句を奉ったところ、家康は大変悦んで、天下泰平ののちは連歌御連衆に加えるとの約束をしたという。これが鶴岡八幡宮少別当大庭氏の連歌御由緒である。この後、家康は大伴時孝らの案内で唐門口の頼朝御所跡などを見て、江ノ島まで戻る。当初は江ノ島から乗船して海路江戸へ入る予定であったようだが、風波が悪いため急遽陸路に変更し、朝比奈の切り通しを経由して金沢称名寺に入り、おそらくこの日は称名寺に泊ったと考えられる。

翌二日、家康は金沢を出て塩焼場を見て能見台で休息、神奈川宿を経由して江戸城に入る。大伴時孝らは神奈川宿まで家康に供奉し、案内をしていたようである。

社頭造営の約束については、まず慶長八年（一六〇三）江戸開幕の年に御修営があり、十月一日に落成遷宮が行なわれている（『大伴系譜』）。大規模な造営としては、寛永元年（一六二四）十一月十五日に上下宮の遷宮が行なわれ、続いて寛永三年までに、諸堂・末社・神器・祭器・神輿等に至るまでの大造営が行なわれた（『大伴系譜』）。この大造営を記念して、寛永二年二月四日、江戸城において連歌の会が催されている。この時の一順の軸が伝わっていたようで、次のように記録されている。

連歌一軸

寛永二年、当社落慶により、二月四日柳営にて百韻の御連歌ありし、御詠草なりと云、箱の上書に、鶴岡八幡宮御造営落慶、御百韻連歌とあり、御一順左の如し、

宮柱たつや岡部の八重霞　　法橋紹之
わかみとり《（若緑）》ふ《（ママ）》う《（るカ）》神垣の松　　元能
池水の鏡も花の本にして　　杉(2)
さたかありけるかほ鳥の声　　義成
そゝきしも雨ましらるゝ野を近み　　宗茂
秋まちあへぬかせのすゝしさ　　紹之

（『新編相模国風土記稿』）

第三は、台徳院殿の御句なりと云伝ふ、

社頭の造営は、供僧・神主・少別当の三者から連名での願いとして申請されたものであるが、連歌には少別当の大庭元能のみが加わっていることに注目したい。これ以前、元和年中のこととして、元能の子の周能が柳営での御連歌に加わっている記事が『新編相模国風土記稿』や『相中留恩記略』に見えている。

元能の子周能（如雪と号す）、元和中、柳営の御会の時時《（ママ）》発句に、

さゝれ石の巌に種や松の春

と申ければ、台徳院殿御称美ありて

いく八千代まで長き日の影

と附させられ、即御筆を染られて周能に賜はりしとて、今に是を秘蔵す、

（『新編相模国風土記稿』）

「松の春」という言葉が入っていることからみると、正月の柳営連歌の折のことのようにもとれるが、『徳川実紀』や『松の春』によれば、元和六年以降の発句とその作者は記録されているので、現在詳細の知られていない元和五年以前のことであろうか。しかし、いずれにせよ元和中から大庭氏の少別当が柳営の連歌に加わっていたことが確認できるのである。現在残っている記録からは、寛永四年以前の発句・脇句・第三の作者以外の人物は特定できない。御連衆の顔ぶれがわかる最初の年の寛永五年に、既に周能の名前が見えることや、『相中留恩記略』に「かゝる御由緒をもて、慶長年中より御連衆となり、代々柳営の御会に出座せり」とあることからみて、慶長五年の家康との御由緒以降、かなり早い時期から元能・周能の親子が御連衆となっていたことは確かであろう。造営のことも御連衆として参加させるという家康との約束も確かに果されていたのである。また、連歌については大庭氏だけが関わっていることから、御由緒について厳密な運用が行なわれていたことが想像される。

また、周能が発句を詠んだとすると、これは三百年以上続く柳営連歌の歴史の中でも例外中の例外というべきことであり、普通第三作者が代作するとされている脇句を、この記事からは将軍秀忠自らが当座に賦していると いうことが知られることも興味深い。既に触れたように、第三でさえ連歌師以外が勤めることは希であるのに、ましてや発句ともなれば記録に残っているものはすべて里村家によるものなのである。『相中留恩記略』には、大庭氏が秘蔵していたというその時の秀忠の筆跡を模写したものも載せており、おそらく実際に周能が発句を詠み秀忠自らが脇句を付けるといったことがあったのであろう。

そもそも徳川氏における連歌は、ごく初期においては形式的なものではなく、実質的な祈禱の意味を込めたものであったことがいくつかの資料からうかがえる。福井久蔵氏が柳営連歌の日取りの由緒として指摘する『家忠日記』の天正三年正月二十日の記事もそうであるが、綿貫豊昭氏によれば大阪天満宮蔵の『雑記』には同じ連歌会について次のように記しているという。

天正三年正月二十日、

東照君、於遠州浜松城、催連歌会、是年長篠之戦大捷由、是為佳例。

また同氏により、『連歌秘決抄』には小牧・長久手の戦いの折の次のような家康の発句が載せられていることが知られる。

家康公御発句事

茂るとも葉柴は松の下木哉

是は家康公尾州なくての御出陣の御発句也。是を呪詛の句と云也。

以上の記事から、連歌が戦勝を祈念し、相手を呪詛する力を持っていたということ、あるいはそういう力を持っていると考えられていたことがわかる。これは徳川氏だけのことではなく、この当時には戦勝祈願の連歌を奉納することは広く武将の間に行なわれていた。であるからこそ、上杉討伐に向う家康に対して奉られた大庭元能の戦勝を祈念する発句が家康を喜ばせたのであり、結果としてはその後の関ケ原の戦いでの勝利から天下人への道が開かれたことを予祝したものとしてとらえられたのであろう。そういう良い結果を導いた連歌御由緒であれば、単なる縁起かつぎではなく、現在のわれわれが考える以上に重い意味を持っていたはずである。こうして戦いの勝敗を左右する言葉の呪術的な働きに対する強い関心をみていると、例の方広寺の鐘銘の一件など、単なる言いがかりだったとは考えられないようにも思うのである。

先ほど触れたように、柳営連歌の御会も、最初期においては形式が定まっておらず、将軍が自ら脇句を付けるといったことや里村家の連歌師以外の者が発句を詠むということもあったと考えられる。それが、時代が下るにつれて、先に引用した福井氏の概説のように、儀式化・形式化されていったのであろう。

こうして、連歌御由緒をもつ大庭氏は、周能の息子で早世した周善と、周惟の息子周範との二人をのぞき、永尚に至るまで断続的にではあるが御連衆を勤めている。次に大庭氏の御連衆としての勤仕を中心に歴代の一覧を示しておく。

▽元能　十四代　法眼。ただし慶長五年の連歌御由緒を以て、慶長中に柳営連歌の御連衆に加わっていたと考えられる。

○周能　十五代　寛永五年から十年まで御連衆。鶴岡八幡宮少別当十五世。法眼。寛永十四年正月没。現在知られる柳営連歌の記録等では寛永五年以前の勤仕については不明だが、おそらく元和年間にはすでに加わっていたと考えられる。

▽周善　十六代　父周能。寛永十八年九月早世。

○周英　十七代　父周善。万治四年から貞享三年まで御連衆。元禄七年二月没。

○周惟　十八代　貞享三年家督。貞享四年から元禄二年まで御連衆。

▽周範　未詳。

○元敞（元昌・昌長）　十九代　元禄十三年から延享五年まで御連衆。

○元育　二十代　父元敞。元文四年御連衆。寛保二年出奔。『柳営御連衆次第』には「元育　鎌倉少別当大庭昌長長男、廿代、寛保二出奔、依之、父昌長雖再勤願之、依無類例、不相叶云々」とある。元育は元文四年だけの勤仕。元文五年は大庭氏からは御連衆は出ていない。しかし元文六年から延享五年までは父の昌長が御連衆として加わっており、『柳営御連衆次第』の記述とは異なっている。あるいは出奔の年が誤記されたものか。

○永尚　二十一代　明和三年から天明八年まで御連衆。

（以上『柳営御連衆次第』『鶴岡八幡宮諸職次第　当社小別当職』等による）

天明八年（一七八八）に二十一世の永尚が御連衆を勤めたのを最後として、それ以後、大庭氏からは一人も御連衆は出ていない。元育の出奔という不名誉な事件が影響したのであろうか、その理由は定かではない。

四　鶴岡八幡宮神主大伴氏の柳営連歌参入

次に大伴神主家についてみてみよう。

大伴氏には連歌に関する御由緒はない。そのことは厳密に適用されていたようで、年頭の柳営連歌御会はもとより、鶴岡八幡宮社頭造営落慶を記念した寛永二年（一六二五）二月四日の柳営での連歌会にも、大伴氏からは誰も参加していないことは既に触れたとおりである。その大伴氏が初めて御連衆になるのは、延宝三年（一六七五）の好時からである。好時は大伴氏の第十六代で、家康が慶長五年に参詣した際、案内をした時孝の曾孫、時成の孫にあたる。

十三代時孝は享禄三年（一五三〇）、金沢瀬戸大明神の神主千葉正義の男として生まれた。母は大伴氏十一世時信の女である。時信の嫡子公時が天文十六年（一五四七）九月晦日に三十五歳で没したため、大伴氏の養子となり、同年十二月二十八日に神主職を継いでいる。時孝が職を継いだのは、北条氏の支配から、北条氏の滅亡による豊臣秀吉の支配、さらに徳川家康の支配を受けるというめまぐるしい変化を遂げた時代であったが、その時々の為政者の安堵状をとるなど、難局をよく切り抜けている。慶長十七年（一六一二）三月八日没。享年八十三歳であったが、慶長八年には家康による社殿の修営が行なわれるなど、一定の成果を得ての死であった。

その子十二代時成は、永禄十年（一五六七）三月、時孝の嫡男として鎌倉に生まれた。慶長五年、家康の鶴岡八幡宮参詣の折には父とともに案内役を勤めていることは再三述べたとおりである。時成の事績で特筆すべきは、元和元年（一六一五）大坂夏の陣に際して、家康に従軍していることであろう。その時の功労により家康から書き付けと大身の鑓を拝領している。家康の書き付けには、「就当表出陣此地江来寄特之至候。殊軍事等相勤心労之事候。因茲大身鑓之候」とあり、拝領の鑓については『相中留恩記略』にも図入りで記載されている。大庭元能が連歌という文事を以て家康と縁を結んだのに対して、時成は武辺を以て仕えたということになるのであろうか。その後、寛永元年（一六二四）から同三年にかけての社殿の大造営に際し、神主の祖である清元の名にちなみ、名を清元と改めている（本稿では呼称を時成で統一する）。造営の成った後、寛永六年に神主の職を辞し、慶安二年（一六四九）十二月十七日に没する。享年八十三歳。

十五代清道をはさんで次が十六代好時である。この好時の時に大伴氏は初めて御連衆に連なることとなるのだが、連歌御由緒は鶴岡八幡宮に関しては少別当の大庭氏にだけあったもので、ほかのことでは家康との深い縁を結んでいた大伴氏も、連歌には参加することができなかった。それが延宝三年（一六七五）の御会から突然好時が加わることになる。そこにはなんらかの理由があったと考えねばならない。では、その理由とは何だったのか。

好時の事績の中で注目したいのは、延宝二年（一六七四）徳川光圀の鎌倉探訪の折に、小刀を一腰拝領していることである。『鶴岡八幡宮神主大伴系譜』によると、拝領の小刀に添えられた書面には、

送進　一小刀　一腰　右祈禱因丹誠心願成就全神徳之感応也。依之所持之差料令進入之者也。寅五月七日

西山隠士光圀　鶴岡神主志摩守殿。

と書かれていたことが記録されている。大伴氏側の記録はこれだけで、その時に光圀とどういう関係を持ったの

かは全くわからない。

では、光圀側の記録はないのだろうか。幸い、光圀の鎌倉遊歴の記録は『甲寅紀行』『鎌倉日記』として残されている。それをもとに光圀の足どりをたどってみよう。

四月二十二日水戸を出発。常陸・下総国内を巡見しながら下総湊まで行き、そこで風待ち。五月二日いよいよ下総湊から船に乗り武蔵国金沢の浦に渡る。早速、瀬戸神社・称名寺・能見堂など金沢の旧跡を見物、金沢八景を賞翫しながら六浦から朝比奈の切り通しを抜けて鎌倉にはいる。ここでも精力的に旧跡を訪ね歩き、戌の刻近くに漸く英勝寺の春高庵に到着。春高庵に江戸から近侍の者が来て待っていたようで、やっと落ち着いて長旅の労を休めたという。英勝寺は光圀の父頼房の養母にあたるお勝の局こと英勝院にちなむ寺で、頼房は娘を薙髪させてこの寺の開山としたというほどの、水戸藩とは密接な関係を持つ寺である。英勝院は大田道灌の子孫であるため、鎌倉源氏山の麓、道灌の屋敷跡に土地を与えられ念仏道場を建立したのを始まりとする。光圀は鎌倉滞在中の五月七日まで、この英勝寺春高庵を宿所としている。

光圀は翌三日からまた精力的な鎌倉探訪を開始。鶴岡八幡宮へは四日に訪れていて、多くの神宝を拝観している。『鎌倉日記』の記事の中に、鶴岡八幡宮の社領について記す所があり、

総テ八幡ノ社領、永楽銭八百四十貫ナリ、今ノ三千二百石余ニアタルトソ、十二坊アリ、一坊ニ三十八貫ツヽ分領ス、神主大友志摩ハ百貫、小別当周英ハ妻帯ニシテ禅宗ナリ、

と細かい数字を記録している。

八日朝、春高庵を発った光圀は藤沢に遊行寺を訪れて止宿。翌九日、藤沢から東海道を下り江戸小石川の藩邸に到着。日記はここで終わっている。日記というよりは地誌、あるいは調査報告書のようなものであるが、この時の記録をもとにして、貞享二年(一六八五)に『新編鎌倉志』八巻十二冊が刊行された。ちなみに『鎌倉日

記』は日記であるため、名所旧跡は光圀の行程に従って記録されているが、『新編鎌倉志』はすべて鶴岡八幡宮を起点とする旅程に従って配列されている。

光圀の資料からも、大伴好時に小刀を下賜した事情はわからない。書き付けに書かれていることは好時の祈禱によって光圀の心願が成就したということになるのだが、心願とは何であったか。光圀が鶴岡八幡宮を訪れたのは鎌倉に着いた翌日の五月四日、小刀の下賜は七日のことであり、翌八日には光圀は鎌倉を離れていることを併せて考えると、四日に鎌倉探索の無事を祈る祈禱を依頼し、探索の無事終了した七日にその謝礼として小刀を与えたと考えるのが妥当であろう。あるいは、慶長五年の家康の訪問時に時孝・時成父子がそうしたように、好時も随行して案内をし便宜をはかったものだったか。

しかし、好時の光圀への奉仕が評価されたにせよ、連歌御由緒が大伴氏に加わったわけではなく、これだけで翌年の御連衆に加えられたとは考えにくい。しかも、光圀は八幡神を源氏の守護、あるいは戦勝の神として崇めることに批判的な考え方をしていたようで、鶴岡八幡宮としては八幡太郎義家以来の由緒に安閑としがみついていられない状況にあった可能性もある。そこで、この点をもう少し検討してみるために、次の一文を読んでおきたい。

『西山随筆』乾　神祇

一、世に八幡を弓矢神と号し、源氏の氏神なりと云て州県ごとに祠を建て、武士たる者是を崇ふ、はなはだ謂なきに似たり、それ八幡は応神天皇なり、天皇の母神功皇后新羅を征伐し給ふ時、天皇母后ノ胎内にいまして、新羅すでに投化せしかば、功を応神天皇に帰して弓矢神とすと見えたり、又源氏の氏神と云る事は八幡太郎義家、石清水にて元服を加へ、八幡太郎と号しより其子孫これを崇め、いつとなく八幡を源氏の氏神とすと見えたり、かれこれともに其理なし、それ胎内の児いかなる武をしめし、いかなる功を樹たるや、新羅の征伐を応神に帰すべきいわれ甚なし、又応神成人の後、終に武功ある事を不聞、何によりてか弓矢神と仰がれん、又応神を胎中天皇と号し、胎内にいまそがりながら、すでに天皇の位に即き、新羅を征し玉ふと云説、きはめたる僻事なり、胎内の児誰カ男女を弁じ、誰か位に即けたるや、誠に笑にたへたること也、若八幡太郎元服ノ謂れを以て源氏の氏神とすべくは、弟加茂次郎は加茂明神にて元服し、新羅三郎は新羅明神にて元服し、共に源家の華冑たれば、加茂新羅の二神をも幷せて源氏の氏神となすべしや、それ氏神は其姓氏のよつて出ところを云ふ、春日を藤氏の氏神と云へる是なり、しからば源氏の祖神は経基王たるべきか、経基は貞純親王の嫡子、初て源氏の姓を拝して源家の諸流是より支別す、貞純親王曾て桃園と云所にいませしかば、桃園親王とも号す、桃園はいまの遍照心院の地これなり、かの院のうちに貞純ならひに経基の祠あり、時代推うつればにや、今はそれとだに知人なし、猶笑に堪たることは、村上源氏宇多源氏ともに八幡を氏神なりといふ、その氏人ならんもの、いかですこしく弁ぜざるや、抑神功皇后遠征を事として、みづから新羅に赴玉ふこと、暫く武に似たりといへども、師《イクサ》を老《ツカラ》かし、民をつゐやす、女の身として兵士にまじはり、帷幕を外に張こと、礼におゐていかにぞや、女は外事に与からず、内を修むるをもて事とすること貴賤ともに一なるをや、仲哀すでに崩て麑坂押熊の二皇子あり、皇后我子を立んとて逆心の人と号し、強て二皇子を殺こと、適庶すでに分をみだる、私にあらずして何ぞや、此等のこと武内と心を合ての事なるべし、それ皇后の身を以て丈夫を近け給事、止《ヤンゴト》なきに出と言へども、新羅の道すがら武内を船中に召し事、何ぞ嫌疑を思はざるや、応神胎内にいます事すでに十四ケ月前漢昭帝十四月にして乃生るにおよべり、古十四ケ月にして生るゝ子有といへども、武内ことに禁闈に出入する時は全く疑なきにあらず、神功の事歴かくのごとくにして応神終に武功なき時は、弓矢神とたつとぶ理なし、又その出どころにあらさる時は源氏の氏神と云べからず、畢竟行教が虚偽傅会より事おこつて、そのかみの君臣弁ぜざるのあやまち也、凡日本にて弓矢神と仰がんは日本尊なるべし、その勲績功業歴史にのするところ詳かなり、尊の祠は尾張の熱田、常陸の吉田、是なり、これ又尊崇する人なし、なげかしきことにあらずや、

（『水戸義公全集』中）

光圀は苛烈な宗教政策を行なったことで知られている。寛文三年（一六六三）城下の不行跡の日蓮宗の僧侶を追放したことに始まり、寛文六年には「諸宗非法式様子之覚」七か条を作り、一村一社の制度を設け、領内に多数存在する淫祠を取りつぶし、社寺を徹底的に整理統合する。更に、鎌倉訪問の後になるが、隠棲後の元禄九年（一六九六）から十三年にかけて八幡改めあるいは八幡潰しと言われる八幡神社の整理政策を行なった。理由は様々に推測されているが、次の三点が一般的な考え方のようである。

(1)は光圀が古代の歴史の研究の上で、疑問をもっていた応仁《ママ》天皇が、八幡の祭神であるため、(2)は天皇を民衆が祀ることは、祭祀の名分上、筋が通らないと考えたため、(3)は八幡が前領佐竹氏の守護神であり、地域的にも北部地方に多かったため、領民の信仰統制策を徹底させるため、ということである。しかしこの三つは興味深い問題であるが、確かなことは断定できない。ここでは一応推測として記しておく。

（『水戸市史』中巻一）

ここに引用した『西山随筆』の記事や『大日本史』編纂過程における神功皇后の扱いなどが(1)の根拠になっている。何も八幡神だけを目の敵にしたわけではない。僧侶に対しても破戒行為に対しては徹底的な綱紀粛正を行なっており、『西山随筆』にも破戒僧に対する厳しい批判が載せられている。要するに宗教者は本来の宗教者らしくあれと言うことが最大の理由なのであろう。また、こうした政策は光圀に限ったわけではない。それぞれ基づく思想は異なっているが、山崎闇斎の影響下にある会津の保科正之や熊沢蕃山を重用した備前の池田光政なども時を同じくして、奇しくも寛文六年に同様の宗教改革を断行している。光圀の考え方は、現代のわれわれならば理にかなっていると思うのだが、当時の人々にとってはどう映ったであろう。ましてや武家の棟梁たる源氏

の守護神という縁起によって幕府にも庇護されてきた鶴岡八幡宮としては、幕府の中枢にいる光圀のこの時期の鎌倉訪問は相当な脅威だったのではあるまいか。光圀の思想が神仏分離の方向にあるとすれば、少別当の大庭氏も安閑としてはいられなかったであろうことも想像に難くない。

そこでもう一度『鎌倉日記』に戻ってみると、注目すべき記事がある。それは既に引用した箇所にある「小別当周英ハ妻帯ニシテ禅宗ナリ」という記述なのだが、実はこの周英の妻は好時の娘であった。

詳細な『鶴岡八幡宮大伴系譜』をくまなく探してみても、大伴氏と大庭氏との縁組はこの周英と好時娘との一度だけ。その一度きりの縁組を通して大庭氏の持っていた連歌御由緒が大伴氏へも移っていったと考えたいのである。

周英に縁づいた好時の娘は、系図の中に次のように記されている。

女子　鶴岡少別当大庭周英妻

　　母宦医曾谷長順娘

　　葬于稲荷山浄明寺。法名清光院玉室貞林大姉。

　　　辞世

　　　　したふなよ我さへわれに別れ行もぬけのせみの秋に逢ふ身を

大伴氏の系譜の中で文学的記事が記されるのは、御連衆として柳営連歌に加わった好時と忠男の二人の連歌のみ。大伴氏にはもうひとり御連衆となった清綱がいるが、『鶴岡八幡宮大伴氏系譜』は清綱の父清芳が天保十四年（一八四三）に作成したものであるため、清綱の名は再末尾に加えられているだけで、安政三年（一八五六）と四年に清綱が御連衆となることは当然のことながら記されてはいない。そういう中で辞世にせよただ一首、周英の妻の事績にのみ和歌が記されていることは注目すべきであろう。おそらく大庭氏の周辺には文事に親しむ土壊があったのだと想像されるのである。

好時の娘がいつ周英に嫁いだかは定かではないが、姻戚関係をむすんだことと、光圀の鎌倉訪問の両方の機縁から好時の柳営連歌勤仕につながったのだと考えたい。光圀の鎌倉探訪により、源氏の守護神としての存在に対して何らかの危機感をいだかされた大伴氏は、連歌御由緒を持つ大庭氏との血縁関係を最大限に利用してその方面での幕府との関係を築こうとした、つまり、そのような連歌御由緒を一族に取り込んでおくことがいろいろな意味で保険となると考えたのではないか。八幡宮の由緒は遠い昔の源氏との関係に基づくもので、言わば象徴的なものであるが、連歌御由緒は徳川幕府草創に関わる重要な局面での東照神君との極々直近の非常に実質的なものであり、徳川家にとってより重要な由緒は後者であるとの判断もあり得たであろう。また、大庭氏の方から考えると、神仏分離の方針によって鶴岡八幡宮と切り離されるという危機感から、神主家である大伴氏との姻戚関係は十分に活用しなければならないし、かつ、大庭の家に伝わる連歌御由緒という徳川家との深い由緒も最大限に生かそうと考えたのではないか、ということなのである。

好時は延宝三年（一六七五）から天和三年（一六八三）まで、連続して御連衆を勤めており、系譜には各年の好時の句が一句ずつ記載される。ただ、系譜では延宝六年は病気により出仕しなかったとあるが、『松の春』によれば好時は八句詠んだことになっている。福井久蔵氏の「この御連歌も予め浅草の日輪寺に集り百韻を悉く作りおき、式の当日はただ読み上げるに止まっていた」という指摘を裏付けるように、好時は前もっての作成には加わっていたが、当日急病により欠席、しかしでき上がっていた句はそのまま読み上げられたということなのであろう。

こうして一旦手に入れた連歌御由緒ではあるが、大伴氏は積極的に利用しようとはしなかったのだろうか、好時の最後の勤仕の後、好時の曾孫忠男が御連衆となったのは、約百年の時を隔てた天明七年（一七八七）と同八年のことなのである。ただし、百年の時がたっているためか、後述するように『柳営御連衆次第』では、二人の勤仕は「臨時」であると認識されているようである。とは言え、一旦できた連歌御由緒は先例として有効であったようで、忠男謹仕の事情は系譜に次のように記されている。

　曾祖父(好時)志摩守延宝三年乙卯年正月十一日、御城連歌御会席連衆ニ被為召加候。以先例御連歌御会御連衆ニ被為召加被下置候様、寺社奉行所江奉願。天明七丁未年正月十一日、御連歌御会相勤。

前例を根拠にして寺社奉行に願いを出していることなど、先に検討した山田氏の例とまったく同じである。違っているのは御連衆への執着とでもいうべきものであり、大庭氏は百年の間御連衆とならずにおり、忠男が二年間勤仕したあとはさらに六十八年の後、安政三年(一八五六)と翌年の二年間二十三代清綱が勤めているだけである。忠男の御連衆としての参加には別の意味もあると考えられるが、そのことは後で考察する。

一方の山田氏は、通章が元禄十六年(一七〇三)に御連衆となって以来、途中喪中などを理由とした一、二年の中断が何度かあるものの、通孝の子通良の万延二年(一八六一)に至るまで、百五十年以上にわたって綿々と御連衆としての勤めを続けている。その間には、先に見たように前例のない父子同時の勤仕を認めさせるなど、継続するための努力を怠ることがなかった。

この両者の御連衆への執着の違いは、やはり危機意識の有無によるところが大きいと考える。光圀の考えはともかく、結局徳川将軍家は源氏の守護神として頼朝以来の由緒を持つ鶴岡八幡宮を見捨てることがなかったのであり、大伴氏が御連衆に執着せずとも十分の庇護は得られていた。社領にしても片や三千二百石余に対して片や二百五十坪余り。烏森稲荷社は、歴史も浅く徳川家との縁も無かったため、一旦連歌御由緒を得たからには、その重要な由緒を最大限に活用しなければ大きな庇護が期待できなかったと考えられるのである。

以下、大伴氏歴代の略歴を掲げる。

▽時孝　十三代　実は武州金沢瀬戸大明神神主千葉内記正義の男、母は大伴守時の女。慶長五年六月二十九日、家康の鎌倉訪問に随行し八幡宮等を案内。翌日、神奈川宿まで供奉。慶長八年十月一日、幕府により社頭が修復され遷宮。翌九年家康社参、社中を案内。慶長十七年没、八十三歳。
▽清元　十四代　永禄十年生。父時孝。時成と称する。慶長十六年より神主職となる。慶長五年、家康の鎌倉訪問に際し、父時孝とともに随行し案内。元和元年、大坂夏の陣に家康に随身、その功により大身の鑓を拝領。元和八年、秀忠に誓願して社頭の大造営始まる。寛永元年に落成、遷宮。この時から初代の名の清元を名乗る。慶安二年没、八十三歳。
▽清道　十五代　慶長九年生。父清元。寛文八年、社頭修復。寛文九年没、六十六歳。
○好時　十六代　延宝二年、徳川光圀鎌倉遊歴の折、光圀の心願成就により小刀を賜る。翌延宝三年から九年まで柳営連歌の御連衆として召し加えられる。元禄六年没、六十五歳。
▽定清　十七代　実は永井尚征の九男で、好時の養子となる。貞享四年没、二十二歳。
▽時直　十八代　実は脇坂安政の六男で、好時の娘と結婚し養子となる。延享四年没、七十六歳。
▽時芳　十九代　元禄十一年生。父時直、母は好時の娘。天明二年没、八十五歳。
○忠男　二十代　父時芳、母は西東清長の娘。曾祖父好時の例と同様に御連衆に加わりたい旨、寺社奉行に誓願し、天明七年と八年の二回、御連衆となる。文化十三年没、六十三歳。
▽伯忠　二十一代　父忠男。天保十二年没、五十六歳。
▽清芳　二十二代　父忠男。文政四年、雪下からの出火により八幡宮の堂宇大半を焼失。再建を幕府に願い出て、文政十四年に至ってようやく大規模な修造が完成した。
○清綱　二十三代　父清芳。安政三年と四年の二回、柳営連歌の御連衆に召し加えられる。

（『鶴岡八幡宮神主大伴系譜』『柳営御連衆次第』等による）

五　芝神明宮神主西東氏の柳営連歌参入

大伴好時と時を同じくして、延宝三年（一六七五）にはじめて御連衆となった人物に、芝神明宮神主西東清長がいる。芝神明宮は一条天皇の寛弘二年（一〇〇五）九月の鎮座。神託により相模の国足柄の藤原姓西東勝時を神官として招いたという。その後、神主は勝時を祖とする西東家と小泉家との二家に分かれて両家が神主として勤めている。ここで御連衆となった清長は小泉氏の二十四代であり、御連衆となったのと同じ延宝三年に姓を西東に戻している。御連衆となったことと何か関係しているのであろうか。本稿では便宜上西東氏の呼称で統一する。

さて、その西東氏も関ケ原の合戦にちなんだ家康との由緒がある。

慶長五子、関ケ原御出陣御門出ニ神明宮江御参詣、此節岐阜城落城ニ而、敵之首拾壱級御実検ニて、並木海辺江梟首被仰付、御出陣ニ敵之首来候は御利運之祥瑞也、追而社領御取立可被下間、御利運之丹誠可仕旨、上意被為遊候。

特に神明宮側が何かをしたわけでもないのだが、家康は戦勝祈願の折に敵の首が届くという瑞兆を愛でて、社領の寄進を約束したというのである。しかし、特に連歌に関する由緒はどこにも記されていない。次に二十二代清久以降の人物の略伝をあげておく。

▽清久　二十二代

▽清賀　二十三代

清賀　左近　慶長十四己酉生、父相州鎌倉鶴ケ岡神主大伴美作守時成子、十五歳ニシテ養子ニ来、二十九歳ニ而家督、同修理勝光子細有テ神職被召上ヒツソク、寛永二十一、勝直ヲ勝光養子ニシテ、他ノ氏ニテ取立、神職勤、明暦元年ヨリ出入有之、後同四年再当家之苗字ヲ遣ス、（後略）

同年（元和九年）鎌倉鶴岡神主大伴美濃守時成末子甚十郎、拾五歳ニ而清久養子、江戸江呼寄、

二十三代斎藤左近清賀、大猷院様御代、初名甚十郎、鶴岡神主大伴美濃守時成末子、民部清久養子、寛永十四丑年、二十九歳ニ而家督、（後略）

延宝七未年六月廿一日、病死仕候、

（以上『御府内備考続編』巻之二）

○清長　二十四代

二十四代、西東刑部少輔清長、厳有院様御代、寛文四辰年、二十六歳ニ而家督、初名左京、

延宝三卯年、御城御連歌被召出、以来毎年正月十一日相勤、同年古来之通西東之文字ニ書改、

同四未年（元禄）二月十五日、御城江被為召上、於躑躅之間、大久保加賀守殿、上意之趣被仰渡、年々御連歌無懈怠御会相勤、仍而始而御祝儀被下置、弥無懈怠可相勤旨被仰渡、白銀拾枚拝領仕退出、大久保加賀守殿・阿部豊後守殿・戸田山城守殿・土屋相模守殿・牧野備後守殿・柳沢出羽守殿・秋元但馬守殿・小笠原佐渡守殿・戸田能登守殿・本多紀伊守殿御礼廻勤、

延宝三卯年より元禄十五午年迄、二十八年之間御連歌御用無滞相勤候処、同年四月十九日、病死仕候、

（以上『御府内備考続編』巻之二）

清長　芝神明神主、初代西東刑部少輔、二月、拝領物御免中大久保加賀守被仰渡、元禄十五年迄廿八箇年、此間依病一箇年闕、勤仕、

（『柳営御連衆次第』）

○清親　二十五代

二十五代、西東兵部少輔清親、常憲院様御代、元禄十五午年、二十七歳ニ而家督、初名左近、

宝永元申年、御連歌出席、

宝永元申より正徳五未年迄、十二年之間御連歌御用無滞相勤、延享三寅年正月二十七日、病死仕候、

(以上『御府内備考続編』巻之二)

清親　芝神明神主、西東氏二代、自先代清長清親出勤之間、一箇年中絶、当年(宝永元年)以後正徳五迄、十二箇年勤仕、

(『柳営御連衆次第』)

○清章　二十六代

二十六代、西東豊前守清章、延享二丑年、二十四歳ニ而家督、初名左膳、

宝暦九卯年、御連歌出席、

宝暦九卯年より同十三未年迄、五ヶ年之間御連歌御用無滞相勤、同年十月廿日、病死仕候、

(以上『御府内備考続編』巻之二)

清章　芝神明三代、西東豊前守、自当年(宝暦九年)同十三年迄、五箇年勤仕、但自清親清章迄、四十三年中絶也、

(『柳営御連衆次第』)

○清秀(清時・清良)　二十七代

二十七代、西東若狭守清秀、浚明院様御代、宝暦十三未年、十三歳ニ而家督、初名左近清良後清時又改清秀

明和元申年、御連歌出席、

明和元申年より享和三亥年迄、四拾年之間御連歌御用無滞相勤、同年五月廿四日、病死仕候、

(以上『御府内備考続編』巻之二)

清良　芝神明西東四代、若狭守、天明元、改清時、享和二、又改清秀、

(『柳営御連衆次第』)

○清龍　二十八代

【関係系図】

※□は、御連衆になった人物。実線は実子、点線は養子であることをあらわす。

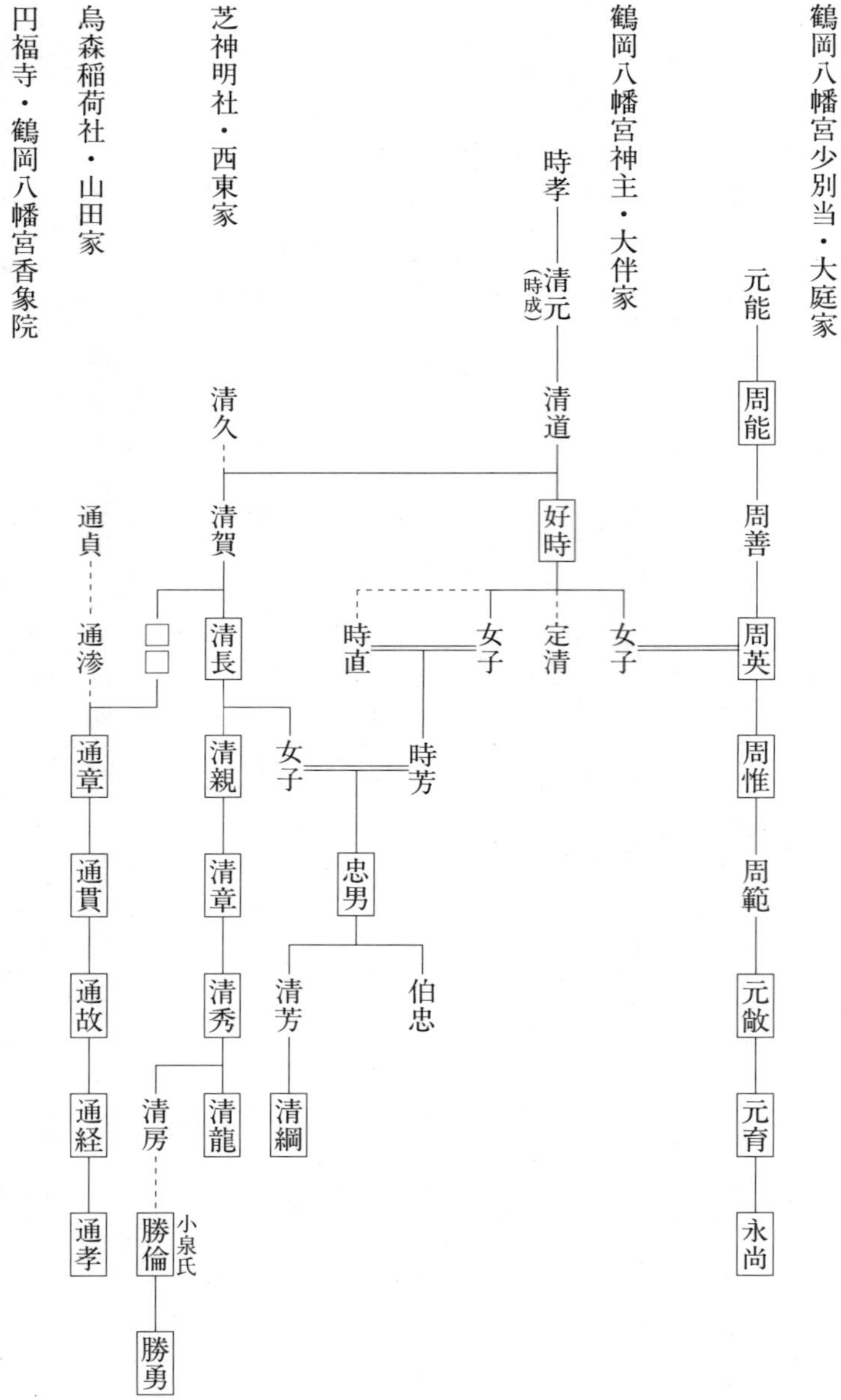

俊賀 ※善松坊改香象院 舜雅法印 寛永十四丁丑―四―廿―入寂（『鶴岡八幡宮諸職次第』）

二十八代、西東左近清龍、享和三亥年家督、文化元子年、御連歌出席、文化四卯年、故障有之家名中絶、西東左門清房若狭守清秀次男、西東家神主職被仰付相勤候処、文政二卯年十月、是又故障之儀有之、家名断絶、

（『御府内備考続編』巻之二）

清龍　芝西東清秀男、号左近、

（『柳営御連衆次第』）

○勝倫

文政六未年七月廿四日、右西東家神主跡職、北品川稲荷神主小泉出雲守弟大内蔵江被仰付、則自姓可相名乗旨、水野左近将監殿被渡、小泉大内蔵勝倫と相名乗、神主職相勤候、

（『御府内備考続編』巻之二）

勝倫　芝神明小泉大内蔵、西東名跡、常、

（『柳営御連衆次第』）

○勝勇

小泉勝倫男、旧冬廿二日、（嘉永四年）於太摂津殿被仰渡、父勝倫以来御断之間、部屋住出勤、嘉永六丑冬、有子細而御断、

（『柳営御連衆次第』）

これによれば、清賀は鶴岡八幡宮神主大伴時成（清元）の末子で西東家へ養子として入ったとある。しかし、傍線の部分には「父相州鎌倉鶴ヶ丘神主大伴美作守時成子」とあり、これによれば清賀の父が時成の子ということになる。鶴岡八幡宮の『大伴系図』でも、清賀の父は時成の子である清道とされており、傍線部の記述の方に一致するので、ここではこちらの説に従っておきたい。延宝三年（一六七五）時を同じくして御連衆となった大伴好時は清賀の兄で、清長の伯父にあたる。大伴氏の系譜にも「清賀　好時弟　甚十郎　母玉縄家臣三堀内匠信親女、武州豊嶋郡芝神明神主西東民部少輔為養子、改左近大夫」と記されており、そのことが確認できる。清賀の西東氏への養子入りは大伴氏にとっても後に意味を持つことになる。これで大庭氏に始まる連歌御由緒が大伴氏を経て西東氏にまで行き着いた。大伴氏と西東氏との縁戚関係はこれでは終わらない。清長の娘は大伴時芳に

嫁しており、その息子忠男が御連衆になっていることは既に触れたとおり。大伴好時は男子に恵まれなかったようで、後を継いだ十七代定清は永井右近大夫尚征の九男、十八代の時直は脇坂中務少輔安政の六男であり、二人の息子は他家からの養子なのである。時直の妻は好時の娘であり、その子時芳は大伴氏の血をひいてはいるのだが、何故か御連衆にはなっていない。大伴氏の血をひいている西東清長の娘と時芳との縁組みによって生まれた忠男に至って、好時以来百余年ぶりに御連衆に加えられることになる。先に引用した系譜に記されるように、忠男は曾祖父好時の例を持ち出して自分も御連衆に加われるよう寺社奉行に願い出ているのだが、母方の西東氏が連綿と御連衆を勤めていたことに何らかの刺激を受けたためではあるまいか。西東氏の連歌御由緒ももとをただせば大伴氏から出ている。その大伴氏が御連衆になっていないことへの負い目か、あるいはこちらが元であるという自負によってか、理由は定かではないが。

さて、西東清長も山田氏の代々と同様に大事にこの御連衆の地位を保っていたようで、途中一年の欠席はあるものの、元禄十五年（一七〇二）の死の年まで二十八年間にわたって勤仕し続けており、元禄四年には精勤に対して格別の褒美を拝領している。そして、烏森稲荷社の山田通章は清長の甥、つまり清賀の孫にあたり、おじの清長と入れ替わるかのように元禄十六年に御連衆として登場するのである。ここでようやく大庭氏に始まる連歌御由緒と山田氏との接点が確認できたことになる。

「幕府の御連衆に加わろうと希ったものや或いは養子となってその志を成そうとしたものも出た」とは、冒頭に引用した福井久蔵氏の言であるが、本稿であつかった各神主家については、養子になるのではなく、連歌御由緒のある家から養子を迎えることによって幕府の御連衆に加わることができたと言うべきであろう。御連衆となるために積極的に養子を迎えたかどうかは跡づけることができないが、少なくとも結果からみれば、養子を迎えることによって御連衆に加わることのできる由緒が一族に加わったことは確かである。その御由緒を積極的に使うかどうかは、その家次第。山田氏のように延々と御連衆の地位を保ち続ける家もあれば、大伴氏のようにさほど御連衆の地位に執着していなかったように見える家もある。

山田通孝に至るまでの連歌御由緒の移りゆくさまを見てきた。ここから更に通孝自身の第三勤仕に至る道のりをたどらなければならないが、既に紙数も大幅に費やしている。このことについての考察は稿を改めてのこととしたい。

六　宗教界の動きと柳営連歌

最後に今回連歌御由緒の伝わる過程を調べてみて柳営連歌の問題として指摘できることをまとめておく。

柳営連歌に徳川家の泰平を言祝ぐ意味があるということは、鹿倉氏・綿貫氏・棚町氏（参考文献参照）によって指摘されているとおり。本稿でも触れたが、祈願や呪詛の意味を込めて連歌を巻くことは普通に見られることでもあったし、大庭元能はその連歌の予祝の働きを見せることで、家康との間に御由緒を結ぶことができたのである。

一方、御連衆の側から見れば、勤仕することが即ち家の名誉であり、ひいては経済的な安定をもたらすものだったと言うことができる。本稿で何度も述べたことであるが、既に安定した幕府の庇護のもとにある鶴岡八幡宮の大伴氏や大庭氏は、御連衆として勤め続けることにさほど熱心ではないように見える。一方、神社にさしたる由緒もなく、徳川家との縁もない烏森稲荷社の山田氏などは、一旦縁戚関係によって得た御由緒を最大限に使って連衆として勤仕し続けているが、これはやはり由緒のない神社が幕府の庇護をいかにして受け続けるかということに心を砕いていたことの反映であると考える。その、傍証として、日輪寺が連歌御由緒を理由にして知行の手当などを要求していることがあげられよう。

鹿倉氏や綿貫氏の指摘にあるとおり、柳営連歌が祈禱の意味を持っている以上、寺社の参加を得るのは当然のことであるが、しかし参入できる寺社はやはり御由緒の有無で限定されていたのではないか。いくら寺社が幕府の庇護を求めて参入を希望しても、理由なしには加われなかったと考えられる。その理由のもっとも代表的なものとして連歌御由緒が機能していることは、本稿で述べてきたところで明らかになったと思う。幕府が勤仕を拒否した例をあげることはできないが、慣例を破ることの困難さは本稿でもいくつか指摘してきた。

その一方で、幕府の儀式である以上、何らかの政治的・宗教的事情により、慣例からはずれたことが起きることもあったであろう。家光の改革などその例としてあげられると思うが、それでさえ死とともにもとに戻されているように、慣例に戻そうとする力の強いことも述べてきた。また、想像の域を出ないものではあるが、光圀の鎌倉探訪と鶴岡八幡宮の大伴氏の御連衆参加との関係など、当時の苛烈な宗教政策に対する宗教界の危機感なしには考えらないのではないか。

慣例と由緒によって支えられている常の御連衆に対して、臨時の御連衆が少なからず存在する。ほぼ固定された御連衆の中にあって臨時に加わると言うことには、それ相応の理由が必要だったであろう。一人一人の臨時の御連衆を検討することで、逆に柳営連歌の位置づけもあぶり出されてくるのではないかと考える。しかし臨時の御連衆のすべてを検討するには多くの時間と労力を要するため、今後の研究をまたざるを得ない。そこで、最後に宗教界の動きと関わると思われる臨時の御連衆を一人だけ取り上げてみたい。

元文五年（一七四〇）正月十一日の御会に宇佐八幡宮大宮司到津兵部少輔公箇が飛び入りの参加をしている。(3)静嘉堂文庫蔵の『松の春』には公箇のところに「到津兵部公箇飛入」の書き込みがあるのだが、この資料の中で「飛入」と注記されるのはここ一箇所だけで、かなり特殊な参加の仕方であったことが予想される。では、到津公箇はどのような事情で御連衆に飛び入りしたのであろうか。『大分県史』近世篇Ⅲにより、元文五年前後の宇佐神宮の動きを追ってみよう。

宇佐神宮は慶長十年（一六〇五）に細川忠興が社殿の造営を行なって以来、江戸期に入ってからは絶えて修造されることがなかった。寛文八年（一六六八）以来再三にわたって幕府寺社奉行に修造の願いを出していたが、すべて先例がないと言う理由で許可されていない。公箇の父である公著は、父は杵築藩士の息子であったが、母の縁で元禄十五年（一七〇二）に到津家の養子となり、同十七年には早速江戸に赴いて将軍綱吉に拝謁し、社殿の修復願いを出すがやはり取り上げられなかった。その後、享保八年（一七二三）には上宮三殿の炎上という事態に遭遇するが、翌十年特別に幕府から白銀五百枚の寄付が認められ、同十二年からようやく造営にかかる。元文四年（一七三九）には三之御殿までの主要な建物が完成し、そのことを報告するために公箇が江戸に赴き、その翌年年頭の御会に参加することになる。公箇はこれより前、享保十三年大宮司を拝任し、同十六年には従五位下に叙されている。すべての造営が終わったのは寛保二年（一七四二）のこと。同四年には、元亨元年（一三二一）以来中断していた勅使の参向を復活させた。

このように公著の悲願とも言うべき社殿の造営と勅使参向が行なわれるといった状況の中で、公箇が御連衆に加わっているのである。前例がないと幕府から拒否され続けていた大造営を執念で成し遂げた公著であれば、その過程で息子を御連衆に加えることなども画策していたものか。造営に関して柳営において連歌の会を行なうことは、鶴岡八幡宮の元和の造営の法楽に開かれた例もあり、あるいはそういうことを先例に願い出ていたとも考えられる。

勅使参向に際しては、「寺院の門は閉じておくこと、尼僧・法体の者は出回ってはならない、仏具の類を道筋に置いてはならない、寺院の朝夕の鐘・太鼓は宇佐のみならず宇佐へ聞こえるほどの近郷では鳴らしてはならない」（『大分県史』近世篇Ⅲ）などの触れが出されたという。ここには徹底した神仏分離の思想が見えており、また、途絶えていた祭礼を復興するなど、神事の整備にも意を尽くしている。公著は正親町公通に学んだと言う。その公通は山崎闇斎について学び、垂加神道をさらに発展させ、正親町神道と呼ばれる一派をなしたほどの人物である。闇斎は保科正之に重用され、彼の思想は本稿でも触れたように寛文期の会津藩における宗教政策の背景となっている。

光圀と鶴岡八幡宮との関係においては、当時の宗教政策に対する八幡宮側の危機感が御連衆としての参加の原動力となったと考えてみたが、この宇佐神宮の例では、神道側が神仏を分離し仏教色を排除していく過程で、積極的に幕府や朝廷の権威を利用しようとしたと考えられるのではないか。柳営連歌に参加するということ自体が、宗教運動の意味を帯びていると考えてみたいのである。

そのことを、別の面から見てみよう。次に掲げるのは、静嘉堂文庫蔵『柳営御連衆次第』に載せられている「臨時」の勤仕者の一覧である。

臨時御連衆勤仕者

忠遵　上野智楽院僧正　寛永五
応昌　文殊院法印　同
俊賀　円福寺法印香象院　同
頼弁　同
専益　同
以省　同
栄増　智足院　同六
紹益　高台院長老紹之男　同
紹尚　同十四
正世　同
光海　上野最教院　同十五

盛覧　同十五　十六カ　入于御夢想会
見海　上野本覚院
　　　同十五
清房　同
三政　同
盛見
龍慶　大橋氏
天海　同十六十八
実顕卿　阿野前大納言
　　　同十八
則康朝臣　堀河少将
　　　同
栄誉　湯島根生院
　　　同廿
立詮　見樹院
　　　明暦三
尭盛　湯島喜見院
　　　同二
純海　寒松院

　　　万治二
昌倫　永田氏
　　　寛文元
好時　鎌倉大伴志摩
　　　延宝三
元昌　宝永九
▽公箇　豊前宇佐大宮司到津兵部少輔
　　　寛保元
清光　烏森快長院
　　　宝暦七
兼保　山崎社人疋田大学
　　　明和八
良胤　下野舟橋大宮司冨主膳
　　　安永三
孝亮　松尾神主松崎弾正
　　　同四
仲亮　山崎社人芳村弾正
　　　同八
英貞　山崎社人中西伊織

同九
広俊　甲州二宮神主上野中務
天明二
常義　下総加茂明神々主平田駿河
忠景　武州北野天満宮神主栗原左エ門
忠男　鎌倉大伴山城
同五
道樹　京　大井氏
寛政元
甫順　佐渡　荻野氏
同元
順達　遠州三付　西光寺住
同十二
晃深　西酉笹坊
享和元
弁中　水戸浄光寺住
文化元
勝覧　上野桐生久方村天神々主前原氏

宗阿　駒込天栄院
同三
東雲　大坂　田中氏
同八
牛山　箕田十右エ門
同九
尚次　山崎社人長浜越前
同十一
弁長　佐渡大願寺住
同十一
聡武　甲州二宮神主上野若狭
同十二
宗永　山崎社人石上大和守
天保三
連雄　出雲日御崎社人真野司馬
同八
声阿　三洲大浜称名寺住
同十

鶴岡八幡宮の大伴好時・忠男の二人が入っているのは、大伴氏は常の御連衆とは認識されていなかったのであろうか。忠男は二年間だけであるため臨時といえそうであるが、好時は延宝三年から十年にわたって勤めているのであるから、臨時という言葉とはそぐわないように思われる。二人の勤仕の間に百年の年月があることが臨時ととらえる理由となっているのであろう。また、必ずしも一回だけの参加が臨時ととらえられていないことは、一回限りの勤仕でここに入っていない者がいることからもわかる。よって、ここでいう「臨時」がどういう意味を持っているのかは詳しく検討しなければならないが、ここでは大雑把な傾向をつかむために見てみたい。

全体を眺めてみると、例として本稿で取り上げた到津公箇あたりを境にして、それ以前は寺院からの参加が多く、公箇以後は神社からの参加者で大半が占められているという傾向が認められる。前述したように公箇の柳営連歌飛び入りは、宇佐神宮の社殿大造営の記念であるとともに、おそらく公箇の父公著の神仏分離思想と勅使参向の実現に見られるような、幕府や天皇の宗教的権威を再確認することを強く押し進めていこうとする宗教運動の一環だったと考える。また、鶴岡八幡宮の大伴好時の御連衆への参入も、寛文期の宗教改革政策を生み出すような状況と無関係ではあり得なかったであろう。つまり、神道界の仏教界に対する巻き返し運動の流れが、幕府の柳営連歌会の御連衆の構成にも大きく影響しているのではないか、と言うことなのである。

一方、家光による御連衆の入れ替えとその後の揺り戻しのように、政治面の露骨な影響を受けている場合もある。あるいは烏森稲荷社の山田氏のように、おそらく経済的な庇護を期待して、御連衆の地位を保ち続けようとした人々もいたであろうし、純粋に名誉だけを得ようとした人もいたと思われる。

本稿で何度も確認したように、御由緒による慣例は大変強いものであった。だとすれば特に御由緒なしに臨時に加入してくる御連衆は、御由緒という慣例に守られた常の御連衆にはない強い理由がなければ参加できないのであり、より鮮明に参入への意志を反映していると想像できよう。こうして見てくると、幕府の儀式となることで形骸化したものとして見られていた柳営連歌の中にも、時代の風潮を映す様々な情報が隠されているように思われる。本稿では、大庭氏から山田氏への連歌御由緒の移りゆくさまを追うことによって、政治上・経済上・宗教上の様々な動きが直接・間接に影響していることを見てきた。もっとも今回取り上げたのは御連衆の内のわずかな例に過ぎない。更に個々の御連衆の事情を調べることによって、柳営連歌のあり方の中に隠されている多くの問題が掘り起こされてくると考えられるのである。

注

（1）資料の引用については、読みやすさを考慮し、漢字を通行の字体に改める、濁点を補う、片仮名を平仮名に改める、句読点のないものについては点を施す等の処置を行なった。また、出典の詳細については【主要参考文献】として一括して掲げた。参考文献の中には、引用していないものも入れている。但し、辞典など工具書の類は省略した。

（2）連歌総目録に載る書陵部蔵の資料に拠れば、「杉」には春日局という注記があるという。

（3）到津公箇は宇佐の安心院重清の著した『連歌安心集』という付け合い語の集成に跋文を寄せている。跋の年記は寛保三年（一七四三）。公箇が柳営連歌に飛び入りする元文五年（一七四〇）以前に連歌にどれほど親しんでいたかはわからない。あるいは柳営の御連衆になった人物ということで重清が公箇に依頼したものであろうか。

【主要参考文献】

福井久蔵『連歌の史的研究』（昭和四十四年）

福井毅「近世連歌旧事考――丙寅連歌記」（『皇学館大学紀要』第八輯、昭和四十五年）

福井毅「御城連歌諸本考」（『皇学館大学紀要』第九輯、昭和四十六年）

福井毅「御城連歌連衆勤仕稿」（『皇学館大学紀要』第十三輯、昭和五十年）

鹿倉秀典「江戸の連歌師――文化八年の柳営連歌から」（『論集近世文学』四号、平成四年）

綿抜豊昭「柳営連歌の消長」（『国語と国文学』第七十一巻五号、平成六年）

綿抜豊昭「幕府の職制に組み込まれた連歌師」（『国文学解釈と鑑賞』第六十六巻十一号、平成十三年）
棚町知彌「祈禱連歌のことども」（『国語と国文学』第七十一巻五号、平成六年）
鶴崎裕雄「柳営連歌　発句・連衆一覧」（『帝塚山学院短期大学研究年報』第四十二号、平成六年）
鶴崎裕雄「江戸幕府柳営連歌の連衆」（『帝塚山学院短期大学研究年報』第四十五号、平成七年）
入口敦志「将軍の連歌」（『江戸文学』三十一号、平成十六年）
入口敦志「稲荷社と柳営連歌」（『朱』四十八号、平成十七年）
名越時正『新版水戸光圀』（水戸史学選書、水戸史学会、昭和六十一年）
安見隆夫『水戸光圀と京都』（水戸史学選書、水戸史学会、平成十二年）
吉田俊純『水戸光圀の時代――水戸学の源流』（校倉書房、平成十年）
鈴木一夫『水戸黄門の世界――ある専制君主の鮮麗なパフォーマンス』（河出書房新社、平成七年）
宮田正彦『水戸光圀の遺猷』（水戸史学選書、水戸史学会、平成十年）
野口武彦『徳川光圀』（朝日評伝選7、朝日新聞社、昭和五十一年）
藤井譲治『徳川家光』（新装版人物叢書、吉川弘文館、平成九年）
江頭慶宣「延享元年宇佐使に見られる「神仏」の峻別について」（『国学院雑誌』第百四巻十一号、平成十五年）
『松の春』（静嘉堂文庫蔵）
『柳営御連衆次第』（静嘉堂文庫蔵――静嘉堂文庫蔵の連歌資料については棚町知彌氏にご提供いただいた）
『御府内備考続編』（『御府内寺社備考』所収）
「鶴岡八幡宮神主大伴系譜」（『鶴岡叢書』・『神道体系』神社編二十）
「鶴岡八幡宮諸職次第」（『鶴岡叢書』）
『新編相模国風土記稿』（『大日本地誌体系』）
『相中留恩記略　全』（有隣堂、昭和四十二年）
『鶴岡八幡宮年表』（鶴岡八幡宮、平成八年）
『水戸市史』中巻一（伊東多三郎編、水戸市、昭和四十三年）
『茨城県史』近世編（茨城県史編集委員会、茨城県、昭和六十年）

『水戸義公全集』全三巻（徳川圀順編、角川書店、昭和四十五年）
『大分県史』近世篇Ⅲ（大分県総務部総務課編、大分県、昭和六十三年）
「宇佐大宮司宇佐氏系譜」（『神道大系』神社編四十七宇佐、中野幡能校注、神道大系編纂会、平成元年）
『宇佐神宮史』史料篇巻十四（中野幡能編、宇佐神宮庁、平成十三年）

あとがき

ようやく、神社史料研究会叢書の第四輯『社家文事の地域史』を上梓するはこびとなった。第三輯の『祭礼と芸能の文化史』を刊行してから二年二ケ月、一年余の遅延、皆様方に御心配、御迷惑をおかけしたことをお詫び申しあげる。

本書の着想は、第二十一回神社史料研究会、平成十二年度サマーセミナーを春日大社で開催した際に持ち上り、棚町知彌氏の御尽力により翌々年に長崎の鎮西大社諏訪神社で行われた第二十七回の十四年度のサマーセミナーにおいて、本書収載論文の基となる研究発表をみた。

「長崎おくんち」で知られる諏訪神社は、国学・和歌にかかわり深い社でもあり、同社には長崎・熊本地方の国学、歌壇の育成に大きな功績を成した中島広足の自筆稿本類やその一門の橿園社中の旧蔵書など千数百部を蔵する諏訪文庫があり、国文学者の注目を浴びている。

これまで東京や京都、あるいはその近辺で開いていた研究会を、一挙に遠方の九州の地で開催したことのみならず、内容においても特色ある会となった。

諏訪文庫の総合調査がいま進行中、とのことであるが、これを主宰されている九州大の上野洋三氏、佐賀大の井上敏幸氏、長崎大の若木太一氏の九州の国文学の三巨頭を初めとする国文関係の方々の多くの参加を得たことは、本研究会としては画期的なことであった。当初より学際的研究を目指してきた本会ではあったが、より具現化したものとなった。

本書は、社家の文事に焦点をあて、とりわけ和歌に関する論考を多く収めている。いま近世の堂上和歌・歌壇の研究が盛んであるが、いずれ近世の地方歌壇、歌論の研究なども深化していくべきものでもあろう。三十年程前に前述の上野洋三氏が発表された「元禄堂上歌壇の到達点――聞書の世界――」(『国語国文』五〇四号、一九七六年)が牽引力となり、いま開花した感がある。本居宣長が『うひ山ぶみ』のなかで、「すべて人は、かならず歌をよむべきものなる内にも、学問をする者は、なほさらよまではかなはぬわざ也、歌をよまでは、古のくはしき意、風雅のおもむきはしりがたし、」と記しているように、国学・和歌は一連のものであり、本書が種々の方面の研究を刺激し繋がっていけば、望外のしあわせである。

本書をなすにあたって、研究の上で自由に史料を利用させて頂いた所蔵者、神社史料研究会・サマーセミナーの開催で御世話になった、東京大学史料編纂所・鎮西大社諏訪神社・熱田神宮・石清水八幡宮、そしていつもながら種々厄介をおかけした思文閣出版の長田岳士氏・林秀樹氏・永盛恵氏に、衷心より御礼を申し上げる。

平成十七年八月

神社史料研究会　代表
橋本政宣

神社史料研究会　研究会発表一覧

平成十五年度（二〇〇三）

第二十九回　平成十五年度サマーセミナー（於熱田神宮）

八月二十三日(土)

初期熱田俳壇の周辺―宝物館所蔵和歌関係資料点綴―　神作　研一

中世熱田社の諸問題

―皇位・神璽剣と草薙剣の関連性についての整理―　藤本　元啓

弥彦神社の構造と高橋光頼　菊田龍太郎

近世における地方神主の文事

―越前鯖江の舟津神社神主橋本政恒を中心として―　橋本　政宣

八月二十四日(日)

御棚会神事と賀茂六郷　宇野日出生

遠州国学と神社・神職組織　松本　久史

白山万句の周辺　瀬戸　薫

平成十六年度（二〇〇四）

第三十回　平成十六年度サマーセミナー（於石清水八幡宮）

八月十九日(木)

近世石清水八幡宮の祭祀と僧俗組織

―放生会と安居神事について―　西　中道

北野宮仕中の財務・経理　棚町　知彌

北野宮仕中の組織・運営　入口　敦志

松尾大社と秦氏―その基本的性格をめぐって―　岡田　精司

八月二十日(金)

加賀藩の神社支配―越中触頭争論を中心に―　鈴木　瑞麿

伊勢の御師について　加藤　弓枝

若狭彦神社牟久氏の神仏関係　嵯峨井　建

執筆者一覧（執筆順）

井 上 敏 幸（いのうえ・としゆき）
1942年生．佐賀大学文化教育学部教授．『貞享期芭蕉論考』（臨川書店，1992年），『俳諧集（出水叢書12）』（共著，汲古書院，1994年），『竹馬狂吟集（青山叢書２）』（和泉書院，2000年）など．

神 作 研 一（かんさく・けんいち）
1965年生．金城学院大学文学部助教授．「〈実景論〉をめぐって——香川景樹歌論の位相——」（『雅俗』第７号，2000年），「元禄の添削」（『近世文藝』第81号，2005年），『美濃加治田　平井家文藝資料分類目録』（共編，岐阜県富加町教育委員会，2005年）など．

川 平 敏 文（かわひら・としふみ）
1969年生．熊本県立大学文学部助教授．『近世兼好伝集成』（編注，平凡社・東洋文庫719，2003年），「兼好南朝忠臣説の形成——『春湊浪話』以前——」（『日本文学』52—10，2003年），「『鉄槌』の編者——島原藩侍読伊藤栄治説——」（『国語国文』71—８，2002年）など．

吉 良 史 明（きら・ふみあき）
1978年生．九州大学大学院人文科学府博士課程．『長崎県立長崎図書館蔵　善本・稀書展解説』（共著，長崎大学環境科学部研究科・長崎県立長崎図書館，2002年），「長崎県立長崎図書館蔵「伊勢宮文庫」目録」（共著，『文献探求』42号，2004年３月），「広足と宣長——『後の歌がたり』に見られる宣長批判の内実——」（『近世文藝』81号，2005年１月）

加藤弓枝（かとう・ゆみえ）
1974年生．豊田工業高等専門学校一般学科専任講師．「蘆庵門の俊秀歌人山本世龍について――本草の家平安読書室と和学――」（『東海近世』第14号，2004年），「添削の達人――小沢蘆庵とある非蔵人の和歌――」（『隔月刊　文学』2005年5・6月号，岩波書店，2005年）など．

棚町知彌（たなまち・ともや）
1925年生．長岡技術科学大学・国文学研究資料館・園田学園女子大学（近松研究所長）各名誉教授（歴任順）．『太宰府天満宮連歌史――資料と研究――』全4巻（共著，太宰府天満宮，1980～7年），『白山万句――資料と研究――』（共編，白山比咩神社，1985年），『連歌総目録』（共編，明治書院，1997年）など．

菊地明範（きくち・あきのり）
1963年生．中央大学杉並高等学校教諭．『小倉和歌百首註尺』（共著，桂書房，1990年），「烏丸光廣の歌壇活動――御会資料をとおして――」（中央大学国文33号，1990年），『栄葉集　上・下』（共著，古典文庫，2001年）など．

橋本政宣（はしもと・まさのぶ）
1943年生．舟津神社宮司，東京大学名誉教授．博士（歴史学）．『近世公家社会の研究』（吉川弘文館，2002年，第1回徳川賞受賞），『神主と神人の社会史』（共編著，思文閣出版，1998年），『近世武家官位の研究』（編著，続群書類従完成会，1999年），『橘曙覧全歌集』（共編著，岩波文庫，1999年），『図説白山信仰』（編著，白山比咩神社，2003年）など．

入口敦志（いりぐち・あつし）
1962年生．国文学研究資料館助手．「『竹斎』考」（『語文研究』70号，1990年），「艶書の七五調」（『書状研究』14号，2000年），「恋の七五調」（『本文研究』第6集，和泉書院，2004年）など．

（2005年9月末現在）

社家文事《しゃけぶんじ》の地域史《ちいきし》　神社史料研究会叢書第４輯

平成17年(2005)11月９日　発行

定価：本体7,500円(税別)

編　者　棚町知彌・橋本政宣

発行者　田中周二

発行所　株式会社思文閣出版
〒606-8203 京都市左京区田中関田町２－７
電話 075－751－1781(代表)

印　刷
製　本　株式会社図書印刷同朋舎

 ISBN4-7842-1257-4　C3321

神主と神人の社会史　神社史料研究会叢書 I　　橋本政宣・山本信吉編

神人の成立（山本信吉）鴨社の祝と返祝詞（嵯峨井建）中世、春日神社人の芸能（松尾恒一）洛中日吉神人の存在形態（宇野日出生）石清水八幡宮神人の経済活動（鍛代敏雄）中世後期地方神社の神主と相論（東四柳史明）戦国期鶴岡八幡宮の歴史的伝統と社務組織・戦国大名（横田光雄）西宮夷願人と神事舞太夫の家職争論をめぐって（佐藤晶子）寛文五年「諸社禰宜神主等法度」と吉田家（橋本政宣）

▶A５判・320頁／定価6,825円　ISBN4-7842-0974-3

社寺造営の政治史　神社史料研究会叢書 II　　山本信吉・東四柳史明編

神社修造と社司の成立（山本信吉）建武新政期における東大寺と大勧進（畠山聡）金沢御堂創建の意義について（木越祐馨）戦国期能登畠山氏と一宮気多社の造営（東四柳史明）中近世移行期における寺社造営の政治性（横田光雄）両部神道遷宮儀礼考（松尾恒一）近世出雲大社の造営遷宮（西岡和彦）諸国東照宮の勧請と造営の政治史（中野光浩）近世における地方神社の造営（橋本政宣）

▶A５判・312頁／定価6,825円　ISBN4-7842-1051-2

祭礼と芸能の文化史　神社史料研究会叢書 III　　薗田 稔・福原敏男編

神社廻廊の祭儀と信仰（松尾恒一）相撲節会と楽舞（廣瀬千晃）中世諏訪祭祀における王と王子（島田潔）鹿島神宮物忌職の祭祀（森本ちづる）越前志津原白山神社の祭礼芸能（宮永一美）武蔵国幕閣大名領における祭礼の振興（薗田稔・高橋寛司）近世鶴岡八幡宮祭礼としての面掛行列（軽部弦）住吉大社における荒和大祓の神事をめぐって（浦井祥子）『伊曾乃祭礼細見図』考（福原敏男）

▶A５判・300頁／定価6,825円　ISBN4-7842-1159-4

鎮守の森は甦る　社叢学事始　　上田正昭・上田 篤 編

社叢とは何か（上田篤）社叢の変遷と研究の史脈（上田正昭）考古学から社叢をみると（高橋美久二）祭りは時代の文化を映す鏡だ（植木行宣）絵図・地図に現れた鎮守の森（金坂清則）鎮守の森は緑の島となる（菅沼孝之）緑の回廊が動物を豊かにする（渡辺弘之）やしろは大地を隔離し解放する（藤澤彰）新しい都市の社叢を創ろう（田中充子）社叢学の可能性（対談　上田正昭・上田篤）

▶46判・250頁／定価2,310円　ISBN4-7842-1086-5

鎮守の森の物語　もうひとつの都市の緑　　上田 篤 著

地球環境と自然保護へのとりくみを緑のオアシス「鎮守の森」を通して提言

【内容】はじめに――鎮守の森って何だろう？／鎮守の森を歩く――様々な素顔／山は水甕　森は蛇口――津軽の森と岩木山／火がつくった国土――伊豆の森と山と島／鎮守の森から山を拝む――若狭の森と神の山／ある町の鎮守の森の記録――美浜町のヤシロと遙拝の構造／むすび――鎮守の森はなぜなくならないか／展望――鎮守の森を民俗資料に

▶46判・300頁／定価1,785円　ISBN4-7842-1155-1

王権と神祇　　今谷 明 編

王権と宗教に関する新たな見取り図を目指した国際日本文化研究センター共同研究の成果

古代王権と神祇（岡田荘司・G＝エミリア・嵯峨井建）怪異と卜占（西岡芳文・西山克・今谷明）神道説の諸様相（田中貴子・阿部泰郎・伊藤聡・大谷節子）神道と天皇観（白山芳太郎・中山生雄）

▶A５判・348頁／定価6,825円　ISBN4-7842-1110-1

（表示価格は税５％込）